巴 黎 评 论

短篇小说课堂

〔美〕洛林·斯坦恩　〔美〕塞迪·斯坦恩 主编

文静 等 译

人民文学出版社
PEOPLE'S LITERATURE PUBLISHING HOUSE

著作权合同登记号　图字 01-2019-5337

OBJECT LESSONS

图书在版编目(CIP)数据

巴黎评论·短篇小说课堂/(美)洛林·斯坦恩,(美)塞迪·斯坦恩主编;文静等译.
—北京:人民文学出版社,2017(2024.3重印)
　ISBN 978-7-02-013231-7

　Ⅰ.①巴… Ⅱ.①洛… ②塞…③文… Ⅲ.①短篇小
说-小说集-世界-现代 Ⅳ.①I14

中国版本图书馆 CIP 数据核字(2017)第 205615 号

责任编辑　卜艳冰　周　展
封面制作　高静芳

出版发行　人民文学出版社
社　　址　北京市朝内大街 166 号
邮政编码　100705

印　　刷　山东临沂新华印刷物流集团有限责任公司
经　　销　全国新华书店等

开　　本　890 毫米×1240 毫米　1/32
印　　张　11.75
字　　数　305 千字
版　　次　2019 年 5 月北京第 1 版
印　　次　2024 年 3 月第 8 次印刷

书　　号　978-7-02-013231-7
定　　价　75.00 元

如有印装质量问题,请与本社图书销售中心调换。电话:010-65233595

《巴黎评论》编辑前言

从一九五三年创刊至今，《巴黎评论》一直是新小说的实验场。编辑们从不相信故事的写作方式只有一种。我们从不主张一个运动或一种流派。我们从不认为文字有局限。我们相信，每一个写得好的故事都自有其规则，解决了它自身构思中的问题。

这就是我们出版这本书的想法。它不是一本最佳作品选集。我们邀请二十位短篇小说名家，从《巴黎评论》历年的作品中挑选一篇他们个人最喜欢的短篇小说，并描述它的写作之所以出色的关键之处。有些人选的是经典名作，而有些人选的作品即使对我们来说都是新鲜的。

我们希望这本短篇小说选对青年作家和对文学技巧感兴趣的人有所帮助。它的目标读者首先是那些没有（或者不再有）阅读短篇小说习惯的读者。我们希望这本犹如实例分析课程般的短篇小说集会让他们意识到短篇小说的形式可以多么丰富，它依然多么重要，以及阅读它们能有多么快乐。

本书作者及评者简介

乔伊·威廉姆斯（Joy Williams，1944—　），美国作家，著有四部长篇小说、五部短篇小说集、一部散文集和一部旅游指南。她最近一部长篇小说《生者和死者》(*The Quick and the Dead*) 于 2001 年获得普利策小说奖提名。2016 年她获得了美国笔会 / 马拉默德奖。

丹尼尔·阿拉尔孔（Daniel Alarcón，1977—　），秘鲁裔美国作家、记者。他的长篇小说《迷失城市电台》(*Lost City Radio*) 于 2007 年入围了由《华盛顿邮报》《洛杉矶时报》《金融时报》等多家国际媒体评选的"年度最佳小说"名单。

克雷格·诺瓦（Craig Nova，1945—　），美国作家、学者，著有一部回忆录和十四部长篇小说，包括《好儿子》(*The Good Son*)、《巡警》(*Cruisers*) 和《告密者》(*The Informer*)。他于 1984 年获得美国艺术与文学院文学奖，也曾获得古根海姆奖金。

安·比蒂（Ann Beattie，1947—　），美国小说家，著有长篇小说、短篇小说集多部。她还写过一部中篇小说《与男人同行》(*Walks with Men*)。她于 2000 年同另一名美国小说家内森·英格兰德（Nathan Englander）分享了美国笔会 / 马拉默德奖。

伦纳德·迈克尔斯（Leonard Michaels，1933—2003），美国作家，曾于 1970 年获得古根海姆奖金。他著有《前途无量》（*Going Places*）等短篇小说集和《男人俱乐部》（*The Men's Club*）等长篇小说。

大卫·贝泽摩吉斯（David Bezmozgis，1973—　　），加拿大电影导演、小说家。2010 年，他入选《纽约客》杂志评出的"二十位四十岁以下最佳作家"。他著有获奖短篇小说集《娜塔莎》（*Natasha: And Other Stories*）和长篇小说《自由世界》（*The Free World*）。

简·鲍尔斯（Jane Bowles，1917—1973），美国作家、剧作家，著有《两位严肃女士》（*Two Serious Ladies*）和剧本《在避暑别墅中》（*In the Summer House*）等。

莉迪亚·戴维斯（Lydia Davis，1947—　　），深受好评的美国小说家和翻译家。2005 年，她当选美国艺术与科学院院士。她的短篇小说集《各种干扰》（*Varieties of Disturbance*）进入 2007 年美国国家图书奖候选名单。

詹姆斯·索特（James Salter，1925—2015），美国小说家，著有许多电影剧本、随笔、长短篇小说，其中短篇小说集《黄昏》（*Dusk and Other Stories*）获得 1989 年美国笔会 / 福克纳奖。2000 年，他当选美国艺术与文学院院士。

戴夫·艾格斯（Dave Eggers，1970—　　）是畅销书《国王的全息图》（*A Hologram for the King*）和《怪才的荒诞与忧伤》（*A Heartbreaking Work of Staggering Genius*）的作者。他的长篇小说《什么是什么》（*What Is the What*）入围 2006 年美国全国书评人协会奖。他也是《麦克斯维尼》杂志和《信仰者》杂志的创始人。

丹尼斯·约翰逊（Denis Johnson，1949—2017），美国作家、诗人、记者，著有十部长篇小说、五部诗集和一部纪实报道集。他的长篇小说《烟树》（*Tree of Smoke*）获得 2007 年度美国国家图书奖。

杰弗里·尤金尼德斯（Jeffrey Eugenides，1960—　），美国小说家，其长篇小说《中性》（*Middlesex*）获得 2003 年度普利策小说奖。他最近一部长篇小说是《婚变》（*The Marriage Plot*）。

玛丽-贝丝·休斯（Mary-Beth Hughes），美国小说家，著有长篇小说《二号造浪者》（*Wavemaker II*）和短篇小说集《双重幸福》（*Double Happiness*）等。

玛丽·盖茨基尔（Mary Gaitskill，1954—　），美国小说家，著有三部小说，其中包括入围 2005 年度美国国家图书奖的《维罗妮卡》（*Veronica*）、《两个女孩一胖一瘦》（*Two Girls, Fat and Thin*）和短篇小说集《坏行为》（*Bad Behavior*）等。她也是古根海姆奖金获得者。

豪尔赫·路易斯·博尔赫斯（Jorge Luis Borges，1899—1986），阿根廷小说家、诗人、散文家、翻译家。他是二十世纪最重要的西班牙语文学作家之一，也是二十世纪最重要的短篇小说家之一。

亚历山大·黑蒙（Aleksandar Hemon，1964—　），波黑裔美国小说作家，文学批评家。他最著名的作品包括小说《无处之人》(*Nowhere Man*) 和《拉萨鲁斯计划》(*The Lazarus Project*)，这两本书分别于2003年和2008年入选美国国家书评人协会奖最终入围名单。

伯纳德·库珀（Bernard Cooper，1951—　），美国作家，著有散文集《去任何地方的地图》(*Maps to Anywhere*)、回忆录《诱供麻醉药》(*Truth Serum*)、自传性长篇小说《歌谣中的一年》(*A Year of Rhymes*) 以及短篇小说集《再猜》(*Guess Again*) 等。曾经获得许多奖项的伯纳德·库珀目前在艾奥瓦大学教授写作。

艾米·亨佩尔（Amy Hempel，1951—　），美国短篇小说作家、记者，目前在本宁顿学院和佛罗里达大学教授创意写作。她著有《活着的理由》(*Reasons to Live*) 和《婚姻与狗》(*The Dog of the Marriage*) 等小说集。2009年，她与阿利斯泰尔·麦克劳德（Alistair MacLeod）分享了美国笔会/马拉默德奖。

托马斯·格林（Thomas Glynn，1935—　），美国作家，创作有多部长篇小说，包括《看着身体燃烧》(*Watching the Body Burn*)。他最新的作品是《锤子。指甲。木头。》(*Hammer. Nail. Wood.*)。

乔纳森·勒瑟姆（Jonathan Lethem，1964—　），美国小说家、散

文家，曾发表过十一部长篇小说和多部非虚构作品，包括《布鲁克林孤儿》（*Motherless Brooklyn*）等。

玛丽·罗比森（Mary Robison，1949—　），美国小说家、短篇小说作家。她出版了四部短篇小说集和四部长篇小说，其中《我曾何必》（*Why Did I Ever*）获得了 2001 年《洛杉矶时报》评选的年度最佳小说奖。

山姆·利普斯特（Sam Lipsyte，1968—　），美国小说家、短篇小说作家。他的小说《故土》（*Home Land*）于 2005 年获评《纽约时报》年度最有价值图书奖。他目前在哥伦比亚大学教授小说写作。

唐纳德·巴塞尔姆（Donald Barthelme，1931—1989），美国短篇小说作家、小说家、记者，以其短篇小说中游戏般的后现代主义风格著称。1982 年他的《六十篇故事》（*Sixty Stories*）同时获得了美国全国书评人协会奖提名和美国笔会 / 福克纳奖提名。

本·马库斯（Ben Marcus，1967—　），美国小说家、短篇小说作家、评论家和文学编辑，目前任教于哥伦比亚大学艺术学院。他出版过两部小说和一些短篇小说集、散文集等。他曾于 2013 年获得古根海姆奖金。

雷蒙德·卡佛（Raymond Carver，1938—1988），美国著名诗人、作家，曾创作过包括《大教堂》（*Cathedral*）在内的多部诗集和短篇小说集。

大卫·米恩斯（David Means，1961—　），美国作家，其短篇小说集《污点》（*The Spot*）曾获得《纽约时报书评》的"2010年度最受关注奖"。他的作品出现在《巴黎评论》《纽约客》《哈泼斯杂志》《君子》等杂志刊物上。

伊森·卡宁（Ethan Canin，1960—　），美国物理学家、作家，他著有五部长篇小说和两本短篇小说集，包括《窃国贼》，并且在艾奥瓦写作工坊授课。

洛丽·摩尔（Lorrie Moore，1957—　），美国著名作家，创作有包括《美国鸟人》（*Birds of America*）在内的多部畅销短篇小说集和三部长篇小说。她获得过多项文学大奖及奖金，作品曾被收录在约翰·厄普代克（John Updike）与卡特琳娜·肯尼森（Katrina Kenison）共同主编的《20世纪最佳美国短篇小说选》（*The Best American Short Stories of the Century*）中。

斯蒂芬·米尔豪瑟（Steven Millhauser，1943—　），美国小说家、短篇小说作家，代表作包括获得了1997年普利策奖的《马丁·德塞勒》（*Martin Dressler*）。

丹尼尔·奥罗斯科（Daniel Orozco），美国作家，获奖短篇小说集《方向》（*Orientation: And Other Stories*）的作者。他的短篇小说被广泛收录于各类作品选中。

居伊·达文波特（Guy Davenport，1927—2005），美国虚构短篇作品作家、散文家、翻译家、教师和艺术家。

诺曼·拉什（Norman Rush，1933—　），美国作家，创作过三部小说。他的处女作《白人们》(*Whites*) 曾于 1987 年入围了普利策奖候选名单，代表作《凡人》(*Mortals*) 获得了 1991 年的美国国家图书奖。

莫娜·辛普森（Mona Simpson，1957—　），美国作家、编辑，她曾是《巴黎评论》的文学编辑，也著有多部获奖的长篇小说，包括《除此之外一切地方》(*Anywhere But Here*) 和《我的好莱坞》(*My Hollywood*)。

阿莉·史密斯（Ali Smith，1962—　），英国小说家、短篇小说家、剧作家，她 2011 年的作品《纵横交错的世界》(*There But for The*) 被《卫报书评》选为年度最佳小说之一。她的作品曾两次获得英国布克奖和橘子小说奖的提名。

威尔斯·陶尔（Wells Tower，1973—　），美国短篇小说家、记者，他的短篇小说和新闻报道评论经常发表在《纽约客》《哈泼斯杂志》《麦克斯维尼》《巴黎评论》上。他也是短篇小说集《一切破碎，一切成灰》(*Everything Ravaged, Everything Burned*) 的作者，曾经被《纽约客》评为"二十位四十岁以下最佳作家"。

伊凡·S.康奈尔（Evan S. Connell，1924—2013），美国作家、诗人，作有多部诗歌、短篇小说集和长篇小说，包括《漫长的欲望》(*A Long Desire*)。他为乔治·卡斯特（George Custer）而作的畅销传记《晨星之子》(*Son of the Morning Star*)被改编成获得了艾美奖的迷你剧。他还曾在2009年入围了国际布克奖"终身成就奖"的名单。

达拉斯·韦伯（Dallas Wiebe，1930—2008），美国诗人、作家、英语教授，著有多部短篇集、散文和诗歌。他也是辛辛那提大学创意写作项目的创始人。

CONTENTS

目　录

微光渐暗

乔伊·威廉姆斯　著

丹尼尔·阿拉尔孔　评

文静　译

马尔·韦斯特的爸爸死在澳大利亚的沙漠里，他把那辆路虎散热器里的水都喝干了。他的妈妈死得就像验尸官说的那样确有其事，不过他也把刊登验尸官说法的剪报弄丢了。也不算是弄丢了。他把它剪下折好，在牛仔裤兜里放了整整一年半——因为他只有这一条裤子。那纸片慢慢地压成了纸絮，压成了裤袋里的布头，渐渐与裤子融为一体。而那条牛仔裤也已经变得又灰又薄，像小时候妈妈敷在他疖子上的鸡蛋膜一样。

那条裤子他还留着，平摊在他的箱子底部，不过说实话，它只能算一块破布。其实连破布都算不上，只不过是几团线头，甚至盖不住马路上的一只死猫。

验尸官为了撇清所有人与马尔母亲之死的关系，由一位身材瘦弱、穿黑色西装、鼻子像杜宾犬一般大而发蓝的年轻人作代表，向媒体宣布：

> 海水浑浊且事发地点离岸较远，故而无人目击。假设受害者遭遇大型鱼类攻击，被扯去上肢，则无法以挥手或呼救等方式求助……其死亡不可避免且为意外事故……

马尔觉得这样的措辞很冷酷，却很漂亮。

当时大家都以为她在哪儿闲逛。那是黄昏时分，海滩上有好几百人……做着烤肉，孩子们吃着冰淇淋派，老人们看着夕阳。有个人在潮水坑里给他的格雷伊猎犬们洗澡。海水冰凉苍白，到处是一团团脏兮兮的发绿的泡沫，像是漂在鸡汤上的浮渣。马尔在草屋里做晚饭，往果冻粉上倒热水，把一条刺鱼摊在煎锅里过油。隔壁的弗莱迪·戈姆金为了能翻过山去悉尼看赛马，正在折磨他的破车，猛踩离合。

这当然不像是出人命的时候。太不合时宜了。这是度假时节。

也没有人真的留意。她一个人在距离岸边公共设施三十来米的浅海里，水深不超过她的肋骨。她就这么消失了。事后有些人说他们看到了她消失的瞬间。但是他们没看到鱼鳍。一小摊血漂到岸边来，鲜艳、边缘整齐，像一个纸盘。当然，那时候马尔·韦斯特唯一需要接受的只是她再没回来过。几天后，有人捕到一头虎鲨，发现一件泳衣缠住了它的内脏，不过泳衣上的洗衣标签显示，其主人是住在图文巴的安妮·怀特夫人，她仍然在世，在一家玩偶修理厂上班。

事情发生之后，他还是不确定事情发生了没有。他躺在屋里，不知所措。他母亲一直讨厌海水，因为她不会游泳，而且她坚信人们总在里面撒尿。这几乎是她的一种偏执。她见不得女人们坐在沙滩上，把双腿伸进水里，任凭浪花在她们的大腿之间拍打，那情景会令她气得脸色发白身子发抖。马尔那时十一岁，她把他紧紧搂在身边。她总说，一个没有父亲的男孩实在不应该在海滩上长大。潜水管和吐痰的男人。在毛巾后曳足而行的女人们，她们落在地上的衣服。流的血，咳嗽的声音。无处不在的头发，正在腐烂的三明治。潮水卷上来的内衣。

他躺在一张简易床上，一只手轻捶着屁股。烧焦了的刺鱼扔在水槽里。时间一分一秒地流逝。他饿着肚子在小屋里晃来晃去，想着他的母亲，她的气味。她以前总给他唱歌，都是美国流行金曲：

世界上一无所有

只有一个男孩、一个女孩

和他们的爱情，爱情，爱情……

　　她一边唱，一边敲着勺子。就在不久前，他还蜷在她怀里，吮着她干瘪的乳房，嗅着食物，夜晚消磨于枝头，不知何事，不知何处。那滋味像是舔着镍币。

　　从没有事情径直找上他来。从没有事情发生得直接而彻底。从前改变他的那些事情一向模模糊糊，无声无息，赋予他尚存的人生以奇特的沉重和不可能性。死亡从不会一击致命。它永远没有清楚的刀锋。所有的爱与未尽的责任——发出嘤嘤细鸣，已永远失去。

二

　　脾脏重 15 克。脾被膜萎缩，变薄，呈紫红色。伤面有充血。淋巴结和骨髓不明显。肝脏重 1500 克，呈棕红色，光滑，有光泽。

　　他们在沙漠地区务农已有一年。男的个子很高，骨瘦如柴，蓝牛仔裤屁股上的扣子闪闪发亮，靴子后跟在沙地上踩出棺材洞一般又宽又深的印子；女的闷闷不乐，从皮包骨头的裤腿上摘下滨刺草，搓着脏兮兮的脚踝。她总让他把耳朵贴在她肚皮上听孩子的心跳，这逼得他快疯了。他告诉她说，有时候有动静，有时候没有。有时候响得像野狗在狂吠。她一直在吃生了虫子的面粉，总胡思乱想。她的体重才长了不到一公斤半。

　　但是她很确定。狼害怕空腹，会先用泥土填满肚子，等找到食物再呕出来。女人则害怕空虚。女人是一只等待填满的杯子，她的肚子满怀受孕的希望。有一段时间，小马尔只是血液、空气和酸面团的混合体，但接着她的乳房就充满了黄色的乳汁，荡来荡去。她梦到他从没讲给她听的事情。她梦到自己从没见过的雪。她梦见吃书，猜到有人很快就要死了。

一天中午，马尔从子宫里提前掉了出来，带着满头的毛发和融化的蜡烛一般又白又软的脸。老鼠在炉子里叮当作响，人们还以为是他的笑声。几天之后，他的五官还不甚分明。几星期过去了，他看上去还像是没出生的胎儿，整个小眼睛里都是瞳孔，绿得古怪，像是什么东西嵌进了不起眼的窄缝里。骨头像杂草一样在脸上的皮肤下生长。

他的眼睛一直那么怪，不仅视力不好，长得还像摊开的双掌那般无奈得不合时宜。他妈妈说，炎热的坏天气毁了她的牛骨梳子，也毁了她宝贝的眼睛。她说她宝贝的眼睛不好是因为他爸爸没完没了地做她。

他妈妈告诉他，事情从来不像看起来那样，所以眼睛能看见多少也无所谓了。

那男人白天从不在家，孩子对他唯一的记忆就是他挂在钩子上的牛仔裤和皮靴，靴子几乎不着地，像是绞刑犯人垂着的双腿，靴筒空洞地竖着，牛仔裤被汗液、还有黏稠的河泥紧紧地粘在靴子里，到处露着破线头。晚上，那双裤腿在墙上投下黑影，孩子看着那苍白的躯体在他母亲的身上颤抖，随后无声地落下来，像是一只飞离风暴的白鸟。

早晨他不在了，插在锅中肥羊肉里的叉子上留着他嘴巴的气味。

一天晚上，他的尸体被一匹马驮了回来。月光之下，马腿像是长柄花的茎秆一样，孩子看到他的喉部已经变成蓝色，他的头部耸起，脑浆从颅骨的裂缝里流出来，垂在外面，已经又白又硬，像悉尼商店里卖的珊瑚。小马尔用脏兮兮的指甲揉揉眼睛，这幅画面晃到了左边，然后消失了。他把窗帘掖进大张着的嘴里，跪在床垫上。这个虚弱、贫贱、有着倔强的暖色头发的男孩，就这样看着人们把他父亲卷到一块帆布里，就地埋了下去。

白天，他在房子的另一侧挖了挖。也许他什么都找不到呢？也许坟是空的呢？

三

心脏重 350 克。两个心腔都有扩张。上腔静脉、下腔静脉、门静脉和肝静脉开放。心瓣尺寸在正常范围内。心肌呈均匀的棕红色。

他成了一个孤儿，没有远亲，港口上的房子开始像狗窝一样发臭。他从十一岁半开始喝杜松子酒，常常直接醉倒在车前，把司机们吓得不轻。被人爱着会占去他很多时间，比他预想的多得多。他的头发和腿都变长了。他的牙齿变得毛茸茸的，像是小溪中的石头。他在海边吃面包，把面包屑扔进水里。世界是马尔灰色的墓地，雨从苍白得像裹尸布一样的天空落下，汇入大海。雨点在捕虾人的油布雨衣上、沙滩上和他瘦瘦的下巴上砰然唱响。

马尔在他寡欢的短暂人生中已经认识到，一切都不可靠，人们也不必拥有身体才能哀悼，因为死亡无处不在。桃核里有氰化物。折着的纸巾里有脑膜炎细菌。湿的淋浴板上有小儿麻痹症病毒。永恒只在夜晚的空气里。

他在一本书里读到，亨利国王死于过量食用七腮鳗，克丽丝提拉公主因为绿色蔬菜吃得太少而病倒。没法解释人们的口味。他在《太阳报》上读到，有个农民在猪圈里中风，什么诱因都没找到。只有他的帽子和一包没开封的玉米。没法解释人们的口味。

晚上他会做一些声色味俱全的噩梦，真实得把他从床上吓得跳起来直接朝墙撞去。他在黑暗中蹒跚进退，像是在跳伦巴，他的脚趾冻得蜷了起来，黄色的长指甲在砂砾上蹭得咯咯响。最终他会清醒过来，一点也记不起是什么把他吓成这样。

大多数时候，人们对他很好。他们对他微笑，也不会砸他的玻璃。他们偶尔会在他窗台上放一盘盖起来的菜肴，或是一罐封好口的东西。不过他们都有点怕他。他存在得好像根本不存在一样——可怕的过去，迷茫的未来。他跑起来，路上滚起灰尘，像烈日下的雨一样升腾起来。

接着春天来了，马尔进入了青春期。他需要用刮胡刀了。他身材修长，爱的匮乏像是一道伤痕，鲜明地写在他的脸上。尽管他身上闻着像是甜瓜，又像蝙蝠一样害羞，女孩们还是觉得他浓密的头发和嚼口香糖的架势很迷人。人们听到他气喘吁吁地跑过瓶干树林。他们在他的头发里看见花粉。

那是春天，一条安静的大黑狗一连几天坐在他门前。它用爪子刨着脏兮兮的草坪，尾巴指着大海的方向，毛茸茸的屁股像蕨类植物那样垂着。它很有礼貌，也不出声，可是人人都排斥它，觉得它不吉利。之前谁都没见过这条狗。它来路不明，又像遗忘一样漆黑。马尔·韦斯特却似乎从没注意过它，所以人们认定，它正是他的命运，他的黯淡未来因其不可避免而昭然若揭。事实上，它只不过是在等待一条发情的母狗，没等来便走了。它很温驯，来自另一个小镇。不过那个时候，所有人都坚信它绝非寻常的狗。

马尔·韦斯特十四岁了，不再喝杜松子酒，改喝黑麦威士忌。他浓密的黄头发深处永远藏着婚礼上的米粒和节日里的五彩纸屑。他到处作不速之客，总穿着一件过小的毛衣，裤裆也快开了。他用红线缝了几针，因为他没有别的颜色的线。他穿着一件灰色的衬衫，扣子直扣到喉咙，绳子做的领带用一个锡环扣起来。眼睛下面挂着瘀青。年轻女孩的父亲们在家中坐立难安。正值情欲像饿狗一样四处乱撞的年岁，怎么才能保护她们不溺毙于爱河？

弗莱迪·戈姆金的老婆长着一张母羊似的脸，一月份刚生了一对双胞胎，可是人都知道可怜的弗莱迪在战争中失去了生育能力……他中过毒气，脑袋里有弹片，一只眼睛是假的，衣服里面挂着橡皮口袋。人人都知道他几乎算不上是生还者。他只对两件事还有欲望——死亡和赌马，不过有了孩子他还是很高兴的。他办了个酒会，用白兰地和啤酒款待众人。尽管他一言未发，人们还是可以看出他对自己的生活挺满意：日子一天天过去，正午每天都如约到来，他的人生被摆弄得恰到好处，像真正意义上的生活一样，也像别人的生活一样，按部就班。

马尔没被邀请，但他也来了。他蜷着身子，胳膊肘支在炉子上，水从头发上滴滴答答地流到耳朵里。他用一双懒洋洋的眼睛打量着屋里的人们。白兰地在纸杯里晃荡如泥。女主人微笑着，舌尖在一口坏牙前羞涩地卷起来。马尔想看看那对双胞胎，但被告知他们正在储藏室里睡觉。门装得不大好，但还是关上了，缝隙用报纸团塞紧。除此之外，这座房子还算整洁明亮，太阳照着每个角落。阳光下的地板白得像浴缸一样。没有虫子，没有老鼠。女人们下巴上没有沾着头发，男人们脸上也没有干鼻涕痂。人人都穿着朴素的棕色和白色——白色的衬衫、裙子、脸蛋和手，棕色的裤子、珠子、靴子和头发——于是棕色和白色便满屋子移动，像面包布丁一样。

可是没有小宝宝们的迹象。没有脚印，没有粪便，粗糙的松木墙面没有抠下来的树皮，也没有在坏椅子上钩破的衣物。

人们都带了礼物来，可是没有一样用对地方。马尔带了一只彩绘鸡蛋，一根细绳从两端的针孔穿过。他想象宝宝们可以用小手打着它玩。但是弗莱迪的老婆却把它挂在了圣诞树上。他们的圣诞树确实还放在那儿，破败不堪，几乎要倒了，苍白得像小麦，极不协调，像个局促不安的人一样歪着身子，挂在上面的梅子快腐烂了。马尔的鸡蛋在空中晃来晃去。针叶不断碰着地板发出声响。

双胞胎的一件玩具躺在水槽边的案板上，女孩们弯腰看着它。毛茸茸的，似乎是一只兔子脚。她们在那里喝热糖水，同时瞧着喝白兰地的马尔，咯咯直笑。

"门没关上就不算门。"马尔和气地想道，瞟了一眼挡在自己裤裆上的报纸。纸张已经旧得发皱，上面的消息早已成为历史。寻人启事用小号字列成一堆，措辞像是在报板球比分：那些人全都找到了。

"到底是什么让他这样迷人……"年轻的女孩们想着，小腿扭来扭去。

人人都盯着他看，好像他们都在觊觎他的座位似的。马尔咽着他的白兰地，把脸藏在杯子深处。他舔净杯底，放下了杯子。他很同情那对婴儿，他们一定被关在黑乎乎的储藏室内，在他们的摇篮里像玉米一样晃个不停。或者他们已经把他造的宝宝弄死了？是不是她把他们打个包扎起来扔出去了，就像人们丢掉母鸡的砂囊一样？

他走了。没人跟他告别。

四

肾脏尺寸形状均一。被膜很容易剥下。食管黏膜呈灰白色。除了少许完整的熟豆以外没有发现其他食物。

天色本来很蓝，大海发黑，不过现在海变蓝了，像猎枪的枪膛一样可怕，天则变成了黑色，满是疾速飘飞的云。港口的水激荡起来，拍出泡沫，好像马上就要吐出死人来。马尔被大风驱赶到镇上，站在一个门廊下看着风暴。门廊通向一间门厅，再里面是一个挤满了牛仔和假花的廉价餐厅。牛仔们一走起路，皮裤就蹭得噼啪响。他们一说起话，食物渣子就溅得四处飞。这里很暖和，热气腾腾，弥漫着羊膻味。他在角落里一个小双人桌旁坐下，窗边的马桶流水不止。没人关心马尔·韦斯特。没人问他要点什么。

除他以外的顾客全是牛仔。他从没想过要成为牛仔。牛仔们大嚼食物，大笑纵声，用随身的刀子切断假花茎。他们把假花扔来扔去，又插在滴水的长发里。刀子翻转之际显得像鱼一般又白又亮；花枝落入他们笨拙的手中，又落在湿注注的地上。羊毛和他们手指上的伤口长在了一起，又黑又糙，像动物爪子边缘的绒毛一样外翻。羊血在他们指甲下面凝成厚块。

他们深色的胳膊上文着玫瑰与老虎的传奇，伴有褐色的针脚和斑斑血块……女人们喜欢抚摸这些刻在肌肉上的花瓣。

可是谁能说我们之中最下贱的人就做不出好事来呢？最漂亮的普鲁士蓝颜料就是用老马的骨头调出来的。

雨下个不停。马尔拧干袖口，透过雾蒙蒙的玻璃看着外面阴晦的天。有人在玻璃上写了个"好"字。街道扭曲了。雨点落在玻璃上，声音就像牙齿在打颤。公园里无人的秋千在杆子间荡来荡去。海浪打在桩子上，拍碎了螃蟹的性命。世间万物看着都像滑溜溜的腺体，微微颤动，又像是被掏空内脏的生物挂在绳头，垂下树来。

马尔的眼睛又模糊了，它们一直都是这样。他仔细揉了揉，弄出一粒沙子。他把睫毛弯上去，用口水让它们立起来。一只眼睛里掉出什么东西，顺着脸颊黏糊糊地滚下来。他早已过了流泪的年纪。他捻起桌上的小纸筒，把里面的芥末和奶油涂满双手。他那张桌子位置最好，因为可以看到街景，可惜厕所的水流个不停，吧台的木头门也总被摔来摔去，响个没完。菜单粘在桌面的玻璃板底下，已经给水汽染成棕色。墨鱼这栏字迹不清，炸面包片和饮料单也一样。实际上，马尔完全看不明白这上面的任何字。人生就是一张肮脏的账单。死于阅读障碍。总之凡事都差不多。

他试着回想一些事情，好像他能记得似的。他不记得自己的出生。

他只好依靠别人乱糟糟的古怪记忆。妈妈曾经告诉他，说他下面那小东西就像盐水太妃糖，又亮又好看。爸爸什么都没说就去世了。小马尔在地上爬着，他爸爸会撇开双腿，从他身上跨过去，好像这婴儿是一道他害怕掉进去的沟。

牛仔们大口吃着，鼻孔喷着粗气，玫瑰在他们毛茸茸的胸脯上蹒跚前行。教练从牛奶湾的预赛回来了。他穿着一件紫色丝绸连帽外套，看上去像个牧师，但脖子上挂的是哨子而非十字架。虽然学校还留着他，但他三年前就不怎么吃香了。他点了一杯啤酒和一个肉饼。

"我跟他们发火了，因为他们没有游泳，而是沿着河岸跑回来的，"他说，"我怎么会知道有个孩子在那儿淹死了。"

他坚持教蝶泳。他吸饱了水的泳裤从裤子底下印出来，留下了地图一样的斑痕。他坚持着。蝶泳不能仅仅因为他死了一个学生就不复存在。他那白色半透明的小胳膊在水流中扑打，幼小的肋骨像桶箍一样在阳光下的水里鼓起来……那个男孩淹死之前游得一直不错。他游得挺快。他的尸体被找了回来，除了手指尖别处看起来都没什么奇怪的。

教练吃得很快。肉饼汤汁顺着他的脸流下来。马尔替他害臊，转开视线，重新透过那个湿漉漉的"好"字看向马路。一位女服务员像鸟一样扭着屁股走来。她嘴唇上有颗痣，上面长着两根长毛，一笑就垂下来，恰好交叉在牙齿前。不过面对马尔·韦斯特，她并没有笑。她甩着一块浸满厌恨的抹布投入工作，把抹布划过他插在一起的双手，又在他的指节里蹭来蹭去，好像在擦拭一把叉子。他可怜的手冒着臭气摇摇晃晃，在桌上直跳，差点像一副手套那样掉下桌边。

他假装没这么回事。

牛仔们用蛋糕擦着盘子。教练不太确定地敲着大腿根，在椅子里扭动。装着食物的盘子从墙上的一个窗洞里推出来，几根手指在三明治上徘徊一圈，优雅地扯掉一片耷拉着的生菜叶。

外面的雨中，一只手在排水沟里虚弱地挥着。马尔不敢确定。他擦去那个"好"字。街道空空如也。一切都正在融入黄昏，雨滴疲惫地落在那只无力下沉的残废小手上。他吃惊地跑出门去，在前厅里摔了一跤，耳朵贴地蹭了一截。他小心地爬起来，好像自己是另一个人似的，又跑向排水沟。他颧骨刺痛，眉毛上挂着细线和灰絮。空气昏黄。树冠。药剂师橱窗里包糖的塑料纸。小镇顺着山坡下行的边缘。他刚才是肝痛吗？他是从洗脸台上滑下来的吗？他大喊一声，一瘸一拐，继续走。

那只手像一只空袋子般沉了下去。一个整齐而不漏水的鸟窝轻轻碰上它的手指，顺流漂走。这座城市的下水孔没有栅栏，掉下去的东西会在地下世界里继续生活，黑马的粪啊，斑纹猫的屎啊，白骨透过鳃片发光的鱼啊。最终一切都被月亮和潮汐清走，粗硬的蹄子、爪子和大块大块的肉都将属于那群像鸟一样斜冲出海草与暗礁的鲨鱼。

马尔跪进奔流的水里，抓住那只像猪肉般柔软的手。手指上没有戴戒指，像老处女的手那样嶙峋而憔悴。那些手指并没有握住他的手。他感到恶心，刚才在饭馆里舔食的那点盐都涌上了他的嗓子眼，眼睛湿了，脑袋里阵阵作响。仿佛浴室下水道里吸溜吸溜的声音。接着出现的是筋骨分明的胳膊，随后是灰色的小脑袋，带着一脸恼怒和凶恶的神情，并且没有耳垂。有那么一下他以为是他亲爱的妈妈，因为她也没有耳垂。她用她那没有耳垂的耳朵和张开的嘴，听着，说着，吻着他。他高兴得差点把她扔回水里了——人总不该老计较那点差异吧。会认错人，正是忠诚的表现。

不过那当然不是他的妈妈。他把那个滑溜溜阴沉沉的可怜人拖到街上。已经有一大群人围了过来，咕咕哝哝，迟疑地流露着喜悦之意，老太太躺在他们中间晾干。她的小脚轻轻敲着铺路石，骨瘦如柴、没有血色的指节敲击着空气。

第二天她被安葬了。她被发现死于当夜，嘴边满是过氧化氢烧伤的痕迹。

五

头部没有外伤迹象。中央神经系统尚未检查。

一切都不可靠，无事能够保全。我们出生时水汪汪的胎膜没法保护我们。人也可以在没有海的地方淹死。

马路上的黑色沥青曾在树的体内暖洋洋地流淌。总有一个归宿等着我们……

马尔十六岁了，镇上派他到美国去，因为所有人都认为，尽管他是个好人，但不可否认，他的青少年时期充斥着死亡、洪水、意外怀孕等等事件，而现在，牧场上所有的羊都快饿死了。男人们往汤里吐血，因为女儿们不把他们放在眼里，她们去自助洗衣店，听着收音机跳舞，当着男孩们的面从蕾丝内衣上挑线头，而他们的老婆们一动不动地躺在床上咬枕套，听任兔子们把花吃掉。

市长的嗓音又尖又虚弱。他在见不得人的部位生了癌症肿瘤。市政大厅冷冰冰的，无精打采，里面布满耗子药。这房子是赶着一系列市政仪式的日程仓促建成的。马尔流着汗，怯怯地听着对他夸大其词的赞美，掂量着人们按在他胸前的那块奖牌的重量，双眼在低垂的眼皮底下泛起乳白色。那天他的眼睛看上去是灰色的。

市长在他的圆形橡皮坐垫上移动着。因为长期用勺子吃药，他粉色的嘴唇两端向下坠着。内脏都挤在了一起。所有的希望都已破灭。市政府破产了，他自己也一样，钱都花在了防鲨网、烟斗滤网和医院公共病房的维护上。而他也死期将至。快死了，而且他老婆并不老实，尽管她还给人洗衣服赚钱，每天晚上也还给他洗衣服。他越来越瘦，在那张闷热的铜床上占的地方越来越小，整天对着水杯咕咕哝哝。天空化作明艳的火焰，像苦难正在降临。眼前竟轮到这个整日惹是生非的放荡男孩去拯救自杀的人。

只有市长、马尔和整齐地坐成一排的地方议员们在场，他们正为了早餐吃的大块华夫饼而反胃。他们把一张机票塞进马尔脏兮兮的衣兜里，还有人在折着钞票……他们不希望他受到伤害。他们从唇间爆出气泡。健康专员的袖子上还沾着黄油。

市长仔细地舔了舔牙齿，它们又白又完美，没有牙洞，像狗牙一样强健……

他救了人，本应受到适当的表彰。虽然那人没能活下来是很不幸，可这不是问题所在。那个老太太的财产很多，多到让人难免怀疑马尔的动机……

……不过现在别人也懒得管这些了。他推了推舌头，他的那点想法从毫无味道的口香糖里冒出来，沿着嗓子滑了下去。他变得更苍白了，接着飞奔出去，瘦弱的臀部撞上了桌子，一个抽屉弹出来，里面有一根发带胡乱缠着一只湿漉漉的胶水瓶和绘成硬币模样的石膏盘子。

……你用你的方式在守护着些什么东西？你最宝贵的、最亲爱的、夜里最担心的那部分是什么？？脊柱睾丸脑袋胸腔肺还是眼球？？？？？？每个人都有点什么。囊肿或是疝气，肿瘤或是细菌孢子，骨折或是发烧。

……你最后想起的会是什么地方？危桥？火车上的厕所？被电死的马？

死亡无处不在，动物园的管理员在灵魂深处等待着遭遇袭击，猎狗等着主人的肉，女佣等着染血的床单……

马尔怀着绝对恐惧后那无力的平静，缓缓爬上斜坡，朝天空走去。他的护照放在胸口那枚奖章的上方，照片上盖了绿章，他闭着可怜的湿漉漉的眼睛，只在眼皮背后闪着光，像死后蒙着脸的基督。飞机起飞了，把他死去的部分留在了身后，他的妈妈在冒泡的海水里，

那条黑狗在斜坡的草地上露出坏笑，兔子们在埋葬他爸爸的坑上跑来
跑去……

六

　　袭击发生在一个小海湾，一端有一条河道。遇害者被送上了救护车，但是由于岸边坡度太大，路面又太滑，救护车的离合器烧着了。上周有几条狗被带到了这个区域。

　　他穿着一件黄褐色西装，胳肢窝处太紧了一点。衬衫领口的扣子裂成了两半，老是从扣眼钻出来，露出他白白的喉咙。他没要晚餐，也没要杂志。他觉得自己要死了。耳朵沉闷地鼓胀。舌根一股垃圾味。云层张开一个大口，他看到大海无情地翻滚着黑浪，礁石和岛屿的浅滩变成黄色和绿色。一位空姐走来，他知道她一定在微笑，像个精神病人。他缩在自己臭烘烘的位子里，把脚抬离地面。他们会把他像鸟一样捆起来吗？会像对待北极熊那样在他嘴唇边文上数字吗？他们不是出于感情或是保护的需要，而是想要知道他在死前走过了多远的路。她停下来，手伸到他的屁股上。他央求般地看着她，想把自己缩进脊椎骨。他的大腿好像孩子冬天的手套一般软弱无力……又脏又乱的哔叽呢……她的手指向前挺进，它们有着长长的蓝指甲，四根像叉子一样的手指，还有像勺子一样的大拇指，满嘴森森牌口气清新剂的香气在他的耳边吹拂，随时预备咀嚼他，永远地征服他。她皱着眉，四下探索着，却不慎把手指突然插进了他的肚脐，足有两三厘米深，像是比赛中进了球。他到处是洞，好像一台弹球机。他们可以在他身上的任何地方开个槽口，刻条印子，贴个标签。他们有的是办法。他们可以挖出他的脑子，他想，没人会知道，因为他们太聪明了，伤口处绝

不留疤。

她为他系好安全带，走开了。系得太紧了，他装在口袋里的芝士三明治都挤成了两半。他的盘子像赌博的筹码一样摞成一沓。但他知道他是安全的，他的命运尚未降临，血液开始重新从双眼流向他僵硬的全身。

飞机震颤了一下。过道对面的婴儿吐到了一本《国家地理杂志》上。马尔的胃里翻滚着，胃壁上的脂肪把肋骨都涂油了。海上风雨交加。他可以想象下面风暴的景象。他在胸前画了个十字，闭上眼睛。他好像看到油船在今夜沉没，捕鱼船的网遮上了死者的眼睛，游艇上的女人们穿着半透明的长裙在船舱里哭泣，她们大喊着，耳环被狂风吹飞，尖尖的鞋跟插进甲板里……

一个女人抱着那个婴儿。"你觉得会坠机吗？"她对马尔说。"你觉得这是末日吗？我们的？我在夏威夷的男人的？"她提高嗓音哼着，发出像一对翅膀扇动似的声响。孩子吐得她满手都是。"他太小了，味道还不难闻。至少这还值得高兴吧。"

马尔没有回答。他发现严肃的自己很有魅力。他根本没法关注那个孩子，他流着鼻涕，小脸跟飞机椅子一个颜色，小手有些肿，眼睛充血。那个女人意识到他不打算回答，向左侧转开眼睛，假装自己根本不是在跟他说话，接着在婴儿的衣服上蹭了蹭手。

"而我，"她接着说，"只有二十岁，我的爱人在远方当兵。"

飞机摇来晃去，好像在被一只巨爪玩弄着。一团肉冻卷滑下托盘，滚过走道，粘上一只发卡。跑鞋上落下的一团灰絮。雪茄烟灰。空姐已经不见了，乘客们缓慢地祷告和哀号。灯灭了又亮，反反复复，婴儿屏住呼吸，鼻梁发蓝。

那个年轻女人捏捏婴儿的脸蛋。"我希望你更大一点，会嚼口香糖。那样你会好受点。"她是个慈爱的母亲，穿着一件可爱的圆领裙子，上面沾着斑斑口水；脸很瘦，小想法一个接一个从脑袋里温柔地蹦出来。

尽管她的嘴很干，一颗门牙还咬在嘴唇上，但她其实不那么害怕风暴。马尔知道，那个婴儿迟早会被遗弃在什么地方，电影院里或是卖火柴和肥皂的小杂货摊后面。就像人们在盘子里吃剩的土豆一样，并非出于恶意或是预谋。但是他会活下去，他会长大，因为他看上去是个聪明的婴儿，又瘦弱又绝望。太阳穴忧愁地鼓动着。长长的耳朵像触须一样颤动着。他的男人在夏威夷穿着印花的比基尼泳裤，床单上都是沙子，而她显得发灰，因为吃了太多米饭和花生酱而营养不良，马尔却连这些都没好好吃过。她的灰皮肤像鳟鱼一样又滑又凉。孩子会爬到什么地方，爬到橘色的月光里，被当地人捡走，长大了去捕鱼。对付鲨鱼，他要先跟它套近乎，把它引过来，接着把手榴弹扔到它嘴里去。他会像马尔那样学起来，逐步精进，接着肉食就会像牛奶一样源源不断地到手。对付女人也没问题。他会在自来水龙头底下洗净双手。

马尔用疼痛的拇指戳了戳眼睛，又用指节清理睫毛。松弛的睫毛让他的小眼睛看上去像是白色土壤里长出的蓬乱灌木。透过飞机的小窗，越过之前乘客留下的油乎乎的头印——他各种疲惫的神情也留在上面——他看不到任何东西，除了一片在向他回应的苍白。白得起泡。马尔就像是别人的一杯苏打水，自己也溺毙其中。他出生的时候是否包裹着一张必须叫人割开的胎膜？他不记得。但是怎么保护他不受空气伤害呢？他的妈妈此刻正在下面与海浪搏斗，那是海面以下很远的地方，没有风，没有破坏力。他知道她正努力跟上他，可是机长口齿不清。他的奖章有点松脱，正戳着他的心。

行李舱里，宠物狗们已经不再冲着引擎嗥叫了。它们总是活得很不现实。因为被托管而生气。它们紧紧蜷起，把鼻子严严实实地埋在尾巴底下。

但是风暴总有个范围，预先定好的路线，既定的经度纬度。飞机平安通过了。白昼突然冒了出来，像一个病人的黎明，高烧和寒颤之后见到的光线格外耀眼，令人惊奇，白得像块裹尸布。人们都振作了一下，随即又缩回各自的坏习惯里。灵魂陷落到胳肢窝和肋骨之间。该做的都做了，也就不需要死了。一个女人像做着梦似的把胳膊上的汗毛吃到嘴里去了。死亡的气味，动物生病时散发的像坚果混合硫黄的甜味，忽然都没有了，取而代之的是蜷缩在橡胶和羊毛中间舒适的胃胀气。一切都很好。滋润得像一杯茶。

马尔吃了他的芝士三明治。他吓得汗潮的屁股沾湿了面包，面包被弄成一团，变成了不知道是什么乱七八糟东西的混合物，表面泛起了泡，口感暖烘烘的。一咬牙也就咽下去了。他们已经过了斐济，音乐还在响，抱孩子的女人已经看上了另一个人，在她愚蠢的脑袋里幻想着跟人家舌吻。

他心疼了一下，好像她用她小小的白牙齿咬过他一口似的。作为一个父亲，一个没有父亲的人，马尔抚了抚胸脯，斜视着那个她感兴趣的男人——一个绅士，下巴像是被拿掉了一块，打着石膏，沉着脸，还没注意到她的注视，胳膊肘的皮绒补丁不知弄过什么，都给磨得光秃秃的。她一直想找个恋物癖或是某种专业人才，而不是像马尔一样的年轻男子，因为这类人爱起来没有策略，对不同女人的爱也没什么区别。在一个人人都需要想方设法自我定义的国度，他既不是牛仔、冲浪者、猎人，也不是什么人的学徒。他是被澳大利亚驱逐了的，是澳大利亚不要了的，而澳大利亚几乎什么都不拒绝，哪怕是毒倒的兔子躺在地里都没人捡。

他看起来的确像个专业人才。他有爱好，或者有解决问题的手段。他的眼睛发亮。晒得干裂的嘴唇。一枚巨大的蓝红两色的领带夹，上面刻着

蒙扎·奥托德罗莫

马尔开始紧张地打嗝，橘子芝士的味道沿着嗓子眼冒上来。他

狠狠地咽了一口，想要屏住呼吸，但气体还是从他两侧虎牙那对称的牙缝里泄出来，这条牙缝恰巧也是他露出笑容——当他罕见地笑起来——时嘴角咧开的终点。他抓住椅子边，轻轻地打了个饱嗝，芝士味懒懒地从鼻子泛上来，像是沼泽里的气泡。那个专业人才站起来，笨拙地走向后面的隔间，快步经过马尔的时候突然跌了过来，右膝一沉，撞上他的肩膀，两人的身躯像麻绳一样互相拧在一起。马尔安全带以下的部分安然无恙。那个奇怪的领带夹轻轻撞着他的眼睛，像上帝的眼睛一样闪闪发亮。马尔一抬手，一根手指绞进那个男人呢子西装的大扣眼，把指甲从根部撕裂了。那人一言不发地走开了，年轻女人趁机补上口红，小婴儿又吐了一次，吐到另外一本杂志上，好像这就是他此生的唯一追求。马尔吮着手指，像动物一样，让眼泪充满眼眶却又不落下来。

　　人们对待他的方式令他害怕，好像他是一张桌子，一把椅子，一块路中央的石头似的。但比那还要糟，至少他们会使用或者躲开那些东西。他们待他的样子就好像根本看不见他，好像他从来不在那里，而人们都是在他空出来的地方活动似的。他要去美洲了，在那里，可口可乐生产厂的机器把老鼠装进罐头，各种堆芹菜、打谷子、摘樱桃、给核桃去壳等等的机器齿轮和引擎会剥去年轻女工的头皮。那里有马戏团、竞技表演和比赛，人们懂得一些他永远也不会想到的事情。

　　他能逃走吗？那些跑到海边去死的男孩搞错了一切，他们只是想要回去。他能找到一个爱他、能看到他本心的可爱姑娘吗？他能走出阴影，让他妈妈的心彻底安息吗？

　　他点了一杯威士忌。酒装在一个小瓶子里送上来，旁边有一只小杯和一块小餐巾，一切都像是孩子的玩具。还有一只纸盘，里面放着六颗花生。他又点了三杯威士忌，一边喝一边吮着他的手指，试着用舌头让指甲回到原位。

　　……他亲爱的妈妈曾经跟他跳舞，一路引着他穿过房间，撞进沉闷潮湿的衣柜，蛾子扑进他的耳朵，跳啊跳，摇啊摇，他摇摇晃晃的脑袋不时撞上她突出的盆骨。累了的时候，他就踏在她宽大的、布满瘢痕的脚上跳。伴着走了音的录音带跳啊跳啊。大鸟单腿站在草坪上休息。退潮的气息。一个孩子朝墙上拍着皮球。

他可怜的妈妈在把沙子倒出泳衣的时候给活吞了。就在前一天，她还为他剪指甲，给他擦眼睛呢。他的眼睛总是轻微地出血，因为他总是抠。它们又疼又痒。牙齿，还有他够不到的耳朵深处也是一样。

他亲爱的妈妈。每次靠近，她的嶙峋瘦骨都会弄疼他。她每天给他治伤，用手指梳理他浓密的头发，梳完还要抚弄好半天，轻轻拍平。马尔简直受不了了。那感觉好美。

他又点了两杯威士忌。那个西装肘部有补丁的男人沿着过道摇摇晃晃地走回来，他赶忙把双手紧紧收到胸前。那人毫不犹豫地一屁股坐进了女孩旁边的空座位。他朝她笑笑，牙齿全部是金的。他坐下的时候领带夹弹了起来，他的这一部分与其说是装饰品，不如说有某种实际意义。就好像潜水者都会在腰带上别上塑料球，这让他们在黑暗的水下也能知道水面的方向。

那个人把他穿着呢子上装的宽阔背部转向另一侧，挡住了女孩和婴儿。马尔看到这里睡着了。

七

这些伤可能是骆驼造成的。可能是他坐下来的时候被骆驼从侧面踢倒，也有可能是骆驼撞倒了一个人，后者又带着胸垫摔到了他身上。

他醒来的时候已在洛杉矶，飞机停在巨大的轮子上。他是机上唯一一名乘客了。过道对面的座位上有一个粉扑和一个玩具。马尔用袖口擦去嘴角的口水，希望自己不是张着嘴睡的。他解不开安全带。叫空姐拿钥匙来也没用。她不在视野范围内，安全带上也没什么地方能插进钥匙。他扭来扭去，衬衫上的纽扣掉了，领子也歪了。他在衬衫上看到铁丝衣架的锈迹。他还发现了嵌在衣服纹理中的玉米粉，那是教会基金会的人清除袖子上的烫痕时留下的。

他终于从安全带底下钻了出来。他把两瓶没有打开的酒放进衣兜，又把西装扣子一直扣到脖子，好把变了形的衬衣藏进里面。他走出门，走进一个黑色的帆布管道。管道没有向下倾斜，而是水平的，马尔失去了平衡，撞上了软软的墙壁。炎热而雾气沉沉的夜晚沾湿了墙面。他就像是撞上了一位满身大汗的摔跤手，他在悉尼的免费健身房里经常看到这样的人。软趴趴湿淋淋的肉底下是骨头架子。没有毛的肚皮晃得人睁不开眼。像脑震荡一样一片黑暗。像鸡蛋一样光滑。

马尔在机场待了好几天，因为他完全不知道除此以外该做什么。那里又大又白又丰盛，好像不存在时间。他走二十分钟才能到达一面真正通向室外的玻璃窗前，看到白昼和黑夜，看到油乎乎的天空，以及伴着烟雾和巨响接连不断疲惫升起的飞机。

厕所和电影都是免费的。他把《战地情人》看了十四遍。过道上满是垃圾，马尔踩扁了一个奎宁水的瓶子。没人看他。人们全在睡觉，在屏幕的映衬下显得灰蒙蒙的。马尔希望自己也有一件主人公那样的飞行皮夹克。要是他也有那么一件夹克，衬着羊绒，又合身又休闲，他就哪里都可以去了。

他在电影院里待了一天半。重新回到大厅的时候，他感觉就像踏进了冰箱。一切都是白的，都在旋转，都在盛放的大灯下发光，而且比他在澳大利亚的任何时候都要冷。他把罩着破衬衫的西装裹紧了一点。

一个和马尔同龄的男孩站在一个餐厅外面，端着一盘样品。一段段维也纳香肠浸在黄色的酱汁里，上面插着带玻璃纸的牙签。马尔小心翼翼地走了过去，拿了一个，吃得太急，牙签扎到了嘴唇。他伸出脏兮兮的胳膊，想要再拿一个，那个男孩端着盘子转开了。

"少跟我来这套，"男孩嘶嘶地说，"我会喊警察的。"

马尔赶紧走开了，朝墙边一张橘黄色的吊椅走过去，但那男孩还追着他不放，喊着"呆子，呆子，呆子"，听起来像噎到了似的，又像在用肺说话。马尔滑进椅子，男孩站在几步远的地方，一口唾沫没有吐准，落到香肠上。

"呆子，呆子，呆子，呆子，呆子，"他说，"笨蛋。"接着生气地跺着脚回到岗位上，黄色的汤汁弄得满手都是。他的发际线很高，歪歪扭扭的。

马尔只待在航站楼的一个区域，范围不超过六七十米见方，北边是一家花店，南边是一个游乐场，入口处有一匹钢铸的马，一只眼睛上的漆已经剥落，一枚硬币卡在马鬃上的箱子里。大多数时候他只是静静坐着，双膝并拢，像个姑娘，吃着硬邦邦油腻腻的包子，里面的肉馅已经紧紧压在一起。墙边有一排笼子，关着打过针的猫。它们的标签乒乒乓乓地撞在笼子网眼上，像是吊杆撞在桅杆上。到处弥漫着尿味和木屑味。女人去饮水器那里吃药。嚼过的口香糖粘得到处都是，变得硬邦邦的。

他的脸上开始长痣，他想在盥洗室打理一下自己，但是墙上玻璃管里的肥皂水对他来说太刺激了，他手上的味道闻起来像是在纸箱里封存了十年。他听说过很多关于痣的事情，他可不想摊上那些麻烦。他在盥洗室里换了衣服，穿上一条旧卡其裤和一件绿色T恤衫。他把西装叠起来，仔细地装进箱子，放在验尸官那篇已经无法阅读的鉴定报告上面，放在他妈妈的梳子和刀子之间。那把刀子是他这辈子唯一一件捡到的东西，是在海滩上烧焦的砖头中间发现的，周围到处是细细的鱼骨头，带着尖牙的下巴朝向大海。

他坐进那张塑料吊椅，揉揉眼睛，又摸了摸滑溜溜的痣，试着思考。

第六天，那个端托盘的男孩过来找马尔。这次，他端着一些还没有拇指大的布朗尼蛋糕。"我会喊人来对付你的，"男孩呵斥道，"我受够你了。你看起来太奇怪了。我受够你了。"

他走开了，布朗尼在托盘里蹦得到处都是。几分钟后，他带着一个穿灰色制服的人回来了。来人的脑门上可以看到帽子内衬的吸汗带压出的一排印子，好像一辆微型卡车刚刚在他头上开了一圈。他看着马尔的左侧方向，比马尔站起来的个子还要高得多得多。

"好哇，"他咆哮着，"好哇，你在这地方过的什么日子？你想干吗？嗯？你究竟在干吗？"

马尔慌乱地四下看着，喘起粗气。薄薄的衣服下面，他的肩胛骨就像是巧妙地缝在皮肤底下的木头衣架。他感觉所有的骨头都在把他往下压，往椅子里面压，而他向前躬着身子，喘气更粗了。

"既然你看来什么都没干，"那人说道，"那就跟我走哇，你可以打理监狱的草坪。"

马尔摇摇头。他的胸骨在T恤衫下大起大落。他想象着它从衣服里跳出来，把他们全都吓死。

"噢，那你一定是在等人咯。"那人说。

"他根本没在等人，相信我。他就是很可疑。在这里坐了一个星期了。到处占便宜。快把我逼疯了。"那男孩气得脸色发白，一边说一边抓布朗尼，盘子里只剩下些蛋糕屑。风把它们吹得到处都是。

"你在等人吗，孩子？"那人问马尔。

一个女孩从游乐场里走了出来。她穿着一件褪色的短裙，黄头发编成辫子，一直垂到腰下，辫梢用纱线系起来，头发末梢在裙子的边缘晃悠。她戴着深色墨镜，穿着黄色网球鞋，拿着一张卡片。她径直走来，站在那人和马尔中间说："我们是一起的。我们正要走。这个人要陪我去得克萨斯。"

她拍拍马尔的肩膀。她闻起来很干净，有一股叶子的清香，好像她刚刚在湖里游完泳似的。马尔站了起来，跟着她走了，仿佛他的无所事事只是为了等来这一刻。

<h1 style="text-align:center">八</h1>

沃尔特·福克纳是林肯工厂小组唯一的幸存者，当时正像疯子一样开着车。墨西哥城的农民们在公路两旁站成两排，伸着手触摸飞驰而过的车辆。福克纳完全没减速，从那个由人组成的隧道中间全速穿过。事后有人问他，如果他撞到人了怎么办，他的回答是："启动雨刷。"

那是一辆很大的白车，非常漂亮。耀眼得超凡脱俗的白。空调吹得他膝盖发凉。一只橘色的蝴蝶优雅地撞碎在左前灯上。马尔感到了爱。他厚厚的头发没过眼睛，落在脸颊上的凹坑里。一个人形的气球歪了歪身子，倒向副驾驶座的有色玻璃窗，它子弹形的脑袋上有一张橡皮泥做的面孔，还穿着真正的布衣服，打着简易领结，头戴米色牛仔帽。女孩拧了一下它膝盖位置的活栓，给它放了气，把它折起来放在手包里。

在德士古加油站，他们擦掉那只蝴蝶，加了二十六升油，其间女孩不停地说话，又从一个纸箱里拿出冰淇淋、炸鸡和蜂蜜给马尔吃。冰淇淋冷得马尔的牙齿敲得咯咯响。蜂蜜滴下来，流过他的手指，掉在她给他看的那些卡片上。其中一张用厚纸板做成，一面写着：

寻找陌生人

另一面画着一只马蹄铁，写着：

携我家中留

真爱不远游

"这些都是游乐场里的算命机吐出来的，"女孩说，"这张镍卡掉出来的时候，我正好看到你坐在那儿。算命机就是曲棍球游戏和拍熊游戏中间的那个吉卜赛娃娃，你知道的吧？"

她把另外一张卡递给他，上面写着：

招聘司机

地点不限

油费全包

502-3061118

"我就是这么过活的，开各种各样的车，不过大多都是好车，凯迪拉克啊，别克啊，林肯啊。因为需要这种服务的都是又老又弱的有钱人，他们自己坐飞机走。我一路上扒下车身上不影响前进后退停止的所有零件，空调啊磁带啊什么的。电池、轮胎、千斤顶都在距离目的地十公里或者二十公里的地方换成破烂货。从来没人发现。我到达之前总把车擦洗得干干净净。人人都高兴得不得了。因为他们根本不懂车。能开到药店去买白宫牌痔疮膏就行了，能开去正式场合就行了。他们的脑子都裹在避孕套里。任何事都别想钻进他们的脑袋。这就是我的谋生方式。赚不了什么大钱，可是我跑遍了美国，而且我喜欢开车。能免费开这么好的车，别的什么我都不乐意干。开着又快又酷的车去我没去过的地方……亲爱的你长了好多痣啊。一定是有什么说法的，我读到过，不过想不起来了。怎么说的来着。"

马尔点点头，腮帮子里都是鸡翅。

"你会开车吗？不会？好吧，我来教你。"

但是她没有教。一直都是她在开，又快又熟练，气势逼人，重重地按喇叭踩油门。她的胳膊肘被南方的太阳晒得很黑，双腿在地板上又得很开，吊圈耳环摇摇晃晃，闪闪发亮，长长的黄色发辫纯粹得像是从教堂钟楼上垂下来的绳子。

她一直在说话。这可真美。除了妈妈没完没了饱含爱意的唠叨以外，从来没有人跟他说过这么多话。几年之后，妈妈的声音对他而言不再是话语，而是呼吸，像一架钢铁造的肺，为他的头脑提供氧气，让他继续活下去，让他舒舒服服。眼皮关上，鼻孔闭合。她伸出手，他吻着，嘴唇在她的手指上游走。

"这真的是你的眼睛吗，亲爱的？你不是从银行弄来的？好像没有在你脑袋里嵌好嘛。"

噢，她真是又坚强又可靠，真是一位苗条可爱的金发美女。他摸了摸她的头发，那么柔软，那么金黄，他觉得那颜色会掉下来沾在他的手指上，就像是刚摩挲过一片花瓣。她喂了他上千公里。他一直在吃，感觉越来越虚弱。虾和糖果条。桃子、葡萄、核桃馅饼。桶装宽面。黑麦面包。一边开车，一边就着伏特加和橘子汁吃下去。那辆豪车时而穿梭于城市交通，时而驰骋于旷野平川，唯有鸟儿们单纯的音符跳动在他耳畔。车开得那么快，鸟儿唱完一个音，已经甩在身后三公里了。

噢，她真是又努力又实在。即便是没有月光的晚上，她也戴着墨镜，驾轻就熟，车就好像是她身体延伸出来的一部分，似乎她失去了一只手，却从手腕里伸出钢爪。在收费站，她会为后面车上的陌生人缴费，对他们的困惑满脸不屑，只留下一阵幽蓝的烟圈。

"这把他们搞糊涂了，"她说，"这让他们成了债务人。"

马尔试探性地捏捏她的胳膊。那里有一小块结实的肌肉。每次遇到堵车，她就从棕红色的瓶子里喝两大口伏特加。她甚至没问过他的名字。

他想好了，如果她问起，他就说自己叫蒙扎。他的头钻进她的腋窝。

"我很少那么干。"她说着，吻起他的脖子，吮着他的肌肤，仿佛在咀嚼洋蓟，在他锁骨周围留下一串圆圆的紫印子。她闻着很干净，带着远方的气息，像是不知什么东西在小溪里洗过、又在夏日阳光里晒干的味道。他的气味则好比一棵刚刚被狼浇过尿的树，他很清楚。他的肚脐又痒又臭，漂亮的头发在头顶粘成一团，但是那姑娘一直给他吃东西，拧他体侧。玉米卷和炸面团。辣热狗跟小煎饼。颤抖在他刺痛的牙龈间的薯片。染蓝了他的嘴的梅子馅饼。在拉伯克，她买了一箱波本威士忌和一盒幸运饼干。马尔又焦急又疲惫地咬开他的饼干。空调的水滴下来，落在滚烫的沥青上。食品厂的工人粗心大意，饼干上的字拼错了，笔画又重叠在一起，未来怎样，一片模糊。她摇摇头，看起来很沮丧，穿着短裙和帆布鞋的样子有些天真有些挑逗。她驾车驶离商店的停车位和那个晒黑的营业员，上了公路，驶向大海。

她把他安顿在海边的一座小屋里，自己去还车。窗框用牛骨支着。墙角里堆着冰冷的沙子。虫子在包裹着破布的管道边爬来爬去。所有的东西都在暗中生锈。她打车回来的时候，马尔已经用枕套当毛巾，蹲在截短的浴缸里面洗过澡了。水泛着硫黄味，他用过肥皂之后，水就慢慢变成了深绿色。那绿色也很迷人，很有味道，他眼睛没毛病的时候就是那种颜色。绿色的东西紧紧粘在浴缸的侧壁上。他的手无处可放。

海风轻轻拍打着他的头。他感觉像在度假。家乡这天正是节礼日。他是来自卧龙岗的蒙扎·董。海鸟疾速飞过，她说："那种鸟叫作三趾滨鹬，它们先飞到智利，然后再去格陵兰。而它们只不过数十厘米高，数十厘米长。"

她从小屋拉了跟麻绳出来，拴到一棵马尾藻上，洗了他们俩的衣服，挂上去晾干。她蜷在发霉的床单上，苍白，虚弱，除了墨镜以外处处显得亲切，头发像黄油饼干一样暖洋洋黄澄澄的。夜里，发辫划过马尔的脸颊，他被北美夜鹰的啼鸣晕乎乎地弄醒，看到她打开冰箱门，灯光从塞得乱七八糟的架子后面钻出来，照着她，她脖子后仰，喝着纸盒里的牛奶，正好照出她小小的乳房，弯弯的肋骨，伴着冰箱的嗡鸣微微发光，像是冰天雪地里的一片麦田……她回来的时候胸膛凉凉的，嘴唇又冰又酸。她抚摸他的样子像是要从潮湿的床垫里、从海绵里捞出什么东西，像是要用手穿过他的身体去捞，像是她把手掬起来穿过他的胸膛就可以捞出她想要的东西。马尔闭上眼睛。他睡得很舒服。万物在闪光的沙子上疾驰而过。姑娘的裙子飞了起来，被悄无声息的风抓住。

九

　　据说许多年前，维多利亚有个小伙子爬进了一只袋熊洞穴的入口。受惊的熊跑出洞，从那小伙子下方经过，突然感到背上的压力，以为洞顶塌了，猛地拱起后背支撑洞顶，就这样把那人挤死了。

　　她割掉了辫子，和从前的模样却没什么不同，这令他很吃惊。她用一把钝了的面包刀切断辫子，绑在他消瘦脱皮的腰上，转身端起她的印花咖啡杯，继续喝着里面的波本威士忌。

　　"如果我切的长度恰到好处，"她说，"六个月左右就又会长那么长了，就像螃蟹重新长出自己的螯一样。"她告诉他，她的头发和指甲都长得很快。就像坟墓里的东西一样。

　　马尔很害羞。他轻易就从那发辫中认出一张衰老的脸，发皱的鼻孔，小小的玻璃眼睛。他把它挂在暗处，把沙子倒进最后几瓶威士忌，转身看向海边。他曾经在那里看着鱼群在一个大浪里白花花地浮起来。女孩到沙滩上去睡觉了，有点不大高兴，剪短的头发在耳垂边打着卷，肚子像心脏一样跳动着，宽大的脚趾甲伸向水上的雾气。

　　稍后，她会把那条辫子围在他身上，他们会并肩走在炎热的路上，在一片黑暗中拉着手，沁着汗。虽然她每天都洗头发，又把它重新编好，那条辫子还是把他弄得痒痒的。金黄色的。浴缸现在越来越绿，看起来很时髦。他自己的头发是核桃的颜色，掩盖着脊椎上令他生疼的骨节。他担心自己的头发会在太阳底下自燃。夜里的它们看起来也像是在冒着热气。

　　偷工减料的马路用大量的沙子铺成，坑坑洼洼，非常危险。好些车抛锚了，下雨天有些会浮起来，有些则不会。这块地方所有的东西都是沙子做的，房子，桥，板凳，城里的奶牛雕塑，连玩具都是用沙子填充的。女孩说，这里的人们到处耍赖，还用沙子打人。人们回收处理你用过的东西。海滩上的沙子都快没了，只剩下些碎石，还有人们写在退潮后光滑的沙地上的"欧拉米特"，那些字母大得像是写给飞机、直升机或是那种智利飞鸟看的。她说她就等人们拿沙子造一辆车出来，可以在咸水里开，那她就开心死了，别无他求。人们已经造了木头车和玻璃车，要是出了事，它们的碎片会钻进你的皮肤，插进你的心脏，仿佛你是个恶魔。剧烈碰撞时，它们会像个近一吨的啤酒瓶一样把你切碎。碎玻璃接连落下。一切都像雪片撞上了灼热的内燃机活塞那样发出噼啪爆响。

　　她说，他们会开着沙子做的车去佛罗里达，吃椰子冰淇淋。他们可以看爬行动物表演。他们还得带上吸管，以防万一，一旦车子塌了，他们可以把吸管伸出沙堆呼吸，等救援队把他们挖出去，此外，他们还可以用吸管喝她装在保温壶里的冰台克利酒。马尔缓缓地笑笑，整理了一下那条发辫，停下来吻她。她用舌头把他的口香糖卷了出来。

　　中午，她常常把冰块放到他手腕上。她注意到他的手心里没有掌纹。

　　一天早上，他们正在海滩上滚着球玩，忽然看到几辆卡车和起重机从路上开过去，停在不远处的沟边。那些人走出驾驶室，回到城里。

马尔和女孩试着忽略这回事，可是那些车又大，漆得又花哨。没人守着，也没人移动。它们就那样斜在沙地里晒着太阳，镀铬亮得刺眼，惹得北美红雀整天跳上去照镜子，欣赏鲜红诱人的自己。

马尔回去继续玩。球在空中划过重重弧线，彼此相撞发出声响，这些都让他很快乐。太阳是游弋在雾中的红鲑。云是冒泡的杜松子酒。有时候马尔站着就能睡着。

女孩一早出去买酸橙。潮水退了，一根棒子露了出来。月亮还挂在天上。他看见一个轮胎，等他碰到了一只吻才发现那其实是一条鲨鱼。它被人砍去了下巴，整个松松垮垮，胃挂在一边，黑黑黄黄的一大团，像个腐烂的西葫芦。他坐下来细看，接着发现自己不能再多想它。他沿着海滩继续走，看看还能发现什么。回来的时候，他模模糊糊地望见他们的房子已经被铲平。那些机器开远了，原地只剩下一堆板子、到处逃窜的虫和装在破袋子里的滚球。

马尔四处跑了几下，像是条想咬自己尾巴的狗。他不知道是不是还能看到那条辫子挂在天线上晃悠，像松鼠尾巴一样甩来甩去，旁边是救生衣，是她湿湿的窄窄的嘟起的双唇吹起来的。他望着马路上走过的东西，不知道什么东西还能算作是他的。

没人能够幸免。那片荒凉像恶棍一样在他心里横冲直撞。黄昏时，他听到它在耳边呼啸，凄鸣声声。海边的荒漠。丛林中的沼泽。她莫不是早就知道？那里有的是狂躁的狐狸和散架的转向拉杆。在浴盆里呼噜作响的水。迎风鼓动的帆。变了形又被火烧过的脑壳。

马尔跑了起来。汽车天线上的旗帜、花朵和内裤迎风招展。车里的人们笑着，东张西望，喝着纸杯里的饮料。耀眼的阳光下，四处飘荡着橡胶、油、盐的气味。海滩没有尽头，马尔跑啊，跑啊。

（原载《巴黎评论》第四十八期，一九六九年）

丹尼尔·阿拉尔孔评《微光渐暗》

　　乔伊·威廉姆斯属于那种风格独特的叙事者，一眼即可认出。她能从人们最寻常不过的举动中体察到内里那颗神秘而拥有魔力的心。她的故事发生于意外之处，历经意外转折，直奔终局。她并不描绘生活：她揭露生活。她并不摹写场景：她以一种微妙的视角唤醒场景，用看似随意的转述呈现出她最充分的、往往是极具破坏力的洞见。

　　　　小马尔在地上爬着，他爸爸会撒开双腿，从他身上跨过去，好像这婴儿是一道他害怕掉进去的沟。

　　这幅画面里的婴儿正是马尔·韦斯特，《微光渐暗》里缺少爱的不幸主人公。他活下来了，可是他痛苦的生活里没有一点浪漫的光辉。马尔性格粗犷，难以约束，备受打击，贫困绝望，茕茕孑立。本就不想要他的父亲在全文第一句话里即已过世。他的母亲——世上唯一全心爱他的人——也在第二句里死去。她的死贯穿这个美丽动人的故事始终，直到最后一句话。但真正吸引我们读到最后的是作者的行文，不时使用极具创造力和冲击力的意象，不断向我们剖析和阐释马尔无望的世界。威廉姆斯匠心独具，马尔漂泊不定、无依无靠的生活在她的叙述下变得扣人心弦。生活降临在马尔身上，它是强加于他的一连串不幸，并在他的被流放中达到极致。（再没有哪个短篇小说中出现过比本文更孤独的机场经历了。）马尔一言不发，然而不知为何，我在第三遍阅读《微光渐暗》时才察觉到这一点。我对他了解至深，而且无比切近地感受到他的欣喜与恐惧，就好像他一直以来都在我耳边低语。

一个醉赌鬼而已

克雷格·诺瓦　著

安·比蒂　评

刘雅琼　译

我晓得的秘密比我见过的任何人都多。我的邻居哈罗·皮尔逊以前是个赌鬼——不过这桩事儿从来不是啥秘密，很多人都知道，就连他后来做议员那阵子，都有不少人知道。他是新英格兰人，高高瘦瘦、胸宽肩阔。我现在也老了，坐在自己家里，听着百叶窗在冬风中乒乒乓乓地响，回忆着遥远的往事，比如，哈罗还年轻的时候在马来西亚怡保①的那阵子。去怡保之前，他在欧洲赌场赌博，尤其喜欢去挂着枝形吊灯的赌场，那儿的乐师身着晚装，演奏室内乐，有人站在轮盘赌桌旁边，用小本子记下每一轮的分数。赌博让哈罗觉得自己仿佛是世界的一分子，他讨厌置身局外。他曾经这样定义赌博：赌博与不赌博，区别就是带着猎枪和狗在废园子找松鸡，还是光在那儿闲溜达。

哈罗有个家仆，名叫夏丘，在美国别人喊他夏尼。夏尼的父母来自亚洲的某个部落。一九五〇年，夏尼在怡保的赛马场当马夫。他夜里也住马场，就睡在马棚后面。床是一摞摞干草垒的。他躺在床上，舒展身子，听着干草沙沙作响，透过薄薄的毛毡感觉有些刺痒，四周弥漫着尘土和青草混杂的气味。他通常单独吃饭，就斜靠马厩门蹲着，或者回到他睡觉的地方。还有其他马夫，他们都睡在马棚里，人人有个小包，装些私人零碎——书，相片，梳子，换洗的白衬衫，黑裤子。

夏尼最常效劳的客人是一位法国和缅甸的混血儿。他身材滞重，头发全秃了，长了一双浅绿色的眼睛，皮肤是光溜溜的深橄榄褐色。

---

① 怡保（Ipoh）：马来西亚第四大城市，霹雳州首府，位于吉隆坡以北约两百公里。

他的西服是伦敦产的，手上还戴着一块硕大的金表，能显示世界上任何角落的时间。这人名叫皮埃尔·布泰耶。他有时睡不着，便过来把夏尼喊醒。

"你睡着没？"皮埃尔问。

"没。"夏尼回答道。

"你看到小偷没？"皮埃尔又问。

"没。"夏尼说。

然后，皮埃尔说："出来吧。"夏尼跟着他出去，皮埃尔递给他一支美国烟，骆驼牌的。他们一块儿抽起来。马来西亚的夜空湿气袭人，城里的灯光病恹恹的，映射着空中游荡的云彩。

皮埃尔给夏尼讲他去过的地方。他说巴黎女人——还有荷兰女人也一样——为了钱什么都肯做，纽约挤满了疯子，南斯拉夫有个沙漠，美国的食物特多，富足得难以想象。在美国，有的马来人和缅甸人靠赌博或靠在餐馆跑堂挣钱，有的当了医生，有的成了大学教授，芝加哥还有个马来西亚儿科医生……夏尼吸了根烟，想着堆成堆的食物：他眼前出现了成垛的大米，跟火山一样高。他的烟都烧到烟蒂了，手指给烫了一下。

皮埃尔有匹马，是他在菲律宾买的。这是一匹好马，血统纯正，原产肯塔基州的列克星敦。皮埃尔很担心这马，老是怕哪天给偷了。他整夜整夜地盯着马厩，说，到处都是贼，得时刻小心提防着。有一回，皮埃尔在城里喝醉了，睡倒在小巷子里，结果一觉醒来发现自己那双白色的鞋被偷了。皮埃尔站着，睁大了眼盯着马厩，夏尼陪着他，想听听巴黎女人、荷兰女人和美国食物的故事，但皮埃尔只是盯着黑漆漆的马厩，听着马躁动的声音。等皮埃尔安下心来，他便说："咱去抽个烟。"

这匹马按部就班地训练着。一天晚上，驯马师驯得比平时稍稍激烈了些。皮埃尔跑到夏尼睡觉的房间，摇摇他的腿把他弄醒，让他打车去城里找兽医。那时已是凌晨一点多了，皮埃尔嘱咐夏尼，只能告诉兽医说是他的狗病了。皮埃尔给了夏尼一包骆驼烟，夏尼打了辆车，外面电闪雷鸣，他把车窗摇起来，点上烟，抽起来。夏尼找到一个法国兽医，他往出租车里头闻了半晌，等烟味散尽才上车。他们返回马场，兽医跑去看马，夏尼独自留在马棚前面放哨。

早上，那匹马不见了，第二天半夜一点左右，它又被带回来了。兽医把马带到诊所，那边配有专门检查马匹的 X 光机和大桌子，不一会儿，医生就拿着马踝骨的黑白胶片来找皮埃尔。片子上有一处问题：脚骨上有条长而清晰的裂缝。兽医告诉皮埃尔，它要是再狠狠地跑一次，那骨头铁定断。兽医的原话是骨头会"爆裂"。他交待一句，最好立刻把它卖了，说完就走了。

那两天，夏尼没听到什么消息，结果有天半夜，皮埃尔忽然来到他的卧房，问他睡着没，看到小偷没。夏尼发现皮埃尔这次说到"小偷"时，没有了往常的那般惶恐，而是有些温和，甚至流露出几分期待的语气。夏尼说，没看到，完了他们就出去抽烟了。皮埃尔喝得醉醺醺的，手在空中一顿乱挥："你知道不，那个混蛋兽医是个大嘴巴！现在人人都晓得那马了。我他妈的还咋卖钱啊？"

皮埃尔没给夏尼递烟，夏尼看着城市的点点灯光。皮埃尔一边说话，一边挥舞着捏香烟的手，橘红色的烟头在暗夜中闪闪烁烁，划下一道道亮线，好似霓虹灯管。夏尼望着那亮晶晶的弧线，听着皮埃尔沉重的呼吸声。

"那匹马上过保险吗？"夏尼问。

"嗯。"皮埃尔说。

他们一起望着那座城市的灯火，望着城市上空灰黄色的云彩。

"包括失窃吗？"夏尼问。

"嗯。"皮埃尔说。

"谁要是偷个瘸马，那真是脑子有问题。"夏尼说。

"不是人人都知道底细的，"皮埃尔说，"我也犯不着操心窃马贼的脑子好使不好使。你知道，他们时不时也会搞砸的。你看。"

他指着远方的一盏灯，正是怡保监狱的方向。他俩的身后是那座巨大的木头马棚，地上铺着木屑，能感到牲口在里面躁动不安。

"可以想法子安排一下。"夏尼说。

"我什么都不想知道。"皮埃尔说。

他们并排站着。过了一会儿，夏尼说："六百美元吧，要十美元和二十美元的钞票。"

"三百，"皮埃尔说，"我又不是大款。"

"好吧，"夏尼说，"三百五外加一套其他血统的证明文件。次等血统，其他颜色，但是年龄和公母一样。"

皮埃尔叹了口气，说："好吧，抽根烟吧。骆驼？"

夏尼接过烟，点着火，大口抽着。他站在那儿，望着城市的点点灯火，望着大片大片臃肿的云彩，听着马厩里面的踢踢踏踏，想着巴黎和荷兰的女人，想着美国堆成山的大米。

第二天，马和夏尼都不见了。

一九五〇年，哈罗在海军服役，他在马来西亚的时候就驻扎在怡保。这城市拥挤得很，而且一到雨季天天大雨瓢泼，让人觉得像裹着衣服冲澡，这时候连天空都会变成紫色，像难看的淤痕一样黑乎乎的。总之，有天哈罗溜达到街上，两边尽是关着门的商店和仓库。商店都用金属卷帘门锁着，仓库也都扣着大大的挂锁，有的锁像书那么大。每个楼顶前前后后，都安着一排排铁丝网。仓库供临时使用，最短可以租二十四小时。哈罗沿街走着，在一个自行车仓库门口站住了。城市里挤满了行人、汽车、摩托车、自行车，可哈罗从来没见着哪儿有马。这儿没多少地盘能放得下马。他在自行车仓库门口站住，是因为他险些踩着一堆马粪。

仓库门没锁，哈罗推开门，借着昏暗的街灯，看见自行车有堆在地上的，有挂在墙上和房椽上的。街上的亮光打到自行车轮上，显得它们特别脆，简直一碰就要散架，跟缺了伞布只剩伞骨的雨伞一样。过了一会，哈罗听见有人说："把门关上。"

哈罗闭上门，门轴慢吞吞地发出一阵吱扭声，像小虫子啾啾唧唧似的。他没把门关严。哈罗转过身，一束手电光射过来，照亮了挂在空中的自行车。屋子的后边狭窄极了，站着一个亚洲男人，穿的是黑裤子白衬衫，牵着一匹马的笼头。尽管灯光昏暗微黄，还是能明显看出那是一匹纯种马。

哈罗走近些，跨过自行车堆，又四下看看仓库，再没别人了。只有那匹马很遭罪地圈着，那个亚洲男人，灰乌乌的墙，自行车亮闪闪的轮辐，一堆堆黑色橡胶内外胎，其中有些轮胎反反复复补来补去，看上去稀奇古怪的，活像盘着的黑红相间的巨蛇。哈罗和这个亚洲男人站得不怎么近，但他们相互坦率地对视了一阵，就这么站着的一会儿，起初看似贸然擅闯、甚至入室行窃的行为都已经前嫌尽释。甚至有那么一会儿，他们活脱脱像一对有限合伙人。

哈罗介绍了自己。那人说他叫夏丘。哈罗从马的面庞、结实弯曲的脖颈一路摸到它的胸脯。

"你从哪儿弄的这马？"哈罗问。

夏尼冲他眨巴眨巴眼。

"偷的？"哈罗问。

"不，"夏尼说，"不是那样的。但是，讲实在的，我得说这里面是有点儿名堂。"

"嗯，"哈罗说，"什么名堂？"

夏尼又眨眨眼睛。

"这么说吧，"哈罗问，"在这儿的赛马场跑的话，会不会被人认出来？"

"万事皆有可能。"夏尼说。

哈罗又瞅了那匹马两眼。他再看夏尼时，发现他胳膊肘旁边的箱子里有张报纸。刚才还没有呢。哈罗拿起来，发现是一张两个月前的赛马成绩榜，来自马尼拉的一个赛马场。报纸折得整整齐齐，不过仍然有些水渍，也有些泛黄，中间有铅笔画的圈，那儿印着一张表格，说的是一匹三岁的马在十五场比赛中三次取得了第三名，三次第二名，九次头名。哈罗认出了马的品种。

"你说，"哈罗问，"咱们干吗不让这马在这儿比赛呢？"

"怕被认出来呗。"夏尼说。

"这好办，"哈罗说，"咱给它染个色。"

"对噢，"夏尼看着马，说，"咱给它染个色。"

"在这儿，偷马会咋罚？"哈罗问。

夏尼说，那得看是谁的马了。有些人无法无天，那可是尽人皆知哩。哈罗和夏尼都在这座城市见过文身的匪徒，有的没有手指，只落个残肢，因为手指头已经献给某个匪徒首领表忠心了。哈罗重新瞅了半天马，看了看成绩榜，又坦率地望了夏尼一眼。

"我不想惹麻烦事儿。"哈罗说。

"那是，"夏尼说，"给马染色不是个好法子吗？"

哈罗叹口气，说，应该是吧。他走出仓库，沿街走到大路上，叫了辆出租车，开到杂货店，车在店门口等着，他进去买了十包黑色立特牌染料，两块天然海绵，一叠毛巾，买完就回车上。车快到仓库的时候，哈罗让司机停在街角，他下了车沿着街走，不时地扭头看看。

夏尼和哈罗找到一个镀锌桶，装满水，开始一点一点地化开染料。搅拌时，他们互相盯着对方的眼睛看，各自琢磨着这匹马参赛会不会出什么岔子。接着，他们继续干活，谁都没提一句颜色的事儿，因为他们都已默认选用灰色了。

哈罗把海绵在桶里蘸蘸，抹在马肩隆上，接着夏尼用毛巾擦干。

他俩后退几步，打量一番这病恹恹的灰黑色。然后，夏尼又拿起海绵，俩人继续干活，把颜料揉到皮毛上，揩一揩，再退后几步看看效果。等他们完工时，这马浑身的颜色令人疑窦丛生，因为一眼即能看出这是一匹冥顽不灵的劣种马。最糟糕不过的是，那颜色活脱脱一副新英格兰坟地里风蚀斑驳的墓碑样。

夏尼和哈罗看上去像戴着紧身手臂套。他们抻着手，远远地避开自己的衣服，让染料在皮肤上一点一点地晾干，感受着它变成粉状。

"那个，"夏尼伸出沾满污渍的手，指着马说，"我就指着它帮我离开这里了。谢天谢地。我早就听说美国有成堆成堆的大米，芝加哥还有个马来西亚的儿科医生。那是真的吗？"

"可能吧，"哈罗说，"我也不认得几个医生。有可能吧。哪儿能洗手？"

夏尼指指仓库后边，哈罗走到冷水龙头跟前，拧开，夏尼问："那荷兰女人和巴黎女人呢？给她们钱，她们肯干吗？"可哈罗已经打开了水龙头，没听见他说什么。他洗了洗手和胳膊，看着白汪汪、冷冰冰的肥皂泡变成灰色，打着漩儿流下石制的水池。

哈罗回来时，在底朝天的盒子里又发现一张文件，纸质更厚重，印刷也更清晰，侧面还有一圈精美的卷轴，看上去有点像股权证明，文件顶上的描述为：灰色，三岁，纯种。还具体写了品种，不过不是那种很顶级的。

"你从哪弄到的？"哈罗问。

夏尼眨巴眨巴眼睛。

"它们从老远老远的地方来的，"夏尼说，"咱们在这儿用，安全得很。"

他们拿出哈罗采购时用的大袋子，把空染料盒放回去。夏尼说，他会去小巷子把这些都烧了。天色还早，哈罗要去马场找个赛马师。他走回到街角，叫了辆出租车。

晚上，最后一场比赛结束后过了两个钟头，哈罗带着亨利·劳厄回来了。他皮肤黧黑，作为一名赛马师来说未免胖了些，还有点醉醺醺的。哈罗推开仓库门，劳厄走进来。夏尼正从桶里拿吃的喂马。夏尼举起桶里的胡萝卜，一个一个地塞到马嘴里。马嘴张着，齐整的牙齿有点弯曲，不时咀嚼着食物。劳厄走到牲口跟前，仔细检查着，一边摸着马的肌肉、脖颈和腿，一边自言自语："不错，不错，不错……"

"你看怎样？"哈罗问。

"我银行有两千存款，"劳厄说，"我这就去取。"劳厄回到马跟前，用他小小的、起茧的双手来回抚摸着马。哈罗和夏尼听到劳厄在他弯腰查看的昏暗处自言自语，半是痴癫半是清醒。"那两千是给我出城用的。你明白困在这儿是啥滋味不？"他又咯咯地笑起来，这会儿在用双手细致地检查马腿了。

两天后，这马出现在怡保的第八场比赛现场。哈罗和夏尼绕着跑道走着，感受着空气中兴奋的情绪。他们拿高脚杯喝了些苏格兰威士忌和苏打水。夏尼从口袋里面取出墨镜，戴上左右瞧瞧，又摘下来，一边摆弄着，一边大口喝着酒。夏尼有三百美元，哈罗有九百。他们找了两把椅子，坐在赌金计算表前面，一脸的空洞和厌倦。第一轮赌金赔率上涨时，这匹马列在五十比一，等到比赛临开始前，赔率飙升到九十九比一。哈罗和夏尼又买了两杯酒走到窗户旁边，那儿有一排一排的人，有马来西亚人、中国人，还有英国人和美国人，更不消说还有不少法国人呢，他们都带着一截子铅笔在表格上计算着，不时扭头望着雾蒙蒙的背后，期待着有什么人或者至少有什么消息会从背后过来。

哈罗和夏尼分别在两行队列等着。哈罗穿一身白礼服，站在其他赌徒中间显得又干净又年轻。窗户那边，有人躺在地上，有人倚在栅栏的木板上。不少人只有一条腿，他们坐在那儿，拐杖斜靠身后，顶上搭块布条，其中有个女人的一条腿太壮了，光那条腿估计就有另外大半个身子那么重。还有一群小孩，有两个小孩眼睛瞎了。他俩坐在一块儿，笑嘻嘻地摩挲着对方的脸。有几个没牙的男人，还有个人有道长长的、白色的疤，从他的发际一直长到衬衫上方，看上去活像有人要拿劈柴斧头把他劈成两半似的。他和其他人一伙儿坐在栅栏那儿，盯着那些收集中奖赌票的人们。

夏尼走到窗户跟前，站在经纪人对面。他从口袋里掏出那三百美元，站了一阵。经纪人催他快点。夏尼一开始只给柜台上放了十美元，又犹犹豫豫的，心想保不准马的那条腿能撑完整场比赛哩。这可真难讲：那个兽医看马技术一流，这种情况一般不会弄错，但的确，那条腿有可能一直撑过终点线。那该咋办？夏尼在柜台前面站了一阵，然后把那三百美元一分两半，在这匹马上押了一百五，又把剩下的钱塞回口袋，拍了拍，一边还看着那些斜倚着栅栏的男男女女。

比赛开始前，所有的马都被领去起跑门，那匹灰马被引到第一道，夏尼说："那匹马要是赢了呢？我们怎么把钱取出来？"

哈罗拉开白礼服的上衣，里面揣着一个家伙。点 45 口径自动手枪装在斜挎着的皮套里。哈罗没把上衣的扣子扣上，这倒不是他有意炫耀武器，而是想拔枪的时候能利索些。

这匹灰马似乎在出起跑门的时候就领先了一个身位。远处，当所有的马从大门跑过长达六弗隆①的非终点直道时，哈罗和夏尼看到这匹马奇特的、像海潮一样健雅的身姿。它似乎甩开了步子，稍稍有点偏离跑道，速度比他们预期的还快。快到转弯处，它已经领先其他的赛马五个身位，而且差距还在不断加大。马尾在空中飞舞，马鬃像旗子一样飘展，劳厄试图收紧这匹灰马的缰绳，因为就算在怡保，也有规矩，总得悠着点儿。

----

① 弗隆（furlong），英国长度单位，等于 201.17 米。

在弯道，这匹马好像跑太快了，没办法转弯。最糟的是，似乎有一会儿它跑得太直，如果按着这个切角冲过去，一准儿要撞上围栅。看台上的人们早就站起来了，尖声呐喊着，可是，就在这匹马偏离跑道的一瞬间，呐喊声变成了一声长长的、低沉的呻吟。这匹马直冲出去没几秒，它的一侧肩膀一歪，登时高高地侧摔出去。那一刻，劳厄、鞍辔、马鬃、马尾滚作一团。马的翻滚、它的颜色，一霎时，仿佛是爆炸后的一缕硝烟，闪亮了一瞬，混为一团灰霾；马靴、马镫、一只手或是一节丝绸碎片、尖锐的马蹄铁，在明澈的空中一闪而过，重新消隐成一片狼藉。这匹马顶着地面，翻过来，还想站起来，但失败了。

哈罗穿过人群，夏尼紧紧抓着他的夹克，他就这样一路拖拽着，一直走到栏杆那儿。哈罗一跃而过，跑过赛马场松软的细沙壤土，这土深极了，一路长跑过去仿佛梦境一般，步步难行。哈罗穿过内场草地。他一路前行，看台上的人们一路跟着，人群走成一个巨大的V字形。

哈罗过去的时候，劳厄正站在那儿盯着马看。有那么一会儿，马用蹄子扒着地面，试图站起来，结果每次试着用伤腿承重都会重新跌倒。它痛苦地挣扎着，马头随之一颠一伏。哈罗和劳厄对望着，直到劳厄说："这马只能宰了。"人群潮水般穿过内场，夏尼跑在最前头，马场管理员开着雪佛兰卡车从大看台那边来了。这时，哈罗从他衣服里掏出点45手枪，站在马的前面，朝着马的眼睛之间扣动扳机，一枪，又一枪。那匹马缓缓地把鼻子抵入马场松软的壤土里不动了。人群拥来了，夏尼在最前头。

夏尼站在马的另一边，毫不顾忌地号啕大哭，双臂在空中乱挥。哈罗立在那儿，一身白礼服溅着血迹，手里还握着那把手枪。人们把他围在中间，看着马，你推我搡，连珠炮一样议论着，一边还厉声尖叫、手舞足蹈地比画着那马怎么跑的直线，又怎么一头栽倒。夏尼朝哈罗声嘶力竭地喊叫，这会儿他不讲英语了，不知是中国话还是马来西亚方言，反正哈罗压根听不懂。一个穿蓝色工装、打领带的年轻人和哈罗说："他要枪。"

"干吗?"哈罗问。

"他想开枪自杀。"穿工装的小伙子答道。他说话飞快，整个脸颊都在抖动。

夏尼站在马的另一边，一只手伸出来，手掌张开，另一只手指着它比画着。人群围着马，咕咕哝哝的声音交相混杂不绝如缕，虽然音量不大，却像海浪一般此起彼伏。哈罗把手枪放回皮套，说："不行。叫他过来。"

夏尼站在马的另一边，仍然伸着手掌，泪流满面。

"好吧，"哈罗说，"告诉他，我会带他去美国。"

穿工装的小伙子大声地喊了两句，他的嘴张得老大，整个脸盘子就像一张网。夏尼盯着哈罗，又用哈罗不懂的话应了两句。

"又怎么说?"哈罗问。

"他想知道是搭船还是坐飞机。"穿工装的小伙子说。

夏尼和哈罗互相盯着，人群把他们团团围在当中，这时，下雨了。天色暗得发紫，空中乱云飞渡，涌在一起，条条雨丝，就像绝妙的银线，勾描出云的轮廓。哈罗和夏尼都瞅着那匹马，大雨滂沱，他们眼睁睁看见落到马身上的雨水渐渐变黑，落到马场红土上，渗下黑印子，这让哈罗想起女人睫毛膏掉染时的脸颊。马场管理员转过来盯着马。这时，夏尼爬过马背，用他轻快而又带着口音的英语说："好吧，我搭船就成。"

他们转过身挤出人群，踩着马场泥泞的黏土往外走，泥巴粘在鞋上，使他们的脚看起来畸形般地肥大。他俩走向建有网状支柱的灰色看台，手指和膝盖仍然不住地颤抖，经过栏杆时，有个人正斜倚着站在那儿，头发秃了，身材滞重，穿着一套英国产的黑色西服，皮肤呈深橄榄褐色，眼珠子是浅绿的。他有些醉醺醺的，一直在哭，但这时他只是看着夏尼，口齿不利索，唾沫四溅地喷着法语："小羊排，烤鳟鱼，奶油龙虾，给女人的钱。"

他们继续走着，人群围拢上来，遮住了跑道，遮住了跑道的草坪，遮住了白色的栏杆，发出自来水一样的声音。他们就这么走着，人群的嘈杂声中，时不时传来皮埃尔一成不变的、半是醉酒的声音。他继续用法语大喊："浇糖的巴黎式大马哈鱼！"

"稍等。"夏尼说。他走到皮埃尔站的栏杆那边，说："我会告诉你芝加哥有没有马来西亚儿科医生的。"

皮埃尔点点头，一把搂过夏尼，和他拥抱一下，又吻了他两边脸颊，是礼貌的法式亲吻。

"他是谁？"哈罗问。

"一个醉赌鬼而已。"夏尼说。

接着，他们经过跑道，经过高大的、黑压压的看台和支柱，经过柱顶雨伞一样的角撑板，经过顶棚下近乎昏暗的空地。人们坐在那儿，戴着墨镜，等着下场比赛开始。他们也经过了那两个相互摩挲着脸的盲童。

我第一次听到这个故事是好多年以前了，那会儿我在哈罗家吃饭。夏尼刚来美国没多久，哈罗已经搬到了他父亲的房子，带着夏尼一起住在那儿。当时，哈罗刚开始邀请那些也许算得上是政治伙伴的人们聚餐。其中有人问夏尼，如果哈罗把手枪真递给你会怎样，可夏尼只是冲他眨巴眨巴眼睛，说："你不觉得在美国怪好的吗？"

过了一会儿，我找到机会和夏尼单独聊天。我温和友好又略带同情地问他，在那个仓库等哈罗等了多久。

夏尼直勾勾地盯着我，问："你去过马来西亚吗？"

事情过了很久才渐渐清楚。时不时地，我见着夏尼，他都会提到皮埃尔·布泰耶、那些马厩、马的X光片、那叠文件。他明白，他一且得到那匹马，就只需守株待兔：总会来一个合适的美国人的。那会儿在怡保的美国人可真不少哪。我不懂为什么。当然了，没有哪个美国人能抵住诱惑不去赛马场操纵赌局。我们就迷这些玩意儿。夏尼说，在亚洲，事情要简单得多。他以前有过一张马来西亚赛马比赛的赢票，他去兑钱时，经纪人把窗户一关，说就算夏尼有赢票，那匹马也不该赢。夏尼曾经差点和一个来自肯塔基州芒特斯特灵的士兵合作，可就在最后一刻，他反悔了，因为这个大兵看上去不像有钱人，很可能付不起去美国的路费。夏尼一直在等着哈罗朝门里探进头来。

而且，夏尼心里很清楚，不会有哪个美国人会让你用枪结果自己的。他一直在等待那一刻——一个美国人来阻止他。夏尼已经押下赌注。你要是能看清这一点，他就是你的朋友。

（原载《巴黎评论》第九十九期，一九八六年）

安·比蒂评《一个醉赌鬼而已》

要讲述好这个故事，叙述者从最开始就得全盘把握好故事的复杂性、双重性和悬念。倘若讲故事的人从开头就对整个走向心知肚明，那么他故意卖关子，岂不是不够诚恳？倘若他已然知晓故事的结果，那么他一点一点地揭开真相，岂不是不够坦率？

答案如下：一个善于讲故事的人，不论是在现实的生活中还是在虚构的小说里，在透露信息时，都会模仿生活某个瞬间外在的重要性和确实性。这些瞬间经常未曾完结，或是半途终止，或是被后来的视角修正。不过，我们时不时对某个细节场景作出的判断，会影响我们最终对整个故事分量的看法，毕竟严肃的故事不应该以一句笑料作结。

当然，诺瓦完全可以采用全知全能的叙述视角，但他选取的是戏中戏的手法。因此，不论我们读到什么，都由一个特殊的内在观察者引述。这里没有时髦的不可靠叙述者，大多数时候，叙述者都隐藏在故事的背后。叙述者不作任何道德评判，我们对他本人知之尚少，也不能把他的生活与他所叙述的别人的故事统合起来。只有一点是显而易见的，那就是叙述者认为把这个特别的故事讲出来很重要。我们确实清楚，当名叫哈罗的美国人注意到马粪时，事情多多少少出现了转机。再想想小说的第一句话，我们知道故事发生在过去，而哈罗已经成为一名国会议员。这个故事里，政治有着重大却微妙的意义。

随着事情的进展，我们自以为知道的够多了，足以揣测人物的秘密和渴望。故事中有场赛马，毫无疑问，这场比赛是公开的，但直到这时，我们才发现另外一场更为微妙的比赛一直都在进行，并且即将尘埃落定，而除了一匹马的输赢之外，还有更多的事情处于成败关头。我实在不忍心向读者们提前揭露文章的秘密——可是当身为帮凶之一的夏尼（他因此可以在哈罗身上敲一杠子）把自己的愿望公之于众时，读者必然会大吃一惊，因为他们猛然看到了那场赌博中暗藏乾坤的一面。故事结尾，真相大白，就像人们摊开赢牌向众人展示。外国人夏尼设了个圈套，美国人哈罗——他与满心好奇、汲汲求光的野生动物并无二致——上钩了。动物和人类都一样，都只不过想看看事情是什么样的。结果呢，夏尼一直都是一位老练的赌徒，玩着自己设计的把戏，命运中可网罗的一切，他无不贪心觊觎。

故事的语言精彩绝妙，正是克雷格·诺瓦一贯的风格。文中马腿上的内伤与淤青的天空相互呼应却又没有混同；马来西亚的儿科医生——一位我们从未谋面的医生、"戈多"式的医生，让男人们模仿着她做擦洗的医护动作，他们肮脏的手臂暗示了他们肮脏的秘密；至于大雨呢，艾略特的《荒原》中渴求的甘霖，这里变作了令人苦不堪言的雨季。近乎完美的马在做出"像海潮一样"的动作时，雨并没有招惹它。而当大雨降临时，它什么也没有拯救，却暴露了虚伪狡诈。此外，关于失明，也大有可言之处：文中的赛马师相信触摸而得的直觉，可他这次抚摸的，恰恰是看不见摸不着的缺陷；那些受苦受难的人们呢，有的疲癃残疾，有的则瞎了双目——真实的眼盲和良知的暗昧形成对照。美国人可能会出现在怡保——即便不是怡保，也会出现在其他地方。"（哈罗）讨厌置身局外。他曾经这样定义赌博：赌博与不赌博，区别就是带着猎枪和狗在废园子里找松鸡，还是光在那儿闲溜达。"

没错。美国人讨厌置身局外，所以我们没有。

城市男孩

伦纳德·迈克尔斯　著

大卫·贝泽摩吉斯　评

侍中　译

"菲利普，"她说道，"这太疯狂啦。"

我既不说是也不说不是。她等着回答。我咬她的脖子。她亲我的耳朵。快到凌晨三点了。我们刚回来不久。房里黑黢黢的，悄无声息。我俩在客厅的地板上，她又说道，"菲利普，这太疯狂啦。"她的衬裙压在我们身下，像炭渣一样裂开了。我们周围的黑暗中模糊地耸立着各式家具——长沙发、椅子、桌子和桌面上的一盏灯。那些画仿佛飘荡在空中的浮云。但是漆黑一片，什么也看不清，看不清她脸上的眼睛。她躺在我的身下，暖暖的。地毯也暖暖的，柔软得像泥，深陷下去。她的衬裙像枯枝一样裂开。两个人光溜溜的肚皮互相拍击着，噼啪作响。空气像放屁似的全跑光了。我权当是有人在鼓掌。椅子在他们腿间一会儿嘿嘿嘿地傻笑一会儿又是噼噼啪啪地吵闹。令人头晕的枝形吊灯的叶片喀哒作响，座钟的嘀嗒声眼看就要撕碎玻璃面罩了。"菲利普，"她说，"这太疯狂啦。"传来一阵细微而不寻常的声音，令人心慌胆寒。还不至于吓住我。我以前多愁又善感。我们去听音乐会，到公园散步，在女佣的屋里战战兢兢。这时，前厅里闪过一个人的头发和手爪。我们滚落到客厅的地面上。她说道："菲利普，这太疯狂啦。"然后又安静了，只有我的脑海里像是放了一张会议桌，桌上凌乱地放着烟灰缸。神父、牧师还有拉比一窝蜂地抢位子。我来听听他们的高见，来吧。他们消隐了。有个声音逗留了片刻，模糊地喊道："菲利普，你会弄脏地毯，打碎东西……"她的手指掐我的后背，像是蚂蚁叮咬一样。我等着她一句话好完事大吉。她什么也没说。她哼哧哼哧地吹出鼻涕泡，在我耳边炸开，发出彩旗鼓噪的声音。想象中，我们是在她妈妈的凯迪拉克里，车上的彩旗正迎风招展。她又说话了，我过了片刻才听清。"菲利普，这太疯狂啦。我爸妈就在隔壁房间。"她的脸颊猛地顶了我一下，她的双乳抵着我的胸口。我血脉贲张。完事大吉。我恨透了。拉比摇着手指："你不能怀恨在心。"我撑起双肘，痛苦地冷笑。她扭着屁股，肚子和脖子上的肌肉都绷紧了。她说："走开。"要赶紧走开。她父母就在十米以外。过道那头的一道门闪出灯光，过道的两边挂着郁特里罗和弗拉曼克的画作，我都能看见它们了。也许和我们一样，科恩先生正在夫人的怀里荡漾。她的头发撒落在我的脸上。"我们到女仆的房间去。"她低声道。我又安心了。她试着挪开。我吻她的嘴。她的衬裙零落得像白砂糖一样。我像头死猪，动弹不得。座钟的嘀嗒声让人发狂。一声接一声的嘀嗒声，像昆虫瓮声一片。她大腿的肌肉松弛下来。她的手指刮擦着我的脖颈，像是摸索着找纽扣。她睡了。我四肢摊开，像头被击昏的猪猡，睁着眼，嘴角歪斜。我酣然入睡，伴着她，地毯上还有一片狼藉的衣服。

黎明的曙光还没透过百叶窗的缝隙。耳边传来她酣睡的丝丝声息。我想接着睡，可又想抽支烟。我想到清冷的大街，孤单地乘坐地铁。哪儿能买份报纸和咖啡呢？这太疯狂了，既危险又浪费时间。女佣可能会来，她父母可能会醒。我还是开溜吧。我伸手沿着地毯摸索着衬衣，碰到黄铜狮子的前爪，然后又碰到灯绳。

光脚走在木地板上的声音。

她醒来了，指甲陷入我的脖子。"菲利普，你听到了吗？"我低声道，"安静。"我的眼珠滚动着，像瞎子弥尔顿那样翻着白眼。家具耸立着，旋转着。"老天，"我恳求道，"放我一马吧。"脚步停下了。我们都屏住呼吸。座钟嘀嗒作响。她颤抖起来。我的脸贴紧她的嘴，不让她说话。听到睡裤窸窣作响、滞浊的呼吸声、指甲抓头发的声音。说话了，"维罗妮卡，你不觉得该让菲利普回家了吗？"

她喉咙里咕哝了一声，想表示同意，说话的气流扑在我脸颊上，又被堵了回去，就像是淹死在井里的小孩。科恩先生又说了话。他站的地方离我们的脚二十五厘米。可能更近。没办法说得准。他的指甲挠着头发。他说话的声音连同那要命的问话都悬浮在黑暗中。科恩挠着大腿根，站在黑暗处，好像他这辈子都没到过有光亮的地方。真绝。他不用给老婆打下手，他老婆忙起生意来精力旺盛，只让他除了吃就是睡，再不就是俯瞰公园。每周四次，他的兜里装着打皮纳克尔①用的辅币。不过，那话是他说的吗？或者只是科恩夫人的口谕？我屏住呼吸。我一动不动。他要是自己进来，他也得不到回答。他的眼睛不适应黑暗。他什么也看不见。我们像两条虫子一样躺在他脚边。他又挠了挠自己，吧嗒吧嗒地咂巴嘴。

关于权威的问题一直围绕着我们。扣动扳机，揿下按钮，汽油，大火，这些到底由谁负责？这些疑问敲击着我的大脑，纠缠着我，把心脏都抽紧了，就像肾脏排尿一样，其他感觉都被排挤干净了。科恩夫人的声音捣毁了所有的疑问、感受和思量。声音蓦地从卧室窜了出来。

"老天啊，莫里斯，你太熊了。让那个蠢货回家，让他自己的爹妈陪他彻夜闹腾，如果他有爹妈的话。"

维罗妮卡的泪水滑过我的脸颊。科恩先生叹了口气，双脚犹疑地拖沓着，然后强硬地说道："维罗妮卡，让菲利普……"他的脚踩到我的屁股。他把我赶进他的女儿。我把她赶进他的地毯。

"我不敢相信。"他说道。

他走路的样子像羚羊，从膝盖处拎起蹄子，但又狠狠地踏了下来。他意识到此举的危险性，最终还是蛮干起来，把他的一个罐子扔到地上，好让自己跨过去。他的脚让我体会到他的重量和性格，一头

① 皮纳克尔（Pinochle）：一种美式纸牌游戏。

到处践踏的近七十公斤的蠢货，我们感到一阵原始的恐惧，就像小昆虫一样。让人群把我践踏成一摊肉酱吧——他到跟前，我就大声喊"科恩"。

维罗妮卡尖叫起来，浑身缩成一团，不安地颤抖着，她捂着嘴，紧紧地搂着我。我一下跳了起来，就像从小孩子手掌里跳脱的青蛙，岔着腿，裸得光溜溜赤条条的，睁大了双眼。直盯着科恩先生的脸。心照不宣。我们面对面，就像在地狱里偶遇一样。他跟跄着缩了回去，嘴里哼哼着："我简直不敢相信。"

维罗妮卡说道："爸爸?"

"你不就是个下三滥吗?"

地毯窜了出去。我啪的一声撞到百叶窗上，玻璃碎了，我眼花缭乱。维罗妮卡叫道："菲利普。"我飞跑起来，像飞进屋里的麻雀，一头东一头西地瞎闯，早期美国风格、巴洛克风格和洛可可风格。维罗妮卡哀声喊道："菲利普。"科恩先生尖声叫着："我宰了他。"我跑到门跟前，抓紧门把。科恩夫人在卧室喊将起来："莫里斯，摔坏什么东西了? 快说话。"

"我宰了这个野杂种。"

"莫里斯，要是摔坏了什么东西，我要关你一个月禁闭。"

"妈妈，别说了，"维罗妮卡说道，"菲利普，回来。"

门啪的一声关上了。我出来了，像一匹狼，一丝不挂。

我要镇定。不镇定，没法到街上。血往上涌，主意来了。我来玩倒立。大胡子很时髦。我蹬起双腿，踢了一下电梯按钮，面向门等着。我弯下一只胳膊肘，就像屈膝那样。服装模特就这样，轻盈，怡然自若。血液回流到我大脑，杂草萌芽了。我留下了坏印象。这件事没法解释。就这样吧。我们需要重新开始。每个人都需要。只怕新的开始降临的时候，没什么人能意识到而已。科恩先生先前都不搭理我，这是个突破。我们的关系一直有问题。现在清除了。我可不想哄自己，说他是没话和我说。我受够他的冷处理啦。这次光着屁股使得我冷峻地思考，值了。这下搞定他了。还有科恩夫人。我每时每刻都在长进。我是城市男孩。绝不是泽西来的傻瓜蛋。我是高速列车，第五大道的巴士。我可以是个警察。我的名字是菲利普，我的风格是纽约城。我用脚趾捅了一下电梯按钮。大厅里响着铃声，能吵醒路德维格。他会过来，一副睡不醒的样子。这不是第一次了。他总是带我下楼，穿过大厅，然后我就走到大街上。缆绳开始把他从电梯井里升起来了。我退后，意识到我的生殖器倒挂着。奇思怪想。咱们怎么着都是男人。他身上的制服规定了我们不同的社会身份，这样看见我，那些不同都会烟消云散。"保全着天赋的原形。""脱下来，你们这些身外之物！"①一部关于裸男的皇皇巨作。我想到了李尔王的形象，赤裸身体，奔跑在麦地。很酷。我琢磨起路德维格身上的制服、帽子、缎纹卡其衣领。这是权威的标志，或许这位行使职权的人看到我赤身裸体会很恼火呢。也没什么人这个钟点打扰他。更糟的是，我从不付他小费。这么多个月，我怎么能这么冷漠呢？遇到危机后，人才会发现这么多。这时全都晚了。认识你自己，诚哉斯言。人们每天都需要一次危机。我不想想这些。我努力想些具体的事情。然后椅子、长沙发，桌子和枝形吊灯全回来了。我的衣服呢？我把它们都扔在地毯上了。我发现了纽扣、刻在黄铜里的老鹰。我认出这是路德维格大衣上的纽扣。老鹰，鹰嘴像刀子，尖啸着索要小费。我去他的，我想着。谁是路德维格？一件大码子的外套，哨子，白手套还有一顶麦克阿瑟将军帽。我完全懂他。他想懂我还早着呢。赤裸的男人是神秘的。除此之外，他还知道什么？我和维罗妮卡·科恩约会，回家很迟。他知道我失业了吗？知道我住在中心区的贫民窟吗？显然不知道。

　　也许他的帽子下面就是一个肮脏的脑袋。他会想维罗妮卡和我正

---

① 两句引文皆出自莎士比亚《李尔王》第三幕第四场。此处所引者为朱生豪译文。

性交来着。他恨这档子事。不是说他穿了制服戴了军帽就觊觎这个特权，只是说他对这栋房子和住户有种主人翁般的关心。我来自另一世界。就是路德维格戒备防范的那个世界。我不像一个耽搁很久才溜出来的盗贼吗，害得他也成了我的帮凶？我破坏了他的权威和忠诚。他看不起我。明摆着。可是谁管这一套。我想到这就想笑。我的生殖器跳了一下。电梯门打开了。他一声没吭。我像海豹一样轻轻地进了门。门合上了。立刻，我感到了羞愧，居然把人家想成那样。我没资格这样。比我好的一个人。他的侧影就像丢勒的一幅版画。朴实的农民出身。他是如何落到这步田地的？存在先于本质。他守在控制按钮边，静静的，纹丝不动，他给了我面对大街的力量。或许朝阳已经东升，鸟儿在空中翔舞。门拉开了。路德维格引着我走过大厅。他的鞋跟该换了。前厅的玻璃门足有半吨重，上面包着金属藤蔓和枝叶。对路德维格来说，这不算什么。他转过身，俯视着我的眼睛。我注视着他张嘴说话的样子。

"我涩么都不会嗦粗去。都四你的四。弗过你想让她难嗽吗？别弗让她岁觉了。她眼睛都有眼袋了。"

路德维格有情有义。我俩的情感开始对话了。他的制服下面，是个男子汉。本质先于存在。尽管没睡好很难受，滞拙迟缓，眼睛下面是干巴巴的眼袋，但是他都看在眼里，他很同情。他的工作只能让他谨慎行事，不可能提供像套头衫啦帽子啦那样具体的帮助。"路德维格，"我低声道，"你是好样的。"他要是听见这话，也没关系。他清楚我说了些什么。他清楚那是些好话。他咧嘴笑了笑，双手用力拉开了门。我手掌撑地啪嗒啪嗒地上了大街。没看见一个人，我翻过身站了起来，回头朝门里瞅了瞅。或许是最后一眼了。我留恋着，由着自己伤感了一把。路德维格朝着大厅后面的长沙发走去。他脱下外套，把它卷成枕头，躺了下来。我以前从没见过他那样的举动，从来就是忙不迭地冲向地铁站了。似乎，我对这座建筑里的生活很无所谓。的确，就像个窃贼。值钱的弄到手后就往地铁站跑。我又磨蹭了一会儿。看着善良的路德维格，我就能憎恶自己起来。他朴实的睡觉姿势就像圣徒。一条腿在这儿，另一条腿在那儿。他诚实的头放在外套上。一条粗大的膀子伸过腹部，手放在屁股上。他攥着拳头上下来回地捶着。

我沿着大街走过去，紧紧地挨着这些建筑。后来我编造了一套哲学。现在，我需要睡眠和遗忘。我没有力气去纠结道德难题了：生着对视眼的路德维格在这么漂亮的大厅里捶着自己的骨盆。镜子，釉陶，三米高的印度橡胶树。仿佛都是他弄出来的。仿佛那是他工作的一部分。我快步走着。我左边是这些建筑，右边是公园。这些建筑里都有门房，天知道公园里有什么。路上没有车行驶。看不见一个人。街灯明亮如昼，齐刷刷地隐没在第五十九大街更远的地方。一阵风喷向我的脸，就像科恩先生的喘息。这样的憎恨。无论如何都解释不通，一个父亲咒骂自己的女儿。为什么？躲在暗处的怪物？弗洛伊德说过父女之间的那些事。这太明显、太丑恶了。我打了个冷战，走得更快了。我跑了起来。没用几分钟我就到了地铁站布满痰迹的台阶。我原想会有呕吐物的。光着脚也不用怕吐的痰。不过，我不想抱怨。这里很恶心，足够让我生活在我的精神世界里。我大踏步地走下台阶，踩着脚，越是污浊越是感到自豪。我是城市男孩，绝不会看见几根草棒子就故作恶心地跑开。

零钱兑换处坐着一个黑人。他戴着眼镜，穿着白衬衣，打了黑色针织领带，别着银质领带夹。右边脸长着一块痣。头发灰白，仿佛头发上落了灰。他正读着报纸。没觉察到我走近，没发现我的双眼已经把他扫过来、看过去。衬衫、眼镜、领带——我清楚怎么和他打交道。我咳了一声。他抬眼看。

"先生，我身上没带钱。请放我过闸机吧。我每周都要来的，下次一定把钱补上。"

他只简单地瞅了我一眼。然后眼睛一瞪，像是亮出了獠牙。我一下就猜出他咋想的了。他不欠哪个白人的情。不值得为了我，让交通运输部门的权威怀疑他没有恪尽职守。

"嗨，老弟，你光着屁股呢？"

"是的。"

"往后站一点。"

我朝后站了站。

"一丝不挂。"

我点头。

"快滚开，你这个光腚猴。"

"先生，"我说道，"我明白眼下情况不景气，可是我们不能通融点吗？我知道……"

"走开，你个浑球，滚回家吧。"

我蹲下来，一副要冲过旋转式闸机的架势。他也俯下身。看来他是要追我了。我耸了耸肩，转回台阶。城市是无限的。还有很多地铁站呢。可是他凭什么发这么大火？他当我是一根筋？也许以为我光着屁股到处跑是存心和他过不去。不然的话还真闹不明白他的烂脾气。弄得我也觉得自己很一根筋。先是成了窃贼，然后又是一根筋。来根烟吧。我憋闷得不行。空气对我来说太清新了。台阶上头，站着维罗妮卡，正盯着下面看。她拿着我的衣服。

"小可怜，小可怜。"她说道。

我没搭腔。一把抓过内裤穿上。烟也给我备好了。我想点一支，火柴就是擦不着。我把香烟和火柴扔到地上。我穿衣服时，她又捡了起来。她为我点着了烟，扶着我的胳膊帮我站稳。穿好后我接过烟来。我们一起朝她家走。想说声"谢谢"，可是这句话窝在心里，像是被钉子钉住了。她咬着嘴唇。

"家里情况如何？"我气呼呼地随意问道，一副对啥结果都无所谓的语气。

"都还好。"她答道，语气和我一样。她学着我的腔调。我有时喜欢她那样，有时很讨厌。现在就很讨厌。我发现我生气了。直到她开口说话，我才意识到自己在生气。我把香烟弹到阴沟里，蓦地意识到原因何在。我不爱她。香烟嘶的一声灭了。和真相一样。我不爱她。黑头发，绿眼睛，我不爱她。修长的腿。不喜欢。昨天夜里我看着她，心里嘀咕道："我讨厌意识形态。"现在我都想踩她的头。不踩都不解气。如果这个念头很变态的话，那就变态好了。我敢承认这一点。

"都还好？真的吗？是真话？"

等等，等等，等等。谁在问这些问题？一具还魂尸。不是那个身处铺着地毯大厅里的菲利普了。逃窜的时候，他已经死了。抱歉，诚心诚意地抱歉，可是身上穿了衣服后，我明白，羞辱过后，某些情感死了。这一点，明摆着，让人战栗。或许她也感觉到了。反正她得接受这一点。时间的本质。我们都是历史中的人。维罗妮卡和我结束了。到她家之前，我得说出绝情的话来。那些话得很自然地说出来，她会死掉一小点儿。维罗妮卡，让我踩着你的头，不然我们就结束了。也许我们已经结束了。这会使她的神情深沉起来，让她徒有其表的脸深刻起来。天亮了。新的一天。残酷，凡是变化都是残酷的。我能撑下来。爱情是无限和专一的。女人不是。男人也不是。人的境况。几乎令人崩溃。

"不是，不是真的。"她说道。

"怎么讲？"

"家里的情况不是很好。"

我明白了，点了点头，叹道："肯定会有些情况的。请直话直说吧，不要东拉西扯。"

"爸爸心脏病发作了。"

"啊，我的天，"我喊道，"啊，我的天，不是吧。"

我抓住她的手，又松开了。她任由自己的手滑落。我又抓了起来。

没辙。我随它垂下了。她的手在我们中间晃悠着。我盯着她的另一只手。她说道："你有什么话说？你像是要讲些什么。"

我睁大眼，啥也没说。

"菲利普，不要内疚了，我们回公寓喝杯咖啡吧。"

"我能说什么呢？"

"什么也不用说。他在医院，我妈也跟去了。我们就上楼去，什么也不用说。"

"什么都不说？就像个憨愣子闷着头吸溜溜地喝咖啡？我们是谁，虚无主义者还是什么人？刺客？怪物？"

"菲利普，家里没人。我来弄点咖啡和鸡蛋……"

"来点烤牛肉如何？冰箱里有烤牛肉吧？"

"菲利普，他是我的爸爸。"

我们到了门口。我啪嗒啪嗒地拍门。我神志恍惚。这就是生活。死亡！

"没错，是你爸爸。我承认这一点。我不会再怎么着了。"

"菲利普，闭上嘴。路德维格。"

门开了。我朝路德维格点了点头。他懂得什么生和死的问题？你仅需给他一套制服和一间安静的大厅——那就是生和死的全部了。电梯里他守着操控盘。"我说，路德维格，你的手总要放在控制盘上吗？"

维罗妮卡淡淡地露出一丝领情的笑容。她喜欢看到我和佣人们处得来。路德维格答道："四的。"

"菲利普，路德维格在我家做守门人很多年了，我还是小女孩时就是了。"

"哇。"我说道。

"四的。"

门打开了。维罗妮卡说："路德维格，谢谢。"我说："路德维格，谢谢。"

"弗庸客气。"

"弗庸客气？你是说'不用客气'？喂，路德维格，你来美国多久了？"

维罗妮卡正插钥匙开门。

"你怎么就学不会说美国话呢，小老弟？"

"菲利普，过来吧。"

"我和路德维格说话呢。"

"快过来。"

"我得走了，路德维格。"

"弗庸客气。"

她径直去了洗手间。我在走廊中等着，两边挂着郁特里罗和弗拉曼克的画作。郁特里罗的基调苍白，构图平板。弗拉曼克的基调鲜红，用彩浓烈，笔法恣肆开阖。一面墙挂着生肉，另一面则是顽石。科恩夫人的眼光尽得突兀对比之妙。我听见维罗妮卡抽泣的声音。她给面盆放水，抽泣，坐下，小解。她发现我在瞅，便把门踢关上了。

"这种时候……"

"我不要你看。"

"那你为啥要敞着门？你都不知道自己在想些什么。"

"走开，菲利普。到客厅里等着。"

"你就告诉我为啥要敞着门。"

"菲利普，快被你弄疯了。走开吧。知道你在旁边，我什么事都干不成。"

客厅让我感觉好了点。长沙发，伸出叶片的枝形吊灯还有小地毯与我作伴。到处都是科恩先生的影子，简单直率，无所不在。他的手在口袋里拨弄着银币，趴着窗口对外望，看见公园就能让他高兴。他那羚羊般零碎的步子和眼泪一起涌进了我的眼眶。我坐在吊唁的人群中。拉比哼哼着陈词滥调：科恩先生慈祥大度，深受妻子和女儿的敬爱。"他有多重?"我喊道。电话响了。

维罗妮卡跑到大厅去。她接起电话时,我走了过去,站在她身边。我站着,一声不响,直挺挺得像个衣帽架。她呜咽着:"好,好……"我点着脑袋,好,好,心里想这比"不好,不好"好。

"是我妈妈。爸爸都还好。妈妈守在他的病房里,他们明天一起回家。"

她盯着我的眼睛看。仿佛我的眼睛和她的一样呆板暗淡。我冒着傻气,慢吞吞地问道:"允许那样做吗?和病人在医院里过夜?在他的房间睡?"她仍然盯着我的眼看。我耸了耸肩,撇开眼神看着地面。她攥着我的衬衣前襟,紧紧地像是勾在了一起。她嗫嚅着。我说:"什么?"她又嗫嚅道:"上我。"座钟像蟋蟀一样嘀嗒个不休。弗拉曼克的画溢出了热血。我们一头扎到地毯上,仿佛扎进了流沙。

(原载《巴黎评论》第三十九期,一九六六年)

大卫·贝泽摩吉斯评《城市男孩》

科恩先生即将发现真相时，脾气刻薄的科恩夫人对他厉声说道："老天啊，莫里斯，你太熊了。"真相使得伦纳德·迈克尔斯的《城市男孩》一头跌入脑袋朝下的、切分音般的行动中。在这篇故事的语境中，这句话有着特别的意义，不过这也是作家生涯中一以贯之的原则。《城市男孩》是作者早期发表的故事之一，在这篇故事中，作者已经涉足了令其着迷的主题，他曾经将其描述为"男人和女人似乎既无法共同生活又无法独自生活"。这个主题是如此常见，如此普通，以至于关注这个主题就可能永远落入俗滥的窠臼。毕竟，关于情爱，还能写些什么呢？情侣间发生的事哪一个能跳脱老套套呢？《城市男孩》也并未做到。根本上，这还是一个司空见惯的故事，一对年轻的情侣被女方的父亲抓了个现行。在迈克尔斯看来，这个故事主体上是喜剧性的，但是，又显而易见地是那么奇异而阴郁。

考虑到这点，那么《城市男孩》究竟是怎样的一篇作品呢？迈克尔斯是如何同时把喜剧性和阴郁性编织到这一篇仿佛是露出獠牙微笑的故事里呢？他营造的这个效果，是通过往复穿梭于现实主义与荒诞两境而实现的。《城市男孩》的开篇颇具现实主义意味："菲利普，这太疯狂啦。"随后的几句话本质上也具有客观性。"我咬她的脖子。她亲我的耳朵。快到凌晨三点了。我们刚回来不久。房屋黑黢黢的，悄无声息。"然而，语句很快变得更为主观了。菲利普和维罗妮卡在黑魆魆的房间亲热时，他觉出："椅子在他们腿间一会儿发出嘿嘿的傻笑一会儿又是噼噼啪啪的吵闹着。令人头晕的枝形吊灯的叶片喀哒作响，座钟的嘀嗒声眼看就要撕碎玻璃面罩了。"接下来的菲利普像个逃亡者，赤裸着全身，兴致勃勃地玩倒立，直到他来到街道，双脚重新着地时，我们这才无可置疑地重新返回现实。从这开始，迈克尔斯又渐渐地让故事回到源头，回到某种客观现实之上。这种从现实主义到荒诞的往返穿梭赋予了这篇故事以实实在在的感染力。

艾米·摩尔的日记

简·鲍尔斯　著

莉迪亚·戴维斯　评

梁彦　译

五月

有那么些日子，我忘掉了我为什么在这里。今天，再一次，我给我丈夫写信，告诉他我来这里的全部原因。每当我感到迷惑的时候，他就鼓励我上这儿来。他说，对我而言，最危险的是处在"心理模糊状态"，所以，我要写信向他解释清楚我为什么要来亨利酒店——这也是我就这个问题写的第八封信了，不过，每多写一次，我也更加强调了我方的立场。我在反复地写这封信。别弄错了。我的日记可是为了公开发表的。为了我的荣耀，我要发表它，当然，也是为了援助其他女性。这封信是写给我丈夫保罗·摩尔的，我们结婚已经十六年了。（我无儿无女。）他祖上来自北爱尔兰。他是个非常严肃的律师，喜欢独处，热爱大自然。他能辨认出所有的蘑菇、灌木和乔木，还对地质学感兴趣。不过，他对我也很上心。他同情我，对我非常好。他特希望我快乐——要是我不快乐，他就会担心。他了解我的全部，包括我有多讨厌像我自己这样阴柔的女人。实际上，对一个出身于美国英格兰家庭的人来说（我出生在波士顿），我异常阴柔，差不多像个"土耳其女人"了。当然我不是说外表上，至少不完全是。我胖，还长着苏格兰式的红润脸庞；我的眼睛是圆的，而不是吊梢眼或是杏仁眼。可有时候，我觉着很确定，自己身上散发着和她们（我是说"土耳其女人"）相似的调调。然后，我又瞧不起自己。我发觉我国女人极度地男性化而且独立，她们好像都有能力去指挥一个军团；或者，如果必要的话，在荒岛上也能独自生存。（这些例子有点不太合适，但说出了我的要点。）而对我来说，光是来到亨利酒店，独自一人吃晚饭和午饭就已经是种冒险的体验了。如果有可能，在我死去之前，我想让自己变得稍微独立一点儿，比现在少一些土耳其女人的阴柔。在继续讲述之前，我最好立即解释一下，我绝没有冒犯土耳其女人的意思。她们可能也正像我一样忙着摆脱自己身上的土耳其气质。我知道（尽管这不相干），许多土耳其妇女很美丽，而且，我觉着她们已经摘掉了头上的面纱。任何美国女人都能确定这一点。她无论如何都会了解到土耳其女人是否已经摘下了面纱，但我还是害怕站出来明确声明这一点。我有种感觉，她们的确已经除掉了面纱，可我不敢起誓。另外，如果她们真的摘掉了面纱，我也全然不知是从什么时候开始的。是在多年以前呢，还是就在最近？

这是我写给我丈夫保罗·摩尔的信，在里面，我更具体地谈到了土耳其女性。我写日记是考虑到要出版的，所以我不愿意漫无目的地信马由缰。没有出版商愿意发表一部无名女性的篇幅浩大的日记。那在商业上太冒险了，就连我这个对出版行当完全无知的人也清楚。不过，他们有可能愿意出版一本薄薄的日记。

我的信：（写于昨天，那是我在矢车菊大厅里和那个上流社会推销员搭讪一番、喝醉了酒的次日。）

最亲爱的保罗：

我一个人住在亨利酒店体验生活，可总忍不住要常常写信给你，为自己辩解几句，至少向你解释一下，我为什么要来这里。你鼓励过我，你说，要是我觉得需要厘清一下思路，可以把它们写下来。当然，你的确也说过，让我千万不要觉得有为自己的行为进行辩护的必要。可我觉得，我确实有为自己的行为进行辩护的必要。我敢肯定，在我祈祷的蜕变没有出现之前，我会一直觉得有这个必要。哦，我太了解你了，每到这种时候，你总是要打断我，警告我不要对此期待太高。所以，我应该用"改善"这个说法来代替"蜕变"。可在此之前，我必须每天为自己辩解。你有可能每天收到我的一封信。在某些日子里，想写点儿什么的渴望就像是哭喊声如鲠在喉，不吐不快。

关于土耳其的困惑，我正要写到这一点。你一定要明白，我是西方文明的赞美者，当然也包括赞美这一文明中的女性。我觉得自己都不够格成为当中的一员；由于某种奇妙的意外，我本该出生在土耳其，但却没有。我一向糊涂，甚至说不出究竟哪些国家属于人们所说的西方文明。不过，我相信，土耳其应该是在西方和东方交界的地方，对不对？从我听到的关于这个国家的一些事情，以及我看到的当地的照片，我想像得出当地女性的形象。至于说，真正的东方女性让我焦虑或是困扰，那倒没有。（我这里指的是中国、菲律宾、印度这些国家的女性。）很自然地，我对远东地区的女性关注要少一些，因为不用担心长得像她们。（土耳其女性却要近得多了。）远东女性是那么遥远，在地球的另一端，她们完全有可能如西方世界中的女性那样独立和阳刚。不过，生活在两个阳刚地带之间的女性则该是温柔而女性化的。我当然一丁点儿都不信这种说法，但是，真正的东方如此遥远，对我又如此神秘，所以，这也可能是真的。不管她们怎么样，都不能影响到我。她们看上去和我太不相像了。不过，土耳其女性就不一样了。（她们的身材和我简直一模一样，妈呀！）

现在，我该直接进入主题。我完全了解，你会认为我上面的这番话像是个笑话。就算你不这么以为，你也会觉得恼火，因为我居然做出这样完全不靠谱的论述。你肯定认为我所展示的世界图景是不准确的。我自己也清楚，这样划分世界上的女人（把她们分为三个种类——西方的、中部的和东方的）是幼稚的，甚至可能被叫做十足的傻瓜。要是我可以稍稍放松一些，通过我的双眼探究自己脑子里究竟在想什么，我还是会肯定地对你说，我就是这样看世界的。（实际上，我有模仿他人的天赋，要是我愿意，我也可以假装通过某个教养良好的人的双眼来探究他）由于我要向你描述一个非常真实的自己，我或许应该干脆承认，我内心对世界的描绘是极其不准确的。我彻底忘记了所有拉丁语系国家的女人（法国、意大利、西班牙）。我是说，我从盎格鲁世界直接跳入了半东方世界，好像中间就没有任何其他国家了。我知道这中间有其他国家（我还曾在其中的两个住过）。不过，它们不符合我的设计。我就是不大会考虑到拉丁女人，这可能比我忽略中国、爪哇或是日本女人更让人们难以置信。这个不用我解释，你也会明白的。我的确知道，比起从前，法国女人对运动更加感兴趣了。就我所知，她们现在可能和盎格鲁女人也没什么差别了。我最近没有去过法国，所以不能肯定。不过，无论如何，那些国家的女人没有进入我的世界图景。或者是否应该说，完全忘掉拉丁女人实际上并没有改变我对世界女性分布的设想？对你来说，这真是不可思议，它居然没有对我的设想带来任何影响。（我忘掉了所有的拉丁语系国家，包括南美洲国家。）我想让你了解一个完全真实的我。你别以为，我没办法对你掩饰我的无知，这要看我愿不愿意了。我这么狡黠又温柔，我可以一辈子生活在你身边，每天都用新的谎话哄骗你。但是我不愿意拥有这类女性的狡黠。我知道，那些女人的小伎俩能消耗掉大把的时间。好多女人满心欢喜地坐在那儿设计她们的小把戏。那真是相当费神耗力的事儿，女人们还以为真能达到什么目的呢。也有可能吧，只是她们身边一定要有个男人可骗才行。一个狡黠的女人，却孤身一人，这一定是一幅可怜的景象。这是当然。

我想努力做到对你诚实，这样我才可以和你生活在一起，而不必觉得可怜。即使把女性温柔的伎俩抛到脑后，意味着我比深山里大字不识的男人或者陷入海底软泥里挣扎着的鱼强不了多少，我还是愿意这么做。现在，我觉得太累了，写不动了，可我还是觉得没说明白、辩解得不够充分。

我想尽快再写封信给你，和你说说战争给我带来的影响。我和你提起过，可你看上去从没上过心。要是我白纸黑字把它写下来，可能你会改变对我的看法。也许你会离开我。我接受这个挑战。我在亨利酒店体验生活就包含了这种危险。前天晚上，我喝醉了。很难相信我已经四十七岁了，是吧?

我的爱，
艾米

现在，我把这封信在我的日记本里誊写了一遍（写的时候，忘了用复写纸了。）我该出去走走。我的计划原本是在亨利酒店独自待上几个星期，什么也不做。在刚到的时候，我甚至没有马上开始写日记。我就是坐着，聚拢思绪，等着我过去的生活习惯自然瓦解。不过，在这儿待了才一个星期——前天晚上，我感到极度孤独，和过去的生活脱离了，所以，我开始写日记。

我接触到的第一个有趣的人是矢车菊大厅里的那个推销员。我来这儿之前，就听说过这个怪人，我丈夫那边有亲戚认识他。我丈夫的侄子劳伦斯·摩尔听说我要来这里，就说起这个人。他说："去格林和包托斯百货公司走走，你会看见这个男人，窄红脸庞，浅红头发，在商店里推销一匹匹布料。那家伙不缺钱，他和休伊特·莫兰有亲戚关系。他根本用不着工作。他和我上的同一所大学。后来，他就消失了。再听到他的消息，就是他在格林和包托斯百货公司上班。我去过，和他打了个招呼。以疯子的标准来看，他还像是个有教养的家伙。你甚至可以和他喝上一杯。我觉得，和他泛泛地聊聊天还蛮不错的。"

我没和那个上流社会推销员提起劳伦斯·摩尔，担心会让他不高兴。我还说了谎，假装已经在这儿待了好几个月了。实际上，这才是我在亨利酒店的第二个星期。我想让每个人都觉着我住在这儿有一段时间了。这当然不是想让人对我刮目相看。在亨利酒店住的时间长短，有什么可让人刮目相看的吗？任何头脑正常的人都可能暗自吃惊，我居然问出了这么个问题。我这样问是因为，在内心深处，我的确认为，长住亨利酒店是件令人刮目相看的事情。这很容易明白吧，我有这样的想法是正常的；可要是我期待别人也觉得这事令人刮目相看，尤其是对陌生人来说，那我肯定是头脑不正常了。也可能我只是喜欢听到自己告诉别人，我在亨利酒店住了很长时间了。希望如此。明天，我该多写点儿。可现在我必须出门。我要去给自己买些可可。我没喝醉的时候，喜欢在临睡前喝杯可可。我丈夫也喜欢这样。

***

屋子里太闷热，她再也受不了了。她费了些力气，才把窗户打开，一股冷风吹了进来。桌面上散着的几张稿纸被吹开，飘向书架。她合上窗子，稿纸落到地板上。这股清风也让她的心情起了变化。她朝地上的稿纸看去，是她誊写的那封信中的几页。她把它们捡起来，读道："可我还是觉得没说明白、辩解得不够充分。"她闭上眼，摇摇头。往日记里誊写这封信的时候，她是那么高兴；可现在，她瞄了一眼散落的信纸，心直往下沉。"我什么都没说清。"她惶惶地自言自语着。"我一点儿也没有说清楚。我没说清楚我住在亨利酒店的原因。我也没为自己辩解清楚。"

她下意识地环顾四周。有瓶威士忌立在地板上，就在书桌的一条腿旁边。她走过去，握住瓶颈拿起来，然后，抱着它，舒服地坐进了心爱的藤椅里。

（原载《巴黎评论》第五十六期，一九七三年）

莉迪亚·戴维斯评《艾米·摩尔的日记》

这个短篇开头两页就已经明显体现出简·鲍尔斯典型而高超的叙事技艺:清晰有力的叙事语言;个性奇特的女主人公;她离经叛道的世界观中逐渐显现的幽默感;她明显与"现实"脱节的特质;以及一定会出现的特色鲜明又滑稽的配角(在这个故事里,是那个"上流社会推销员",女主人公在矢车菊大厅里与其搭讪);还有主人公令人伤感的勇猛、迷失,以及最终的挫败。

让我们进一步来看看这部小说。只从头两页的故事发展逐句来分析的话,我们不难看出以下的变化:作者开门见山,没有开场白或其他介绍,用简洁有力的语言陈述出清楚直白的事实:"有那么些日子,我忘掉了我为什么在这里。"这第一句已经让我们感到叙述者坚定的语气后面透着对生活的不确定或无力感。在第二句中,我们察觉到了她的某种不安全感。"今天,再一次,我给我丈夫写信,告诉他我来这里的全部原因。"事实上,她把他称作"我丈夫",而没有用名字来介绍他,意味着作者强调他在俩人关系中的角色,而不是他作为独立的个体在广义公众世界中的身份。第三句进一步强调她的不安全感("每当我感到迷惑的时候"),以及她对他的依赖("他就鼓励我到这儿来")。她犹豫,他催促。在前三句中,我们还没有读到幽默,而这本来在鲍尔斯的写作中几乎无处不在。在第四句里终于有了幽默。首先,随着她再次重申她丈夫的权威,一个古怪的虚构出来的临床诊断词汇"心理模糊状态"出现了:"他说,对我来说,最危险的是处在'心理模糊状态'……"之后,出现了酒店的名字——却是作者有意选择的乏味、平淡无奇的名字,对酒店来说也没有半点儿浪漫气息:"……于是,我要写信向他解释清楚我为什么要来亨利酒店。"(可以对比她的另一短篇

《白内障疗养院》这个名字。）还是在同一个句子中，幽默第三次出现了："——这也是我就这个问题写的第八封信了……"

不过，随着这番声明，其他一些事情也悄悄潜入进来。叙述者宣称，她已经不少于八次写信给她的丈夫，解释自己为什么要来亨利酒店。对任何人来说，用八封信解释一个问题显然是太多了，让人怀疑是否有这个必要，也暗示叙述者是个偏执的人，或者是极度焦虑、神经质，甚至可能是个有严重心理混乱的人。第四句话还没有结束，语气却已经开始起了变化："不过，每多写一次，我也更加强调了我方的立场。"随着语气转变，叙述者语言的不协调性带来了又一个幽默"强调了我方立场"——这听上去更像外交辞令，或形容国际关系时使用的词汇，而在这里却用来解释她为什么要来亨利酒店。同时，新的语气还增添了一种突然的自信。

接下来是很长的一段叙述，语气还是延续了同样的自信，甚至一度听上去有些挑衅："别弄错了。我的日记可是为了公开发表的。"叙述者的语气进一步发展，变得夸张，还带着些自恋的色彩："为了我的荣耀，我要发表它，当然，也是为了援助其他女性。"——在这里，作者选择了宏大的"援助"而不是更为普遍的"帮助"。这一个词就强调了主人公不切实际的、过高的野心。（可以与《白内障疗养院》中的这段精彩对话对照着来看——"哈丽特冲着对面的赛迪喊道：'人和野兽都不该在这样可怕的晚上出没。'她用了一种自认为听上去真心的、又很时髦的声调。"）

这个段落接下来的部分语气稍稍放松了些，只在一些杂乱的信息上打转，关于她的丈夫，他对蘑菇的丰富知识，关于她自己，她的身体特征，还有她的益格鲁出身背景（"出生在波士顿"），以及一些不连贯的对"我们国家的女性"的泛泛而谈。终于，叙述者的语气整个弱了下来，重新退回到那种不确定性里，反复地唠叨、揣测土耳其女人以及她们的面纱。

　　这是很典型的鲍尔斯的风格，她赋予笔下人物错落的层次。而最容易造成本篇小说戏剧效果的事件却被漫不经心一笔带过了，仅在第二段结尾处在括号里提了一句："（写于昨天，那是我在矢车菊大厅里和那个上流社会推销员搭讪一番、喝醉了酒的次日。）"关于喝酒的话题在后面还会出现，简单又伤感的一句话："我没喝醉的时候，喜欢在临睡前喝杯可可。我丈夫也喜欢这样。"至于人们感到陌生的"上流社会推销员"这个词，小说在逐渐展开的过程中也会有解释。不过，对于他和主人公之间的那次邂逅并没有完全描述出来。他极其富有，却在一间百货公司做职员。在后面，鲍尔斯用她典型的鲜明准确的语言，听上去如打击乐般有节奏感的英语描述道："这男人窄红脸庞，浅红头发，在商店里推销一匹匹布料。"

　　简·鲍尔斯的女主角通常是古怪、不谙世故、心理失衡的，这些当然是作者自身特点的反映。鲍尔斯一生始终过着浓烈的、或者说标新立异的波希米亚式生活，但充满坎坷，直到最后，长住进一间西班牙疗养院。因为酗酒和之前的中风，鲍尔斯的健康每况愈下。一九七三年五月，她去世时，只有五十六岁。事实上，这篇《艾米·摩尔的日记》正写于她去世前不久。现在回头看这篇小说，自然很容易理解它背后的寓意。在小说的结尾处，令人沮丧的酒瓶子再次出现。沮丧的感觉贯穿了小说的始终，似乎也是在预示着不久之后，鲍尔斯对生命的最终妥协。在去世前十来年的时间里，鲍尔斯一直在挣扎，包括多次狂躁型抑郁症（即两极情绪症）发作，其间还经常性地出现失去写作能力的状况。差不多半个世纪前的一九六七年，约翰·阿什贝利曾经把鲍尔斯称作"世界上最出色的现代小说家之一"。尽管她一直被许多当代作家和读者认为是最优秀的作家之一，可她的作品却始终难以得到更大程度的认可。

曼 谷

詹姆斯·索特　著

戴夫·艾格斯　评

汪雁　译

霍利斯坐在一张堆满了书籍的桌子后面，在书籍的空隙间正写着什么，这时卡罗尔走了进来。

你好，她说。

哦，是你啊，他冷冷地说。你好。

她穿着一件灰色的毛线衫和窄窄的裙子，衣着和往常一样讲究。

你收到我的留言了吗？她问。

收到了。

你没有给我打电话。

没有。

你没打算给我打吗？

当然没有，他说。

他看上去比上次更胖一些，头发半披肩，该剪一剪了。

我去过你的公寓，但你已经走了。我跟帕姆聊了聊，她是叫帕姆，对吧？

是的。

我们聊了一会儿，时间不长，她似乎不太爱说话。她害羞吗？

不，她不害羞。

我问了她一个问题。想知道是什么问题吗？

无所谓，他说。

他仰坐在椅子上，夹克披在椅背上，袖子半卷。她注意到他有着棕色皮带的圆手表。

我问她，你是否还是喜欢让她口交。

滚开。他命令道，快点，滚开。

帕姆没有回答。卡罗尔说。

他对事情的后果有片刻的担忧，几乎有种负罪感。不过另一方面，他不相信她。

所以，你还喜欢这样做吗？她说。

我能不能请你离开？他用客气的语气说道，并用手做了一个离开的动作。我是认真的。

我没打算待久，就几分钟。我想看看你，仅此而已。你为什么不回我的电话？

她身材高挑，修长优雅的鼻子看起来很高贵。人们看上去的样子和记忆中总是不一样。记得那次她中饭后从餐厅里走出来，丝绸礼服紧贴臀部周围，风吹在她的腿上。他想起了那些下午的时光。

她在对面的皮革椅子上坐了下来，脸上带着一丝难以捉摸的微笑。

你这地方挺不错的。

这里虽然只有一个窗子，地板也有些磨损，但有一两个卧房，花园的后面有一片小草地，小巧玲珑。他销售精致的书籍和手稿，其中大部分是书信，还有很大的库存，想找一个交易商。做了十多年服装零售之后，他找到了真实的生活。房间里有着高高的天花板，书架上放满了书，地板上，几个画框倚在书架上。

克里斯，她说，告诉我，那天我们在戴安娜·沃尔德母亲屋子里一起吃中饭照的那张照片，就是在旧汽车堆成的假山那儿照的，你还有吗？

应该弄丢了。

我真想有这张精彩的照片。这些都是我们在一起的日子。她说。你还记得我们的船屋吗？

当然记得。

我不知道你记得的和我记得的是否一样。

很难说。他用低沉、有说服力的声音说道，颇有自信，也许有点过度自信。

台球桌，你还记得吗？还有窗户旁边的床。

他没有回答。她拿起了桌上一本书看了看。E.E.卡明斯。《巨大的房间》，书皮底部有小划痕，扉页上有尘土，此外品相良好。第一版。在顶部角落用铅笔标有价格。她随手翻了翻。

这里面你特别喜欢的那部分，是什么？

"让·勒·内格雷"。

对了。

我仍然觉得它无与伦比，他说。

不知道为什么这使我想起了阿兰·巴伦。你们还有来往吗？他有没有发表什么东西？他总是对我谈起坦陀罗瑜伽，叫我试试。他想教我怎么做。

你在开玩笑吧。

她用她修长的拇指漫不经心地翻阅着。

他们总是喜欢谈论坦陀罗瑜伽，她说，还有他们的大阴茎。没谈到你。顺便问一下，帕姆她幸福吗？我看不出来。

她很幸福。

很好。你现在有一个女儿，她多大了？

她叫克洛伊，六岁。

是个大女孩了。她们这个年纪知道的东西很多的，对吧？她们知道的和不知道的都很多。她说。她合上书，把它放下。她们的身体很纯洁。克洛伊身材还不错吧？

很迷人，他轻描淡写地说。

我能想象她完美迷人的小身材。我敢打赌，你帮她洗澡，对吧？你是模范父亲，是那种小女孩都应该有的模范父亲。当她长大了，男孩子们开始蜂拥而至时，你怎么办？

不会有很多男生的。

哦，上帝！当然会有。他们会因激动而颤栗，她会有丰满的乳房，还有柔软的阴毛。

卡罗尔，你真恶心，你知道吗？

你只是不喜欢这样想。但她会长成一个女人，你知道，一个年轻的女人。你还记得你对这个年龄的年轻女性的感受吧？这种感受不会全部消失，它会与你同在，会继续。她会成为这些感受的一部分，完美的身材，等等。顺便问一句，帕姆的身材怎样？

你的身材怎么样？

难道你不清楚吗？

我没太注意。

你有性生活吗？她漫不经心地问。

有时候。

我不。很少。

难以置信。

麻烦的是，以前和现在从来都没使我满意过。你多大了？你看起来有一点超重。你锻炼身体吗？你去蒸汽浴室时往下看自己了吗？

我没有时间。

好吧，如果你有时间。以前，如果有空，你会穿上干净衣服去蒸汽浴室淋浴，然后去酒吧喝一杯，看看有没有人在那里，特别是女孩。你会让酒保请她们喝一杯，或者直接跟她们聊聊你自己，问她们晚饭准备吃点什么，有什么计划，就这么简单。你总是喜欢漂亮的牙。你喜欢苗条的手臂，还有，怎么说呢，漂亮的乳房，不一定很大，但形状要好看。你喜欢修长的腿。你还是喜欢把她们的手绑起来吗？想知道她们让不让你这么做总是叫你很激动。告诉我，克里斯，你爱过我吗？

爱你吗？他靠在椅子上。她第一次觉得这些天他比往常多喝了些酒，看他的脸就知道。我每天每分钟都在想你，他说。我爱你所做的一切。我过去喜欢你，因为你是完全崭新的，你所做的一切和你所说的一切都是。你是独一无二的。在生活中有了你，我觉得我拥有了一切，是每个人梦寐以求的。我非常喜欢你。

和其他女人不一样吗？

甚至没有人和你相似。我应该永远尽情地享受你，你就是我想要得到的。

帕姆呢？你没有尽情地享受过她？

一点点。帕姆是不一样的。

怎么不一样？

帕姆不会把爱与人分享。当我旅行回来时不会出人意料地发现乱糟糟的床，你和别的男人在那儿刚刚有过一段美好的时光。

并不美好。

真是不幸。

和美好差远了。

那么，你为什么这样做？

我不知道。我只是一时冲动，想尝试一些不同。我不知道真正的幸福其实就是每天做同样的事。

她看着她的手。他再一次注意到了她修长灵活的拇指。

是不是？她冷冷地问。

别讨厌了。不过，你知道真正的幸福是什么吗？

哦，我曾经有过。

真的吗？

是的，她说。和你。

他看着她。她没有看他，面无表情。

我要去曼谷，她说，嗯，先去香港，你有没有在半岛酒店住过？

我从来没有去过香港。

他们说，那是世界上最棒的旅馆，不论柏林、巴黎还是东京。

嗯，我不会知道的。

你去过酒店。记得威尼斯和那个剧院旁边的小饭店吗？街上有过膝的水？

我有很多的工作要做，卡罗尔。

哦，得了吧，别这么说。

我还有生意要做。

这本书多少钱，E.E.卡明斯？她说。我想买它，你可以休息几分钟了吧。

这本书已经卖了，他说。

价格标签还在上面。

他耸了耸肩。

你还没有回答我威尼斯呢，她说。

我记得那酒店。现在，我们可以告别了。

我与一个朋友要去曼谷。

他感到心里有个幽灵轻轻跳跃了一下。

好啊，他说。

是莫莉，你会喜欢她的。

莫莉。

我们将一起旅行。你知道我爸爸去世了。

我不知道。

是的，一年前。他去世了。所以，现在我无忧无虑，感觉不错。

我猜是吧。我喜欢你的父亲。

他一直在做石油业务，社交很广，但有些公开承认的偏见。他穿着名贵西装，离了两次婚，但还是有办法逃避寂寞。

我们将在曼谷逗留一两个月，也许回来时会经过欧洲，卡罗尔说。

莫莉风格多变。她是一个舞蹈家。帕姆做什么工作,她是不是老师或什么的?如果你爱帕姆,你就会喜欢莫莉。你不认识她,但你会喜欢她的。她停了停。你为什么不和我们一起去呢?她说。

霍利斯微微一笑。

她可以共享,是吗?他说。

用不着共享。

他知道这是为了折磨他。

离开我的家人和生意,是这样吗?

高更是这么做的。

我比他更有责任感。也许你会这么做。

如果它是一个选择,她说。在生活和……

和什么?

在生活和某种假装的生活之间。你不要假装不明白。你比谁都明白。

他感觉到某种他不想有的怨恨。狩猎该结束了,他这么想着,听到她继续说。

旅游。东方。呼吸不同世界的空气。泡澡,喝酒,阅读……

就你和我。

还有莫莉。作为礼物。

我不知道。她长得怎么样?

好看,你期待她长什么样?我会把她的衣服脱光给你看。

我告诉你一些有趣的事,霍利斯说,是我听说的。他们说,宇宙中的一切,行星、所有的星系、整个宇宙,最初来自一粒米的大小,然后发生爆炸,形成了我们的现在,太阳、星星、地球、海洋,那里的一切,包括我对你的感受。那个上午,在哈得逊街,坐在阳光下,抬起双脚,享受着一种满足感,聊天,跟一个人或者另一个人相爱——我知道我拥有了生活能赋予我的一切。

你是这样感觉的?

当然。任何人都会的。我记得所有事情,但现在我已经感觉不到它了,它已经过去了。

可悲。

我现在有一些更重要的事情。我有一个我爱的妻子和孩子。

有一个我爱的妻子,老生常谈。

这是事实。

你期待多年厮守,那种欣喜若狂。

不一定是欣喜若狂。

你说得对。

你不能每天都欣喜若狂。

是啊,但你可以有同样美好的东西,她说。你可以预期的。

很好。去吧,和莫莉一起去得到它吧。

我会想你,克里斯,在曼谷的船屋里。

别烦了。

晚上躺在床上我会想你,一切都无聊死了。

老天啊,忘记这些吧,让我对你还保留一丝好感。

我不要你喜欢我。她半耳语地说,我要你诅咒我。

继续。

如此甜美,她说。一个小家庭,可爱的书。好了,你错过了机会。再见,再见。回去给你的女儿洗澡吧,趁你现在还可以这么做的时候。

她从门口最后一次看着他。当她经过前厅时,他能听到她的高跟鞋的声音,这个声音从他们的陈列柜旁经过,然后犹豫了一下,朝门走去,最后门关上了。

房间像潮水般淹没了他,他控制不了自己的思绪。过去像一个突如其来的大潮向他扑来。不是他曾经历的那种感受,而是情不自禁地想起。最好是继续工作。他知道,她的皮肤摸起来像丝绸一样柔滑。

他不该听她说话。

在柔软、无声的键盘上，他开始写：杰克·凯鲁亚克，带签名打印信件（"杰克"），共1页，致他的女朋友，诗人洛伊丝·索雷尔斯，单倍行距，用铅笔签字，轻微折痕折叠。这不是假装的生活。

（原载《巴黎评论》第一百六十六期，二〇〇三年）

戴夫·艾格斯评《曼谷》

《曼谷》是詹姆斯·索特关于对话形式的一篇堪称范文的佳作，共九页。他对这种形式的驾驭能力非常成熟，难以比拟。该故事包含着诸多有益的经验。下面是其中的一些。

一、最精彩的对话发生时，两个人中至少有一人并不想参与其中。该故事中，霍利斯不想与他的前恋人卡罗尔有任何纠葛。那天她意外地访问了他的书店。他一次又一次请她离开，但在她离开之前，我们听到了令人震惊的谈话，这使氛围紧张了，因为霍利斯似乎是一个不情愿的参与者。

二、卡罗尔对霍利斯说了一堆污秽的、引人反感的性事，虽然把他惹火了，但他没有因此结束谈话。卡罗尔说到霍利斯的女儿和妻子，这些足以使他拍案而起，将她逐出店门，然后砰的一声将门关上。但他没有这么做。这一点就让我们得知，他们的过去一定是一种不正当的、扭曲的、充满类似于挑衅的关系。他习惯了她的游戏，也许有点好奇了。

三、随着故事的深入，卡罗尔开始用另一个名字称呼霍利斯：克里斯。这似乎是我们几乎察觉不到的自言自语，但这点很重要。在此之前，霍利斯是我们知道的名字，叫霍利斯这个名字的人一定曾经与卡罗尔这个强硬而不动声色的女猎手有过一段感情。因此，在大部分的故事中，他们的关系还处于混沌之中。这两个人物都有丰富的旅行经历，有过浪漫的生活——至少是本世纪中叶那种理想的浪漫主义，那意味着旅游、喝酒以及多个性伴侣。但是，作者提到了克里斯这个名字，它暗示了脆弱和体面。这是个很常见的名字，几乎像路人一般平淡无奇。如果我们一开始就认为它是关于克里斯和卡罗尔的故事，这就改变了我们对他们动态的整体感知。但故事的开始是关于霍利斯的，我们会在脑海里勾勒出一个强大而自信、不可小看的家伙，和卡罗尔（另一个强势的人名）相匹配。但是，当卡罗尔显露了一些脆弱，当她想知道他是否还爱她时，她用了这个名字：克里斯。这并非巧合。

四、我们不知道故事发生在哪儿，我们在阅读前半部分时可能会假设故事发生在曼谷。霍利斯经营着一个外文旧书店。但是，当"曼谷"这个词最后出现时，我们才知道为什么索特用该名字命名此故事。他没有张扬，但曼谷代表霍利斯为了他的妻子和女儿所放弃的一切，他选择了日常的生活常规和（在卡罗尔看来）平淡无奇的乐趣。这里我们发现，霍利斯虽然确信自己的选择，但在心中仍有一丝留恋，或至少有一时的怀疑。因此，曼谷在故事的一开始就是一把枪，你知道它会响起，但不知道是什么时候。

五、最后，也许最重要的是，在整个对话中，索特没有告诉我们太多关于霍利斯的精神状态的信息。时不时地，他会显示出对卡罗尔所说的话的感受。我们知道他想要赶她走，但好像又没那么强烈。只有通过他的喃喃自语我们才能得知他的状态。我们猜测卡罗尔的刺戳和嘲讽对他影响甚微。但随后，当她走出店门时，索特告诉我们，霍利斯其实一直在演戏。突然，"房间像潮水般淹没了他"，他意识到他应该早一点把她赶出去，根本就不应该听她胡言乱语，她的话会长时间地影响他，因为她对他有着强大的影响力，她质疑他所选择的生活。这种做法，使读者和霍利斯一样屏住呼吸，等待着，直到她最后离开才松了一口气，这使得故事有很强的艺术效果。最终，我们和霍利斯一样精疲力尽，步履蹒跚。

搭车遇祸

丹尼斯·约翰逊　著

杰弗里·尤金尼德斯　评

姚向辉　译

一个销售员和我分享烈酒，睡着了还在开车……一个切罗基人，满肚子波本威士忌……一辆大众车活脱脱是个大麻烟泡子，掌舵的是个大学生……

还有马歇尔敦的一家人，迎头撞上从密苏里州贝瑟尼往西走的一辆车，永远杀死了驾车的男人……

……我淋着滂沱大雨从睡梦中醒来，浑身透湿，意识离清醒尚有距离，都怪上面提到的前三个家伙，销售员、印第安人和大学生全给了我大麻。我在匝道入口守株待兔，但没抱多少能搭上车的希望。我甚至没心思收拾睡袋，谁会允许这么一只落汤鸡上车呢？我把睡袋像斗篷似的裹在身上。子弹般的雨点砸在柏油路面上，顺着排水槽哗哗流淌。思绪可怜巴巴地移近拉远。旅行销售员塞给我的药片好像把血管内壁给刮了个干净。下巴疼得要命。我叫得出每颗雨点的名字。我未卜先知。奥兹莫比尔还没放慢车速，我就知道它要为我停车；听见车里那家人甜丝丝的声音，我就知道会在暴风雨中出事。

我不在乎。他们说愿意一路带着我。

男人和妻子让女儿到前排和他们坐，把婴儿留在后排陪着我和滴水的睡袋。"不管你想去哪儿，我都没法开快车，"男人说，"因为我老婆孩子也在。"

你们说了算，我心想。我把睡袋贴着左手边的车门堆在地上，身子往上一横，睡了过去，不在乎自己是死是活。婴儿无拘无束地睡在我旁边的座位上。他大概九个月大。

……所有这些发生之前的那个下午，销售员驾着豪华轿车带着我冲进堪萨斯城。他在得克萨斯载上我，跟我逐渐发展出愤世嫉俗的危险的铁哥们情谊。我俩吃光了他的一整瓶安非他命，每走一段就要开下州际公路，再买一品脱加拿大俱乐部威士忌和一袋碎冰。他的座驾两边车门上有筒状杯架，皮革内里是纯白色的。他说可以带我回家过夜，不过他得先稍微停一下，见个他认得的女人。

顶着中西部犹如灰色大脑的云朵，我们带着轻飘飘的感觉开下高速公路，在交通高峰闯进堪萨斯城，觉得像在兜风。车速一放慢，同车旅行的奇妙气氛瞬时成灰。他没完没了地唠叨他的女朋友。"我喜欢这姑娘，觉着我爱上她了——可我有老婆，还有俩小孩，我得承担必要的义务。不过最重要的是，我爱我老婆。我这人特重感情。我爱我的孩子。我爱我的每一个亲戚。"他就这么说啊说啊说，我觉得我被抛弃了，对他说："我有一艘船，约五米的小船。我有两辆车。后院放得下游泳池。"他在女朋友上班的地方找到她。她是开家具店的，然后我就把他丢在了那里。

乌云直到入夜也没散。黑暗中我没注意到起了风暴。开大众车的大学生灌了我一脑袋大麻，让我在城界外下车。那时候刚开始下雨。之前吃的安非他命都白费了，大麻让我站都站不直。我在下匝道旁边的草丛中失去知觉，醒来时发现睡在雨水积成的小池塘里。

后来，如我所说，我在马歇尔敦那家人的后座上睡觉，奥兹莫比尔驶过雨幕，水花四溅。但另一方面，我梦见我的视线穿透了眼皮，我用脉搏一秒一秒度量时间。州际公路在密苏里西部的大部分地区只是一条双向车道。一辆微型卡车迎面擦身而过，瞬间我们迷失在了茫茫水雾和战场般的隆隆巨响之中，觉得自己就像坐在车里正被拖过交通事故现场。雨刷忙着在挡风玻璃卜起起落落，可惜只是白费力气。我精疲力竭，一小时后睡得更加踏实了。

我一路上都很清楚将会发生什么。但后来男人和他老婆吵醒我的时候，他们却在拼命否定现实。

"噢——不！"

"不！"

我被狠狠地摔在前排座椅的靠背上，这一下撞得很重，甚至砸断了椅背。身体前前后后弹来弹去。某种液体洒遍车厢，雨点般落在我头上，我立刻就知道那是人血。碰撞结束，我又回到了后排座位上，和开始时一模一样。我坐起来四处张望。顶灯熄灭了。散热器持续不断地发出嘶嘶声，除此之外，我没听到其他声音。就我所知，意识清楚的只有我。等眼睛适应过来，我看见婴儿像啥也没发生过似的仰面躺在我旁边，睁着眼睛，正在用一双小手抚摸面颊。

过了个把分钟，软瘫在方向盘上的男人坐了起来，把视线投向我们。他那张脸磕得一塌糊涂，黑乎乎的全是血。看着他让我觉得牙疼——但听他开口说话，牙齿却似乎没有遭殃。

"怎么了？"

"撞车了。"他说。

"婴儿没事。"尽管我根本不知道婴儿好不好，但还是这么说了。

他扭头去看妻子。

"贾妮丝，"他说。"贾妮丝，贾妮丝！"

"她没事吧？"

"她死了！"他拼命摇晃妻子。

"不，她没死。"我自己也打算听见啥都唱反调了。

他们的女儿活着，但撞晕了。她在昏迷中呜咽起来，可男人只顾摇晃妻子。

"贾妮丝！"他嚎叫道。

他老婆呻吟起来。

"她没死。"我说，爬出车厢，跑了开去。

"她怎么不醒？"我听见他在说。

我站在黑夜中，不知为何抱着婴儿。肯定还在下雨，但我对天气毫无印象。我们撞上了另一辆车，按照我此刻的感觉，这里应该是一座双车道公路桥。黑暗中我看不见桥下的流水。

我走向另一辆车，到了近处，我听见尖锐刺耳的呼噜声。副驾门敞着，一个人的大半身子被抛出车门，姿势像是用脚勾着吊架挂在那儿。侧面撞击的力量碾平了车厢，剩下的空间甚至容不下两条腿，更别提驾驶员或其他乘客了。我走了过去。

车头灯从远处驶近。我勉力走到桥头，用一条胳膊挥手拦车，另一条胳膊把婴儿紧抱在肩头。

来的是辆大型拖车，减速时齿轮吱嘎碾磨。司机摇下车窗，我对他大喊："出车祸了。去找人帮忙。"

"我在这儿没法掉头。"他说。

他让抱着婴儿的我爬上副驾，我们呆坐在车厢里，望着车头灯下的一堆残骸。

"死人了吗？"他问。

"搞不清谁死了谁没死。"我不得不承认。

他拿起保温瓶，给自己倒了一杯咖啡，关掉停车灯之外的所有灯。

"几点了？"

"呃，差不多三点一刻吧。"他答道。

看态度他似乎更愿意对此事不管不问。我如释重负，感激得都快流泪了。我觉得我应该做些什么，但就是不想搞清楚究竟要做什么。

一辆轿车从反方向驶来，我想我该找他们聊聊。"能帮我照看一下婴儿吗？"我问卡车司机。

"这小子还是你抱着吧，"司机说。"男孩，对吧？"

"呃，应该是吧。"我答道。

经过撞毁的轿车时，我注意到挂在车上的男人还活着，于是停下脚步，现在我对他受伤有多严重已经有了概念，很确定我对此无计可施。他的呼噜声响亮而粗粝。鲜血随着每次呼吸而汩汩流出嘴巴。他撑不了多久了。这一点我知道，但他不知道，因此我低头看着的是世间一条生命的巨大遗憾。我说的不是我们凡人终有一死，这不是巨大的遗憾。我说的是他没法告诉我他梦见了什么，而我没法告诉他什么是真实的。

没多久，公路桥两端就都有车辆排起了队，车头灯照出冒着雾气的碎石，给场景平添几分夜间比赛的气氛。救护车和警车挤过车阵，色彩在空中跳动。我不和任何人说话。在短短的几分钟内，我从这出悲剧的主宰变成了惨烈车祸的无名旁观者，这是我的秘密。不知什么时候，有个警官得知我也是车上的乘客，于是找我录口供。我不记得我们谈了什么，只知道他命令我"把烟掐了"。说话间我们停下一次，望着垂死的男人被送上救护车。他还活着，还在做他可厌的梦。鲜血汇成几串滴在地上，他的膝盖在抽搐，脑袋胡乱晃动。

我一切都好，没有幻觉，但警察必须录我的口供，因此也带我去了医院。警车刚开到急诊入口的雨篷底下，无线电就传来消息说那男人死了。

我站在铺着瓷砖的走廊里跟当地殡仪馆的人说话，湿漉漉的睡袋被收起来靠在身旁的墙壁上。

医生停下脚步，说我最好去拍个 X 光片。

"不了。"

"还是现在拍一个吧。要是以后出现什么问题……"

"我好得很。"

妻子顺着走廊过来。容光焕发，焦躁激动。她还不知道丈夫死了，但我们知道，因此她对我们的影响力才那么大。医生领她进了走廊尽头有办公桌的房间，房门关上，门底下的缝隙射出一横条灿烂的强光，好似钻石正被亿度高温焚成灰烬。多惊人的两个肺啊！她尖叫起来像我想象中的鹰隼。能活着听见这声音可真是谢天谢地！我曾为了寻找这种感觉而东奔西走。

"我好得很——"听见自己说出这几个字，我也很惊讶。但我总喜欢向医生撒谎，仿佛只要糊弄过医生就能证明我很健康。

几年以后，那次我被收进西雅图综合医院的戒瘾病房，我又使出了这套伎俩。

"听见了什么不寻常的响动或说话声吗？"医生这么问我。

"救命啊，天哪，疼死了。"那几盒棉球尖叫道。

"也不尽然。"我答道。

"也不尽然，"他说，"呃，这话怎么说？"

"我还没准备好仔细谈这个。"我说。一只黄鸟扇着翅膀飞近我的脸，我的肌肉猛地抽紧。现在我像鱼儿似的拼命扑腾。闭紧双眼，我热泪迸发。睁开眼睛，我面朝下趴着。

"房间为啥这么白？"我问。

漂亮的护士按按我的皮肤。"维生素。"她说着把针头插了下去。

下雨了。巨大的蕨类俯身看我。森林飘下山丘。我能听见岩间小溪流淌的水声。还有你们，荒唐可笑的人儿啊，居然指望我来帮忙。

（原载《巴黎评论》第一百一十期，一九八九年）

杰弗里·尤金尼德斯评《搭车遇祸》

按照定义，短篇小说必须很短。这就是短篇小说的麻烦之处。这就是短篇小说如此难写的原因。你该如何让叙述保持简洁，同时又让它发挥小说的功能？与写长篇相比，写短篇的首要难点在于想清楚要把哪些内容留在篇幅之外。留在篇幅之内的内容暗含了省略掉的所有东西。

假如你愿意学习该怎么做到这一点，我会建议你研读丹尼斯·约翰逊精准得灼人的《搭车遇祸》。在这个短篇里——事实上，约翰逊绝妙的短篇集《耶稣之子》里的所有小说都是如此——约翰逊想方设法略去了最大量的情节、人物塑造和作者旁白，同时又找到一个声音来间接带出这些东西，这个声音的支离破碎就是叙述缺失背后的原因，因而其本身也构成了某种解释。

小说的头两段泄露了它的整个情节："一个销售员和我分享烈酒，睡着了还在开车……一个切罗基人，满肚子波本威士忌……一辆大众车活脱脱是个大麻烟泡子，掌舵的是个大学生……还有马歇尔敦的一家人，迎头撞上从密苏里州贝瑟尼往西走的一辆车，永远杀死了驾车的男人……"这似乎是对一系列事件的平直叙述，只有一个词除外：永远。"永远杀死"的意思不完全明朗。这么说很奇怪，就好像一个人也能被暂时杀死似的。很快，其他不寻常的陈述陆续出现。"旅行销售员塞给我的药片好像把血管内壁给刮了个干净。下巴疼得要命。我叫得出每颗雨点的名字。我未卜先知。奥兹莫比尔还没放慢车速，我就知道它要为我停车；听见车里那家人甜丝丝的声音，我就知道会在暴风雨中出事。"

然后来了个转折："我不在乎。"

读到这里，小说开始才二十行，我们脚下的大地已经开始崩塌。这个人是谁（在这个短篇集的其他篇章里只有一个外号："蠢头"）？他处于如此不正常的状态是因为发生了什么？他为什么能够预言天气、记住别人说话甜丝丝的样子，同时又不在乎即将出现的死亡？没有任何解释。故事继续发展，在车祸现场东张西望，零散的句子从诗意的幻想（"顶着中西部犹如灰色大脑的云朵"）转向超脱的解说（"州际公路在密苏里西部的大部分地区只是一条双向车道"）。它对事故的描述可怖到了极点，然后引出医院里的场景，受伤男人的妻子得知他的死讯："医生领她进了走廊尽头有办公桌的房间，房门关上，门底下的缝隙射出一横条灿烂的强光，好似钻石正被亿度高温焚成灰烬。多惊人的两个肺啊！她尖叫起来像我想象中的鹰隼。能活着听见这声音可真是谢天谢地！我曾为了寻找这种感觉而东奔西走。"

读者不可能知道应该怎么理解这些。通常的叙事过程消失了，你意识到你进入——或者更准确地说是被吸入了蠢头的世界。通过从故事中去除一切逻辑的链接，通过拒绝提供叙事者符合任何社会规范的行为，约翰逊将读者带到了这些东西不再有效的地方，因为说到底，它们都存在于一个药物成瘾者扭曲的头脑之中。小说并没有向你描述某种体验，而是把它变成了你本人的体验。这无疑就是我理想中的小说书写的定义。

然而，直到此时，尽管《搭车遇祸》确实令人背脊发凉，但它依然不是一个故事。它直到最后一段才成为一个故事，约翰逊在这里使出了绝妙的一招。呼应着开头一段在时间上的自由自在，他向前一跃："几年以后，在西雅图综合医院的戒瘾病房，我又使出了这套伎俩。"蠢头接下来描述了房间里对他说话的声音，还有他眼前出现的奇异幻觉，"漂亮的护士"在给他打针。

小说结束的时候，我们看到叙事者最终坠入了毒品诱发的疯狂深渊，让我们隐约猜到了他能如此清晰地写出这些事件的原因。故事是在描述"世间一条生命的遗憾",也是一段救赎的见证,没有任何感伤,甚至没有对永世的展望。"那次我被收进戒瘾病房"说明这种事发生了不止一次。叙事者的康复使得他能够叙述这些事情,但并没有赦免他在事情发生时没心没肺的罪过,也不可能让死者复活。这就是"永远杀死"的意思。清醒和精神健全尽管非常珍贵,却无法弥补一个人对生命毫无感觉的悲剧。救赎很美好,但还差得很远。它每次只能拯救一个人,而这个世界有无数的人。

就好像为了强调这个无情的事实,故事结束于一个狂躁的句子:"还有你们,荒唐可笑的人儿啊,居然指望我来帮忙。"蠢头不是耶稣。他是耶稣的儿子,这完全是另外一码事。他是一个人,能够凭直觉触摸天堂,但依然活在人间的地狱里。

丹尼斯·约翰逊只用一千多个单词就做到了这么多。他的叙事糅合了不同的时间感和语调,个人在其中与永恒擦身而过,而它们全都来自一个雨夜的一个事件——或事故。

鹈鹕之歌

玛丽-贝丝·休斯　著

玛丽·盖茨基尔　评

温峰宁　译

我这种人三十岁了，却才刚把青春期过完。大多数时候，我是个现代舞舞者。我排练，上班。我在一家文艺片影院里的货摊工作，这里的引座员都是演员和制片人。一个注意力高度集中的小说家在售票亭工作。我在格拉梅西公园有个单间公寓，看出去就是常春藤密布的砖墙。当我想逃出城市时，我就坐公交车去拜访我在新泽西州中部的妈妈。我妈妈已经二婚许久。她和她现任丈夫把我小时候住的房子和他的古董车配件商店卖了，用这笔收入在一个废弃桃园里建了一幢屋子。他们自己当工程承包人，省了不少钱。现在屋子弄好了，他们俩开始找投资项目。

我妈妈嫁的男人就像那个在售票亭工作的人一样，是个小说家。我妈妈在这漂亮新屋的二楼给他弄了一个写作间。她用我亡父的那张镶嵌着黄铜的、有男子气概和魅力的旧桌子以及他的皮椅子来布置写作间。房间看出去就是一个掩埋式游泳池和高尔夫球场果岭，再远些是旧桃园然后是树林。每个人都说，没有哪儿比这儿更能激发灵感了。

我的妈妈一直对文字很感兴趣，她以一种早被我辈抛弃的方式认真地承担起助手的角色。她打下她丈夫的手稿，同时精心编辑。写作间外的大理石基座上放着一个托盘，她就用这托盘呈上午餐。她到长车道的末端查信箱，看他文学代理人的最新消息。如果等来的又是一封拒信，她会用最温柔的方式交给他。

在纽约西村的文艺片影院里，我们都认为失败是理所当然的。只是桃园那个房子里的赌注要高得多。每次拒信到来，即使通常是恭维乃至鼓励，都代表着对整个事业的巨大打击。尽管如此，我还是决定自己试着写写小说。我加入了一个小组。我写只有一段的故事，在妈妈准备要拿上楼的饭菜时，通过她厨房里的免提电话给她朗读。那年圣诞节，我妈妈的丈夫给了我一支颇为专业的精致钢笔，盒子里还放了一张友好的便笺。但是在影院里没人认为我的小故事比我现代舞的表现更重要。但我获得尊敬的最大障碍，却和男人有关。

　　作为一个现代舞舞者，我的体形颇不寻常。我让我的作曲家男友赞扬我时，他会说我的身体丰满如鲁本斯笔下的女性。那时我还远未在他的荞麦枕下找到那条深红色小内裤。我也听他用伦勃朗来形容过。值得一提的是，我的妈妈对体形很看重。我经常觉得这是她们那一代人的另一个特征，就和打字、用托盘上菜一样。我相信，在我的时代，身体就算不一般也没关系。但当我的作曲家提到波特罗①时，我失去自信了。

　　发现那条小内裤后，我开始和一个画画的学生约会。他兼职引座，仍和他爸妈一起住在上东区②。他嘴唇上方和下巴旁边的胡须才刚长出来，而且虽然他在纽约的医院里出生，说话却带着英国口音。我会等他下课后在库伯联盟学院③见他。他是个大一新生。我觉得自己就像在路边等他的保姆。我开始接到我妈妈的深夜电话，这时他表现得颇能理解，尽管我觉得他其实很紧张，因为他还住在家里。

　　接到她的这些电话是在收到钢笔的那个圣诞节之后。他计划和他爸妈过节，我就独自过来了。圣诞夜我待在写作间旁边的客房里。醒来时床脚放了一堆礼物，之前我一定睡得很晚，这时太阳已经高升，照在白雪皑皑的果岭上，我可以闻到隔壁房间第一次煮咖啡后残留的

---

① 波特罗（Fernando Botero, 1932—　）：哥伦比亚画家，以肥胖造型的雕塑和绘画著称，在他的画中，就连哥伦比亚总统、基督、圣母也难逃肥胖的命运。
② 上东区：纽约市的富豪区。
③ 库伯联盟学院：一所位于纽约曼哈顿的著名私立大学。

气味。我妈妈的丈夫会一整天都呆在写作间里，所以我也没换掉睡衣，直接下楼找我妈，凑合吃掉早餐。

在楼梯底，我听到了一声巨响。我妈妈很爱重新装饰房间，所以我猜她在搬沙发，然后我听到了更响的声音，更像五斗橱撞在墙上。传来了就像调低音量的电视里的咆哮声，似乎是为了避免干扰写作的过程。

我看了看妈妈放在大厅里的马槽——这是我童年的甜蜜回忆之一。上面的干草放置得整整齐齐，所有的陶瓷动物形状都很漂亮。我清楚地听见"淫妇"这个词从厨房那边传来，便掉转头去。五斗橱再次撞在墙上。我妈妈刚用白色珐琅装饰了一个很沉的老旧橱柜，我想——也就随便想想——她也许正在使劲将它搬好。

我拐过角落，走进厨房，却看见我妈妈的丈夫紧紧按着她，她背抵墙壁，脸都发紫了，我感到一股古怪的恐惧让我双腿都软了。我不确定自己看到的东西，他们都转头看着我，妈妈大笑，但带着一种古怪的蔑视。她推开她的丈夫。他说了些关于咖啡的话，然后推开餐厅的门离开了房间。

我不知道该问什么，我的头很痛，好像刚才是自己的颅骨撞在了墙上。妈妈打理了一下头发。她咳嗽起来，笑了。她举起手，扬起眉，好像要阻止我继续说话，然后走过我身边，通过我进来的那个门，去马槽处找到她丈夫。但他抢在她之前到了大厅，现在正慢慢沿着那条两边放满书的长走廊走向写作间——我可以听见他在我楼上活动的声音。

我妈妈的丈夫不仅想要写小说，而且想要写畅销书。他永远都不会相信我们在文艺片影院里所信奉的东西：没有人（我们喜欢像闪电连续劈击那样毫不留情地说话，这种修辞并非我们原创）能得到他们应有的承认。我们阅读、表演，带着具有破坏性的坦白细细品察彼此的作品。我们穿着工作服长谈，争强好胜、中伤、批评乃至伤害、毁灭对方。我们够幸运了。我们有环境，有观众，这里不只有两个人。一旦情况变得难以忍受了，我们就会换人。我妈妈和她丈夫只有彼此，他们身处共建的屋子里，试图让它变得可爱宜人，以便永远不用离开。

情人节前夕，我妈妈从当地的希尔顿酒店打电话来，她说这个与他们家隔了两个小镇的酒店非常迷人。我感到意外，却不很震惊。她希望我知道她在哪儿，以防万一我需要她。她很好。她丈夫正在努力工作，需要一点隐私。我觉得，越橘丝绒坐垫放在餐厅的飘窗上会不会好看？我没意见，然后写下了她在希尔顿的房间号。第二天下午，她打电话来说她回家了，给我寄了特别的东西。一两天后一本漂亮的字典寄来了，还写着献上他俩的爱。

我有点担心我妈妈，但我自己也有感情问题。我可能高估了那个绘画学生的成熟度，因为他吻技很棒，而且画的画精致而机巧。情人节那天，在这个寒冷但无雪的夜晚，他用玫瑰花瓣在我公寓门前的露台上写上了我的名字，然后脱光躺在那儿，等我从文艺片影院回家。他非常瘦，他受的寒气让他整整两个月没去上课。他的父母不欢迎我去病房探访。管家十分警觉地看着这个三十岁的野女人在他的病床床尾晃来晃去，我们只能在夜里打电话联系，然而他妈妈在电话分机里听着，呼吸声还清晰无比。他等不及想要读完艺术学校，这样他就能自己赚钱离开了。这太压抑了，而他有勇气说出来。

我的画家朋友还在装病逃课，我妈妈丈夫的爸爸去世了。他叫斯文，是头老熊，觉得残忍就是力量。要是老斯文没有打电话来嘲讽他年龄渐长的儿子的愿望，那假期都是不完整的。"小说家——电影小说作家"，他的声音透过免提电话，在厨房里回响，听起来就像他真的在说什么有意义的东西。

拔了那个混蛋的插头，我建议。说这话的时候，我妈妈投来疲惫的眼色，她丈夫则直接忽略我。他要表现得高贵些，暗示说，男子汉会倾听父亲的胡说八道。

但结果证明我是个先知。新的一年到了，老斯文的头爆开了。我妈妈的丈夫有代理权，他在医院的监视下，拔去了维持他爸爸生命的设备。所以，复活节找彩蛋时四处都是古怪的沉默，这是斯文第一次没参加家庭大团聚。我可以感觉到，每个人，都不知怎么地相信这是我的错。

这事过后，我妈妈打电话叫我改变母亲节的计划。为什么我不去希尔顿酒店呢？她说。那里有很棒的室内游泳池，还有桑拿浴。我可以共用她的套房，我们会玩得很开心。因为在西村这是个罕见的暖春，我也终于能放一个周末的假。当樱花花瓣洒在咖啡桌上时，谁还愿意去看电影？

我坐公交到了弗里霍尔德。我妈妈在她的蓝色小型运动版凯迪拉克里等我，她戴着二十世纪七十年代的全罩式墨镜。以前她喜欢从车子里跨出来，就像我第一天上完幼儿园那样抱我，但今天她只是发动了引擎，挥动左手，也许她太想要向我展示那个泳池了。我进入副驾驶座，仔细端详了一番才说话。不只是因为绷带，还因为她看起来像转不了头。当她将没绑绷带的手放到方向盘上时，我发现它肿得像棒球手套一样，关节上还有红色划痕。

就算直视前方，她也还是那副什么都不想说的表情。你想要等到我们去到希尔顿酒店吗？我说。她大笑。原来我们不去希尔顿酒店。我们会和她朋友费伊一起待着，她把她在海边的客房借给我妈妈度假。她说，你会喜欢的，你一直喜欢水。我不记得自己喜欢水，但也确定我妈妈没事。

费伊自己也有问题，她那个骗子前夫和一个高尔夫俱乐部衣帽间侍者私奔了，费伊这些年来还一直给她很高的小费。真恶心！即使这样，费伊还是用食物填满客房里的食物橱和吧台，而且放出话说我妈妈的丈夫敢踏入这里一步，她就会让他后悔，然后再去律师那她自己的卑鄙丈夫以致命一击。我妈妈叹了口气，感激地笑了。但是费伊的名爵跑车慢慢消失时，妈妈才解释道，费伊正处于狂怒之中。这是糟糕而毫无意义的耻辱。

费伊的客房有一对贵妃沙发，从走廊看出去就是海滩。傍晚的阳光下，帆船在新月形的浪潮中起伏。太阳下山，将一切染成粉红色，我妈妈在墨镜背后的面容也显得不那么扭曲。她告诉我这周有封特别严厉的拒信，这部小说算完蛋了。哪部小说？我问。我知道有好些。我妈妈不说话。一艘小船调转方向驶向落日余晖。妈妈？

或许是全部。有可能是这样的。

出于尊敬，我很安静，但之后我说，有时候人们会有这样的感觉。我向她讲了一个发生在剧场里的关于失望与振作的故事。有一个兼任引座员的演员在第六大道的麦当劳见到了弗兰西斯·福特·科波拉①，现在去了他的文学杂志里当夜间实习生。谁知道下面会发生什么呢？当时他正准备放弃了！还有我那个家庭环境压抑不已、艺术生涯被高烧扫得一干二净的男朋友？上星期一他第二次获得库帕联盟学院动态素描比赛的亚军！何况还有我呢？

甜心，你是个梦想家。她扬起一边嘴角闭着嘴笑了，这倒很像她丈夫。之前说到这个话题时，我见到过这种笑容。她丈夫是专业作家。这一点很不同。他们不是小孩。

好吧，我也不是小孩，我说。但她的沉默暗示，我是个小孩。想想她寄给我的支票，还有作为礼物的现金，几乎每年生日都会得到的冬衣和靴子，还有微波炉和客厅的那套家具。还有她与我的消费合作社和联合爱迪生公司达成的协议。我用文艺片剧场的收入支付交通和伙食，但来过我妈妈家里的人都知道，剩下的钱基本都来自妈妈给我的零花钱，老斯文也特别批评过很多次。与此同时，我妈妈那些自以

---

① 弗兰西斯·福特·科波拉（Francis Ford Coppola, 1939—　）：美国著名导演，代表作有《教父》三部曲和《现代启示录》等。

为是的朋友的孩子都在忙着准备生第三个孩子，或者买第二套房子。连费伊的女儿都在阿斯彭①有间分时度假住房。

我们主张在文艺片剧场里要说真话，追求艺术的经济问题并不在此列。既然我在探索写小说，我便喜欢对自己引用弗吉尼亚·伍尔夫那句五百英镑和一个自己的房间的话。不是有什么警句曾告诫说不要从妈妈那拿钱吗？

我妈妈轻轻将那杯伏特加科林斯酒贴在脸上，斜视那黑色的液体。黑色表面上的火把倒影就像蠕动的水母。

也许你想听我新写的故事？

亲爱的，在黑暗里读东西会搞坏眼睛的。

故事很短，我能背下来！

噢，好吧，美女。

之后，客房旁边的沙地上传来费伊的名爵跑车枪击般的发动机声。我想象到了妈妈的如释重负吗？费伊突然出现了，发疯地跳着，冷不防地猛击绣球花。那个人渣娶了一个衣帽间里的荡妇。我们能相信吗？我妈妈可爱而宽厚。她知道，这样的事情永远不会发生在她身上。她说了些欢快的小事让费伊笑起来。

我还在想着我的故事，或许费伊想要听？我妈妈提出去弄些马提尼。但费伊说她自己去弄。她表情活泼地将头靠在我妈妈的绷带上，帮我妈妈用那只手倒苦艾酒。她们同时用嘴发出小猫叫的声音，我很惊讶我妈妈竟然能和我之外的女性如此友好亲密。这很新鲜。

但伴随那灾难性的拒信一起到来的大新闻是老斯文任性的遗嘱。费伊和我妈妈蹲坐着，高脚杯在空中挥舞，高声畅谈。原来他留了一大笔钱给寄出拒信的《作者指南》！他还潦草地写了一张残忍的便条给

---

① 阿斯彭（Aspen）：位于美国中西部的科罗拉多州，西临洛矶山脉，以滑雪场而著称，富人聚居区和度假胜地。

我妈妈的丈夫：给你的同事，相信你会开心的。

妈妈说，他不开心，费伊理解地瞥了一眼。她们都喝光了酒，我又提出背诵我的故事。甜心，她们一前一后慢吞吞说道，然后咯咯地笑起来。她们不住地咯咯笑，戴着雕塑般的头巾的头都弯到伸直的长腿上了。噢，上帝。亲爱的，我妈妈试着说，然后迅速地挥舞她肿胀的手，好像在赶苍蝇，费伊笑得更为大声。最后费伊站了起来，咳嗽着说她来吧。她的眼睛都笑出泪水了，但嘴巴看起来还很忧郁。我妈妈的脸还是低垂着。费伊叫我小天使，说，你不觉得你妈妈今天已经谈够了文学吗？我觉得，真的够了，都够一辈子了。不是吗？

噢，费伊，别这样，我妈妈说。甜心，我明天在车里听你的故事，好吗？费伊，别这样。那样我才能集中注意力。好吗？

好。

好姑娘，费伊说。

甜心，我妈妈叹了口气。

别担心。

好吧，如果只比一段话长一点儿，那你可以寄给我，我会好好看看的。

它本来就只有一段。

费伊傻笑着，现在外面已经全黑了，我妈妈摘下了墨镜，严肃地看了她一眼。但这次交流没成功，因为我妈妈的眼睛肿得太厉害，在火把的微弱光线下都看得见淤青发紫之处，费伊停下了笑声，放下了高脚杯。

我给卢打电话，费伊说。卢是她的人渣前夫。但他也是个整形外科医生。我妈妈说，千万别。但费伊用柔软的手指拉拉她的耳朵，直接走向了客房。卢十五分钟就来了。费伊和卢这两个互相恨到骨子里的人见到对方居然友好得令人惊讶。卢还记得我小时候在高尔夫俱乐部早午餐上的样子，但他在费伊的宾客梳妆室里的手术灯下给我妈妈包扎伤口时，又彻底忘了我。他给我妈妈开了止痛药。早上她很累，费伊开车送我去公交站。

那天下午我必须去文艺片影院上班，我妈妈催促我赶紧去。别担心，她说。她十分困。别担心，费伊说。别担心，我打电话给画家时，他说。

这以后，我的脚都要筋疲力尽了，我根本想都没想我妈妈。我的脚会突然摇晃起来，屁股、膝盖、脚踝会像水波纹一样软掉。走路变得很难。我从格拉梅西公园到影院必须坐地铁，去地铁站的那段路成了巨大的挑战。这本来不会是个大问题，反正我也要从现代舞表演转向小说写作了，但我在著名的白色圆柱展馆还有最后一场表演。我的《鹈鹕之歌》，圣诞节时老斯文在免提电话里念出这名字。结果这是他最后公开说的话。我妈妈和她丈夫一直都计划出席。他们通过假日募捐给编舞师捐了钱。他在作品的结尾给我添了一段三分钟的独舞《爱之翼》！现在演出近在咫尺，我的腿突然软了，简直是在试探这位编舞师的耐心，即使他已得到不少捐助。

我决定将我的情况写下来，通过认识它来解决问题。所以我用了整整一段来描述我所理解的我妈妈和她丈夫的情况。这比我想象的要难。这些年我看过几次我妈妈丈夫的小说，里面的女人都有难以置信的敏感大乳头，还有对直截了当的阴茎崇拜式性行为难以餍足的渴求。在我的段落里，当然也有性，但却是不同的方式。

从我的母亲节拜访到表演间的两周真是糟透了。担忧，排练，写作的痛苦（在这一点上，我奇怪地开始同情起我妈妈的丈夫）。还有下雨。每日如此。我被迫加倍工作，将做好的袋装爆米花倒进机器里假装在现做。看起来就像西村的所有人都会来看电影。每晚回到家都很晚了，费伊客房里的电话不停地响着。

我的画家朋友终于彻底恢复，能够在气垫床上和我共度爱夜。我们撩拨，胡扯，用巧克力酱在我们的胸上画画。午夜过后电话响起时我们都以为会是他的妈妈，她坚持要记下我的号码。但是电话答录机发出了哭声，没有言语，对方在小房间里，声音有回音，我知道这是我妈妈。我爬过去接起电话。等一下，等一下，我说，你好吗？

她还在那里，沉重地呼吸着，呜咽着，亲爱的？那时我觉得我的胸骨都在发抖，要撑不住了。你在哪儿？我问。

在家里。她被锁在卫生间里，那儿有画着纸风车的墙纸，高级水流按摩浴缸和折叠门（她还为之争论了很久：是要铁心的还是绿色玻璃的？）的浴室。即使她呼吸沉重，我还是能听到拳头击打在门上的声音（她最终挑定了一个有着旋转枫叶图案的门），还有低沉的嗥叫，就像老斯文的假日留言在重放。门锁上了，她说。我听着。窗户，她说。我苦苦思考。格子窗通向连着果岭的露台。如果她能推一下自己的骨盆——她不知道这个词，于是我换了个说法——推一下自己的屁股，让它紧贴着屋子的墙面，她或许能滑下去。

太疯狂了，画家笑着说。（他的笑终结了我们的关系。）我小声说，冲厕所，小声得好像害怕她丈夫听到我。在你打开窗闩前冲厕所，我会搭下一班巴士去弗里霍尔德。直接走进镇里，你能做到吗？

当然，她说。我重新想到自己是晚辈。如果她能从窗口逃出来，她会在那里见我。他说我是个病态、腐朽的淫妇？她以提问的方式说道，好像在回顾她是否迈出了正确的一步。

啊，你不是，我说。小心你的脚。地上可能有碎玻璃。

甜心，她小声说，我的天啊。

我的妈妈是那种会换上睡衣睡觉的女人。公车开近弗里霍尔德的通宵餐厅，我就朝停车场外看她的奶油白绸缎睡衣有没有飘在冬青灌木丛里。大巴中那股闻来像废气的热气已经让巧克力酱变得黏糊糊的。我睡觉穿的 T 恤黏着我的胸口。我不确定地走下公交。公交司机盯着我。看着你的路，变态，我吼道，然后又感到羞愧。如果她听见我的话，也会感到耻辱的。

　　我给她带了一件大衣和一些鞋子。她总是认为，运动鞋是运动员才穿的。所以我给她带了一双黑色的露跟女鞋，还有她之前给我的一件漂亮的丝绸大衣，但没带钱，我的车费还是问画家借的。公车发出嘎嘎声开走了，四周复又安静，我才想到我妈妈可能也没多少现金。这不重要。首先我要找到她，换上合适的衣服后，我们可以搭便车到费伊的客房。

　　有一个小时吗？身处黑暗之中，这一切都很难知晓。她最终没出现，我穿过那片玉米田走向她家。虽然天气温和，我还是在发抖，而且我很饿。那些高高低低的影子让我害怕会发现她躺在路边，就像倒地的动物。但我没找到她。当我走到屋子车道的末端时，整个屋子都亮着灯，好像在准备假日派对。按钮灯的光线穿过芬芳的桃林照在车道的拐弯处。深深的门廊里，花架上爬满了常青藤和发红的杜松。看起来每间房都亮着灯，写作间，客房，所有的会客室，主卧室。车库四周的门被打开了，好像派对要转移到那儿。我妈妈喜欢开的那辆蓝色凯迪拉克就停在玄关旁边，但是她丈夫那辆古板的梅赛德斯小轿车不见了。不用进屋我都能知道她不在里面。

　　我的妈妈给我写信：甜心，我知道你会觉得这很奇怪，我们远走高飞试着重新开始了。对于一个作家而言——或许对任何真正的艺术家而言，在这里好好生活都是很难的。老斯文对你比对他自己的儿子还好，你在附上的信里会看到。我爱你胜过一切，一直如此，一直会如此。

　　我的生日被用铅笔写在信封上。保价速递员将它塞在我的门下面。信是打印的，也没有签名。银行支票有十万美金。

　　桃园里的屋子被老斯文的私人律师在秘密拍卖里卖掉了。他打电话告诉我家具的情况，当然还有马槽，但我什么都不想要。在我的追问下，律师有时会告诉我，他们俩都很好，他们现在身处一个安静的地方，他们只是需要平静。他告诉我，我妈妈传达了最美好的祝福，仿佛她就在那里，守在电话分机旁边。有时我觉得我妈妈还在找我。她只是认不出穿着制服和皮鞋的我。有时我会观察书本的封底。我留心那些有着可有可无的次要女性角色的长篇谋杀悬疑小说。我阅读它们的致谢语，特别留心那些作者名像是假名的书，希望他有一天能有勇气说出，她是多么令人震惊，她是多么美丽，她如何让一切，真的是一切，成为可能。

（原载《巴黎评论》第一百七十期，二〇〇四年）

玛丽·盖茨基尔评《鹈鹕之歌》

《鹈鹕之歌》有种骇人听闻的悲伤。这种悲伤被标题暗含的荒诞感加强了。这种恶毒的荒诞以家庭责任之名加诸女主人公，如同一个令人窒息的包袱，她却还得穿着它如同身着礼服。作为一个生来有责任感的人，她就这样穿着它，礼貌、盲目、不抱怨，一头撞进她那接近疯狂的家庭创造出来的越野障碍训练场，那儿疯狂地装饰着大理石桌子、纸风车墙纸和绿色玻璃提基火炬。

她所处的文化时期恰好让人们到了三十岁还能去相信自己是艺术家，即使他们并没什么艺术作品。但这于事无补。她的家人在她转行去写作前，给编排她最后一场舞蹈表演的人寄了一张高额支票，而没观看演出——它的标题是《鹈鹕之歌》，她的继祖父还嘲讽了一通。

继祖父或许有意无意地意识到鹈鹕的基督教象征，据说母鹈鹕会剖开自己的乳房来喂养下一代。这个故事里有许多切割与撕裂的画面，其中的一些也是为了培育下一代。但在这个故事里，养育和毒药描绘在一起，人物角色的世界里有多少高贵的东西就有多少感情的邪恶。在我读过的作品里，《鹈鹕之歌》有着对富人给自己造成的恐怖最令人信服的描绘之一。而女主角即使行走在这恐怖当中，还想要相信爱和善良，对此的描绘更为令人信服。真令人心碎。

博闻强记的富内斯[①]

豪尔赫·路易斯·博尔赫斯　著

亚历山大·黑蒙　评

杨凌峰　译

我记得（这个神圣的动词我根本无资格说出——这世上仅一人有权利这么说，但他死了）他手中拿着一枝深色的西番莲；他看着花朵，仿佛这花从未有人见过；他或许一直那么看着，从晨光熹微看到暮色朦胧，就那么看了一辈子。我记得他抽着烟，那张仿似印第安人的木讷面庞隐藏在烟雾后面，孤寂、淡漠而遥远。我记得——我以为如此——他用粗硬的双手编织皮绳。我记得那双手旁边，一个装马黛茶叶的葫芦上刻有乌拉圭风格的纹章。我记得他家窗子上挂着黄色的帘布，透过网布能隐约看到一点湖景。我清晰地记得他的声音：往日郊区居民那种迟缓、愠怒的鼻音，不像如今人们说话那样带有咝咝咝的意大利语齿擦音。我只见过他三次，最后一次是在一八八七年……倘若所有与他接触过的人都来写点东西谈谈他，我觉得未尝不可，而且很值得一试；等这些回忆文章汇集成册之后，我的陈述将可能是集子中最短的、毫无疑问也是最贫乏的一篇——如果不是其中最公允、最不偏不倚的一篇的话。要知道，我在这里的处境比较为难：按乌拉圭人的做派，只要故事主人公是他们的同胞，那汪洋恣肆的溢美之辞便必不可少，但身为一个阿根廷人，我无法加入他们那义不容辞的赞歌大合唱。附庸风雅、卖弄学识的文化人，打扮时髦、金玉其外的城里人——富内斯从没用过这些字眼来奚落和挖苦我，但我完全能肯定，在他看来我就代表着这类可悲的市侩。佩德罗·莱昂德罗·伊普切①曾写道，富内斯是超人当中的先驱者，是"一个本土原产、质朴无华的查拉图斯特拉"。对此观点，我无意多加辩驳，但我们不该忘了，富内斯毕竟也只是一名来自弗赖本托斯②的乡村少年，有着某些不可克服的局限之处。

与富内斯的第一次相遇，我印象非常清晰。那是一八八四年三月或者二月的一个傍晚。那一年，我父亲带我去弗赖本托斯消夏。我和表兄贝尔纳多·阿埃多从圣弗朗西斯科农庄返程回来。我们骑着马，还一路唱歌。能优哉游哉地骑马，我已兴高采烈。更让人喜出望外的是，闷热了一天，头顶上突然乌云翻涌，遮蔽了天空。南风又来助阵，吹得树木七歪八扭，群魔乱舞。我担心（也可以说是期待）突如其来的滂沱大雨把我们困在野外。我和表兄跨马疾奔，仿佛是在跟大暴雨赛跑。我们冲进一条小巷，高高的砖砌步行道从两边夹持着凹陷的深巷。天色突然变暗；我听到急促的、影影绰绰到近乎神秘的脚步声从上方传来；我抬眼去看，只见一个小伙子在狭窄破败的步行道上奔跑，仿佛跑在窄窄的残墙断壁上。我记得他穿着高乔牧民裤款式的灯笼裤，还有麻绳编底的鞋子。我记得他嘴边叼着香烟，面色冷峻，反衬着身后铺天盖地的浓云。出人意料地，贝尔纳多对他喊道："伊雷内奥，现在几点啦？"他既没抬头看天，也没停下步子，随口应答："八点差四分，贝尔纳多·胡安·弗朗西斯科少爷。"他的声音很尖利，似乎在嘲讽别人。

他们之间的一问一答，我是听到了；但如果不是表兄强调，我就根本不会去注意，因为我当时心不在焉，没感到有什么异样的。而表兄后来之所以多嘴，是出于某种身为当地人的乡土自豪感（我相信是

① 佩德罗·莱昂德罗·伊普切（Pedro Leandro Ipuche，1889—1976）：乌拉圭"本土主义"诗人，将西班牙裔拉丁美洲人的文化传统与先锋派诗歌相融合。
② 弗赖本托斯（Fray Bentos）：乌拉圭西部的内河港口城市，里奥内格罗大区之首府。

124

这样），还有就是想表示一下他并不介意那小子连名带姓地称呼他。

表兄告诉我，巷道里遇到的小伙子名叫伊雷内奥·富内斯，因某些怪癖而名声在外，比如说，那家伙跟谁都不来往，而且还总能脱口报出时间，就像钟表一样准。表兄还补充道，那人的母亲是镇上的熨衣女工，叫做玛丽亚·克莱蒙蒂娜·富内斯。有人说他的父亲在屠宰场当医生，是个名叫奥康纳的英国人，另外也有人说他父亲是个驯马师或者相马师，来自萨尔托地区。富内斯和母亲一起住，就在月桂庄园拐角的一处地方。

一八八五年和一八八六年那两年间，我们家都在蒙得维的亚度夏。一八八七年，我又来到弗赖本托斯。很自然地，我问起所有我之前结识的人，最后就提到了那个"活钟表"富内斯。人们告诉我，他在圣弗朗西斯科农庄骑一匹没驯化好的马，结果摔下马背，当场瘫痪，而且不可能康复。我记得这个消息让我心神不宁，给我带来的强烈感觉如同巫术魔法：我仅见过他一次，当时我们正骑马从圣弗朗西斯科农庄归来，而他在高处快跑——这一事实是表兄贝尔纳多告诉我的；因此整个情形就很像一个梦，由往日经历的片段要素构成。我还听说他从此卧床不起，寸步难行，每天只是双眼紧盯着一张蜘蛛网或者远处的一株无花果树。午后时分，他让人把自己抬到窗边。他还显得很傲慢，甚至表现出这样的姿态：导致他瘫痪的事故不是打击，而是他的造化……隔着窗子栅栏，我见过他两次，冷酷的铁隔栅更强化了他永恒囚徒似的境遇：一次见到他时，他纹丝不动，闭着双眼；另一次见到他，也是动都不动，面对着一根气味芬芳的山道年花枝出神沉思。

那时，带着一定程度的虚荣感，我已开始系统地学习拉丁文，并因此有点沾沾自喜。我的小旅行箱中装着罗蒙德①的《名人传》、奎齐拉

---

① 查尔斯·弗朗索瓦·罗蒙德（Charles François Lhomond，1727—1794）：法国文法学者，长期从事拉丁语教学。

特①的《辞库》、尤利乌斯·凯撒大帝的战争论著，还有零散的一册普林尼的《自然史》；这些书当时已超出了（现在也还是如此）我这样一个所谓拉丁文学者的有限功力。小镇上，什么消息都会不胫而走。没过几天，连躺倒在郊外小屋中的伊雷内奥都听说镇子上有了这些闻所未闻的奇书。他给我写了封信，文辞华丽，格式考究：信中回顾了"一八八四年二月七日那天"我们的偶然相遇，并为那次邂逅之匆促短暂而表示遗憾；他还称颂了我已故的舅舅格雷高里奥·阿埃多——去世的时间便是那一年，说舅舅"在伊图萨因戈②战役中，以其英勇同时为我们两国立下了汗马功劳"；他继而提出请求，让我从那些拉丁文书中随便借一本给他，同时"由于对拉丁文还一无所知，为了能对原著有适切的理解"，所以还要借一部字典。他保证会在极短的时间内将书和字典完璧归赵。他的信字迹完美，笔画清晰；拼写则采用安德里斯·贝略③所喜好的做法：把 y 写成 i，g 写成 j。初看之下，我很自然地认为这封信是在开玩笑。但那些表兄弟则向我担保这不是玩笑，这一切正是伊雷内奥的奇异之处。不需要别的什么工具而仅仅借助一本字典就能学习艰深古奥的拉丁文——这种念头让我无言以对，不知该说那是轻率狂妄，还是蒙昧无知，或者说是愚不可及。为了彻底打消他的幻觉，我给他送去了奎齐拉特的《诗文进阶》和普林尼的作品。

　　二月十四日那天，我接到布宜诺斯艾利斯发来的一封电报，要我火速赶回，因为我父亲"状态很不妙"。作为一封紧急电报的接收者，我突然就不同凡响，仿佛天降大任于斯人；我还要向弗赖本托斯的全体父老乡亲解释那条电报短讯的否定句式与"很"这一不容置辩的副

---

① 路易-马利·奎齐拉特（Louis-Marie Quicherat，1799—1884）：法国拉丁语学者、词典学者。
② 伊图萨因戈（Ituzaingó）：位于阿根廷科连特斯省。1827 年，阿根廷人与乌拉圭人联合，在此击败巴西人。
③ 安德里斯·贝略（Andrés Bello，1781—1865）：委内瑞拉作家、学者，拉丁语和法语诗歌翻译家。

词之间的矛盾①；另外，我还面临一种冲动的诱惑，想摆出男子汉的坚忍姿态，从而让家变带来的痛苦显得更强烈和戏剧化；或许是这些念头让我分神了，我体会到真正悲伤的所有可能性都被消解——但愿上帝原谅我的不孝。收拾旅行箱时，我注意到少了《诗文进阶》和《自然史》的第一册。我的轮船"土星号"第二天上午就要启航，当天晚饭后，我便去富内斯家。我惊讶地发现这个夜晚沉重压抑的程度并不亚于白天。

那是座整齐有序的小屋，富内斯的母亲为我开的门。她告诉我，她儿子在后屋；如果看到伊雷内奥待在漆黑一片的房间中，也请我不必奇怪，因为他已习惯于不点蜡烛，在黑暗中打发无所事事的沉闷时光。我穿过地面铺砖的天井和短小的走廊，来到后屋的小院。那里有一个葡萄藤架，此外便是一团墨黑：黑暗浸透了我的全部。突然间，我听到伊雷内奥那尖利的、略带讥讽的声音。听上去他是在讲拉丁语：他的声音（从黑暗中传来）在诵读一篇演讲词、祈祷文或经卷咒语，虽然孤愤沉郁，但有腔有调，自得其乐。古罗马时代的音节在院子的泥地间回荡，我感到敬畏、惊愕，完全无法辨析破译这些无休无止的字符。后来，那一夜的涣漫长谈中，我才得知那些音节字符构成的是《自然史》第七卷第二十四章的第一段。那一章的内容主旨是记忆，最后一句话是"凡耳闻之事，皆可以原词复述。"②

---

① 博尔赫斯式的幽默文字机巧：这几句都是写身为幼稚少年的"我"收到电报后的种种反应，显然带有自我调侃的意味，对所谓人生大事件的意义消解在此也有体现。这一句应当指小镇居民文化不高，把电报中的 not at all well（本文据英文译本翻译，或许西班牙语原文的表达更易导致误解）理解为"不是很妙"，因此"我"需要去向他们解释"很不妙"中"不 / not"与副词"很 /all"之间的"矛盾"。因所据英文译本在这里的表述也较含糊，所以另一种可能是说：小镇居民把 not at all well 误解为"不是很妙"，但电报又让"我"火速赶回，他们便觉得"不是很妙"和"火速"这一很急迫的、刻不容缓的副词之间有矛盾，"我"就不得不解释。鉴于语言的模糊性，还有第三种解读：电报中是消极否定的表述，小镇居民便以为"我"父亲已辞世或马上就会亡故，根据他们的人生价值观，于是认为"火速赶回"也于事无补，因此便构成"矛盾"。
② 原文为拉丁语：*ut nihil non iisdem verbis redderetur auditum*。

伊雷内奥请我进房间，他说话的声调依旧，没有丝毫改变。他躺在小床上，抽着烟。我大概记得，直到天亮我才看到他的脸，我能清晰回忆起来的只是他烟头上那间歇明灭的红光。房间里闻到隐约的潮湿气味。我坐下来，对他讲了电报和我父亲患病的事。

现在，我的故事讲到了最困难的地方。到此为止，读者们可能已经明白了，这个故事没什么情节，有的只是半个世纪前发生的一次对话。我不打算在此复述伊雷内奥的原话，事实上现在我也无法去逐词再现。我只想忠实地归纳一下他告诉我的许多事。间接叙事显得遥远而薄弱，我明白我陈述的效果会大打折扣；但读者们自己也可以想象到，那夜的交谈中，我必定惊诧莫名，每一次犹疑的断续停顿都让我不知所措。

伊雷内奥掺杂并用拉丁语和西班牙语，首先列举了《自然史》中记载的非凡记忆力的例子：波斯国王居鲁士能叫出他军队中每一个士兵的名字；米特拉达梯·欧帕托①能用二十二种语言来执行律法、治理国家；古希腊诗人西摩尼得斯②是记忆术的发明人；梅特罗多罗斯③无论什么东西只要听过一遍，都能一字不落地重述。伊雷内奥诚恳而坦白地表示了他的疑惑，因为他并不觉得这些事例有什么惊人之处。他告诉我，他从一匹青灰色的马上摔下来是在一个落雨的下午，而在那之前，他跟所有凡夫俗子都毫无二致：既聋又瞎、浑浑噩噩、脑中空空。（我提醒他，他有精确的时间感，还能把别人的名字记得一清二楚，但他对此根本不予理会。）十九年来，他等于活在一场大梦中：视无所见，听无所闻，迷迷糊糊，几乎什么都没记住。从马上摔下时，他立刻不省人事了；苏醒之后，他发现眼前的一切竟是那么纷繁多姿，那

么清晰明确，连最遥远、最琐屑的往事都历历在目，一时间让他简直难以承受。稍后，他才发现自己已经瘫痪。他对这个不幸几乎不以为意。我猜他已断定（或者觉得）动弹不得可算是最小的代价了。他因此而获得的感知力和记忆力已然是无可挑剔。

放在桌子上的三只玻璃杯，我们能一眼看到；而富内斯却能一眼看到一株葡萄藤上所有的叶子、卷须蔓条和每一颗果实。他记得一八八二年四月三十日黎明时分南方天空云彩的形状，并在记忆中将其与他只见过一次的一本精装古董书羊皮面上的褶痕纹理相比较，与基布拉乔①暴动前夜一把船桨在里奥内格罗河面激起的水沫轮廓相比较。这些记忆并非简单的回忆：每个视觉影像都与肌肉神经感觉、温度感受等等相关联。他能再现自己的所有梦境，包括半睡半醒时的所有梦境。有两三次，他试着回顾重现某一整天。他对此倒是从未踌躇过，只是每次这样的重现要耗费整整一天时间。他对我说："自世界初始至今，人类所有成员的记忆总和还赶不上我单独一个人的。"他还说："我做梦时就跟你们醒着时一样。"接近破晓时，他又说："先生，我的记忆如同垃圾堆放场。"黑板上画着的一个圆圈、一个直角三角形、一个棱形，这些都是我能充分直观感受到的形状；伊雷内奥却能直观感受到马匹飞扬的鬃毛、山丘上成群的牛羊、变幻不定的火焰和无尽的灰烬、长时间守灵期间死者面孔的种种变化。我不知道天上的星星他能看到多少。

他对我说了这些事情，当时以及后来我都不曾有半点怀疑。那年头既无电影也无留声机，不过，谁都没有在富内斯身上做过实验，这实在有点意想不到，甚至是难以置信。事实真相就是如此——生活中能拖延推脱的事情我们就总是拖延推脱。也许，我们都深信人类会永

---

① 基布拉乔（Quebracho）：位于乌拉圭派桑杜省。1886 年，反对派力量发起武装暴动，试图推翻临时总统维达尔，后遭平息。

生不朽，以为人类迟早都将会无所不能、无所不知。

富内斯的声音从黑暗中浮起，继续对我说话。

他告诉我，一八八六年，他想出了一套独特的数字编码系统，短短几天内，这些符号就超过了两万四千。他没有写下这些编码，因为任何东西他只要想过一次就全无遗忘之虞。他最初的动机，我想是由于他对这么个情况感到不舒服：指称乌拉圭历史上著名的高乔三十三士① 还需要两个符号和两个词语，而按照他的方案，则只要单独一个字和一个符号。随后，他把这种异想天开的原则应用到其他数字上。比如说，7013 这个数，他会说成是马克西莫·佩雷兹；7014，就是铁路；另外的数字则分别是路易斯·梅里安、拉菲努尔、奥利瓦尔、硫磺、鞍辔、鲸鱼、瓦斯气、蒸汽锅、拿破仑、奥古斯丁·德·维迪亚。五百这个数，他会说成九。每个词都有特定的符号来代表，就像一种标记；越往后的符号代表的概念就越复杂……我试图向他解释，他用没有逻辑联系的语词与数字符号配对，完全是混乱狂想，与数字编号体系的真义恰恰南辕北辙。我指出，人们说 365 这个数字，就是表示有三个一百、六个十和五个一。如果是"黑人蒂莫提欧"或"屠夫用来运肉的大块麻布"这样的概念所对应的"数字"，那就完全没有数理解析的意义。对我的反驳，富内斯表示不解，或者说他根本就不想理解。

十七世纪时，洛克假设了（同时也是否决了）一种不可能存在的语言，其中每一样具体事物、每块石头、每只鸟和每根树枝都有各自的专名。而富内斯也曾设计过一种类似的语言，但在他看来又过于笼

---

① 1822 年，乌拉圭东岸被巴西吞并。1825 年，拉瓦列哈上校率领流亡布宜诺斯艾利斯的三十二名东岸人回国，在其他爱国者的协助下，围困蒙得维的亚。1825 年 8 月 25 日宣布独立。三十三人组织两千名士兵，与阿根廷共和军联合，于 1827 年 2 月 20 日在伊图萨因戈（见前注）击败巴西军队。1828 年三方在蒙得维的亚签订和约，巴西及阿根廷均放弃对东岸的领土要求。1830 年 7 月 18 日乌拉圭东岸共和国宪法颁布。

统概略、过于模糊含混，因此就弃置一旁了。实际上，富内斯记得的不仅是每一处林地中每一棵树的每一片叶子，而且是他在不同时刻每一次分别感知或想象到的那片叶子。他决定将过往每一天的经历缩减为七万左右的记忆片段，然后再用编码来一一定义。出于两种顾虑，他放弃了这种努力：其一是他意识到这项工作没有尽头，其二是他意识到此举徒劳无益。他估摸着即使到咽气的那一刻，他都来不及把童年时代的全部记忆分类完毕。

我上面提及的两项计划（一部无穷尽的、用自然序列数编码的词汇总集；一份将记忆中所有影像整理归类、存放于脑中的无用目录）尽管不可理喻，却也透露出一种难以言表的恢宏伟大。计划让我们得以管窥或者推测到富内斯那令人眼花缭乱、如堕烟海的精神世界。我们不该忘记，他几乎根本不懂怎么进行综合抽象的、柏拉图式的纯理念思维。要让他明白"狗"这个类属通用的符号涵盖数不胜数、大小不一、形态各异的所有个体狗，无疑相当困难。他难以理解三点十四分（从侧面看到）的狗与三点十五分（从正面看到）的狗可以用同样的名称来指代。每次在镜子中看到自己的脸和自己的手，他都会莫名惊讶。斯威夫特写道，小人国的皇帝能看出钟表分针的走动；而富内斯能连续不断地看到朽坏、腐烂和疲劳那静悄悄的进程。他能记下死亡和受潮的演变推进。他是世界的旁观者，孤独而清醒无比；世界在他眼中形态万千，每一瞬间都一览无余，精确明晰得几乎难以忍受。巴比伦、伦敦和纽约以其蛮横和惊人的辉煌繁华让人们的想象张皇失措、目瞪口呆。这些摩肩接踵的高楼上、人潮汹涌的大街上，没有谁能像身处南美洲某贫困郊区一隅的可怜的富内斯那样，感受到目不暇接、咄咄逼人的沸腾现实所带来的扑面热浪和压迫。它们汇集起来，连同无尽的日日夜夜，一刻不停地冲击着富内斯。他难以入眠。睡眠就是摆脱世界的纠缠，而富内斯只能仰躺在置于阴暗处的小床上，想象着围绕他四周轮廓分明的房屋的每一条裂隙和梁柱墙角的每一根棱线。（有必要重复一遍，即使他最无足轻重的记忆都比我们的生理快感或肉体痛苦更真实强烈、更纤毫毕现。）他家东面的地方还没划成街区，但也一字排开建成了一片富内斯还没见过的新房。他想象那些房屋是小小的，黑不溜秋地凑在一起，组成一片均匀雷同的暗色；而他为了入睡，就把脸转过来朝着那个方向。他有时还想象自己沉在河底，水流晃动着他，让他神志恍惚，恹恹欲睡。

他毫不费力地就学会了英语、法语、葡萄牙语和拉丁语。不过，我猜他的思维能力不是很好。思考，是忽略差异，是概括归纳，是进行抽象。在富内斯那水泄不通、充塞喧嚣的世界中，有的只是细节，触手可及的细节。

黎明的微光蹑手蹑脚，来到了泥地的天井中。

这时我才看清那张面庞，那一整夜讲话的声音便由此而出。伊雷内奥当时十九岁，出生于一八六八年；在我看来，他仿如一座不朽的青铜雕像，比埃及更悠久，比预言和金字塔更古老。我认为，我说出的每一个字（我的每一个举动）都会永存于他那巨细无遗、不可动摇的记忆中。我惟恐做出无用多余的手势，因此如履薄冰、举止拘谨。

伊雷内奥·富内斯因肺充血夭亡于一八八九年。

（原载《巴黎评论》第二十八期，一九六二年）

亚历山大·黑蒙评《博闻强记的富内斯》

　　《圣经》《伊利亚特》《神曲》《失乐园》《尤利西斯》以及其他类似作品，都力图指向整个寰宇，所传达的信息因而也就涵盖一切，所透露出的文字抱负也一如宇宙般浩瀚——豪尔赫·路易斯·博尔赫斯的作品便属于这样一种文学传统。此类作品的成立依赖于语言那无所不包的完全整体，因此也意味着对于语言整体的绝对信念——所有的历史、所有的记忆、所有现存的宇宙哲学和／或者神学、连续性牢不可破的全体人类生存经验都可以沉积于语言中并用语言来表述。也确实如此，在这类作品中，语言看似能覆盖过去、现在和未来，那永恒无限的全部，并包含所有的真实、虚构，以及介于真实与虚构之间的一切。这类作品提供了重要的决定性证据，表明没有文学就完全不可能以概念来对人类和人道加以陈述。这些作品哲学、伦理和美学诉求的实现需要读者的全身心投入：一个理想的读者可能会用自己的全部生命致力于作品——比如说乔伊斯的《尤利西斯》——的解读，并因此取消他／她的生存中所有"非读者"的因素。

　　这样一个读者，当然了，也会是一个完美的博尔赫斯式人物——对他而言，如果置身于文字之外，所有的生活体验便不复可能。有着不可思议记忆力的富内斯便是个不折不扣的博尔赫斯式故事角色：他的头脑胜过超级百科全书，所储存的知识无所不及，而且很悲剧的是，他不能遗忘任何东西。富内斯为此而苦恼悲叹："自世界初始至今，人类所有成员的记忆总和还赶不上我单独一个人的。"表面上看来，他实现了最狂妄的人类野心——记得／知道一切，但他的知识带有强迫性，绝对、纯粹而专制，让他完全无法自主，不能去思考，也不能去与其他人沟通。在故事中，博尔赫斯将自己呈现为与富内斯相对照的角色，平庸，也不完美，他以此指出遗忘——也即那种从不间断的遗忘——对于思维，对于语言，对于文学，乃至对于人单单成其为人，都是必要和必需的。

人类的令人赞叹之处就在于，我们试图超越身为肉体凡胎的生物形态的局限，因而遭遇恒常接续的失败，但我们却不放弃自己的努力。那些野心高远、以终极寰宇为指向的伟大创举——其中也包括富内斯的计划："一部无穷尽的、用自然序列数编码的词汇总集；一份将记忆中所有影像整理归类、存放于脑中的无用目录"——从未能到达其所求索的目标，因为根本没有途径能抵达那种无所不包的终极完整性。遗忘，这一根本必要的存在前提封锁了那种通往囊括一切的可能性的道路；反过来，没有遗忘，那种试图囊括一切的野心也根本不会出现。我们认为有着一切，正是因为我们会遗忘一切。我们追求无所不包的完整性，是因为我们忘了我们实际上不可能抵达这种状态。从根本上而言，我们那恢宏壮美的野心正是依托于它自身那无可反驳的"不可实现性"才得以构成野心。梦想家和天才面对野心中的愿景，在临死之际也只能翘首垂涎，一如其他所有芸芸众生。

当然，如果有上帝，一切便会成为可能。博尔赫斯写道："事实真相就是如此——生活中能拖延推脱的事情我们就总是拖延推脱；也许，我们都深信人类会永生不朽，以为人类迟早都将会无所不能、无所不知。"如果富内斯本人和他那完全的、绝对的知识能够持续长存，那上帝也将会在富内斯面前现身，而我们则都将能永生不朽，就从博尔赫斯开始："我认为，我说出的每一个字（我的每一个举动）都会永存于他那巨细无遗、不可动摇的记忆中。"不过，故事中随即又说了，富内斯和他那巨细无遗、不可动摇的记忆已经死了，正如上帝已死。死亡与遗忘大获全胜；而人类，带着这个智能物种自身的所有荣耀和悲剧，则要永远面对那"形态万千，每一瞬间都一览无余，精确明晰得几乎难以忍受"的既存世界，同时也一直见证死亡与遗忘的胜利。

老 鸟

伯纳德·库珀　著

艾米·亨佩尔　评

马睿　译

一天下午，父亲打来电话，问我有没有安排好丧事。"是为你安排，"我问他，"还是为我自己？"

　　"我知道这话题说起来怪瘆人的，"他说，"但早晚有一天你的死期也会到，人人如此。你可能正好好地走在街上，心里还打着小算盘呢——砰！心脏病发，或者被一辆卡车撞到，你都来不及知道是怎么回事。有备无患嘛。"

　　"我已经盘算好了。"我对父亲说。

　　"那你不准备棺材啦？"

　　"我还是火葬比较好。"

　　他的助听器传来噪声。"你还是什么？"

　　"我还是火葬吧！"我大声叫道。电话放在一个我用作办公室的闲置房间，绘图板上贴满了草稿，设计图铺得满地都是。

　　"你妈有个姐姐埃斯特尔就是火化的，"父亲说，"你多半想不起她了，她在你出生之前就死了。但我跟你说吧，她的骨灰好沉，里头都是碎骨头渣子。倒也是，埃斯特尔块头很大，我们都说她丰满。她家那口子杰克发明了挡风玻璃雨刷，可惜那个傻瓜没申请专利，就这么把一家人都给毁了。"

　　"哦，明白了。"我说。电话铃响时我正在午睡，只是我不好意思跟父亲承认。他总是不厌其烦地唠叨说，虽说他是长辈，但我才是家里最懒的人——这家里也就只有我们俩。我常常一天到晚钻到被窝里思考工程项目，我喜欢躺着工作，对此我那位精力充沛的父亲颇不以为然。当然，表面看来我的确很懒散，什么也没干，但事实上那些建筑物正在我脑中逐渐成形——我的脑子里充满了各种立视图、复杂的平面图、等距图，可没闲着。我曾经读到一篇文章，讲阿尔伯特·爱因斯坦常常在床上一躺几个小时，一只胳膊悬在床垫外，手里攥着块石头。每当他不知不觉睡去，计划就奏效了：石头落地会把他惊醒。爱因斯坦曾声称，他最精彩的想法都是在半梦半醒之间灵光乍现的。总之，不管我父亲提起这些犹太名人时有多自豪，他每次都会立即提醒我说，我可不是爱因斯坦，大白天的躺在床上纯属浪费时间。

父亲今年八十九岁，他的手总是止不住地抖，脑子也经常犯糊涂，但他似乎有着使不完的精力。母亲活着时常说，我父亲好像每天晚上把自己插入墙上的插座给体内的电池充电似的——母亲喜欢打趣说，"自打我们的蜜月结束，我就再没见过那块电池。"父亲浑身这病那病，要服用各种药物控制病情，但他简直就是长寿实验的活样本，只是过去十年间，他一直很担心自己随时可能面临死亡。

"我今天给一副棺材付了定金，"他说，"那可是上好的防水黄檀木，跟钢琴一样漂亮。那个殡仪员——他老爸早年曾雇我去给他铺地毯，我都不记得是多少年前的事儿啦——说他们现在正在搞促销，买一赠一。要不我怎么问你要不要呢，多便宜啊。"

"多谢，"我说，"你可太……周到啦。"

"你真该亲眼看看那块长绒衬布，轻柔得像雪花儿、蓬松得像云朵儿。躺在那上面进天堂才叫美呢。"

直到这时我才听到电话那头过往车辆快速驶过的声音。我一下子清醒过来。"老爸，"我问道，"你在哪儿？"没有回答。毫无疑问，他正在看周围有什么熟悉的地标建筑，歪着头斜着眼，想看清街道的标识。

"你觉得这儿的人会不会有点儿基本的礼貌，帮我打开这罐花生酱？"他说。我相信他一定正举起手中的花生酱给我看——应该是"吉夫"或"四季宝",反正是我母亲在世时常买的牌子——好像我能看到、并穿过电话线帮他拧开盖子似的。"我饿了!"他喊道。

如今父亲整天不着边际,不光在聊天的时候才这样。事情乱作一团,是从我帮他搬到我家附近的一幢公寓楼之后开始的。那是好莱坞各大道沿街建起的无数灰水泥盒子建筑中的一座,二十世纪六十年代蜂拥而起的老建筑群如今也就剩下这些了。我父亲的公寓在二层,位于一个狭长阳台的尽头,每当有人走过,阳台的铸铁栏杆就会随着脚步像巨型小提琴的琴弦一样振动起来。虽说按照大多数人的标准,他原来的生活已经够节省的了,但在母亲去世后的十年,原来的老房子只有父亲一个人住也显得太大,而直到他搬出老房子之后,我才发现父亲不会在那些房间里迷失,反而很可能在街上走丢。

这事儿第一次发生时,我刚刚听完一个题为《乌托邦:一个现代主义神话?》的讲座,正开车往家走。快到家时,我在一个红灯前停下,注意到有个老人正蹒跚着走向停在我前面的那些车。他给人们做手势,示意他们摇下车窗,朝他们举起一罐像是泡菜模样的东西。直到老人走近我前面那辆车,我才意识到他是我父亲。我看到那辆车里的女人迅速锁上车门看向别处,好像我父亲是个无家可归的乞丐或森然恐怖的幽灵。我第一个冲动的念头是鸣笛惩罚一下这个女人,但还没来得及行动,父亲已经站在我的车门外了。"嗨,吉米。"他的语气中透着一股怪诞的神色自若,说着递给我一罐犹太风味的莳萝泡菜。我瞪着他,不敢相信那是我父亲。"关节炎。"他说。仿佛那能够解释他为什么在这个时候站在富兰克林大道的正中央。那是个暖和的傍晚,我的车窗开着,车载广播上,一个本地的大学广播站正在放日本筝曲。因为我父亲的突然出现,那些乖戾的和弦骤然变得异常凄厉和喧噪。"他们这是在杀猫吗?"他冲着广播点点下巴。我把那罐莳萝泡菜夹在两腿之间,用力拧盖子,脑中想象的情节是我去跟罐头厂的经理争执,代表所有打不开这种真空密封罐的关节炎患者大声斥责他。我打开罐头还给父亲，闻到了一股浓烈的醋味。就在我准备说服父亲要么上车、要么赶紧离开马路时，后面的司机开始鸣笛——我没注意已经变绿灯了。父亲挥挥手，把我赶走了。在后视镜里，我看到他蛮不在乎地横穿马路，全然不顾那些炫目的车前灯和刺耳的刹车声。后来他终于安全到达人行道，漫步走向自己住的街区，途经每日甜甜圈店、折扣服装店和因斯塔美肤店，如今的商业无孔不入，满街满城随处可见这类店面。

我到家之后才发现裤裆溅上了泡菜汁，忙跑去打开自来水清洗，同时努力回想自己是什么时候第一次意识到父亲的存在的，哪怕再短暂、再零碎的印象也好：比如他黑色的头发上喷着发胶，抑或他在我的婴儿床前柔声轻语。我刚过五十岁，住在一所即将付完按揭的房子里。我站在卫生间，感受到自己与过去之间竟隔着这样遥不可及的距离。就仿佛我从来没有过婴儿时代，或者父亲一直都那样老迈，漫无方向地在街头求人帮忙，因为所有人都拒绝帮他而气愤不已。

"听我说，老爸，"我说，下意识地紧抓住话筒，"拦住下一个路过的人，问问你这是在哪里。"他有可能出现在任何地方。上个月有一次他居然走到了诺沃克，距离他原本要去的街角邮筒约三十公里，要转两趟公交车。在他电话打来的几个小时之前，他本要去邮寄天然气费的支票。

"我这是在哪里？"我听到他问一个路人。

"哪个城市么？"

"还哪个星系呢。"父亲大声回了一句。"吉米，"他转而对着话筒说，"是我自己变傻了，还是如今的人个个都这么蠢？"

"滚，死老头子。"

"老爸……"

"别跟我来这一套。又来了一个人。"

"喂？"一个女孩的声音从听筒传来，她大概只有十二岁，我父亲一定把电话递给了她。

"麻烦你告诉我,你现在是在哪条街上,然后把话筒递回给我父亲好吗?"

"这是在玩恶作剧吗?"她问。从她的声音里,我能听出来她在笑。

"我父亲迷路了,麻烦你帮我一个大忙,看看周围有没有什么街标,告诉他是在哪儿给我打的电话好吗?"

"他自己不会看吗?"

"不大会。"

"所以他的眼镜才厚得跟酒瓶底儿似的对不?弄得他的眼睛怪吓人的。"

"你到底是干吗的,"我听到父亲问她,"该死的验光师吗?"这时听筒里突然传来一阵轻微的沙沙声,我能想像到电话线那头的听筒被推来搡去,电话亭又没别人了。

"喂?"我喊道:"喂?"

"瞧你,"父亲强压住怒火说,"你没必要把我当成残疾人,我可不是残疾人!"

"我知道,"我说,"你和残疾人相反——管它那是啥东西。"我开始担心,弄不好这回即使调用拖网或出动猎犬也找不回父亲了。"那个小姑娘跟你说你在哪儿了吗?"

"我在中央什么地方。"

"中央大街?"

"她没说。"

洛杉矶市内起码有一打街道名叫"中央"。从城市规划的角度来看,这样做堪比把购物中心、市政广场、还有几个社区延伸交汇的地方都叫"广场"。为两条以上的大街取名"中央"无异于把家里的四五个孩子都叫作弗雷德。

"你看那儿像闹市区吗,老爸?四周有没有高楼?"

"多高才叫高楼?"

这话问得像个脑筋急转弯。"十层或十层以上。"

"我觉得你可以叫它们……我看看啊……唉,"他叹了口气,"我好饿,根本没法集中精神。"

"老爸,如果你在市中心的中央大街,我十分钟就能到那里,别担心。"

"谁担心了?"他说,怒气又上来了,"我这不手里拿着吃的呢嘛?"

一旦蛋白质不足,他的血糖会急剧下降,这时他就会头晕眼花犯糊涂。最近我一直给他买外带的中餐。我每晚到家时,他会因为肚子饿而在开门的一瞬间把我当成穿衣镜里的他自己。医生多半会说这证明他的智力已经严重退化,然而在我看来,这也表明我年纪越大越像父亲:发际线往后退,下巴上出现沟痕、越来越容易长斑——当然,我也不可避免地朝着父亲担心的同一个结局奔去。"你可以用花生酱的盖子去撞个什么东西,把盖子撞松,你就能自己打开了。吃点东西,你就能坚持到我去接你。"

撞击声过后,我听到了一片震耳欲聋的咔嗒声。"老爸?"

"太不可思议了,"他说,"放电话簿的桌子一定用透明胶带粘过。"

"你还好吧?"

"我连花生酱都打不开,你说我好不好!我可是花真金白银买的花生酱!吉米你看,我这么蠢,等我去见上帝的时候,该怎么跟他交待?"

"你白手起家的生意很棒啊。"

"地毯么?"

"你看看我,"我说,"有谁觉得年纪大了就没尊严了,看看我,一定会倍感安慰。"我干笑了几声,没听到父亲的附和。

"我打电话的时候你还在睡觉吧?"

"没有,老爸,我在工作。"

"肯定在床上。"

"我在为威尔希尔中区设计一个项目，就在你过去那片店面附近。是个低收入人群的安置项目，以后在那个街区住惯了的人退休后，就不会因为地价太贵而非得搬走不可了。"

"一群老鸟，"他咕哝道，"我的朋友有一半都死掉了。"

"我的也是。"我跟他说。

他清了清喉咙。"不过你没得艾滋病吧，吉姆？"

"那倒没有，可是……"

"可是什么？"他警觉地问。

可是我的朋友格瑞格，我想跟父亲倾诉，还有道格拉斯、杰斯、汉克和路易斯。我努力去回忆自己的每一个朋友，并尽量精确地回忆他们竭力想保住身体的哪些功能：失去平衡、失去视力、失去胃口、指尖失去知觉、大便失禁。然而再过些时日，我对每个人的全部记忆无非是他最终不得不放弃挣扎，与生命渐行渐远。难怪在未来建筑的设计中总能看到墓碑和纪念塔的影子，那些圆顶仿佛一双双凝视苍穹的眼睛，无数记忆的阶梯通向天堂。死人的数目永远多于活人。

"我健壮得像头牛。"我安慰父亲。

"咱俩都是，但谁知道还能活多久。你到底什么时候能来接我？"

"我有个主意。你打的这台电话上有号码和区号，把它们念给我听。"

"这肯定是谁把它刮掉了。"

"旁边的那台电话呢？你不是在一排电话亭那里吗？"

"这些玩意儿根本就不能叫电话亭，就是在地上插个柱子，上面加个罩子，里头装上电话。"

一个录音女声插了进来。"请投入五十美分。"她的音调全然不对，听上去活像一件厨具在捏着鼻子装女声。

我听到父亲说："要五十美分哪！"

"别担心。"我说。

女声又在重复她的要求。

"我身上没零钱了，"父亲吼道，"你能不能等等，让我回家去取钱包？"很难说他这话是冲着我还是冲着那个空洞的女声说的："我以为就出来几分钟，还穿着拖鞋呢！"

"老爸，"我尽量保持语气平静，"看看你旁边的电话亭，跟我说上面的号码。我等下给那个电话打过去。"

我在电话这头等待着，踱着步子。我把听筒紧贴在耳朵上，隐约听到下班高峰时段街上的鸣笛声。虽说我心急火燎地想要立刻找到父亲，但我似乎也随时准备爬回被窝。我喜欢放弃努力，喜欢休息带来的宁静，让重力攥住我，就像我手中紧紧握住且不会松手的一块石头。窗外已近黄昏，然而对加州的冬天来说，这天的日光算是温暖的，夕阳斜照，地上的影子拖得老长。老房子传来每晚如约而至的咯吱声，微风吹过，院子里的树叶沙沙作响。老鸟，老鸟。我不停地想着，突然灵光一现：何不把老人院设计成鸟舍的样子！这主意听来古怪，但完全可行。我仿佛看到宽敞的中庭聚集了一大群古怪的鸟儿。巨大的天窗下生长着热带棕榈和菩提树，住户们可以坐在屋里看窗外飞翔的金丝鸟，看鹦鹉卷入没完没了的舌战，看雀子精心梳理自己的羽毛，对着同类快乐地歌唱。

此时话筒无声。不是彻底没有声音，还有那种静电的嘶嘶声，遥远而空蒙。我最后一次对着话筒呼叫父亲。

（原载《巴黎评论》第一百五十三期，一九九九年）

艾米·亨佩尔评《老鸟》

"如今父亲整天不着边际，不光在聊天的时候才这样。"小说的叙述者是一位建筑师，他接到了老父亲打来的电话。在洛杉矶市内的一条大马路上，父亲正走在穿梭的车流中，请来往车里的陌生人帮他打开一罐花生酱。儿子当时正在工作，手头的项目是设计一座养老院，到小说的结尾，我们知道他要把养老院设计成鸟舍的模样。因为缺乏足够的信息确定父亲的具体位置，儿子手拿电话，开始了焦急的寻索。怒气与柔情、渴望与恐惧——这正是伯纳德·库珀擅长的领域：用启人深思的语言诉说人的热爱与失落，慰藉那些在悲伤和渴望中挣扎的人们。

在库珀的《吐真药》（*Truth Serum*）中有好几篇推荐阅读的散文，乃至在他的回忆录《父亲的账单》（*The Bill from My Father*，库珀的父亲曾经开给他一张账单，让他偿还父亲抚养他的全部费用）中，我们都能透过那些不无伤感的喜剧隐约见到一位类似的父亲——没有那么老，也还没有因为患上早老性痴呆症而找不到家门。要说在阅读伯纳德·库珀时会想起唐纳德·拉姆斯菲尔德①，或许有些古怪，但不知你是否记得拉姆斯菲尔德那句臭名昭著的话："你是带着现有的军队去参加战争，而不是参战之后才决定可能带多少军队或你想拥有多少军队。"把"军队"换作"父亲"，场景就变成了家人之间的内战。在最终战败，即死亡，代替文中尚不明朗的战败之前——事实上小说中的父亲就像个在战斗中失踪的军人，叙述者与父亲这场吵吵嚷嚷的战争会一直持续下去，两个男人你来我往，谁也不肯认输。

---

① 唐纳德·拉姆斯菲尔德（Donald Rumsfeld，1932—　）：美国政治家，曾在 1975—1977 及 2001—2006 年间担任美国国防部长。

除了有病我现在相当健康，
不骗你

托马斯·格林　著

乔纳森·勒瑟姆　评

陈正宇　译

今天早上一个男人来我门口问我洗澡了没有。我说我是个艺术家于是他就走了。我打电话给辛克维茨问他知不知道这是怎么回事，可他也不知道。我喜欢追根问底，搞懂每件事的深层含义。于是我又去问我那破房子的房东，所罗门·戈卢布，可他不讲实话，敷衍说那人是自来水公司的。哪天我得给你说说戈卢布这人，这位破房子房东之王，不过不是现在。现在我疼得厉害。

你不知道如果一个房间旋转起来有多带劲。我是说你就站在那，两脚贴在地上不动，然后整个房间像陀螺一样旋转起来。你观察过颜色没？红色，绿色，紫色，全部变成了蓝色。疼痛也会对颜色施加影响，当我站不稳时，管子里的颜料和那些天杀的老鼠会偏向藏蓝色。那些老鼠会直接咬穿颜料管，不管它的材质是金属还是塑料，然后大啖里面的颜料。

斯塔克昨晚来我家，我给他看了我的新作品。他说总体还不错就是太红了。他这么说只是为了气我，他总是这样。我说哪里红了。他指着一处蓝色说那里红了。我说那是蓝色。可他偏要说那是红色。弱智斯塔克！他懂个屁。他走路时脚都不会落地。你仔细看就会发现他是飘着走路的，离地五公分。飘着走路的人能懂什么叫绘画？不过我竟然去问他，我真是比他还弱智。最近我老问这样的人。我甚至去问戈卢布，他觉得一幅画最大的作用是遮住墙上的洞。下次你要见到斯塔克，观察下他的裤子。他的裤腿总是拖到地上，遮住脚后跟。裤腿长得拖到地上还有谁能看出他是飘着走路的？他就是想掩人耳目。他觉得飘着走路很没面子。

斯塔克会缝纫。他在斯坦普弗利展示过他的旧床单。他的旧床单都给弄脏了。他还在阿玛斐展示过他的洗衣票。

你见过斯塔克和戈卢布吵架没？斯塔克身高一米六五，戈卢布身高一米七。但是斯塔克飘浮离地五厘米，所以他看起来和戈卢布一样高。他们面对面站着朝对方吼，这时戈卢布会把手放在斯塔克的肩膀上，把他从离地五厘米的高度按回地上，但只要戈卢布把手一挪开，斯塔克就又会浮起来，和他统一高度。身为艺术家，这两位却为经济学吵架。斯塔克住我楼下，他也是疯子戈卢布的房客。戈卢布想给我们的屋子装热水管，这样他就能涨房租了。每个白天水管工都会来安装热水管，而一到晚上斯塔克和我就会立刻抄起扳手拆毁他们的工程。热水一通，房租必涨。目前为止我们和水管工打成平手，但是戈卢布准备增加人手来取得领先。这就是戈卢布，总在心里打算盘。

还有一件事和蓝色有关。我的模特有静脉曲张，我对此很着迷。你见过真正的静脉曲张吗？我指的不是那些早期症状，那种用显微镜才能看到的蜘蛛网。我说的是那种像大吊绳一样粗的、露在外面的、打结的、成块的、像浸了水的棉花那样凸出变形丧失机能的静脉曲张。真是充满了各种蓝！从深蓝到浅蓝，海蓝到天蓝，火焰蓝到冰块蓝。我手头在画的那张作品，就是让我的模特弯下腰，这样我从后面看过去，眼前全是静脉曲张。题名：《太阳升起时的静脉曲张》。我会让她在一桶冷水里站一整天。这能增加画面的质感，蓝得更有深度。她今年五十三岁，很怕我炒了她换个更年轻的姑娘。我会在她面前大谈挺拔的胸部，紧绷的肌肤，然后她一下就崩溃了，号啕大哭。可我才不愿换一个年轻模特。我就要一个皮肤松弛、乳房下垂的！

雪是蓝色的，所以当你走在雪地上时，就是蓝上加蓝。当然，斯塔克走路的时候不会留下任何痕迹，所以他肯定听不懂我在说什么。但其实雪是浅蓝色的，就像碎了的陶瓷片或褪了色的吸墨纸那样的颜色。

这是我昨天在热浪中想到的。在我心血来潮并且痛得不那么厉害的时候，我会在画里加雪，加大把大把带有一两个脚印的厚雪片。如果珍妮在我作画的时候能发抖就更好了。她有风湿，抖起来很容易。为了让她抖得更容易，我把她浸在一桶水里，让她那长满水泡的大脚去蹭生锈的铁桶壁。有时我会在寒冬中把窗户打开，这种事我做得出来，她就会抖得像是皮肤底下住了一群乱窜的老鼠。而我看到她发抖的样子，就会突然灵感大发，在一天之内创作出六七幅裸体画。题名为：《珍妮在一桶水里发抖》《珍妮在寒冷的幻觉下》《珍妮的静脉》《珍妮三天没吃饭》（还有它的后续篇《珍妮饿晕了并且头朝下栽进铁桶里》）《脸色发青的珍妮》《珍妮在中间》，以及我的大型作品《珍妮跳了》。这最后一幅有我的墙那么大。我决定创作一幅巨幅作品，于是把画布钉在一面墙上，然后把桌子椅子梯子什么的架在上面，这样我就可以用我那条健康的腿跳跳去在上面作画。我让珍妮从阁楼的天花板横梁上跳下来。我要捕捉人们在半空中落下时脸上的那种表情。你见过那种表情没？那就像是用浸水的泡泡纱短裤模拟出来的人脸一样，嘴角会有一种恍惚的神态，而两只眼睛就像是飓风的中心。珍妮跳了，她的哭声紧随其后，为她增加了浮力，她像土豆天使①一样飘了起来。珍妮蓬松得像是过期发泡的巧克力，当她跳的时候，她膨胀了起来。这膨胀，就是艺术。我正在创作《珍妮跳了》的续集——《珍妮落地了》。背景：一块破旧的水泥地，坑坑洼洼的人行道像长了水泡，枯骨般的植物，锈红色的血渍像地狱的种子般四处散落。中间躺着珍妮，碎了一地，充满了希望，她的嘴角流淌出信心，一股震撼人心的现实感奇迹般地融入了她的四肢里。后方是大批好奇的围观群众和燃烧的大都市，有人被钉十字架，有朝圣者在前行，有炸弹爆炸了，有恋人在拆

---

① 土豆天使（potato angels）：西方食品，在土豆泥中拌入大量气泡，看起来蓬松轻飘，好像会飞起来的天使一样，故名。

开书信。珍妮的背景——这将成为我，或任何人，创作过的最伟大的作品。这就是我多年来一直试图表达的东西。

戈卢布说他会买下这幅画，然后把它拿来遮墙上的洞。

我会在所有我能找到的人那儿去寻求赞美。

斯塔克，多少懂一点，说《珍妮落地了》可以和詹博洛[①] 相媲美。

等我没那么痛了，我就和你多聊聊戈卢布这个人。戈卢布白天会在楼上的一张小帆布床上睡觉。如果斯塔克和我想弄醒他，我们就拿一个活动扳手去敲水管，然后他就吓醒了。听到那声音他会以为房子要塌了，吓得跑到大街上去。有时候为了加强效果，我们会往窗外扔点东西——板条箱、字体库、装着外甥的婴儿车什么的。然后他就会飞奔到电话亭打电话给卫生部，说什么"俄……国佬们要来了"，而他是第一个中弹的。

我好像还没和你们说过我到底是哪里痛。有两种痛：一种是专业的，一种是业余的。这两者之间的叫戈卢布。这个我等下再说。

十以下的数字里有一半是质数，所以这其中必定有什么联系。可斯塔克才不会管这些！我问他如何看待作画时的情感因素。我告诉他我觉得那就像一个充满情绪的网，其中有些情绪会把手指和脚趾伸进画里。而他只是一个劲地说我画里蓝色太多了。这儿，这儿，这儿，还有这儿，他说，蓝色太多了。把这儿改成橘红色，这儿改成赭色，那儿改成米色，还有这儿改成土黄色。我一走开他就踢我的画。我只好在他每次来画室时拿绳子绑住他。他根本不懂蓝色。他说要根据星辰来作画。他拿出他的占星手册，一本卡罗尔·赖特[②] 的特辑，嘟哝了几个拉丁名字，然后给了我几个作画的良辰吉日。斯塔克，飘浮离地五厘米，说我应该在三月二十三号下午两点三十分作画，然后是二十五号七点，

[①] 此处原文为 Giambo，可能是双关，既指旅居意大利的佛兰德斯画家詹博洛尼亚（Giambologna，1529—1608），也指来自拉丁美洲的一道混合各种原材料乱炖的秋葵浓汤。

[②] 卡罗尔·赖特（Carroll Righter，1900—1988）：占星学家。

再然后要一直等到四月十六号，那天我一整天都可以作画。

有一次我给他看了我的一幅新作品，他说那画和我的星象不合，于是一脚把它踹了个洞——我拿着铁画架要砸他已经晚了。我只好沿着那个洞继续画。碰上一个批评家你还能怎样？

斯塔克稍一激动就会浮起来，如果他真的很激动，会一直飘到天花板的高度。任你在下面怎么跳都摸不到他，他会像飞蛾扑向棉花糖那样反复撞天花板。

还记得那个同性恋的农场浑小子吗？在内布拉斯加州杀了十一个人的那个。我在做一个他的专题系列。一幅熟石灰裹着的四分之三侧面像，被影院的透光看板围起，重现一部乔治·布伦特①的老电影。万圣节死神面具和一对魔法灯笼眼睛，上方是廉价商店的塑料圈和大鼻子。蒙戈尔瞄准枪眼，射出一面旗子，上面写着"爱"。我喜欢在画里让一些东西包围着另一些东西，我还喜欢让人穿着斗篷戴着面具潜伏着，然后从黑暗的小巷里走出去吓唬喝醉的酒鬼。但这些要怎么画！而这还只是个开始。还要加入赠品兑换券、防火板柜台、遗尿症患者、高中西班牙语教师，那又像什么？像在托莱多的埃尔·格列柯②。原来的画布太小了。我得封锁十字路口，把我的画布铺到街上，然后在屋顶上拿着颜料桶往下浇。

斯塔克在学习飞行，他不会懂的。如果你是一只鸟，从高处往下看能看到什么？不过是些鸟屎和鼻涕虫。我问斯塔克，你为什么想飞？他说这能促进他的艺术创作。我正要给他解释什么是艺术，他已经在用头撞天花板了。所以，你还能和谁谈论艺术？

等一下我会好好再说说戈卢布。

辛克维茨打电话来了。我想我会告诉他我的痛。你知不知道帝王蝶长

① 乔治·布伦特（George Brent，1899—1979）：爱尔兰演员，1925 年前往美国发展。
② 埃尔·格列柯（El Greco，1541—1614）：西班牙文艺复兴时期画家、雕塑家与建筑家，于 1577 年迁居托莱多，并在此创作了他最重要的一些作品。

途跋涉千万里只是为了去交配？

我把戈卢布的水管拆了以后去找他说话。我把他带到我的画室给他看我的画。我一边微笑一边一张一张地翻我的画给他看。戈卢布可不是个好糊弄的艺术品藏家。他每天早上都系好鞋扣，裤纽也扣得一丝不苟。谁能赢过这位铅管大师。

斯塔克飘浮时，会像河豚一样把自己鼓起来。呼啦呼啦，大口地吸进空气，整个脸颊膨胀开来。他的皮肤会鼓起来，他的脸从紫色变成红色再变成粉色。他飘到我们头顶上方，静脉结成一张网。戈卢布抬头去看。

如果戈卢布可以选择的话，他会做一个驼背。但他没有自残的毅力，所以他瞪大了眼睛。我有一张黄色的画，题为——《戈卢布瞪大眼睛》。我的地板上有一个坑，是我经常生火的地方，我就把戈卢布放在那坑里。这幅画有三层：戈卢布在坑里，我在他上方的地板上画他，接着是珍妮在我们俩上方荡着秋千。我设计好站位，让戈卢布抬头就能看到珍妮的裙子，这样我就有了我想要的瞪大眼睛的效果。我本来想取名为《戈卢布在珍妮的裙下瞪大了眼睛》，或者《戈卢布不舒服》，但我还是更喜欢《戈卢布瞪大眼睛》这个名字，因为比较中性。他的额头长有雀斑，而占据画面中心位置的正是这个斑斑点点的粗糙额头。我越看他的额头，越觉得像沙滩，所以我把它画成了一片沙滩。除了沙子，还有枯灰色的木头，破碎的贝壳，和褪色的玻璃。我没用画笔，而是直接往画布上抹大块大块的干颜料，把硬了的颜料分几部分沾上去，就像雕塑一样。我还在颜料里混入了一些沙子，而在远端，在他左眉毛上方的褶皱处，有一个海滨城市在燃烧，一个混凝土贮仓爆炸了，许多狗腿从暴风雨云中坠落，褪色的老报纸上诉说着埋在沙底已被人遗忘的惨剧。所有这些都被画在戈卢布的额头上，随他一起抬头望。这还没完，戈卢布脸上还有让人不忍直视的痤疮，他青春期的闪电战。这些变成了饮料瓶，里面装着丢失的情书，来自那些从早到晚戴着眼镜在玻璃瓶厂工作的怀春少女。放了很久的骨头（这个自然有），昆虫的尸体像是在菲律宾风中的干竹子一样飘荡，潮湿冒泡的唾液把数百颗谷子卷成小纸团。女人的体液，存放在秘密的地方，硬了的粪便，藏在细嫩的像稻草般的叶子下，被快速地喷射出去。这一切都发生在戈卢布的额头上。我怒笔如飞，挥洒着颜料，像建一堵石膏墙那样画出他的额头。在额头下面，虽不显眼但仍可见的，是两只发着微光的萤火虫般的眼睛，在风中闪耀，充满期待地向上看着珍妮。辛克维茨为这幅画出了个好价钱，都快够我付律师费了。

我昨天下了个决心，如果斯塔克继续沉迷于飞行，我就把他赶出画室。疼痛感从左腿开始，如同一根银丝蔓延到右侧睾丸，之后绕到左侧睾丸，再顺着右腿下行，在那汇聚成小毛球，就像你不小心吞进头发时那样。这之后腿部的表层就坏掉了，不管你怎么拍打，从大腿拍到膝盖，都没有一点感觉，就像你的皮肤是塑料做的。我和医生们说了，他们说我这是坐骨神经痛加静脉紧缩。我谢过他们，付了药钱，拍拍大腿，感觉还是像塑料。当疼痛感来临的时候，我不能说太多话，不过不是因为痛的缘故。疼痛已从我体内被挤了出来，覆盖在了我的墙上。在远端的窗户旁，有我的一只疼痛的膝盖，它一定占据了五分之二平方米的空间。它差不多有二点五厘米厚，在病情发作的夜晚，它会振动起来，把肌腱里的石膏抖得粉碎。我点根烟坐在那，看着它。这样看着墙壁在抖动，我的膝盖在疼痛，痛之又痛，我要怎样去作画？疼痛还会四处跳，有一个飞出了我的窗外，砸中了一个乞丐，让他的另一只腿也瘸了。当我的疼痛来临时，我有时也会试着去画我的那张巨幅画，但是墙壁常常会抖得厉害，什么都不稳。

珍妮和戈卢布说话了，我想他们一定是有什么阴谋，虽然戈卢布只懂谈论铅管。还有他的驾照考试。戈卢布是个谈话大师。他真是引人入胜，超越了无聊的界限。对于他，谈话就是现实，好比铅垂线垂向地心。发现什么，就聊什么。戈卢布就是这么直接，就聊铅管和驾照考试。他会说，拿上你的三号铅管，而事实上我前一天晚上就拿了，还把它丢出了窗外，让它掉到地下室的门口，那是我和他达成协议的地方。我和你说过我们的协议没？拿上你的三号铅管，他说，讲话时仿佛嘴里衔着一支雪茄。要遵守美国标准协会第三十七条，关于水管和热水设施的规定。戈卢布总和我讲什么铅管，抗剪强度，螺距，衰变因子，还有连续振动应变。我喜欢最后那个，连续振动应变那个。我觉得它多少有点用，在某些方面。我让这几个字在我的舌尖翻滚，用唾液浸染这几个辅音，直念得我的上颚发痒。戈卢布赢了，我败给了连续振动应变。

那个该死的斯塔克！

他表现得越来越像鸟了。他进屋第一件事就是飞到椽子上，然后把鸟屎拉到叉子上。一点规矩都没有，而且还拉个没停。他飞到椽子上去能做什么好事？有一天晚上我用我的克罗斯曼气手枪把他打了下来，用铅弹打中了他的翅膀，因为他在我的画布上留下了脚印。

戈卢布和我说他学车的事。他怎么踩离合器，怎么用一只手转弯，同时用另一只手打信号。戈卢布的脚踩在踏板上，就像小小的两个包着皮革的蹄子，伸向前方那个精心设计的点。戈卢布的腿没力气，踩踏板时总力量不够，刹车和自动换挡也不好使。上个星期二戈卢布在路考时撞上了一辆运面包的货车。我接到一个电话，马上赶过去，手上还拿着颜料。我用了很多的黄色和红色。我注意到金属弯曲的时候会变成黄色。我用抹刀的刀面来画，就像切火鸡那样快速敲击。戈卢布的脑袋从被打碎的窗户里斜伸出来，深沉地流着血，我带了一管子朱红色颜料，刚好派上用场。我喜欢朱红色温暖的光泽，还有它未干之前浓郁的光彩。后来我试过用蓝色重画，但是感觉缺少了一种力量。

戈卢布一次又一次地考驾照失败，成了一种规律，叫人警惕。斯塔克慢慢地从天花板上掉下来，慢到可以边往下掉边给我提供忠告。他告诉我要寻找联系。我还没来得及问寻找什么和什么之间的联系，他又飞了上去，飞出了我的气枪射程以外，于是我只得满足于他那句谜一般的告诫。典型的斯塔克。

我还没和你说过我那张巨幅画。我邀请了斯泰因梅茨上来讨论那幅画。就剩他了。他是楼下一家雪茄店的店员，我怀疑他也是戈卢布的朋友，但我又能怎样，我已经被包围了。斯泰因梅茨一边听我说话，一边吮吸着自己的牙齿。他很擅长点火柴，就在这周，他差点烧掉了我的工作室。这倒是能把斯塔克赶出去，但是我得盯着斯泰因梅茨，因为我怀疑他和戈卢布有来往。我有没有和你说过为什么戈卢布总是在考驾照？离合器震颤和低辛烷值敲缸对他来说有如第二天性。他渴望手上能沾满油渍。斯塔克又下了一个蛋。今天早上到现在下了两个蛋了。

斯泰因梅茨把他妈也带来了，这是连辛克维茨都不会做的事。他妈是个喜欢抽雪茄的丹麦人，所以他才在雪茄店工作，当然，他是个德国人。她总穿着黑色的华达呢连衣裙，一直覆盖到脚踝，她的嘴角上还用炭笔画了一小撮胡须。我想给她和斯泰因梅茨画一张画，取名叫《斯泰因梅茨他妈》，但是要把他也画进去，因为我觉得他是她的一部分。全是黑色和鞋油的棕色，和我给戈卢布的脚画的那幅叫《戈卢布的脚在踏板上》的画一样，柔软的牛皮里包着八码大的脚，缝了针的手在颤抖，空中起舞。我从下面的角度画了戈卢布的脚，以捕捉它的特点，我也想用同样的手法来画斯泰因梅茨他妈，展现出被遗忘的烟草，华达呢裙子的褶皱，上锁的房间和被弄脏的书本，不堪回首的那些画面，谁要记住这一切？有如丹麦漫长的冬夜，悬挂在客厅之上。试着把这些都画进去。所有的黑色、棕色还有别的他们还没有的颜色。试着把它们混合起来！

可是我怎么都办不到，我现在用蓝色来画，可那几片嘴唇我怎么看都像是长长的棕色烟草卷纸的尸体。

戈卢布告诉我斯塔克以自己是一只鸟为由拒付房租。我看得出来他觉得斯塔克正在开一个危险的先例。

我的那张巨幅画，那张涵盖一切的画，将会用蓝色来画。我和辛克维茨说了这件事，他说他已经有了一个买家在等候，但现在我只能和一个人谈这件事，就是斯泰因梅茨他妈。我对斯泰因梅茨已经不抱希望了。他一天到晚都在吮吸自己的牙齿。昨天他吞下了两颗假牙，黄金做的，因此现在他的肠道活动正受到热烈的关注。

我的那幅巨作。所有的东西都要在里面。我已决定要画一张关于掉落的画。各种东西都往下掉。我觉得蓝色最适合表现。画布要有多大？不知道。可能需要敲掉一面墙。什么东西往下掉？珍妮，戈卢布的脚，斯泰因梅茨他妈。但这还只是个开始。

辛克维茨以前经常邀请我去户外，可现在他觉得我还是在家画画最好。我还没见过他妈。她戴着铬合金边框的眼镜，她的脸和我的腿一样，都是塑料的。我很想见见那张脸，但是辛克维茨很固执，就是不让我见他妈，还有她的塑料脸。

人们在我的画里有两种掉落的方式。头朝下，或脚朝下。艾森豪威尔会头朝下，但是珍妮和圣母玛利亚会脚朝下。斯泰因梅茨他妈问我她能不能在我的画里下落，我说可以。我倒不觉得这是一种妥协或让步，因为我本来就打算让她下落。我让她选头朝下还是脚朝下，她选了头朝下。她担心如果她选了脚朝下，她的裙子会被吹起来，把她的头给裹住。每个人都是蓝色的，温莎公爵是海军蓝，穿着灯笼裤，而他夫人则穿着天蓝色的网球短裤和蓝色网球衫。当然，他们是手拉着手坠落的。斯泰因梅茨过来说他也想坠落，不过他说随便我怎么让他落下，头朝下或脚朝下都行。他想带着他的雪茄一起落下。戈卢布也想下落，但他想和他的驾校课程一起下落。我告诉他这幅画里只有人能下落。他问我他能不能手拿一根变速杆落下，或者再拿上一两个刹车踏板。这我得好好想想。我想我会让戈卢布在斯大林和戴高乐之间下落。他问我他能不能穿着他的蓝色哔叽大衣下落，我说可以。辛克维茨来问我我的大作进展如何，我和他说了，但是他想看一看。辛克维茨真有意思，他从来不听别人说什么。他有耳朵，但是我想他的耳朵是从里面封起来了。他一定在读唇语。我想我会让辛克维茨头朝下在我的画里坠落，把他放在艾森豪威尔旁边，读他的唇语。辛克维茨会坠落得很好。他的脸上就有那样的一种神情，一种习惯于落下的神情，两只眼珠离得很开，面颊像降落伞那样鼓起，头发直竖。有些人擅于落下，有些人则不然。我会在画里表现出这一点。我的画事发地点是在电梯井里。每个人都在最顶层拼命挤进来，然后在中间坠落。没有地面。从没有人能落到地上。会有胳膊、大腿和狗头从电梯缆绳旁呼啸而过，有些人会滑到一边，用血淋淋的双手握着上过油的电梯缆绳，脸上带着机械化的恐惧表情。另外的人则无视缆绳，有如自焚的僧侣，像射出去的箭那样义无反顾地落下。抓着缆绳的人会伸出手去，飞速旋转，颤抖，就像动画片里爆竹轰炸下的车轮那样落下。所有人都会在我的画里往下落：国家元首，模特，小偷，高速公路巡警。我还在考虑可以让其他东西落下：闹钟、叉子、拐杖什么的。

斯塔克下来问我他能不能也在我的画里往下落，但是我说不行。然后他告诉我如果我想的话我也能飞。他告诉我要把脸鼓起来，然后拼命呼吸。我试了一下，但是只有脚踝离地。我们聊了蓝色，斯塔克说黑色是蓝色，又说什么都是黑色的，所以他才要飞。他下了个蛋，又飞回天花板上去了。

那幅画比我预想的要大。它已经占据了两面墙，而且每个人看到它都想要在画里往下落。珍妮想穿着她的皮衣落下，我问她说的是不是她穿的那件旧麝鼠皮大衣，她像所有的老年人那样，又生气了，鼻翼颤动脸色发白。又是蓝色。我告诉她她可以穿着她的皮衣落下。她很高兴。

如果你朝着自己鼻子的中心看，同时去按压眼角，你能看到可见光谱里的一小片角膜。这就是牛顿光学。

斯泰因梅茨他妈问我为什么要让人落下，我问她认不认识辛克维茨他妈，她说她从来不会和有塑料脸的人扯上什么关系。我知道为什么。她的脸是皮革的，开裂剥落，就像米开朗琪罗画里的蓝色天花板，带着淡淡的雪花，飘落在她的茶杯上。她完全没注意到。不过，我们还是能聊几句。

她吐出的是蓝色的音节，就像古老的河流冰柱。她伸出一只瘦骨嶙峋皮肤剥落的手，伸进她的裙子，那件黑色的华达呢连衣裙像森林大火那样哗哗作响。手指翻动，感觉到了旧亚麻布和移民的内衣。当她找到想要的那个词，她会毫不犹豫地脱口而出，把它握在她的炸鱼条之间，就像一个破裂的紫水晶。我们花了一个晚上聊日本。她把自己的老迈归罪于抽雪茄。

我有没有和你说过，教皇陛下也要在我的画里下落？再确认一下。连同整个枢机团，以及梵蒂冈城精选的古圣器。他们脚朝下落下，吹起来的袍子像蘑菇一样。教皇陛下一手握着法冠，另一只手握着叉子。那天是星期五，他在吃鳕鱼。

辛克维茨过来说我的画太大了。它现在已经覆盖了三面墙，要落下的人里包括纽约州的一半参议员，二十几位摇滚明星，五位受人敬重的外科医生，以及十个手拉着手的警察，他们非常礼貌地踩过一群反对核武器的示威者。辛克维茨看到最后的这组人，问我是不是变得政治化了，我说如果可以的话我会。你有没有观察过一个激动的人脸上的表情？全拧成了一团，就像一颗生锈的螺丝钉被旋反了。这就是辛克维茨。我现在对他有所保留。他和戈卢布说话太频繁了，并且近来变得很商业化。斯塔克认为商业化对艺术有好处，但自从我上次被捕后，我便不同意这个看法了。

珍妮牙疼。我告诉她，牙疼是应该的。在她这个年纪，还能指望点啥？她把牙齿拿出来给我看。它们在疼。她一天要和她的牙齿吵好几次架。她说它们让她说她不想说的话。

我告诉她我会把她的牙齿也画进去，一起下落。

戈卢布想拿铅管打我。

辛克维茨的问题在于他的嘴巴。几天前我试着向他说明这一点。我告诉他，听着，辛克维茨，你的嘴巴形状像一个茶碟，所以你才有什么就说什么。我们以后可能再也见不到辛克维茨了。这对我没问题。他开始刷牙以后我就越来越不信任他了。

昨天我们庆祝丹麦国王的生日，大家都来了。斯泰因梅茨和斯泰因梅茨他妈，珍妮，甚至戈卢布也来了，他随身带来了自己的中控台。戈卢布下定了决心要通过驾照考试。不管走到哪，他都带着他的方向盘、踏板、挡风玻璃、变速杆，还有座椅。我们吃了冰激凌和蛋糕，珍妮给大家分发了聚餐帽，是那种闪闪发光的伸缩圆帽，可以用橡皮圈系在脖子上的那种。戈卢布坐在那换挡，同时发出普利茅斯汽车的声音。他的驾照考试是在一台六缸的普利茅斯汽车上进行的，不过现在他在离合器的使用上还有点困难。斯塔克飞下来念了一首诗，尽管他不是什么诗人。珍妮给了他一顶帽子，他因为不喜欢橡皮圈而发了一通牢骚。有一天我要和斯塔克好好谈谈。

冬天的时候老年人为什么还要上街？

昨晚辛克维茨来敲我家的门，夜深了。我开锁的时候遇到了些困难，至少有一个挂锁因为生锈了开不了，不过最后我还是把门打开了。辛克维茨问我是否认同为了艺术而艺术，我说也许吧。谁知道呢？他说如果我认同，就应该把我的那张巨幅画切成小块卖掉。我让他进了画室，因为我喜欢他太阳穴附近跳动的静脉。那条静脉不大，实际上，它只有一个指甲那么大，但它起伏跳动着，就像一个要窒息的蜗牛。有一天我要再多和你说说辛克维茨。他是一个弱智，前面大家也感受到了，但是你知不知道他故意把头发染成了银白色，并且还有一件骆驼毛大衣，那件衣服已经被他吐了三次。他脸上的肤色就像闪亮的猪皮，这总让我非常着迷。我狂热地迷恋辛克维茨的脸，这我必须承认。他的脸就像崭新的钞票被揉进了旧皮革那样。上面有一种柔软的光泽，仿佛他一生都在昂贵的沙子里哭泣。我放他进来，让他坐在灯泡下方的一张厨房椅上，灯泡悬在一根破旧的电线末端。辛克维茨的脑袋随着灯泡的左右摇摆在地板上舞动，就像风暴中的海马。当灯泡摆动到这一头时，我能看到他的那条静脉，像鲑鱼精那样跳动，深深的蓝色，波罗的海的颜色。当灯泡摆动到另一头时，那条静脉则隐藏在了他脑袋的阴影里，跳动着，但是看不见。我想伸手去触摸他的静脉。我能想到的只有电流和电话线。辛克维茨哀怨地诉说着他为何必须让我的画卖出去，说他下了决心要卖我的画，说他很需要那笔钱，说那幅画现在的尺寸太大了没法卖。那幅画现在已经占满了四面墙，并且看不出要完结的样子。它现在奔着屋顶去了，我的画布，死里复活的亚麻布，伸展着它的画卷，就像赤道直朝天际而去。但是面对着他的静脉，和我未完成的画卷，还有辛克维茨的哭诉，我必须铺开一张新的画布。我火速开工，用炭笔给他画轮廓。钛蓝、锌红，还有在一个被遗忘的颜料管里干了的黄色。我一开始用的是画笔，但是上颜料的速度跟不上那条静脉的疯狂跳动，于是我换成了抹刀，后来干脆就用手指画，试图跟上他太阳穴里血液的疯狂涌动。让我告诉你我都画了什么。首先是电流流经破旧的电线，噼里啪啦，然后是温柔的脸被阴影遮蔽，老橄榄，西西里的太阳，深度对谈，当然，还有辛克维茨的脸部三重奏，恳求，微笑，哭泣，给昂贵的奴隶抚慰，用半裸处女的红色液体擦洗。白霜般的头发，照着镜子，梳理整齐。如果你仔细看辛克维茨的脸，你会发现一个可怕的事实，他的脸是用疤痕铺平的，就像沙发垫衬物上紧紧地铺着一层皮革那样。而那条静脉，照着自己的节拍跳动，计算着鸡尾酒、画布、书法和柯罗①的费用。

我在早上五点画完，辛克维茨已经睡着了，于是我用他那件肮脏的骆驼毛大衣把他瘦长松软的身体包起来，然后把他抱到沙发上。我把大

---

① 柯罗（Corot，1796—1875）：法国风景画家。

衣拉到他的肩膀处，感觉就像在包一条鱼。

画室里没空间了。

我开始在屋顶作画。设置好窗帘伸张器，用砖块压着。斯塔克时不时会飞上来看我画得怎么样了。我给他看了新的下坠者。市长和市议会，五个在发表自由主义声明的拉比，十几个糖果店老板，无数个抱着婴儿的母亲，两千本国际基甸会赠送的提供方便和启蒙的《圣经》，以及七位无可挑剔的美国小姐竞选人。

关于我的画的消息传了出去，每个人都想在里面掉落。斯塔克开始卖票，珍妮则负责给他们安排座位，或者让他们站着。屋顶上已经没有空间了，于是我把画铺到了房子外面去。昨晚下雨了，把一部分的画弄糊了。斯塔克反对我修复它。他觉得任何事发生了就是发生了，应该保持原样。我现在明白了，这幅画永远不会完结。我讨厌让辛克维茨和他在长岛的住房抵押贷款一起失望。

一次事故。

最好从结尾开始说。我们遇上了火灾。戈卢布坚持说是我遇到了火灾，但他这么说是因为保险代理人一直跟着他。保险代理人搞不明白火灾是怎么引起的，但其实很简单。是斯塔克干的。当然，其实并不真是他干的，但是由于我们现在是在倒着解释这件事（而这其实也真的是唯一的解释方法），是他干的。保险代理人问他是怎么引发火灾的。我说是因为他雪茄的烟灰。代理人和我说鸟不抽烟，但我努力向他解释说斯塔克不是鸟。这是暂时的，就一段时期。在这些羽毛背后藏着的是斯塔克，真正的商业威胁。那斯塔克为什么要抽雪茄？很简单。他心情不好。那他是从哪弄来的雪茄？同样很简单。从斯泰因梅茨和他妈那，斯泰因梅茨的妈，他们俩平分了一盒潘那特拉细雪茄，斯塔克的最爱。斯塔克拿了那雪茄，并且他喜欢在抽雪茄的时候摆弄表链。看在保险代理人的分上，我又解释了一下为什么斯塔克会心情不好。那是缘于我和戈卢布的一番争论。那我为什么要和戈卢布起争论呢？

很简单。那是缘于我和辛克维茨的一番争论。戈卢布和我当时在为辛克维茨说的话而争论。我告诉戈卢布，他之所以听不见是因为他把他的行车手套塞在耳朵里。他的裤子没有口袋。所以他唯一能放手套的地方就剩下他的耳朵了。他的耳朵一直垂到肩膀，毫无疑问是世界上最长的，里面有着深深的褶皱，他经常会把平时放口袋里的东西都放在那里面。但就因为这个，他听力有问题。也许这就是他驾照考试通不过的原因。要是把他耳朵里的东西拿一些出来，他就会说耳朵发冷。他的耳罩看起来就像长袜一样。辛克维茨和我又是为什么争论呢？就因为戈卢布的耳朵。辛克维茨说戈卢布的耳朵很正常，和大家的一样。他说戈卢布的耳朵不会下垂，但我说它们会。下垂就是下垂。没人能说不下垂。我告诉戈卢布他应该面对他的长耳朵。这样他就能接受失望了。

戈卢布想在我的画室里办一个驾校。他计划收购一堆旧垃圾然后把它们弄过来给初学者用。戈卢布热爱驾驶。他心想着有了自己的驾校，他就能通过驾照考试了。和一个成天把变速杆握柄装在耳朵里的人还有什么好争论的呢。

斯泰因梅茨他妈想知道这一切是否都是真的，她这么问还是有点道理的。珍妮说是，不过话说回来，她一直都是个无可救药的浪漫主义者。斯泰因梅茨没怎么说话。我有没有和你说过他的眉毛和头发全被火烧掉了？斯泰因梅茨他妈觉得让人落下的这整个想法都是不真实的。她建议我画带着哈巴狗的老妇人，或者古典一些的画，比如《梳理假发的男人》，或者《惊讶的波西亚》。她很喜欢惊讶的人。她说真实的人总是会感到惊讶。但是她说的有一点，即有人在我那张掉人的画前挥舞着一只瘦骨嶙峋的手，这一点，是不真实的。我试着告诉她人们总是在落下。

他们甚至是惊讶地落下。

新的坠落者：五个全副武装的将军，七个送着没人要的信的邮差，二十个早熟的癫痫病患者。

戈卢布生气了。

我试图用铅管打他的头。据他所说，我还试图把他的两只耳朵打成结。他目前正在想办法把一台斯蒂旁克汽车推进我的画室。它现在正紧紧地卡在电梯门内。

早上八点，戈卢布在电梯里，用脚顶着电梯壁，他那两只光滑的房东小手放在斯蒂庞克的后保险杠上，正使劲地把它往画室里推。至于我？我站在车的另一端，正努力把它推回电梯里。戈卢布咕噜了一声，又接着推，一小滴商人之汗从他油油的额头落下。十点我们停战喝咖啡，十二点停战吃午饭，下午四点出于特殊的协议我们再次休战。戈卢布这人很顽强，并且对一个房东来说，他展现出了惊人的力气。他现在有着七厘米的优势。我计算了一下，刚好是一个保险杠的长度，于是我拿焊炬把它切了扔到了后院里去。戈卢布说要起诉我。他带了个律师回来帮他推。

辛克维茨来帮我推，但他也像个律师一样，根本没任何背部或肩膀肌肉。他又开始为那张巨幅画哭诉。

一楼不断有胖子进来，但是没有一个出去。我现在能看到他们了，被卡住的大屁股和肥肩膀，戈卢布的达豪①。如果我不是痛得厉害的话，我肯定会下楼去把他们放了。戈卢布一定是在囤积他们，等待着胖子短缺的那天到来。

当胖子落下时，他们会拍打翅膀。我已经展示了这一点。这些嘶嘶作响的小猪肉蝴蝶。

斯泰因梅茨终于给了我灵感！

他爱吮吸他的牙齿，但他每天都会吮吸一副新的。他有七副假牙。周一一副，周二一副，以此类推。这意味着他会循环反复地吸自己吸过

---

① 达豪（Dachau）：德国的一个小镇，希特勒在此建立了历史上第一个纳粹集中营。

的牙齿。我给它们取名为"被斯泰因梅茨吸过的旋转假牙"。

我的画也可以这样。把它安在一个巨大的旋转鼓上，让观众在顶端观看。《我的旋转着落下的人们》。

我很快就要开始准备大鼓了，只等电梯井里的火熄灭，我手上的爪子变回手指。

（原载《巴黎评论》第四十二期，一九六八年）

乔纳森·勒瑟姆评《除了有病我现在相当健康，不骗你》

　　虽然发表在《巴黎评论》上，但这却是一篇彻头彻尾的纽约故事。我们把这种风格称为"崩塌公寓怪诞风"，非常接近索尔·于里克、葆拉·福克斯、以及马拉默德①的《租客》以及其他一系列作品的风格。此外它还有一点乔伊斯·凯利②的小说《马嘴》里主人公格利·吉姆森的影子，以及一点亨利·米勒③（这是一个用布鲁克林公寓式的怪诞眼光去凝望穷困潦倒的巴黎波希米亚人的家伙）的味道。但是格林的不同之处在于，他把这种风格演变成了反理智的狂欢盛宴。他的句子就像咽喉里的结块，像是没清理干净就用画笔扫在画板上的颜料。他的段落就像雕塑，像冬天堆积在一起用来生火取暖的家具，吸收了透过窗户折射进来的光热，但却因过于美丽而无法点燃。于是他决定为这些家具画一幅静物画。这篇小说相当于肯尼斯·科克④的《艺术家》或弗兰克·奥哈拉⑤的《我为什么不是画家》，是一篇纽约学派故事。它想成为一幅画，同时又在试验这种冲动的荒谬极限。它想成为的这幅画大到无法成为一幅画，因为它想把人物和声音都贪婪地吞噬进去，让人去惊叹在街上漫步的老人，把他们当成艺术家和评论家，让你知道他们漫步走出画布边缘时他们都做些什么。（并且有一天它会抽时间和你说说戈卢布这个人，它发誓！）这个声音需要画家的自由姿态，但它

---

① 索尔·于里克（Sol Yurick，1925—2013），葆拉·福克斯（Paula Fox，1923—2017），伯纳德·马拉默德（Bernard Malamud，1914—1986）：都是出生在纽约的美国作家。
② 乔伊斯·凯利（Joyce Cary，1888—1957）：爱尔兰作家。
③ 亨利·米勒（Henry Miller，1891—1980）：美国作家，出生在纽约布鲁克林，1930年迁居巴黎。
④ 肯尼斯·科克（Kenneth Koch，1925—2002）：美国诗人，剧作家。
⑤ 弗兰克·奥哈拉（Frank O'Hara，1926—1966）：美国作家，诗人，评论家。

那疯狂而又贪婪地向无数个方向拓展的视角却是一幅画所无法满足的。从这个意义上说，它就像一个苦恼于绘画艺术的叙述局限性的画家的画作，正如菲利普·加斯顿①在探索他崇高的抽象艺术时，喜欢用短而粗的色块去画蛆虫似的叼着烟的自画像和安有平头钉的靴子。加斯顿需要画几十幅这样的画才能讲述他的故事，只有一幅是不行的。对格林来说，语言也许就是他用来代替所有颜色的蓝色：这种颜料不能让你真的见到这幅画，但依然足够做你需要它做的任何事情。

---

① 菲利普·加斯顿（Philip Guston，1913—1980）：纽约画派画家。

莱克利湖

玛丽·罗比森　著

山姆·利普斯特　评

张逸旻　译

门铃响了，巴迪透过猫眼看到一个女人站在院子里。她长着绿色的眼睛，黑直发剪得很巧妙，像二十世纪五十年代的基莉·史密斯①。他认识她。她给隔壁一位律师做记账之类的事，尤其在税收的高峰期。他还记得他太太在院子里举办跳蚤市场那天她也来了，那是好几年前，太太都已经变成前任了。那天她带来一只珠宝箱和一盏卤素灯。他还能回想起她站在过道上的样子——她漂亮的腿和脚上那双船形中跟鞋。那段时间她总开一辆白色的大众甲壳虫。但那辆车一定给她弄坏了，因为他发现后来她都坐出租车来工作。

　　其实他借过她二十美金。她的名字叫康妮。也许是去年七月，在他的花园最繁盛的时候。当时他在院子里安置洒水器，这是早晨的头件事情，突然一辆出租车转个弯停了下来，她就坐在后排。她摇下窗户朝他解释。她一大早出来工作，到了这里才发现手提包里一分钱也没有。她还给他看———一只米黄色的手抓包。她甚至把扣子打开，把包举到车窗外。

　　如今，巴迪打开门时她正挥着一张二十块钞票。

　　"不必了，康妮。"巴迪说。

　　她点头感谢他还记得自己的名字。她说："别和我争了。"她走近一步，把钞票塞进他的衬衣口袋。"看，"她说，"这不就成了吗？"

　　"好吧，多谢你了。"巴迪说，他将了将衣袋，把折叠起来的钞票

---

① 基莉·史密斯（Keely Smith，1932—2017）：美国二十世纪中期流行的爵士和流行女歌手。

顺平。这件蓝色棉衬衣是一小时前他理发回来后换上的。

她仍旧靠得很近，身上是美妙的香水味，但是巴迪觉得不该对此发表言论。他的眼光始终放平，等在那儿，就好像康妮和他是推销员与客户一样。他说：“那么，你还在隔壁做事吗？我很少见到你了。”

“他们不再需要我了，”她噘了噘嘴意思一下，“谁也不需要我了。”她后退几步。这是九月第一个礼拜，天仍旧暖和。她穿着合身的白领藏青色连衣裙，一件红色开襟羊毛衫把她的手臂遮了起来。她漂亮的大腿裹在透明丝袜里。

“最后一个问题。”康妮说。她伸出一根手指。

他看看她，眉头抬了起来。

她把手垂下来，凝神看着，并像读书那样说话，就好像她要说的话全印在右边的天空上了。“我迷上你了，”她说，“这种感觉，巴迪，是最差劲儿，最不能容忍的那种。”

“不，你并没有。你也不可能。”

“最、最差劲儿的，迷恋。”

“好好好，”巴迪说，“好吧，好吧，好吧。”

他拥有这座房子——两层楼的低地小别墅。它所在的这条街道通向印度城，再过去就是前往宾夕法尼亚北部的高速公路了。现在，他坐在起居室靠近窗边的长沙发上，在午间的自然光中，翻翻几本杂志，浏览一本关于鸟类的书。

从这扇窗可以看到外面的景色。屋子后面有一道高高的峡谷，巴迪能穿过峡谷中的藤蔓和树丛，一直望见莱克利湖的沿岸。

他的儿子就是在那里出了事故死的。三年前，八月份。马修。当时他离二十一岁生日只差两天。他的水上摩托艇和一艘从入口处溜进来的渔船撞在一起。下一个八月份，巴迪的太太离开了他。

他一度不再外出——他的心理医生称之为“绝缘的”。他把儿子卧室和露西缝纫间的隔墙全敲掉了，把整个二层楼改造成工作室。他把所有的工作都带回家。他是个制图员，阔利特公司的高级制图员，他为这家满是机电工程师的公司已效劳多年。

"注意别和外界隔绝了，"他的心理医生警告过他，"慢慢地就会这样。它会一步步地朝你逼近。你若不和人们打交道，节奏就不对了。接着，很快，你就变成院子里那家伙了。"

"我变成谁？"巴迪问。

"穿超短裤的那家伙。"心理医生说。

他要拒绝康妮那女人，拒绝得令她心服口服。巴迪在厨房间晃悠时对自己说。他猛地拉开抽屉，把里头的东西打量一番，从中取出一把蔬菜削皮刀，把它放回原处。他会婉言相拒。他不会让她感到难堪。"给她留点面子吧。"他说出声来，害得两只猫冲进来盯住他。巴迪从来都没法区分这两只猫。它们是寻常的家猫，中等大小，黄色。马修的女朋友，谢伊，就在他去世前的那一周，把两只小猫咪带过来当作生日礼物。现在两只猫待在房间里，和巴迪凑得很近。他把一只叫做布鲁斯，另一只叫做布鲁斯的兄弟。

他走出厨房间，从储藏室搬出一台吸尘器。他喜欢吸尘打扫。他喜欢很快就能做完的事。他希望今晚艾丽斯来的时候房间里秩序井然。自他俩认识的几个月来，她改变了他许多。她使得一切都不一样了。

他在考虑，对付康妮那女人的一种办法，是顺带提一提艾丽斯。那样做也许行之有效。或者更强硬的说辞，比如，"我女朋友是容易吃醋的那种。"诸如此类。

两只猫踱进餐厅，注视着巴迪把吸尘器放在特定位置，松开长长的电线卷。"千万别这样碰插头，"他对它们说，"它很烫，很烫，很烫。"

艾丽斯两点左右打来电话。她是"樱桃树"的小组辅导员，"樱桃树"是医学中心里的一家精神病院。巴迪在中心另一座楼里看心理医生，他就是在这儿的停车场遇见艾丽斯的。那是二月份一个下雪天，他忘记关掉车上的雾灯，把电耗完了。她用一根黄色跨接电线救了他。巴迪请她去喝杯咖啡，他俩坐上他的黑色福特水星，沿着旧邮政公路飞奔，给电池蓄电。

最后他们在一个法国餐厅吃午餐，艾丽斯戴上牛角框眼镜，大声读出菜单。不戴眼镜的时候，她让他想起琼·阿瑟①——她的身材、雀斑和富有弹性的卷发。艾丽斯的法语很糟糕，满是咕哝声，但是巴迪喜欢她尽力尝试的样子。他喜欢她笑，忽上忽下的那种。

"文森特逃走了，"此时她在电话里说，"他不知怎的就爆发了。就在'人生挑战见面会'的中间当儿。"

"幸亏我对那一无所知。"巴迪说。

"对我来说，问题是文森特出走后保安到处找他，我就不能把病人带到外面去，他们也就没法儿抽烟了。"

"对啊，因为只有你有打火机。所以他们只能跟在你后面。"

"他们可不是狗啊。不过他们的脾气越来越差。他们不喜欢文森特。他们认为该一枪打死他。"

"不知道该站在谁的立场。"巴迪说。

"说的是。"艾丽斯说。她得挂电话了。

这是巴迪的第一个花园，但是无比绚烂。他再也不理解那些摧残甚至毁坏植物的人。那时心理医生建议他做做园艺，于是有个星期六，艾丽斯也空，他俩跑到特丽丝缇植物园买了一些准备材料。她也帮他修剪花园。他们把植物带设计得像一条领巾一样围住院子和过道。

巴迪给花浇水、施肥。每天它们开花，长大，长高。"我还能跟你

① 琼·阿瑟（Jean Arthur，1900—1991）：美国二十世纪三四十年代著名的电影女演员。

们要什么呢?"巴迪问,"瓜果和桃仁吗?"

他觉得也许该请艾丽斯帮忙把冬季的三色堇种下,但愿这并不乏味。她是个多面手。她会洗牌、打桥牌和德州扑克。她会弹钢琴。她喜欢听爵士乐并且很在行。他们曾盛装打扮去天山俱乐部,或者是去有个管弦乐队的阿勒格尼俱乐部跳舞。艾丽斯的晚装十分美丽。他跟着她哪儿都去过——午夜电影啊,肮脏的喜剧俱乐部啊。就在春天他们还乘火车去新奥尔良看爵士音乐节。

巴迪在不远处听到女人的声音,他惊呆了。可能是康妮。这么快就再次遇上她,他不太吃得消。她看上去十分吸引人,他也喜欢她。她当然是个俏女郎。以前她说过自己在办公室,总向窗外张望,总要看见他才好。这无论如何都是奉承。但他听了总觉得不快。万一他正在干一些愚蠢的差使呢?比如从邮箱里取信或报纸。万一没剃胡子呢?万一衣服没穿正呢?

又有一阵声音。不是康妮。然而他警告自己,说不定下一回她就出现了。他脱下手套,把园艺工具放回原处。现在差不多四点。她马上就要下班了。

他擦洗双手时,排演着怎么把康妮的事告诉艾丽斯。艾丽斯轮班结束后就过来吃晚饭。

他准备做菜了,原料是他之前从农贸市场买回来的。他拿出一个柠檬,一些塑料纸包的生菜,一袋红萝卜,还有一个樱桃番茄。他把需要的都扔进一个木头碗里堆起来,又回到冰箱旁边择下一些芹菜叶。"总比野餐强。"他自言自语道。他在一只浅盘里放了几片蜜制火腿肉,另一只盘里是恶魔蛋[①],上头蘸芥末酱,用芹菜叶装饰。他自知不是个

---

① 恶魔蛋(deviled egg):西式小食,将煮熟的鸡蛋切成两半,之后在切面上点缀各种酱料和蔬菜粒。

厨艺高手。惟独烤大虾是他的拿手菜，七月四号他做给艾丽斯和她妈妈吃过。那实在是美味。

他把两只浅盘端去餐厅。为时尚早，他动脑筋要把菜摆得好看些。他拿出一条麻制的大餐桌布，抓紧两头，在空气中用力抖动，想把它甩平。

两只猫翻滚进来。它们跳上餐边柜。它们蹲在那儿一动不动，紧紧盯着装火腿肉的大浅盘。

"可怕的怪兽。"巴迪对它俩说，叹了一口气把桌布撤了。他把火腿重新端回厨房，藏到冰箱里去了。

在他眼里，艾丽斯懂的很多。她得过社会心理学方面的学位，"樱桃树"的病人都很喜欢她。或许他会略过康妮的事。这事只叫人烦恼。他应该更慎重。何必叫艾丽斯烦心呢？

他还是打了电话，但就问她在干吗，并和她约定晚餐照旧进行。"我什么也不需要。"他说。

"他们把玛莎送到休息室去了，"艾丽斯说，"就是上礼拜六收进来的那个女人啊！你真应该看看她，现在又冷静又安静。好像她突然清醒了。要不就是她的玩具失而复得了似的。"

"你们组里还有谁？"巴迪问，"我知道你告诉过我。"

"好吧，我这么做简直不道德，我会因此在地狱里受煎熬的。唐娜，患有莫名其妙的偏头痛，她在这里待得最久。然后是罗琳，她执着地买了一百个干净的塑料手提袋。柏瑞，急诊室护士，他太累，整个人都不对劲了。还有道格，那位'出错的飞行员'。玛莎。文森特。哦，还有一个新来的女孩子。我好爱她！她让我想起某个人。大概是金·诺瓦克[①]吧。"

"那么我也爱她。"巴迪说。

---

① 金·诺瓦克（Kim Novak，1933— ）：美国电影、电视剧女演员。

"她简直是加博尔三姐妹① 中的一个。特别是领子竖起来的时候。不停地唱啊跳啊，一条丝巾系在手腕上，像在演音乐剧似的。我得走了。巴迪。"

"我知道，"他说，"他们把文森特怎么样了？抓到他了吗？"

"很不幸，还没呢，不过有人碰到过他，"她说，"这还用说吗！就在每个病人的窗前，衣柜里，人人都碰到过他。有时他们照镜子，他就站在他们背后。"

"别开玩笑了。"巴迪说。

"真拿他们没办法。"艾丽斯说着，把电话挂了。

巴迪已经把餐桌布置好，正准备点蜡烛。他在漫画书里读到过，蜡烛灯芯如果事先点过一次，它的烛光会更匀称。他在找火柴，它们原先在橱柜那边的火炉上，可是现在不在了。太阳正在落下，他往玻璃推拉门外面的边廊瞟了一眼。康妮在那儿，正坐在秋千上机械地晃动着。她手拿一根烟，热切地盯着地面。

那一瞬巴迪彻底懵了。他不知该怎么办。他偷偷退出房间，又转身走进去。

"911②。"他对那两只猫说，说完，他拉开门走了出去。

"嗯，怎么荡上秋千了？"他问。他故作随意地走到廊道扶手边。有一半的天空已经变紫了。湖上的火烧云像绳子那样扭成一块儿。

康妮仍旧眼盯着地板，但她用鞋跟把秋千停下。这双鞋是蛇皮或蜥蜴皮做的，深栗色。"你别生气。"她说。

"我没生气。"巴迪说。

"我喜欢坐在陌生的地方，你呢？尤其是人家的地方。我想玩玩看

---

① 加博尔三姐妹（The Gabors）：均为美国籍匈牙利裔女演员。
② 911：美国的报警求助电话。

那是什么感觉。"

她往上看时露出喉头的曲线，可爱极了。巴迪一下子忘了回应。

"我不知道你有没有遇到过，"她问，"前两年夏天。干旱。对吧？你一定从新闻里听到过。你可能没想到我住在兰利市。我跟我爸爸。你就知道那个地方是个'废料堆'。那儿很穷，完全没落了。当然，我爸爸继承房产时可没料到。离这儿也就十多公里——"

"是不是……海棠市？"

"不是的。海棠市在二十公里外。或者说，曾经有过，但现在几乎不存在了。反正你不会去的，我就是这么想来着。"

巴迪踱步走过去，坐在她旁边。

"我来工作这段时间，"她直冲他的脸说，"这里越来越绿了。越来越绿。现在这么茂密——我不认识它们。这里可没有干旱。你们这帮人可没有干旱。"

巴迪慢吞吞点点头："要承认这点我很惭愧。"

康妮吐出一口烟，整理了一下她的思绪，就好像合上一只文件夹，又打开了另一只。"我觉得很尴尬。之前对你的表白。"她说。

"哦，"他笑了一声，"我不会介意的。"

"放屁。"她从秋千上站起来，往门廊那边的树丛里熟练地弹了弹烟灰。

"康妮，我女朋友在'樱桃树'那儿做辅导员。"

"那是什么？"她问。巴迪眉头一皱。

"对不起。"他说。他俩点点头又耸了耸肩。

"你们这些人。"她的手在天上挥着，什么也没抓住，也就算了。

她说："我挺幸福的。工作时间够长了，可以歇一歇做点自己喜欢的事儿。比如旅行。"

"去哪儿呢？"巴迪问。

"我在考虑伯利兹城。"过了一会儿，康妮又说："我听说你哪儿也不去。不知是西克里斯特先生还是谁说的。不，就是他。他认识你太太。他说你儿子死后你就哪儿也不去了。"

"差不多是这样。"

她说："我并不觉得这有什么不好。"

电话铃响了——显然是艾丽斯打来的。巴迪向康妮道歉，赶紧从秋千旁走进屋里去了。

"我不能离开这儿，"艾丽斯说，"我知道我们的计划泡汤了，但实在没别的办法。"

"不要紧。我们可以明天再吃。"

"人人都吓坏了。我怎么敢走。护士已经给他们打了镇静剂。你真该亲眼看看。巴迪。这样下去他们会把自己弄伤的。搞得像在船沿上走路似的。"

他笑了。

"听说文森特在医院范围内，所以他们全都去找人了，"她说，"不管怎样，我做了件事儿。我跑到'风行大片'那儿给他们租了一部电影——他们投票选的《黑客帝国》。有点儿用呢。他们的注意力转移了。人人穿着睡衣，垫着枕头，蜷缩在沙发上，要不就躺在椅子上。"

"我也想这么干。听上去棒极了！"

"不，我们可没邀请你。"艾丽斯说。

她在电话那头咯咯咯笑起来，又对巴迪说："你还记得我说过他们怎么给医生取绰号的吗？我刚听见，'便利贴医生和谎话加聋子医生一起过来了。'"

"我那位心理医生长得很像艾尔·黑格[①]。"

"看吧，我就知道。所以你还不至于在我这儿呀。"艾丽斯说。

"我晚点再打给你。"她对他说。

---

① 艾尔·黑格（Al Haig, 1922—1982）：美国爵士钢琴演奏家。

他一直欣赏着餐厅的布置，就从他站着的地方。餐桌上有一盏水晶烛台，三十支红菊花插在花瓶里。电话挂掉后，他才意识到他的失望有多么强烈。

他走下廊道，过道上的石板砖有些歪了。他俯下身子，用脚使劲儿把一块砖挪正。这儿有杂草。也有蚂蚁，正沿着一条曲线爬着。

康妮看着他，烟抽得很猛，很不高兴，她还在秋千上。"我得说说，关于我的感觉。"她说。

他把手塞进裤袋，走回廊道和她待在一块儿。他靠在栏杆上，面对着她。好一阵时间过去了。"对不起。我是个笨蛋。"他说。

她什么也不说，只是冷笑了一声。

他说："愿闻其详。"

她眼看着天花板。

"好吧，也许我就是理解不了，康妮。"他从袋子里把手抽出来，手指聚拢打量了一番，"你是不是对我有某种幻想？"

"天哪，才不是！"她说着咂咂舌头，"实际上要成……熟多了。"她把"成"字拖得很长。

她的笑声带有责备。"你现在知道我是怎么想的了？"

"哦，一点儿也不知道。"

"鉴于你是个完美先生，"她抚弄着耳饰上的养殖珍珠说，"你一定希望我把所有的想法都他妈的自己憋着。"

这是巴迪回想起来最糟糕的一段对话。"我真没那样想。"他说。

康妮把长腿盘起来，双脚塞了进去。她身上有运动员或是舞者的优雅气质。她的手也十分优美，交叠在一起，要不就是搭在连衣裙的洁白领子上。她的头发美极了——闪闪发光的黑色。可是她的双眼有些哀伤，至少巴迪那样觉得。即便转动起来，也十分缓慢。她盯着一个地方，很少望向别处。她的眼睛沉重，有一种挫败的感觉。

他陷入思考，轻拍着指尖。他说："我要和你说些我的事儿。马修死的那个早晨，当时我赶到重症监护室找到露丝，我的太太，她面向着墙，手紧紧压着膈膜，就好像跑了一圈马拉松快要窒息了。于是我轻手轻脚走过去拍拍她的肩，告诉她我来了。可惜她毫无感觉，要不就是太绝望了。不管怎样，她都无动于衷。我不知道怎么办。就在那儿等着。最后她终于转过身来，她直愣愣看着我。我呢？我抱着她轻轻摇摆。就像在说，'好了，好了'。"

他好几次把头发理顺："这事儿我想了多少遍了！非常糟糕的一段，一次意外，但那也许为另一件事铺平了道路，如今我找到了自我。"

他说："我儿子当时开着他的水上摩托艇，我不知道你听说的版本是怎样。"

康妮摇摇头。

巴迪点点头："在那湖上，他撞上一艘渔船，船上有几个高中男孩儿。其他人都差点儿丧命。我发现很难。很难不去想象那个画面。于是假使遇上不太熟悉的人，我就有一种冲动，想要一段简单的对白，不要提及我儿子。所以，我找了一个在'扎克'图文店工作的推销员。我们聊了几句。她可能都记不全我的名字。我第一次给她打电话的时候，是为了告诉她，他们给倒车雷达做的广告牌掉下来了。接下来我找了各种理由给她打电话——电视竞赛啦，对天气的观测啦。要不就只是打个电话，开开'扎克'的玩笑。一天要打十到十五通电话。就坐在那张细脚椅上打，也坐不舒服。我可怜的太太把这一切都看在眼里，她已经发狂了。为什么我一直骚扰那女人？到最后她受不了了，到城里去提交了一份遏制令①申诉。"

---

① 按照美国法律规定，当夫妻中的一方认为另一方对自己构成了骚扰或暴力侵害，或者有潜在的侵害倾向时，可以向法院申请遏制令，限制另一方与自己的接触等行为。

"天哪！"康妮说。

"她真的这么做了。"巴迪说。

他站起身来。两只猫在玻璃门那儿又叫又跳。"稍等一下，我得去给它们搞点晚餐。马上回来。"

"去吧，"康妮说，"去吧。"她掸掸手表示理解。

他把"科学饮食"牌猫粮倒进盘子里时，瞥见她黑暗中的身影正往廊道的阶梯下去。

巴迪赶紧穿上鞋。隔壁律师家的灯亮了。

他看着猫进食。给它们换了水。

他站在厨房的中央等待着，没到窗户边去，怕的是外面小径上出租车刺眼的大灯。

艾丽斯那头现在很安静。她几乎要轻声耳语了："这太稀奇了。电视光线给所有病人的脸都蒙上一层颜色。我总是不能履约，这点很可恶。这是我最不该做的事。我每段感情都毁在这上面。"

"哦天哪，该怎么样就怎么样吧。"巴迪说。

他捏着一小片纸在工作台周围轻轻拍打着，没完没了。"你跟我在一起从不紧张吗？"他问艾丽斯。

"什么？"

"就是，对我感到紧张。因为我用那样的方式骚扰那个女人。"

"别侮辱我。"艾丽斯说。

"喂？"

"我是个聪明人。聪明人中的一个。我上学时他们从作业本里就看出来了。"

"哦。"他说。

有一小会儿他们谁也没说话。巴迪走上前又退回来，手里拿着电话。房间太热了，两只猫不得不贴在地砖上纳凉。

"我得走了，"艾丽斯说，"我实在需要上厕所。顺便说一句，他们正用担架把文森特扛回来。我想可能要送他去隔离室吧。你会好吗？感觉还好吗？"

"也许我应该他妈的自己憋着，"他说着，咧嘴笑了一下，"你不知道这个梗。对不起。我换个时间告诉你。"

"他们也不是非要我不可。我可以再聊两句。"艾丽斯说。

"不用，我感觉还好。这个梗和我也没多大关系。"他的食指在工作台上的一块蓝色砖片上滑来滑去。

"再给我一秒钟，"她说，"你还在那儿吗？挂电话前我最后说一句。悲痛是件很神秘的事情，巴迪。它是件非常私人的事情。"

"先这样吧。"她说，巴迪挂断电话后独自待了一会儿，他的手还搭在听筒上，手臂拉得很长。

他站着边廊上。夜里很暖和，一轮白色满月游荡在莱克利湖上。

小径那头，有一辆车正在倒车入位——那人来晚了，他来参加桥牌派对，卡尔和苏珊娜每隔一周举办一次。夫妻俩不知是谁站在入口处，迎接晚到的客人。

巴迪想到，之前有几个夜晚，他和艾丽斯坐在外面直到深夜，彼此讲故事，喝朗姆酒。他生日那天，她穿了一件红色亮片连衣裙。他和他太太在一起的最后一年，那段悲伤的时间，他们也度过了几个这样的夜晚。

他想，他居然为康妮的表白感到烦恼，这多么愚蠢啊。他本该坦然接受。他本该牵起她的手，拉住它，像对待朋友那样，甚至把她的手握紧，并说，人生看上去何其漫长。

（原载《巴黎评论》第一百六十二期，二〇〇二年）

山姆·利普斯特评《莱克利湖》

　　玛丽·罗比森有个著名的故事叫《你的》，里面的老男人和他年轻的太太在廊道上做万圣节用的南瓜灯。太太做的那只不太好看，质量不高，而她丈夫的作品极富表现力，又别出心裁。他是一个退休医生，还是个"星期日水彩画家"①。后来，这则小故事在一个惊人的转折后，老男人想要向太太吐露心声，"像他所有的那么一点点才气，其实糟糕得像是受到了诅咒；很多时候，有那么点儿与众不同意味着你期望太高，以至于对自己喜欢得太少。"

　　联系罗比森本人来考虑这一点就变得十分奇妙，她是美国短篇小说界众多有才气的作家（和了不起的实践者）之一。也许，这证明了她对生活的深刻体悟，她深知生活将我们撕碎的多种方式，比如骇人的毁灭——死亡、离弃——还有接连不断的磨难。这两样大多数人得学着忍受。大多数人，包括罗比森笔下的人也是，大抵是一面等待痛苦平复，或至少化为短暂的逗趣，一面彼此安慰、微笑、张罗晚餐，坐在长沙发上，使尽花样让蜡烛光变得更漂亮。

　　他们中的许多人暗自沉湎于语言，尤其关注言语的丰富性和破坏性。罗比森并不沉湎于此。她对日常用语中零散的惊奇和那些有可能激动人心的韵律并不十分痴迷。她的文章也是如此，二十世纪八十年代人们称其为极简主义。她的意思是要变成"做减法的人"，但换个词说就是"严苛"。一旦严苛起来，你就像罗比森那样变成字符的主人，同时也主宰了留白的空间。在《莱克利湖》中，当巴迪决心拒绝康

---

① 星期日画家：指相对业余的画者，他们通常未经专业的训练，同时也不受理论约束。代表画家是法国的亨利·卢梭（Henri Rousseau，1844—1910）。

妮——"拒绝得令她心服口服"——时，那种对话状态好像他一旦没有抛出最精确的措辞，他的策略就会完全失效一般。罗比森的故事常常取决于用词的精确性，要不就是精确的错误。

　　罗比森把那种错误，或说尴尬，层层置入她的作品。她那时也许还不知，"尴尬"① 有朝一日会变成全国的流行语。对于那些渴望真实接触（有时也不一定），彼此擦肩而过、耸耸肩，或互相责备，说说俏皮话的人，对于他们的一举一动，自我意识以及不安所带来的情感力量，罗比森从来都了如指掌。她那些小说要阐明的，不仅是强压在我们身上的巨大伤害，而且还有日常生活的种种迷思。它们突兀、哀伤，有趣而美丽。一旦你开始阅读，它们便会叫你长时间地、心服口服地放下手头的一切。

---

① 原文为 awkward。

闹着玩的几个小故事

唐纳德·巴塞尔姆　著

本·马库斯　评

杨凌峰　译

一

艾米莉娅和保罗晃荡梦游，在人类生活的彩色照片间穿行而过，在临终之际①，在欧洲，在相册中。仔细看着第一张照片，保罗说："首先，我们游览丹麦那独一无二的蒂沃利乐园，夜晚十一点四十五分，绿色、红色和蓝色的亮银烟花绽放在上空。这里说了，还有下流爆笑的滑稽剧演出。"他们朝每一个方向看去，但所能看到的只有几百个来自美国商务部的家伙。"这些商务部的家伙到处出现，"艾米莉娅评价道，"临死时，在这个部门能有这么多相貌堂堂的年轻人，我是说这么多家伙，那这个部门真的是很棒很迷人。"保罗看着艾米莉娅，那架势似乎是打算勒死她。老天，怎么说出这种话！特别是现在，法兰西共和国热月的第十三天②！（艾米莉娅是日本裔，这太糟糕了。我的意思不是说日本人本身就不好，实际上我喜欢日本人还有她们暖暖的大腿，凝脂般滑腻腻的，只是这个扒金库③赌场让我快……）

---

① 原文为拉丁文：*in articulo mortis*。
② 即公历七月三十一日。
③ 日本常见的弹球盘赌场。

二

埃兹拉仔细地打量这个法国房间。没错,房间是空的。如果把保罗排除在外的话。把保罗排除在外就是埃兹拉打量房间的原因。埃兹拉假装没看到保罗。虽然保罗就在场,看得见摸得着的一个大活人。他在那里,坐在一只桶上,修理他的尖头手杖。(好吧,我是永远没法把他忽略不计了。埃兹拉总结道。)这个该死的保罗总是忙个不停。任何一个闲暇时刻,都不曾也不会充溢着斧头下对花哨的雨衣颜色的幻想。我是否可以这么说你,保罗,你偶尔就让事情任其自然吧。但实际上你总是在出手干预。那些粗壮的棕褐色手指永远在来回穿梭舞动,就像一台疯癫的织布机在编织色彩灿烂漂亮的"凤铟[①]"挂毯。

保罗不是很认真。大家就是这么说他的。怎样才能给他一定程度的严肃认真感,将他的作品提升为有重要价值的创作?

"你带麻线来了吗?"

"带了。给你,这该死的麻线!"

三

我带她去看画展[②]。那些画会"动"。我们看了"很多画"。其中有一定数量的滥竽充数之物,勉强凑合。我把这些"活动"画分成四十八个方块,八横六纵。每个方块包含着随便是葛丽泰·嘉宝、奥

---

① 原文 Czasy 故意误拼了英文的"疯癫"(crazy),故译"凤铟"。
② 原文为 picture show,英文中既指画展,又指电影,故有下文之文字游戏。

伯雷·史密斯或约翰·吉尔伯特^①的一部分，或者是伪中世纪装饰的一部分。这个"画"当然就是电影《瑞典女王》。影片长度是，我不太清楚，一小时左右吧。如果每一幅"画面"都分成四十八块，每一块再加以细致得不厌其烦的描述，用土耳其人那种方式，就有单调乏味的危险。尤其是如果我们也在其中"调进"（像龙鲍尔^②那样的）情绪和反应——就是在被租来"看""画"的人们的脑中和胸中所激发的那种。

"这都是文学批评，"艾尔斯佩思对保罗说，"我不知道。我不知道我喜不喜欢这个。我不知道这个是否令我满意。"他们提到的是架子上的安卡拉评论家。

四

保罗站在卢森堡的一道栅栏前。栅栏上全是鸟。它们的问题，在很多方面也是它们自己的范式，那就是"飞"。"我站在栅栏前这里，这种迷人而完全令人陶醉的站立方式，"保罗自言自语，"将很快诱使什么人来发现我。"瘦高的、心地宽宏的保罗！"如果我在一九二〇年之前很早出生，我就可能跟随潘兴^③，跨马冲杀，与潘乔·维拉^④对抗作战。或者调换过来，我跟随潘乔去战斗，去打击那时的地主和腐败的政府官员。无论是哪种情形，我都会有一匹马。而在二十世纪下半叶，一个年轻人要拥有属于自己的马，机会是多么渺茫！我们美国的

---

① 葛丽泰·嘉宝（Greta Garbo，1905—1990）、奥伯雷·史密斯（C. Aubrey Smith，1863—1948）、约翰·吉尔伯特（John Gilbert，1899—1936）：皆为好莱坞早期的著名影星。他们三人都出演了1933年的电影《瑞典女王》(Queen Christina)。
② 龙鲍尔（Rombauer，1877—1962）：美国著名烹饪书《烹调之乐》的作者。
③ 潘兴（John Joseph Pershing，1860—1948）：美国陆军上将，第一次世界大战期间美国远征军统帅。
④ 潘乔·维拉（Pancho Villa，1878—1923）：墨西哥革命英雄。

青年如果还能跨坐在马鞍上,那样的奇迹该……当然了,现在有那种'马',套在别克和庞蒂克之类的罩子下,受到如此多的同胞所喜爱的那种。但那些'马'不对我的口味。它们会让我脸上的古铜肤色消失,会让我瘦长有力的胳膊和腿变形。如果我是坐在一辆凯迪拉克黄金国、通用奥兹莫比尔星火、别克里维埃拉或福特野马[1]中,不管那些金属板折弯得多么漂亮动人,汤姆·李或彼得·赫德[2]就绝对不会画我站在这道栅栏旁的画像了。"

霍华德感到极端愤怒。原定于今夜的"比赛"会怎样?会取消吗?其他那么多日程已安排好的活动不是照样取消了?

五

埃兹拉的父亲放下他的器材箱。

"我很爱在捷克斯洛伐克人民剧院里表演,"他说,"但导演是个蠢货。总是尽力用长号声来掩盖住我们的美国口音。"

六

拖网渔船在挪威的峡湾地带平稳靠岸。"观光"这个平庸无趣的词汇根本无法形容他们刚刚见到的胜景。

美美皱缩在手拿的扇子后面。保罗决定跟她"摊牌"。"来根雪茄

---

[1] 别克、庞蒂克、凯迪拉克黄金国、通用奥兹莫比尔星火、别克里维埃拉、福特野马:均为美国汽车品牌名。
[2] 汤姆·李(Tom Lea,1907—2001)、彼得·赫德(Pete Hurd,1904—1984):分别为美国得克萨斯州和新墨西哥州画家。二者均以美国的西部风情为创作题材。

吧，"他说，"所有斯堪的纳维亚姑娘都抽这个。"

艾米莉娅，或者说"美美"，专横地将她穿着"下驮"——或曰木屐——的小脚在方形的"铺路石"——或曰平整的大片石块——上跺了跺。"所有斯堪的纳维亚姑娘都抽这个！所有斯堪的纳维亚小姐都抽这个！所有斯堪的纳维亚小娘儿们都抽这个！所有斯堪的纳维亚小骚货都抽这个！所有斯堪的纳维亚小母狗都抽这个！保罗，你想让我变成我根本就不是的某种人。就像你以前要我穿那些白色橡胶睡衣！我不在乎这种东西在所有报纸上狂轰滥炸！就像你要我变成电影里的姑娘那样！我不在乎那电影在戛纳真的赢得了金无花果① 大奖！就像你要我变成那本书里的漂亮小马那样！我不在乎你真的第一个拥有北美洲的连载版权！我不能再忍受下去了！你听到我的话了吗！"

（平息。要平息。要平息这冲动。）"没什么值得兴奋激动的。"保罗说。

七

穿得如同红色壁炉台的主教跨步向前。"是的，我们在这里遭遇了可怕的飓风。"他向幸存者遭难的（迷狂的）喊叫确认道。"只要我们能穿过那边的沙洲岬地，"（伸出手指做手势，标志身份的主教戒指闪闪发光）"并到达那边的小娼庄② ，"（手臂带着白色花边的亚麻圣衣衣袖一起挥动）"请原谅，我说的是到达小村庄③ ，我们或许能够找到容身之所，来躲避这次不同寻常的不测风云；这是上帝安排的，来惩罚我们的罪恶，让我们累断腰背。""群氓羔羊"大声哀嚎。已经八天没有……第

---

① 此处系戏仿金棕榈奖。
② 原文为 harlot，意为娼妓，与后文的 hamlet 呼应，故译为"小娼庄"。
③ 原文为斜体的 hamlet，是小村庄的意思。

四天突如其来的无聊是最糟糕的。有的是寂静。寂静。万籁俱寂。连续六小时没有任何声响。什么都没有。"这是最糟的。"他们相互嘀咕，用的是手语，因为不想……打破……几个出身优渥的年轻人爬远了，爬进黑夜去寻求帮助（骨头硌在钉板上的刺痛感）。G.公爵夫人又晕倒了。听到了北美传统的竖笛声[①]。

"那么这里是西班牙！"

八

艾尔斯佩思检阅那支新的德国军队。好吧，我要说一件事情，德国人确实懂得怎么去"摆弄出"一支军队！从她所站的迫击炮掩体工事这里能向后一直看到纳粹陆军最高统帅部。这么多的士兵"分级排列"在队伍中！而且队列如此好看！怪不得戴高乐将军要小心多虑。"这次，你会好好表现吗？"她问一个普通大兵。"是。"[②]士兵答道。

不过，那边是谁？在最后一排的那个？不是保罗吗？

"你在一支外国军队里干什么，保罗？你不知道吗，要把你的护照废掉，这倒是一个好办法？"

他们喝"玫瑰水[③]"。一丝悲哀从他们身上漫流而过。然后就是"午餐[④]"。

好歹也搞条杠，是不是为这个，保罗？

---

① 原文为 block flute，是北美印第安部落的乐器，尤以位于墨西哥与美国边境的 Tohono O'odham 族群为代表。它的笛身上有专门的孔位插入限流块体，用于调节进入竖笛发音腔的气流。墨西哥从西班牙殖民下独立，听到笛声，公爵夫人晕倒，因此后文顺势说，到了西班牙。

② 原文为 Da，既非英语也非德语词，其发音同俄语的"是"。

③ 原文为 rosinwasser，是德语"玫瑰水"（rosenwasser）的误拼。在英文中 rosin 是松香，所以此处也可指主人公错喝了松香水。

④ 原文为 lunch，直译为午餐，另有俚语意义"迷糊"，与前面喝"松香水"关联。

九

希腊。"当我们打开喇叭功放,"艾略特说,一边掸了掸西服上装,"此时,那些假仁假义的鬼话在有些人心中就已成形,就像面包棕色的脆壳,或者像是一阵沉默,如同'脆壳一般包裹着的'刺耳的评论。我认为,应该,而且记住我在这里是以指令的语气说话,我认为需要争取的应该是某种程度上的厚颜无耻,一点大胆放肆的成分,就像把自己喇叭的音量调得比其他任何人的都还高出那么一些,或者就像用一把餐叉去拨弄琴弦,而不是用演奏拨片或结茧的手指,或者就像用你的胳膊肘去捅、去干点什么,我不管那是什么,我要强调和坚持的是,你的厚颜无耻要以一种莫名的奇特方式与你所处的场景相关联;那些场景事件自主生发,铺展在我们面前,而我们的生活本身便是剧院。另外,如果你们其他这些先生愿意跟我去到下面的蟆头①,带着你们装在盒子中的扩音喇叭,还有,别忘了后面拖着的电线;电线必须'插进',然后我们才能'启动'……"

十

保罗把绿金两色的袖标交出去。对一个希望将意大利邮政②变成自己全部生命和呼吸的人来说,这是多么大的失败!"我把衬衣忘在那台

---

① 原文为 quai,是英文"码头"(quay)的误拼。在英文中,quay 的发音不规则,相当于"key";而按照 quai 的拼写,发音会念做"kay"。所以此处也可指艾略特念错了音。
② 意大利邮政以服务差、速度慢和错乱多著称。前述金绿袖标当为意大利邮政所属。希望自己的生命如同意大利邮政服务,无厘头的谐谑调侃。

该死的奥蒂斯电梯中了，希望你不会介意。""没事，我不介意。我喜欢胸脯①。特别是它们后面有几个强壮的美国大脑。"艾尔斯佩思拿不定她应该采取什么态度。要是她没被抵押给霍华德多好。霍华德对"拳击"心醉神迷。她怀疑，即便是现在，霍华德就正在外面某处，在街上，就置身于这……噪声之中，与他的朋友彼得在一起。彼得，他总是能记得什么。那些无穷无尽的被记住的碎片！

艾米莉娅将亮银、绿与黑交杂的和服拉紧了一点，裹着她娇小单薄但美得难以置信的日本"身材"。保罗把焊接法兰焊到所有可见的东西上。戴着专业的焊接面罩，他看起来非常健壮，像运动员和技工。他的焊接火花有助于……天空中，黑云出现，像十七世纪线条精细的钢板雕刻版画，呈现出雷利②被剥夺荣耀后的样子。"半衰期③，"贩卖镭的推销员说，"比如说，以镭为例，估计是在……"现在一切都已澄明。半衰的、残值的生活！那就是我一直想要的！那就是我寻找，不停地寻找，的东西！

没有机械发明的辅助，我们还会不会飞？也不用安全带？也不用咆哮轰鸣？

（原载《巴黎评论》第三十七期，一九六六年）

---

① 原文为 chests，直译既可作胸脯，又可指金钱等贵重物品储存箱。作者利用了这个歧义玩文字游戏，从电梯轿厢延伸到这些意象。随后出现的"拳击"（boxing）也可以按字面解释为"正在装箱"，依旧与"箱子"关联。奥蒂斯电梯为美国品牌。
② 雷利爵士（Sir Walter Raleigh，约1554—1618）；英国贵族、作家、朝臣、军人、间谍和探险家，最终以叛国罪被斩首；最为知名之处是将烟草从美洲引入英国，因此有以他命名的雷利牌烟草。此句中的黑云便暗指香烟烟雾。
③ 原文为 half-life，指核物理中指半衰期，放射值衰减至盛期的一半。这里暗指半吊子的人生、令人不满的生活。

本·马库斯评《闹着玩的几个小故事》①

　　唐纳德·巴塞尔姆是语言的魔术师；如果我们想礼貌一点，或者甚至说是道德一点，那最好别过度切近地考察他的手法、拆穿他的魔术。但对其语言魔术的解析却丝毫不会损害到他的文字给读者带来的乐趣——这是为才华横溢的巴塞尔姆赢得加分的一个特点。所有真正精彩的魔术并不会因为被人解密而失去魅力，巴塞尔姆的"魔术"也是如此。感谢上帝在这件事上心慈手软。这篇作品的第一句，跟他神经兮兮、胡言乱语的数百个故事中的很多句子如出一辙，也同样可以从上下文中抽离出来，临时应急来充当巴塞尔姆式招牌笔法的完美例证，请看："艾米莉娅和保罗晃荡梦游，在人类生活的彩色照片间穿行而过……"这样一句便传神地表述了他笔下人物体验到的滑稽感觉，一种离奇诡异的感觉，一种令人反胃的、不稳定的亲密关系的感觉，一种醒着做梦的感觉，迷惑于真实之物的虚幻，还有不真实之物的魔力和美。但巴塞尔姆并不只是塑造这些荒诞不经的人物——即使当时是一九六六年②——他还在故事中建构了一种释放与发射装置，将那种荒诞感深深投射到读者心中。他的文字呈现出的奇异感直接作用于读者的脏器，引起生理化学的本能反应。巴塞尔姆的东西读起来口感新鲜，但也会让人毛骨悚然，因为在呈现笔下人物古怪形态和奇思异想的同时，他总是留意着怎样才能在那些词句篇章中悄悄植入一种悲哀忧伤的底色。如果说他已跻身于我们时代最搞怪逗趣的短篇小说作家

---

① 小说原文标题为"Several Garlic Tales"，其中的 garlic 字面意为"大蒜"，但也有一隐喻义，即玩笑或胡闹。
② 二十世纪六十年代，西方文化中反主流反建制的思潮风起云涌，年轻人热衷于波西米亚式放浪生活，嬉皮运动即为当时的产物。

之列，那他也属于这样一个有着独特才华的写作者群体——他们擅长在纸面上摹写出真正的悲伤凄凉。

《闹着玩的几个小故事》中，保罗和艾米莉娅环游世界。我以为如此。或者，埃兹拉也许对保罗大为恼火。或者，艾尔斯佩思检阅一支军队，发现保罗，这个蝇营狗苟往上爬的家伙，混进了军队。"好歹也搞条杠，是不是为这个，保罗？"这句话出现得很突兀，刚说完，故事又跳到希腊，要我们自己去整理头绪，不过一点都不是那种令人懊恼和不悦的困惑感。巴塞尔姆证明了，如果我们读小说真的有所图谋、是为了什么东西的话，那我们介意的肯定不是事实——那些我们易于了解的事实——而是我们所感觉到的东西；而要语言中弄些感觉出来，有时候就要求我们必须背叛日常习惯的感知和意识，弃绝那种固化的认知模式。确信无疑的，巴塞尔姆在乎他笔下的人物，但同时看来他也很清楚那些人物并不真的存在。人物角色只是一种手段，只是为了达成某种情绪感受。他需要那些人物，但他也随时准备着将他们抡圆了甩成一个飞转的圈——只要形成的色彩弧线看起来很漂亮炫目，他立刻就会这样做。他写道："我认为需要争取的应该是某种程度上的厚颜无耻，一点大胆放肆的成分，就像把自己喇叭的音量调得比其他任何人的都还高出那么一些，……我要强调和坚持的是，你的厚颜无耻要以一种莫名的奇特方式与你所处的场景相关联；那些场景事件自主生发，铺展在我们面前，而我们的生活本身便是剧院。"

要不你们跳个舞？

雷蒙德·卡佛　著

大卫·米恩斯　评

小二　小说翻译

杨凌峰　评论翻译

厨房里，他又给自己倒了杯酒，看着前院摆着的卧室家具。床垫上罩着的条形花纹床单已经扒了下来，就放在梳妆橱上的两个枕头边。除此以外，其他东西摆放得跟它们在卧室时一模一样——他那边的床头柜和台灯，她那边的床头柜和台灯。

他那一边，她那一边。

他抿着威士忌，想着这个。

梳妆橱立在离床脚几米远的地方。那天早晨他把抽屉里的东西全都倒进了纸箱，纸箱在客厅里放着。梳妆橱边摆着便携式取暖器。一把藤椅紧靠床脚，上面放着装饰的靠垫。擦得亮晶晶的铝制炊具占据了院内车道的一部分。桌上盖着一块黄色平纹细桌布（一件礼品），很大，从桌子四边耷拉下来。桌上放着一盆蕨草和一盒刀叉，还放着一个唱机（又一件礼品）。一台落地式大电视机放在茶几上面。离它几米远，放着一张沙发、一把椅子和一盏落地灯。写字桌抵着车库门，上面有几件厨具、一台壁钟和两幅装了镜框的画。车道上还有个纸箱子，里面放着咖啡杯、玻璃杯和盘子，全都用报纸裹着。那天早晨，他清空了壁橱，除了客厅里的三个纸箱，所有东西都从房里搬了出来。他拖出一根延长线，接通了所有电器。每件都能工作，跟在屋里没两样。

不时有车慢下来，有人往这儿瞧一眼。但谁都没停下。

他突然觉得，换了他，他也不会停下。

"肯定在卖二手货。"女孩对男孩说。

女孩和男孩正在布置一个小公寓。

"看看床要多少钱。"女孩说。

"还有电视。"男孩说。

男孩拐进车道，在餐桌前停住车。

他们下车查看。女孩摸了摸平纹细桌布，男孩插上搅拌机插头，把旋钮转到"切碎"，女孩拿起一只火锅，男孩打开电视，调了调。他坐上沙发看起来。他点了根烟，四周望望，把火柴弹进草地。女孩坐在床上，她脱掉鞋子，躺下来。她觉得她看见了一颗星星。

"过来，杰克，试试这床。拿个枕头来。"她说。

"怎样？"他说。

"过来试试。"她说。

他看了看四周，房里一片漆黑。

"我觉得有点怪，"他说，"最好看看，家里有没有人。"

她在床上蹦了蹦。

"先试试。"她说。

他在床上躺下，枕头垫在头下。

"怎样？"她说。

"挺结实的。"他说。

她侧过身，手放在他脸上。

"吻我。"她说。

"起来吧。"他说。

"吻我。"她说。

她闭上眼睛，抱住他。

他说："我去看看有没有人在。"

但他只坐起来，待在原处，让人觉得他在看电视。

左邻右舍渐渐亮起了灯。

"会不会有点滑稽，要是……"女孩没说完，咯咯地笑了起来。

男孩笑了起来，但不知道为何。不知道为何，他打开了台灯。

女孩赶走蚊子，男孩随即站起来，塞了塞衬衣。

"我去看看家里有没有人，"他说，"不像有人。但如果有，我问问价钱。"

"不管他们要多少，砍掉十块。没错的。"她说，"另外，他们肯定很着急或怎么了。"

"很不错的电视机。"男孩说。

"问他们要多少。"女孩说。

男人拎着超市购物袋，沿着人行道走来。他买了三明治、啤酒和威士忌。他看见了院里停着的车和床上的女孩。他看见了打开的电视机和门廊露台上的男孩。

"嗨，"男人对女孩说，"你发现这床了。很好。"

"嗨，"女孩说着站了起来，"我就试试。"她拍了拍床。"很好的床。"

"是张好床。"男人说，他放下袋子，拿出啤酒和威士忌。

"我们以为这里没人，"男孩说，"我们对这床感兴趣，或许还有电视机。或许还有写字桌。这床你想卖多少钱？"

"我本来想卖五十块。"男人说。

"四十愿意吗？"女孩问道。

"四十就四十。"男人说。

他从纸箱里拿了个玻璃杯，去掉裹着的报纸。他打开威士忌的封口。

"电视机呢？"男孩说。

"二十五。"

"十五愿意吗？"

"可以卖十五。十五我愿意。"男人说。

女孩看着男孩。

"孩子们，如果你们想喝点儿，"男人说，"杯子在箱子里。我得坐会儿。我得在沙发上坐会儿。"

男人坐上沙发，往后一靠，盯着男孩和女孩。

男孩找出两个杯子，倒了威士忌。

"够了，"女孩说，"我的要掺点水。"

她拉出一把椅子，坐在餐桌旁边。

"那边的水龙头有水，"男人说，"打开水龙头。"

男孩端着掺了水的威士忌回来。他清了清嗓子，坐在餐桌旁。他咧嘴笑了笑，但没有喝酒。

捕虫的鸟儿从头顶掠过，很小，飞得极快。

男人盯着电视机。喝完，他又倒了一杯。他伸手打开落地灯。这时，他的烟掉进了沙发垫里。

女孩起身帮他找。

"你到底要什么？"男人对女孩说。

男孩取出支票本，放在嘴唇边，像是在思考。

"我想要写字桌，"女孩说，"写字桌卖多少钱？"

男人冲这个荒谬的问题摆摆手。

"你说个数吧。"他说。

他看着坐在桌边的他们。灯光下，他们的面孔难以名状。是善是恶，看不出来。

"我去关了电视，然后放唱片。"男人说，"唱机也卖。便宜。出个价吧。"

他又倒了威士忌，又打开一瓶啤酒。

"所有东西都出。"男人说。

女孩递过杯子，男人倒了一点。

"谢谢。"她说。"你真好。"她说。

"它有点上头，"男孩说，"我头晕。"他举着玻璃杯，轻轻晃了晃。

男人喝完又倒了一杯。稍后，他找到了装唱片的箱子。

"随便挑一张。"男人对女孩说，把箱子递给她。

男孩在写支票。

"这张。"女孩说，她不认识标签上的名字，随便拿了一张。她从桌旁站起，又坐下来。她不愿意一动不动地坐着。

"我只写金额。"男孩说。

"没问题。"男人说。

他们听录音，喝酒。然后男人换了张唱片。

孩子们，要不你们跳个舞？他想要说，于是他就说了："要不你们跳个舞？"

"我不想跳。"男孩说。

"来吧，"男人说，"这是我的院子。你们想跳就跳。"

手臂互相搭着，身体靠在一起，男孩和女孩来回移动。他们在跳舞。一曲终了，他们又跳一曲，完了男孩说："我喝醉了。"

女孩说："你没醉。"

"嗯，醉了。"男孩说。

男人把唱片翻了个面，男孩说："我醉了。"

"跟我跳舞。"女孩先对男孩，然后对男人。男人站起身，她张开手臂向他走去。

"那边的那些人，他们在看。"她说。

"没什么，"男人说，"这是我的地方。"他说。

"让他们看去。"女孩说。

"就是,"男人说,"他们以为见过这里的一切。但他们见过这个吗,见过吗?"他说。

他的脖子感到了她的呼吸。

"我希望你喜欢你的床。"他说。

女孩闭上眼睛,又睁开。她把脸埋进男人的肩膀。她把男人拉近了。

"你肯定是很绝望或怎么了。"她说。

几周后,她说:"这家伙,中年人的样子。他所有东西都在院子里放着。没骗你。我们喝多了,还跳了舞。就在车道上。哦,天呐。别笑。他给我们放唱片。你看这个唱片机,老家伙送我们的。还有这些唱片。想看看这些破玩意吗?"

她说个不停。她告诉了所有人。这件事里面有更多东西,但她说不出来。试了一会儿,她放弃了。

(原载《巴黎评论》第七十九期,一九八一年)

大卫·米恩斯评《要不你们跳个舞?》

一个精彩的故事就像身上奇痒,总得不停地抓挠。它带给了读者一种恒久而奇异的体验,生发于某种可能是特定范式的立场:好故事留给我们的疑问比答案多,同时,留给我们的答案也比问题多。因此,一个出色故事的矛盾特质,就表现在它似乎给了我们需要的一切,但又不充分,不至于让读者感到自己一眼看尽了全部真相。它为我们提供的,是更广阔世界的一个切片,是一组微不足道的细节,是变换的视角,是数周之后才能作出的论断。现代小说的诗学审美,既是"复古过时的"(因为它发掘和利用了神话和民间传说的古老模式),也是当代的(类似于流行歌曲、三十秒广告短片之类的形式)。无论是作者或读者,都必须从一些不起眼的动作姿态中发掘和理解其中的深意:一个男人将家居物品全都放到了屋前草坪上;一对年轻男女到来,发现抛弃的家具堆满了整个院子;较老的那男人回到了屋子这里,购物袋装着食物与饮品,接着开始了简短的语言交流,对话中呈现了孤寂灵魂之间那悲哀到无可挽救的距离;然后,老男人与那姑娘跳舞;几周之后,那姑娘说起了老男人以及草坪上那些家具的故事。她的声音特别清亮,生动,还带着点尖锐的评头论足的味道。她的记忆触及了那片绿草地,大概可以推测,她大概忽然顿悟了某种真相。她的评论向前追溯,穿过了之前叙事的切片,照亮了院中的一幕幕场景,而同时,又矛盾地把一切向前扔进了故事结尾前那一行无尽的沉默与空白中。"这件事里面有更多东西,但她说不出来。试了一会儿,她放弃了。"(请注意:她放弃了努力,但我们,作为读者,却根本无法停止忖度。)

雷蒙德·卡佛将一种叙事艺术渐渐拉回到与它自身的关系中。他让这简短的故事向前推进,但看似又在不断重复改造,从某些已被遗忘的源初资料那里深度挖掘他的风格。詹姆斯·乔伊斯在《都柏林人》中做的是同样的事。他改造了短篇小说，以一种新型的、抒情的坚实度重新为它定型。看起来，卡佛的风格是如此朴拙，如此简练，所以他的作品大概教给我们的，就是要保持文笔清晰简单。也可能是这样：他的作品教我们必须重新回到海明威那里，学习他极具电影感的短片报道式写作技巧，聚焦放大那些最有意义的动作片段与图像，任由其他所有元素沉入水下。这样的理解或许对了，或许也不对。卡佛的风格教给我们的是，无论一个故事的风格有多么繁复华丽或曲折复杂，它的骨架应该总是简单又基础的，源于深刻的人道关怀。心、风格和故事本身，必须以某种方式结合起来。换言之，你必须有人道关爱，非常深的关爱。只要故事的骨架建立在纯粹、诚恳的人道关怀之上，那么，再花哨的文字，哪怕是怪趣张扬的矫揉造作、尖酸刻薄的玩笑，抑或诡异的卡通化的未来预测，它们都不是问题，都很好。

毕竟，我们并不需要大费口舌来指导读者，他们应该在虚构的小说世界中看到什么。在发挥作用的是一个复杂的模拟和审美公式，只错一步，那故事就可能向内塌陷或向外撑破，但实际上，要想让故事里人物行动起来，穿过虚构的天地，并且让读者看见、理解，获得他们所需的一切，完成这任务只需要几个单词。卡佛这篇小说从厨房开始，转入动作——倒了一杯酒，然后，我们跟随着叙述者望向窗外，看到前院里成套的卧室家具。下一拍，我们被拖入了内心深沉的思绪中：他的那一边，她的那一边。叙述这一切只用了六十多个单词。一个空行之后，一对年轻男女出现在了院子中，四处摸摸看看、戳戳捣捣。女孩躺倒在了床上，两人接吻。这条小街上下都亮起了灯。又一个空行之后，那男人回来了，提着一袋的三明治和啤酒，还有威士忌。然后，从那开始，一切的重心都转向了那老男人与那女孩——恍恍惚惚、酒酣耳热，两人共舞。

评论家休·肯纳尔[①]曾认为：也许是从海明威或者乔伊斯开始，短篇小说已经从一种主要作为娱乐消遣的传统升格成为了一种高雅艺术[②]形式。（我跟其他任何人一样害怕使用"高雅艺术"这个说法，但实在也没有别的词来取代它。）也是从那时起，短篇小说开始倾向和依赖叙事诗学，对读者和对作者提出了同样多的要求。无事不重要！论及小说阅读时，这一古老箴言突然变得极有意义。比如说，卡佛很清楚恰当运用空行带来的诗学力量。突然间，就在结尾处，这故事如铰链般有了转折连接，自行将前面的空白折叠绞合起来，拉开延展了时间的维度。数周过去，女孩回顾那看似相隔遥远的夜晚。在书页上表现出那遥远距离的，是几个空行。对我个人而言，那最后的空行中埋藏着这篇独特故事的秘密。那最后的空行像折纸一样把秘密叠起来了。就是这么简单。作为读者，你到此刻读了结尾，但同时也记得开篇，你的内脏和心，同步在扭转纠缠，清晰如水晶。冒着冗余的风险，我还是要说：一个好的短篇，或者说任何优秀的短篇，就应该像德国导演赫尔佐格[③]的纪录片《忘梦洞》[④]里面那些岩画一般。我们作为人类的境况、我们居然能够创作艺术的事实，这些秘密在岩画中都被精简为寥寥几笔，一种原初的精华，只有基本骨架，非常质朴，在火把闪烁摇曳的光照下就能从暗昧中跳脱而出；而在当代语境中，那火把就是高度敏感、富有诗性审美意识的读者，让他/她的心灵从文本间闪烁跳跃而过。卡佛曾被错误地钉上一个标签，被鉴定为一枚头脑简单的傻蛋，一个自学成才、欠缺教养的打工阶层写作者，但他实际上阅读广泛，受过很好的教育，而且非常成熟深刻。他的写作

---

① 休·肯纳尔（Hugh Kenner，1923—2003）：加拿大文艺理论家，批评家，教授。
② 原文为 high art。
③ 赫尔佐格（Werner Herzog，1942—　）：德国导演、剧作家。
④ 《忘梦洞》（*Cave of Forgotten Dreams*）：2010 年首映的德国纪录片，讲述了法国南部肖维岩洞（Chauvet Cave）里岩画的故事。

经过了深思熟虑，极有分寸。在那个极其关注写作素材的真实度和可靠性的年代，他也足够精明，谨慎细致地培育了他的原型故事，打造出一个短篇叙事的公开范式，从而巧妙地避免了早期一些读者误认为他像毕加索那般过于激进、实验性过强。在这一方面，编辑戈登·利什①给卡佛早年作品的修改润色也贡献良多。换言之，卡佛确切地知道自己在干什么。篇幅中那些空行的力量，他一清二楚。

---

① 戈登·利什（Gordon Lish, 1934—　）：美国著名的作家、文学编辑。他作为文学编辑捧红了一批著名的作家，如卡佛、巴里·汉纳、艾米·亨佩尔、理查德·福特等。

窃国贼

伊森·卡宁　著

洛丽·摩尔　评

胡桑　译

我讲述这个故事，不是为了自己的荣誉，这里面几乎没有这种东西；不是为了警示他人，一个干我这行的人，很快就会明白，警示这种东西是徒劳的。我讲述这故事，也不是为了向圣本尼迪克特男子寄宿学校道歉，它根本不需要。我仅仅是为了记录那个知名人物的生活，记录他的一些给人以预示的事件，在这个故事中，他短小的时光蜡烛也许可以用来审视另一名历史的学徒。就这么回事。这个故事里没有惊异。

　　事实上，有人说我本来就应该清楚我与圣本尼迪克特之间会发生什么，我觉得他们说得很对；可是我热爱那所学校。我参与了三代孩子们的心智成长，并且——我希望我成功地——为他们留下了我们文化的微妙印迹。我与他们作战，因为他们纪律涣散，粗鲁地对待哲学，傲慢地面对先前伟人们的历史。我教过十九个参议员的儿子。还有一个孩子，如果他没有遭到娱乐小报的报复性污蔑，很可能今日已成为美国总统。学校是我生活的全部。

　　我猜想，这就是为什么我接受了去年底希德维克·贝尔先生发给我的邀请，尽管我本应该先仔细了解一下情况。我应该先回忆他四十二年前在圣本尼迪克特中学是个什么样的男孩，而不是立即回信并准备竞赛资料。是的，他是参议员希德维克·海兰·贝尔的儿子，他父亲曾是西弗吉尼亚州的政客，在华盛顿市的住宅中养马，后来为了支持温德尔·威尔克①转向南方各州。小希德维克则是个迟钝的男孩。

---

① 温德尔·威尔克（Wendell Wilkie，1892—1944）：美国律师，1940 年成为共和党的总统提名人。

　　第一次见到他时，我已经在圣本尼迪克特教了五年历史。那年秋天，他父亲已入选参议院，代表南方的贵族们去对付那些吓坏了他们的钢铁厂与煤矿的联合工会。一九四五年十一月，希德维克来到我班上，穿着短裤西服。当时，秋季学期进行了一半，我正将孩子们从古希腊的理念论哲学带入贸易、军事力量和法律的领域。凯撒① 就是从这些现实的东西那儿获取他的霸权，笼罩了从马其顿到塞维利亚的大片地区。当然，我的学生有些焦虑不安。这是那个年龄阶段的孩子们令人伤心的特点，他们竭尽全力地摆脱柏拉图的道德追求，狂热地投入奥古斯都② 强大的实用主义怀抱。一些较为敏感的学生开始变得沉默，而另一些男孩对军事有着本能的偏爱，所以有几个星期，后面这群孩子一直支配着我们的班级讨论。是的，我为此感到愧疚，不过，我充分明了我在圣本尼迪克特教书的意义。我们的校长，伍德布里奇先生，总是提醒我们，我校学生们将会在这个国家的事务中扮演重要角色。

　　事实上，我的课堂都在向人类最崇高的理想致敬，我希望这能激励男孩们；同时我也赞颂人类转瞬即逝的业绩，希望孩子们学会谦和，驯顺他们的抱负。这是双重挑战，伍德布里奇先生由衷地赞赏这点。教室门框之上挂着一块浮雕，这是亨利·L.史汀生③ 小时候做的学期项目，我希望这能让我的学生们了解建立在抱负之上的历史有多么的讽刺。雕刻的文字如下：

　　　　我是舒特鲁克-纳洪特，安善与苏撒之王，

---

① 凯撒（Julius Caesar，公元前102—公元前44）：罗马共和国末期政治家和军事家。公元前60年，与克拉苏、庞培组成三头同盟。公元前49年，攻占罗马，打败庞培，实行独裁统治。公元前44年遭暗杀。
② 奥古斯都（Augustus，公元前63—14）：罗马帝国开国皇帝，即盖乌斯·屋大维，系凯撒甥孙及养子。公元前27年，他实行元首制，开创了专制的罗马帝国。
③ 亨利·L.史汀生（Henry L. Stimson，1867—1950）：曾为美国战争部长、菲律宾总督、美国国务卿。20世纪30年代反对日本侵华，不承认远东由武力引起的政治变化，史称"史汀生主义"。

埃兰王国的统治者。

领受了印舒希纳克的命令，

我摧毁息帕尔，获取了纳拉姆-辛石碑，

并运回埃兰，

我将它树立，献祭给吾神：

印舒希纳克。

——舒特鲁克-纳洪特，公元前 1158 年 [①]

在男孩们来到我课堂的第一天，我总是向他们展示这块浮雕，既是为了让他们熟悉圣本尼迪克特的前辈们，也是为了提醒他们，记住那些在他们出生前几十世纪就已被彻底遗忘的伟大抱负与征服。然后，我会让其中一个学生背诵我挂在墙上的雪莱诗歌《奥兹曼迪亚斯》[②]。任何有意义的人生都必须理解，自己在时间面前不过一粒沙尘，毫无意义。这非常重要，而且我也总会在课堂上教给孩子们这些东西。

年轻的希德维克·贝尔第一次站在圣本尼迪克特的教室门口，那时候我就知道，上述教导对他只会徒劳无益。我发现，他不仅有点笨，而且对那些东西一点也不在意。那一天，伍德布里奇先生带着这位脸蛋通红的矮胖子出现在我的班上，向大家介绍他。当时男孩们穿着前一天用床单和安全别针制作的托加袍[③]，像地方法官一样在木椅上伸展着腿，我正让他们背诵古代帝王的名字。我说过，我已经教了五年书，

[①] 埃兰（Elam）：古代波斯境内的早期王国。安善（Anshan）、苏撒（Susa）：均为该王国境内重要城市，也是埃兰王国中期两个相继的王朝。安善王朝存在于约公元前 1345 至约公元前 1185 年，苏撒王朝存在于约公元前 1185 至公元前 636 年。舒特鲁克-纳洪特（Shutruk-Nahhunte）：苏撒王朝首位皇帝，击败了巴比伦的加喜特王朝，掠夺了加喜特国王纳拉姆-辛（Naram-Sin）的胜利石碑以及著名的汉莫拉比法典，并在纳拉姆-辛石碑上刻下了小说中引用的铭文。息帕尔（Sippar）：巴比伦城市。印舒希纳克（Inshushinak）：埃兰王国众神庙主神。

[②] 奥兹曼迪亚斯（Ozymandias）：古埃及法老，也是雪莱同名十四行诗的主人公。

[③] 托加袍（toga）：古罗马市民的一种服饰。

很清楚一名新生刚刚亮相时的怯懦与惶恐。希德维克·贝尔的脸上并没有惧色或怯意。

相反，他的脸上写着鄙夷。班上总共十五个男孩，希德维克的蔑视立刻刺中了他们，逼着他们意识到自己即兴缝制的托加袍是多么可笑。其中一个男孩，克雷·瓦尔特，这些笨蛋的领袖——虽然他根本不是笨蛋——对这位面露嘲笑的男孩说："你的托加袍呢，小朋友？"

希德维克·贝尔回答："今天你老妈肯定穿走了你的裤子。"

我花了点时间才让学生们的注意力回到课堂。希德维克入座后，我让他到黑板前写出历代帝王的名字。当然，这些名字，他一个也不知道，我的学生们只得喊出这些名字，并一再地纠正他的拼写，他终于潦草地写下：

奥古斯都

提比略

卡利古拉

克劳狄乌斯

尼禄

加尔巴

奥托①

与此同时，他将短裤的裤腿拎起又放下，嘲讽地模仿着新同学们的装束。"年轻人，"我说，"这是一个严肃的课堂，我希望你也严肃对待。"

"既然这是严肃的课堂，为什么他们都穿着裙子？"他再次嘲弄道。此时，克雷·瓦尔特已经松开了腰上的衣带，他身边的几个男孩也开

---

① 罗马帝国第一到第七位皇帝名。

始在托加袍里不适地扭动。

从第一天开始，希德维克·贝尔就是一个粗野的、恃强凌弱的人，一个扼杀了其他同学求知热情的人，一个下流笑话的供应商，这些笑话在我们学校中就像野火一样蔓延开来。那个学期，我对学生的要求很简单，他们要学习这几年我从《古罗马史大纲》中精选的历史事件，我将这些内容浓缩成四张印得满满的纸。尽管如此，希德维克·贝尔还是不愿意学。他是个差劲的学生，第一次考试甚至答不出马克·安东尼和屋大维在腓力比击败了谁，也答不出屋大维后来获得了什么头衔①——而我课堂地板上一只不起眼的甲虫都能轻松答对它们。

此外，他一到这里就用唾湿纸团、口香糖和图钉开始了一系列恶作剧。当然，一名新生经常会用类似的手段吸引伙伴们的注意力，不过，希德维克·贝尔有着自己独特的身体优势，危险地把他天生的领袖能力注入了原本幼稚的恶作剧中。他组织男孩们下课前的十五分钟准时扔掉铅笔，咳嗽，或猛然合上书，令我正在黑板上写字的手吓得在空中一跳。

当然，在一所男子学校，惩罚是一门需要经验培育的艺术。每当这类恶作剧发生，我只需故意让希德维克回答问题。他努力回答的时候总会引来一阵大笑。尽管他自己通常也会随着大家一起笑，我依然发现这一招明显很管用。渐渐地，有组织的恶作剧不再常见了。

然而，现在回想起来，我的策略也许是错的，因为让一个孩子相信自己是愚蠢的，这不啻向他射去一支毒箭。假如我当初就能理解希德维克·贝尔的动机，从最开始就以另一种态度对待他，他的一生可能会变得高尚一点。然而，这只是一名教师毫无意义的推测。不可辩

---

① 公元前42年，安东尼和屋大维联军在马其顿城市腓立比（Phillipi）附近击败共和派的布鲁图和卡西乌斯，这场战役之后，罗马帝国由安东尼和屋大维东西分治。公元前31年，屋大维在亚克兴海战中又击败安东尼，随后成为了罗马皇帝。

驳的事实是，尽管他的行为的确有一点点改善，测验中的表现却依然很差，于是，我将他叫到了自己的办公室。

那些日子，我住在教学主楼背后的宿舍里，从前圣本尼迪克特的土地归属于慈善家和马匹驯养师塞勒斯·贝克，当时这栋楼是奴隶的住处。在入职学校的这些年里，我不再住在位于房间背后的新生宿舍，而是监督它，于是，我只会在紧急情况下出现。他们会羞怯地走过我跟前。

把床折向墙边，我的房间就变成了办公室。希德维克·贝尔入学第一年的冬天，某一天晚饭后不久，他敲门进来了。他迅速地环顾房间，目光投射到桌子、书本、折叠床上，眼里有着和他父亲一样的贵族气质。

"坐下，孩子。"

"你还没结婚，是吗，先生？"

"没有，希德维克，我还没有结婚。不过，我们该谈谈你。"

"这就是你喜欢让我们穿托加裙的原因，是吗？"

说实话，在他之前，我从来没有遇见过这样的孩子。他才十三岁，却在没有其他学生作为观众的情况下如此冒犯老师。他直勾勾地盯着我，下巴托在手上。

"年轻人，"我说，突然清晰地感到了他的动机，"此刻我们在讨论你的行为，我已经约你父亲见面了。"

其实，我并未约见参议员贝尔，但是，那一刻我意识到我应该约他谈谈。"你有什么让我转告参议员的？"我问。

他犹豫地盯着我。"老师，从今以后，我会努力学习的。"

"好样的，希德维克。好样的。"

事实上，那一周，男孩们又一次演绎了《尤里乌斯·凯撒》[①]中

---

① 《尤里乌斯·凯撒》(*Julius Caesar*)：莎士比亚的戏剧，以古罗马政治家凯撒为主人公。

的主要剧情，希德维克念台词的时候显得差强人意，贡献不多。我注意到低年级男孩发出了傻笑。接下来的一周，我让他们做了个关于克拉苏、庞培和凯撒三头同盟①的测试，他得了C+。这是他第一次通过测试。

尽管如此，我告诉过他我要与他父亲约谈，这是我已决定的事情。那时，参议员希德维克·海兰·贝尔规律地出现在报纸上、收音机中，他反对杜鲁门的国民健康保险计划，而我非常不愿意跟这样的名人当面讨论他儿子的行为。在收音机中，他的腔调漫长而略带浑浊，像在抽烟。他的民粹主义主张在西弗吉尼亚州全面获胜，尽管他执政时不一定会践行它们。那时候，我将近三十岁了，训练有素，却仍然充满着顾虑，拨打他办公室的电话时，手在颤抖。令我惊讶的是，电话竟然拨通了，我立即听出了参议员那漫长而略带浑浊的声音，他同意下周某个午后与我见面。是的，尽管其他任何一位父亲都会毫无疑问地亲自前来圣本尼迪克特，但这个人举国闻名，而且我承认，想到能去他的办公室见他，我还是很有兴趣的。于是，我踏上了去往首都的旅程。

圣本尼迪克特位于弗吉尼亚州一望无垠的农村，在这里，马匹可以自由奔驰，具有田园诗般的气息，在感觉上更接近两个卡莱罗纳州而不是马里兰州，尽管开车到华盛顿只需一小时多一点。巴士沿着薄雾迷蒙而蜿蜒的帕萨米克河行进，然后进入沼泽地带，接着是建筑凌乱的华盛顿郊区，车子最后把我放在首都市中心，剩下的路我步行过去。当太阳西沉于庭院中枝叶光秃的樱花树梢时，我来到了参议院办公大楼。我有点害怕，却又信心十足，我提醒自己，希德维克·海兰·贝尔虽然是参议员，却也是个父亲。我到这里是处理他儿子的事

---

① 克拉苏（Crassus，前115—前53）、庞培（Pompeius，前106—前48）：均为古罗马军事家、政治家。公元前60年，克拉苏、庞培、凯撒组成三头同盟，左右古罗马共和国末期政局。公元前53年，克拉苏在远征时身亡。公元前49年，庞培被凯撒击败，凯撒独揽大权。

务。办公大楼看起来像公爵宅邸一样豪华。

在候客厅等了一会儿之后，这个人出现了，活跃得像一只追逐中的母鸡，他突然从侧门冲进来，拍拍我肩膀，催促我到他办公室，并让我走在前面。那时候，我对政治世界几乎一无所知，并不知道这样的人其实还是很平易的。他让我坐在皮椅上，递给我一根雪茄，我谢绝了。随后，他带着看起来又真切又像是故意的惊奇——也许他对一切访客都是如此——向我展示一把古董配枪。他说，这把枪曾经属于罗伯特·E. 李①的马车夫，这是一位选民当天早上寄到他这里的。"你是历史迷，"他说，"是吧？"

"是的，先生。"

"那就拿着。它是你的了。"

"不，先生。我不能要。"

"拿着这该死的东西。"

"好吧，那就给我吧。"

"那么，你为什么来我这间沉闷、狭小的办公室？"

"因为你儿子，先生。"

"这家伙又做了什么坏事？"

"没做什么，先生。我们只是担心，他学不进那些教材。"

"什么教材？"

"罗马史。刚学完罗马共和国，现在开始学罗马帝国了。"

"啊，"他说，"那得认真学。这段历史依然激动人心。"

"您儿子对此似乎心不在焉，先生。"

他再次从桌子另一边递过了那盒雪茄，并咬掉了自己那根雪茄的头。"告诉我，"他一边说，一边吸着雪茄，雪茄突然着了，"你们把这些教给学生，有什么意义？"

---

① 罗伯特·E. 李（Robert E. Lee, 1807—1870）：美国内战时的邦联军统帅，生于弗吉尼亚州。

幸好，对于这个问题，我胸有成竹，我刚在《圣本尼迪克特通讯》上发表了一篇短文，用以回答一位匿名学生提出的类似质疑。"他们阅读关于凯撒统治的历史，"我毫不迟疑地说，"他们学到凯撒的统治是由商业、邮政系统和艺术，由元老院的改组，由不断修正的课税系统支撑起来的，他们看到人口普查与罗马道路网络中的令人艳羡的科学进步，看到这些发展如何引导人类远离残酷的统治斗争，进入持续两个世纪的'罗马的和平'①。这一切让他们懂得品行与崇高理想的重要性。"

他吸着雪茄。"好吧，又是一个吹牛大王，"他说，"你是在告诉我，我儿子只会胡思乱想。"

"先生，塑造你儿子的心性，这是我的职责。"

他沉思了一会儿，懒散地捏着一根火柴，随后变得严肃起来。"对不起，年轻人，"他慢吞吞地说，"你不能塑造他。我会塑造他。你只能教他。"

这次会面就这么结束了，我被礼貌地请出了门。自然，我十分困惑，我发现自己已置身于电梯中，此时才能回想起刚才到底发生了什么事情。参议员贝尔十分平易，这我已说过，不过，毫无疑问，他伤害了我。那把枪装在我的公文包深处，我想着被这样一位暴君抚养成人得是什么滋味。我的内心有了一丝对小希德维克温暖的同情。

不过，回到圣本尼迪克特，我发现自己的话对希德维克产生了明显的效果。接下来的几周，他拼命地提升自己。他通过了另外两个测验，其中一门的成绩是 A-。他的期中设计作业是用混凝纸制作的哈德良门②模型。上课的时候，在他座位周围的捣蛋小圈子中，他也不再频

---

① "罗马的和平"（*pax romana*）：原文为拉丁文，指罗马帝国建立初期约两个世纪的和平时期（公元前 27 年到公元 180 年）。

② 哈德良门（Hadrian's Gate）：位于土耳其西南海滨城市安塔利亚，为纪念罗马帝国安敦尼王朝第三位皇帝哈德良（76—138）而建，哈德良于 130 年曾视察此地。

繁地扰乱课堂秩序了，即便他实际上并不完全专注。

没错，在一个人的引导下，学生们从黑暗进入光明，这让作为教师的我心里感到甜润如蜜，所以我承认，那个学期我对希德维克·贝尔拥有特殊的兴趣。假如我认为他对期末考试的质疑是合理的，假如我在班上只让他回答我确信他能对付的问题，那么，我就可能激发一个男孩对万物最天真的好奇，而且当时，这个男孩正勇敢地同他父亲的巨大阴影作斗争。

随后，那个秋季学期即将结束，男孩们狂热地投入了一年一度的"尤里乌斯·凯撒先生"竞赛预选考试。这里，我想，我又一次在以自己的方式帮助希德维克。"尤里乌斯·凯撒先生"是圣本尼迪克特的传统，这种虚拟的仪式是我们学校的名片，孩子们总是带着敬畏之心参赛。竞赛分两场。第一场是预选考试，孩子们需要回答一系列测试题，从中产生三名优胜者。第二场是公开竞赛，三名男生将站在台下聚集着学生的舞台上，回答关于古罗马的问题，直到某一位胜出，就像凯撒打败庞培一样。听众中站满了家长和毕业生。在伍德布里奇校长的办公室前，一块匾额记录着半个世纪以来"尤里乌斯·凯撒先生"的获胜者名单——始于一九〇一年的约翰·F. 杜勒斯①。尽管对于没有进过圣本尼迪克特中学的人来说，这种仪式有点奇怪，但我可以说，在我们这样的学校，再怎么强调这场公开竞赛的重要性也不为过。

那一年，我的学生中有三个无与伦比的竞争者：克雷·瓦尔特，他与我的关系很密切，在某种程度上是一个小天才；马丁·布里特，一名典型的勤奋刻苦的学生；迪帕克·梅塔，一位孟买数学家的儿子，文静得令人不快，不过是我班上最优秀的学生。其实，迪帕克在班上也有着特立独行的偏好：他研习的都是迦太基人、埃及人那类被罗马

---

① 约翰·F. 杜勒斯（John F. Dulles，1888—1959）：美国著名政治家，1953—1959 年间曾任国务卿。

征服的异族。

预选考试结束时，出现了令人惊讶的情况：希德维克·贝尔只差一点点就能进入班里三名优胜者的行列。这里我犯下了第一个错误。尽管我本该明白我不该这样，但是他的勤奋给我留下深刻的印象，以至于我打破了一条教书育人最基本的原则：他最好的测验成绩是B，我却给了他一个A，这样他就超过了马丁·布里特。三月十五日，三位优胜者——包括希德维克·贝尔——坐在舞台上，面对着密密麻麻的学生们，他父亲也在观众里。

三位男生为这场赛事特地穿上了托加袍，坐位排在主席台周围，台上有一只托着绿色丝绸花环的锡盘，竞赛结束时，我将会把花环戴在冠军的额头上。作为提问人，我站在前排中间，紧挨着伍德布里奇先生。

"萨宾人①说什么语言？"

"奥斯坎语②。"克雷·瓦尔特毫不犹豫地回答。

"谁创立了后三头同盟？"

"马克·安东尼，屋大维和雷必达③，先生。"

"在腓力比被击败的人是谁？"

希德维克·贝尔的眼神有点茫然。他把头埋进手里，似乎想把自己的智力推到极限，站在前排的我心里一沉。台下一些男孩窃窃私语。希德维克的腿开始在托加袍中颤抖。当我再次抬头，我觉得是我将他推入了这一难以应付的局面，我怀疑他是否会原谅我；不过，没有任何预兆地，他微微一笑，双手合上，说："布鲁图和卡西乌斯。"

---

① 萨宾人（Sabine）：古罗马居民，最早居住于罗马城东北部。公元前290年被罗马征服。
② 奥斯坎语（Oscan）：现已消失的意大利南部语言，为许多民族共享，存在于公元前5世纪到公元1世纪。
③ 公元前43年秋，安东尼、屋大维和大将雷必达（Marcus Aemilius Lepidus，生卒年不详）组成政治同盟，史称"后三头同盟"，三人分治罗马共和国。公元前36年，屋大维解除雷必达军权，与安东尼形成对峙。

"很棒。"我本能地说。然后,我又平静下来。"谁废黜了罗慕路·奥古斯都路斯①,西罗马的最后一任皇帝?"

"奥多亚克②,"克雷·瓦尔特回答道,随后加了句,"于公元476年。"

"谁将专业军制引入了罗马?"

"盖乌斯·马略③,先生,"迪帕克·梅塔回答,然后又加了句,"于公元前104年。"

当我问希德维克下一个问题("第二次布匿战争④中,谁是迦太基人的统帅?")时,我感到有些不安,因为观众里一些男生似乎已经意识到我在故意问他简单的问题。尽管如此,他又一次把头埋进双手,看起来是在与记忆进行着紧张的斗争,然后,抬起头,说出了那个明显的答案:"汉尼拔⑤。"

我很高兴。不仅因为这证明了我着力培养他是值得的,而且他向台下窃窃私语的男生们显示了,即便是在压力下,纪律也可以创造精确的思想。此刻,他们安静下来,我突然产生了振奋人心的预感,希德维克·贝尔将给我们带来惊喜,他那乌龟般缓慢的沉思在中午之前会为他赢得桂冠的花环。

接下来几轮问题的情形和前两次差不多。迪帕克·梅塔和克雷·瓦尔特总是毫不犹豫地作答,希德维克·贝尔则在一段令人沉闷

---

① 罗慕路·奥古斯都路斯(Romulus Augustulus,生卒年不详):西罗马帝国最后一任皇帝,475年至476年在位,被奥多亚克废黜,此后从历史记载中消失。
② 奥多亚克(Odoacer,435—493):罗马日耳曼雇佣军领袖,476年废黜西罗马帝国最后一任皇帝罗慕路·奥古斯都路斯,建立奥多亚克王国。
③ 盖乌斯·马略(Gaius Marius,公元前157—公元前86):古罗马政治家、军事家。曾七次担任罗马共和国执政官,实行军制改革,推行募兵制,取代了罗马共和国几个世纪以来耕战兼顾、兵农合一的临时征兵制。
④ 第二次布匿战争(Second Punic War):即第二次迦太基战争,罗马将迦太基称为"布匿"。公元前264年至公元前146年间,古罗马为与迦太基争夺地中海西部统治权发生了三次战争。三次时间分别为:前264年至前241年、前218年至前201年、前149年至前146年。最终迦太基战败,领土成为罗马共和国的行省。
⑤ 汉尼拔(Hannibal,公元前247年—公元前182年):北非古国迦太基名将。

的沉思之后才回答。其实，我发现，他的风格制造了强烈的戏剧性。我看到，家长们对他留下了深刻印象，旁边的伍德布里奇先生开怀地笑着，毫无疑问，他在想着下一年的比赛。

一名二年级学生给每位竞争者端上一杯水，之后我转入第二阶段那些更难的问题。克雷·瓦尔特忘记了奥古斯都的子孙们，在第一轮被淘汰了。他离开舞台，回到观众里他那些比较笨的朋友们中间。按照顺时针方向，下一个问题轮到迪帕克·梅塔，他答对了，接下来的问题关于努米底亚国王朱古达①。我毫无选择，必须问希德维克·贝尔一个有点难度的问题："在公元前 88 年的内战②中，哪位大将获得了贵族的支持？"

我可以在一旁看到，一些家长抿紧嘴唇，皱着眉头，而希德维克·贝尔似乎并未注意到问题的巨大难度，他又一次把头埋在手中。此时观众们已经习惯了他的沉思，他们静静地坐着，能听见通风设备轻微的嗡嗡声，以及外面冰凌融化的滴水声。希德维克·贝尔目光向下，此时我才发现，他在作弊。

我从卡尔顿学院毕业后直接获得了这份教职，那时我二十一岁，因为近视而错过了兵役，然后满怀希望，向学生们传授自以为更重要的知识，分享我的古典研究赋予我的视野。我清楚，他们面对挑战表现得非常出色。我清楚，一名教师溺爱这个年龄的学生，其实会抑制他们的成长，会使他们过久地沉溺于母亲的怀抱，从而在预备学校甚

---

① 努米底亚（Numidia）：北非地中海沿岸古国，存在于公元前 202 年至公元前 46 年，后被罗马吞并。朱古达（Jugurtha，约公元前 160 年—公元前 104 年）：努米底亚国王。公元前 111 年，罗马元老院向朱古达宣战，史称"朱古达战争"。公元前 105 年，朱古达被击败，次年被解至罗马，死于狱中。

② 公元前 88 年至公元前 31 年，罗马共和国爆发了向帝国转变的长年内战。公元前 88 年，以马略为首的平民派和以苏拉（Lucius Cornelius Sulla，约公元前 138—公元前 78）为首的贵族派展开激战。公元前 82 年，苏拉获胜，成为罗马历史上第一位独裁者。公元前 78 年，苏拉病故，内战再度爆发。公元前 60 和公元前 43 年，分别出现前后三头同盟。在公元前 31 年的亚克兴海战中，屋大维战胜安东尼，独揽大权，内战结束。

至大学里变得意志薄弱。我以前最好的老师都是暴君。我清楚地记得这些。那一刻，我对这个男孩感到了莫名的同情。我们从他父亲那里共同遭受的仅仅是羞辱吗？我通过眼镜凝视着舞台，立刻就发现了，他已经把《古罗马史大纲》粘在了托加袍内侧。

在聚集于我身后的学生与坐于我面前的这两个男孩之间，我不知道站了多久，我内心正在思虑，这期间我能听见来自观众的低语声音渐强。为希德维克的将来着想，我必须揭穿他。哦，"为了一匹马，输了整场战争！"① 我向旁边的伍德布里奇先生倾身，低语道："我确信，希德维克·贝尔在作弊。"

"别管这个。"他轻声答道。

"什么？"

是的，我十分尊重伍德布里奇先生这么多年来为圣本尼迪克特所做的一切。校长的世界远比教师的世界复杂，所以，如果某人的一生因为孩童时代的一件小事而误入歧途，我们再去横加指责就会显得罔顾历史。尽管如此，我本应该坚持自己的原则，哪怕是伍德布里奇加了这么一句："别管这个，亨德特，要么你就换一份工作吧。"

毫无疑问，校长的话令我震惊了片刻，但是，我熟悉男子学校的潜规则。此外，我脑子里最近闪过了一个很好笑的想法：某一天我自己也会当校长。于是，希德维克·贝尔说出了正确答案（"卢奇乌斯·科尔涅利乌斯·苏拉"）之后，我只是轻轻地点了点头，随即问出下一个问题，关于非洲的征服者西庇阿②。迪帕克·梅塔答对了，我又转向希德维克·贝尔。

---

① "为了一匹马，输了整场战争！"（How the battle is lost for want of a horse!）：英文谚语，意为因小失大。
② 非洲的征服者西庇阿（Scīpio Africanus Major，前235—前183）：本名普布利乌斯·科涅利乌斯·西庇阿（Publius Cornelius Scipio），又称大西庇阿，以区别于其弟小西庇阿（Scipio Aemilianus）。他是古罗马统帅，第二次布匿战争中罗马方面的主要将领之一，带领罗马战胜了迦太基。因此，他被称为"非洲的征服者西庇阿"。

我自以为是道德领袖，也明白妥协只会招致更多的妥协，然而之前我只在历史研究中见过例子，现在它变成了我的个人经历。也许这就是为什么，我再次发现一种难以为继的怜悯搅扰着我的思想。到底是什么样的孤注一掷驱使一个男孩在公开的舞台上作弊？他的父母在拥挤的礼堂中正襟危坐，然而我迅速向后瞥视他们，却发现他们就像我自己的父母，来自堪萨斯城。"哪两位皇帝统治了分裂后的罗马帝国？"我问希德维克·贝尔。

一个人看透了魔术师的把戏之后，唯一还能让他惊奇的就是这么明显的把戏居然能够奏效。这次，希德维克·贝尔低头偷窥时，我清楚地看到他由于紧张而颤抖。我想象他在扫视粘在衣服里的《大纲》，从奥古斯都到约维安①，在找到答案之前假装沉思，然后大声说："瓦伦丁尼安一世和瓦伦斯②。"

突然间，参议员贝尔喊道："那是我儿子！"

观众们开始欢呼，我突然产生了一股不可遏制的冲动，想要将胜利引向希德维克·贝尔的方向。但是，片刻之后，在渐渐平息的喧闹声中，我听到了一个女人微弱的带着口音的声音，叫着迪帕克·梅塔的名字。这应是他的母亲。我猜，这最终使我恢复了理智。迪帕克正确地回答了下一个关于戴克里先③的问题，随后，我转向希德维克，问他："谁是哈米尔卡·巴卡④？"

当然，只有迪帕克·梅塔才知道答案不在《大纲》里，因为哈米尔卡·巴卡是一个腓尼基将领，最终被罗马击败；我也知道，只

---

① 约维安（Jovian，331—364）：古罗马帝国皇帝，363年至364年在位。
② 瓦伦丁尼安一世（Valentinian the First，321—375）：罗马帝国皇帝，364年至375年在位。继承皇位后，将罗马帝国东部交由弟弟瓦伦斯（Valens，328—378）统治，罗马帝国开始东西分治。
③ 戴克里先（Diocletian，245—312）：罗马帝国皇帝，284年至305年在位。他建立了四帝共治制。
④ 哈米尔卡·巴卡（Hamilcar Barca，公元前275—公元前228）：迦太基将军、政治家，西班牙的开拓者，汉尼拔的父亲。

有迪帕克费尽心思去研究那些被征服的民族。他瞪大眼睛向我看了一眼——认可？感激？反对？——而他的旁边，希德维克·贝尔再次埋头。停了很久，希德维克请我重复一遍问题。

我重复了一遍，又停了许久，他抓抓脑袋。最后，他说："天啊。"

观众里的男孩们大笑起来，我转身让他们安静。我向迪帕克·梅塔问了同一个问题，他答对了，这在意料之中，周围短暂地响起了礼节性的掌声。

我上台为迪帕克带上桂冠花环，然而，我瞥见了伍德布里奇先生，才忽然明白他也想让我将比赛引向希德维克·贝尔。与此同时，我看见参议员贝尔从后门走出了礼堂。小希德维克垂头丧气地站在我另一侧，我已经预感到，争强好胜将扭曲这个孩子的生活。我无法想象，当他母亲努力赶上参议员、消失在防火门后时，他站在舞台上在想什么。第二天上午，学校的书法家把迪帕克·梅塔的名字添加在伍德布里奇先生办公室前的匾额上，年轻的希德维克·贝尔则开始用一生的时间追寻失去的荣誉。

我能在伍德布里奇先生的眼中看到失望，它似乎在说，让那孩子落败的人是我。也许是因为这点，礼堂里的人群散去之后，我走向了那孩子的宿舍。我在那里找到了他，坐在床上，依然穿着托加袍，透过小窗，望着外面的曲棍球场。我可以看到，在他衣服内侧紧紧贴着《大纲》。

"好吧，年轻人，"我敲着门框说，"那真是一场有趣的表演。"

他从窗子方向转过来，冷冷地看着我。接下来，他做的事情让我思考了很多年，它拥有迷宫般的狡黠，我只能将他处事的早慧归于在家里所接受的严酷教育。在门口，当我站在他面前时，希德维克·贝尔将手伸进长袍，然后取出了《大纲》。

我走进去，把门关上。那些极力想被开除的学生都有一套把戏，而我们每一位老师对这些都了如指掌。在我们这样的学校，这些把戏都是陈词滥调了。但我关上他宿舍的门，他报以狡黠的会心一笑，那时我明白，希德维克·贝尔的真实意图根本就不是给开除了事。

“我知道你发现我作弊了。”他说。

“是的，我发现了。”

“那你怎么什么也没说，嗯？亨德特先生？”

“事情很复杂，希德维克。”

“因为我老爸在那里。”

“与你父亲没有关系。”

“当然没有，亨德特先生。”

老实说，我已有些词穷，之前是因为伍德布里奇先生在礼堂对我说的话，此刻是因为这个男孩粗鲁的逼问。我走到窗口，环顾校园，借此避开希德维克那双乌黑眼睛中射出的非难目光。我一时的疏忽之举导致了什么？我不会谴责伍德布里奇先生，就像士兵不会指责长官。事实是，我没有将自己的道德准则强加给别人，反而是希德维克·贝尔将我拽入了他的那一套准则中。那时，我不认为自己做过什么堕落的举动，可是令我特别心寒的是，希德维克·贝尔，年仅十三岁，已经堕落。

当然，他也知道，我不会再追究此事，尽管接下来的几天我一直在思考怎么处理他。每一次，当我鼓起勇气决心将这个男孩的名字提交给诚信委员会时，我的信心就开始消退，觉得自己似乎会从一种罪行转向另一种罪行。在我简陋的房间里，在餐厅里面狭长、开裂的餐桌上，在上课时落满尘土的黑板前，我内心一直在斗争。我就像一名精疲力竭的游泳者，试着爬上海岸，却面对着一堵光滑的大堤。

而且，我孤身一人置身于困境中。这样一所像中世纪法庭一样险恶的寄宿学校，它的职员是不会公开讨论一名男生的劣迹的。即使这名男生不是参议员的儿子，情况依然如此。事实上，只有查尔斯·埃勒比这一位老师能让我信任、可以与他分享我的处境。他是新来的拉丁语教师，我们对古希腊罗马历史有着相同的热爱。一见到查尔斯·埃勒比，我立刻就产生了好感，因为他是名毫不妥协的卫道士。果然，我告诉了他希德维克的行为和伍德布里奇先生的回应之后，他认为我有责任绕过校长，直接找参议员贝尔再谈一次话。

我打算采纳他的建议，然而不到一周，参议员竟抢先打电话给我。他简短地聊到了送给我的那把手枪，然后忽然粗暴地说："年轻人，我儿子告诉我，那个关于汉尼拔·巴卡的问题不在他必须掌握的提纲中。"

此刻，我真的十分震惊。即使从小希德维克身上，我也无法设想这种厚颜无耻。"毒蝎永远只是毒蝎。"我说道，已经无法自控。

"不好意思，你说什么？"

"腓尼基人的将领是哈米尔卡·巴卡，先生，不是汉尼拔。"

参议员停了一会。"我儿子告诉我，你问了他一个提纲中没有的问题，而那个东方来的家伙却早就知道了。他觉得这很不公平。这是重点。"

"情况很复杂，先生。"我说道，又一次强压自己的冲动，想象着查尔斯·埃勒比碰到这样的情形会怎么做。面对参议员时，我清楚地发现自己缺乏处理眼前这种情形的能力。我相信，希德维克早就看穿了这一点。

"我知道，这很复杂，"参议员说，"但我向你保证，比这更复杂的情况多的是。你要知道，这次，我没有叫你去改正，你明白么。我儿子已经和我说了你的很多事情。亨德特先生，如果我是你，我就会吸取教训。"

"是的，先生。"我说，即便我发现他已经挂了电话。

从此，小希德维克和我在圣本尼迪克特的交往变得很别扭。他成了一名沉默寡言的学生，课上只会在教室最后一排涂涂画画——当然，我们的课堂质量本身也找不回约翰·杜勒斯和亨利·史汀生时代的荣光了。他的测验不堪入目，作文十分乏味，从身边的同学那里抄袭拼凑而成。他在自习室里惬意地谈天，在三年级的被服房里抽烟，在教室里被叫到名字时，睡眼惺忪，结结巴巴，仿佛刚从睡梦中被叫醒。

当时，未来那些更严峻的问题还远未困扰我们，然而圣本尼迪克特的辉煌岁月也许已经衰落，毕竟我们对这个男生没有采取任何行动。对查尔斯·埃勒比和我而言，他成了一个象征，证明道德败坏的第一根触须已经发芽，正在学校的柱子、木料上悄然蔓延开来。虽然我们并未将他的秘密透露给任何人，但是这男孩愚蠢的固执使他迅速疏远了他同学之外的几乎所有人。他带着恶劣的名声度过了二年级和三年级的时光，像当初的一年级一样，最后一年刚开始，在那些熟知学校辉煌岁月的教员中，他已臭名昭著得近乎神奇。

与此同时，他的身体变得高大。我会在校园里偶尔遇见他，面对我不满的眼神，他乌黑的眼睛会透出决不妥协的目光。尽管那粗野的性格在同学中人尽皆知，但是他面对复杂的情况却十分老练，甚至有两次差点当上学生会主席，好在他的几位授课老师巧妙干预才作罢。他的进步已变成了炫耀。不幸的是，他的恶行轻易地博得了一群生活于父母视线之外的男生的好感，比如他的身强体壮，比如他行为方式中早熟的邪恶，比如他大吼大叫的嗓音。

这并不是说，圣本尼迪克特的教员们已经彻底放弃了希德维克·贝尔。事实上，一位老师的生涯总是点缀着他这样的棘手学生，尽管老师无从改变，却仍希望他能健康成长。和其他老师一样，我也对希德维克·贝尔抱有希望。在他沉溺于自己的堕落和智力上的孱弱时，我依然寻找着机会，试着训诫他，帮他进步。

在他四年级的时候，我成为了毕业班的教务长，很明显，希德维克并不希望有所改变，至少在圣本尼迪克特期间是如此。即使拥有特殊的背景，他最终也未能被大学录取。一九四九年春，在搭建于大操场北端的舞台上，他带着失败感从我手中接过毕业文凭。他向前走来，空洞的眼神遇到了我不满的目光，然后回到了环绕着朋友们的座位上。

三十七年后，当我在《里士满公报》上读到希德维克·贝尔跃升为我国当时的第二大公司——美国东部钢铁公司的董事长时，我有些吃惊。我在一九八七年冬天的一个早晨无意间看到了这则新闻，当时我正在校长助理公寓的早餐厅里读报，这间早餐室装饰着东方风格的灯盏。这一年我和圣本尼迪克特之间产生了严重问题。众所周知，当时圣本尼迪克特运作得十分艰难。我的工作中，我个人很不擅长的职责之一，就是被迫去寻找潜在的学校赞助人。我随即给希德维克·贝尔寄了一封信。

五六年前，他的一位同学给《本尼迪克特人》投了一篇文章，提到希德维克的下落，除此之外，我几乎听不到关于这个男孩毕业后的任何消息。这很反常，因为圣本尼迪克特一直坚持不懈地追踪着自己的毕业生。我只能假定他是出于个人意愿而同学校断绝了联系。人们会好奇，这个男人身上还留有多少当年那个男孩的影子。一名圣本尼迪克特的教师竟然认识我们的政客，在他穿短裤、在班里恶作剧的岁月里就亲密接触过这位政策制定者，这位工业大亨。这是难得的优势，而且，我也承认，我写信的时候确实带着怀旧的情绪。

从他毕业以后，我的职业生涯稳步上升。那些优秀的学校终究不会亏待勤恳付出的老师们。希德维克·贝尔离开学校十年以后，我从毕业班教务长升任为高中部教务长，又过了十年，我成为了教务主任。这一职务可能让很多人以为是降职，但我走上这一岗位时，其实满怀虔敬之心，因为它可以让我更深入地接触一代代年轻人的思想。那时，整个国家正激烈而此起彼伏地排斥着传统，我感到自己的当务之急是保留住自己的课程，毕竟它曾在过去一个世纪的时光中带着孩子们领略古代文明的兴衰。

那些日子，学校董事会与我们教员一起召开了一系列用心险恶的会议。他们施加了极大的压力，试图更改这些经受了时间考验而延续下来的学校课程。规划课程犹如一场战役，引进新老师则像是为国王加冕。每当我们有同事退休、离职或转去其他学校，不同派系就会千方百计地争夺空出的职位。我说过，那时我是教务主任，所以这样的战斗理所当然地蔓延到了我的周围。我常常故意放弃一些不太重要的任命，以便积蓄力量，毫无后顾之忧地争取更高的职位。

二十世纪八十年代中期是一段特殊的时刻，我们的国家已迷失方向，圣本尼迪克特也来到了十字路口。文科部的主任退休了，为了争夺这一职位，查尔斯·埃勒比和一个来自校外的候选人展开了难解难分的战斗。随后举行的会议上，我的朋友和那个候选人面对全体教员和理事会做了演讲。我不想赘述细节，只想说，那个校外候选人认为，由于社会的进步，历史已经成为遗迹。

哦，多么黑暗的时光！两个阵营面对面坐在会议室里的两边，演讲者们轮番走上讲台向对方宣战。竞选演变为论辩，讨论着我们与过去时代的关联。一名又一名的教师竞相争辩我们传授给年轻人们的历史知识是否重要，每一次演说结束，都会迎来嘘声与喝彩。大家的情绪都有点失控。我们争论了数小时，已精疲力竭，这时候一位极有影响力的校董穿着蓝牛仔和轧染T恤走上讲台，突然向我挑战，驳斥罗马史的价值。

他并不是一个不善辞令的人。他先发制人地恳请原谅，然而他说完的时候，我觉得我为了捍卫查尔斯·埃勒比、乃至为了捍卫历史本身的战役都已接近溃败。我的心变得极其沉重。如果连我们俩都不能赢得这场论辩，那么还有谁可以？屋子里安静下来，会议室的另一侧，我们的对手一个紧挨着一个地坐着，趾高气扬。

然而，一旦我站起身来，捍卫自己的使命，我又感到胜利近在咫尺。我不是一名口若悬河的演讲者。当我置身于讲台，琥珀色光芒从我们头顶的玫瑰小窗中照射进来。历史上的伟大人物驱使我去捍卫他们的功绩——这样的信念突然使我振奋。查尔斯·埃勒比望着我，咬着嘴唇，我突然记起可以用很久以前发表在《呼喊者》上的文章回应他。词句像开闸的水一样从我的嘴里流淌出来，演讲结束的那一刻，我知道，我们赢了。这是我在圣本尼迪克特感到最骄傲的时刻。

尽管教师队伍分化得令人惊异，查尔斯·埃勒比仍然获得了这一职位，而且我们可以一起做我一直梦寐以求的事情了：加倍致力于古典教育。在剧变的时代，依附于传统显得更为重要，这就是为什么圣本尼迪克特在二十世纪八十年代以及接下来的九十年代坚持了自我。我们的命运在我早就习以为常的柔和节奏中起伏。我们的男孩赢得了体育赛事以及奖品，忍受了些微丑闻以及偶有的悲剧，然后进入不错的大学。共和党执政时，我们获得的捐助增多了；民主党执政时，我校的学生们的水平有所增长。参议员贝尔辉煌的生涯开始走下坡路，几年前，我在报上读到，他已去世。终于，我当上了校长助理。事实上，直到最近几年才有些不寻常的事情发生，那是二十世纪八十年代末期，我们进行了一些草率的投资，我们获得的捐助也减少了。

伍德布里奇先生已经七十四岁了，他看上去依然精力充沛，可是一个五月的周日早晨，学生们在礼拜堂里等了他很久，才发现他在床上去世了，眼睛并未合上。一场争夺校长职务的残酷斗争随即拉开了帷幕。我一直觊觎校长之职，承认这点没什么可耻的，因为当一个人在这所学校待了四十年之久，他自然会同这所学校的命运休戚与共。不过，伍德布里奇先生走得太突然，我尚未准备好竞选。当然，我也不再年轻。我猜想，事实上，这是我失势的原因，我低估了更年轻的候选人，就像凯撒低估了布鲁图和卡西乌斯①。

几天的斗争之后，查尔斯·埃勒比成了我的主要竞争对手，我对

---

① 布鲁图（Brutus，公元前85—公元前42）：罗马贵族，深得凯撒喜爱，公元前44年，他与大将卡西乌斯（Cassius，生卒年不详）等策划刺杀了凯撒。两人均在与安东尼的腓力比战役中兵败自杀。

此也不惊讶。这些年中，我发现他一直有自己的算盘，在为争夺这个位置而内斗。尽管我一直将他视为自己的同盟与好友，他还是在一次校董会议上站起来指责我。他说，我太老了，跟不上时代的变化，我的教育方法也许适用于四十年前但不是今天。他站着说，一位校长需要精力，而我缺少这个。虽然在他讲话的过程中我一直看着他，他却并未回视我一眼。

的确，我很受伤，不仅是工作关系，还有我内心的隐秘部分，因为我一直将查尔斯·埃勒比当作可以一起追寻过去之辉煌的终身好友。听到几名老教师向他发出嘘声，我感到开心。此时，我发现自己并非形单影只，只是暂时落后，所以我没有为自己辩护。夜晚降临，我与几个支持者一起散步到公共食堂。

当一个人正在为生活而斗争的时候，在孩子们中间吃饭是何种滋味啊！穿着校服的男孩们经过一盘盘炸鱼条和切片面包，他们真诚的优雅刺穿了我的心。我想，他们何时才能看到世界的真相？需要经过多久，他们才会明白我一直试图传授给他们的不仅仅是日期与姓名？他们中似乎没有一个人注意到，有些事像雷雨云一样砸落到他们的老师身上。他们中没有一个人茶饭不思。

饭后，我回到校长助理的寓所，需要谋划一下事件进程，并与那些我依然视作同盟的同事商议对策，然而，在我开始这一切之前，却听到有人敲门。查尔斯·埃勒比站在门口，脸颊绯红。"我可以问你些问题吗？"他气喘吁吁地说。

"应该是我来问你一些问题。"我回答道。

他没有征得同意就进门了，坐在我的桌前。"你从未结婚，我说得对吗，亨德特？"

"瞧，埃勒比，我进圣本尼迪克特的时候，你还在预备中学读书。"

"是是是。"他说，带着夸张的不耐烦。当然，他十分清楚，就像我自己了解自己一样，我从未结婚，从未组建家庭，因为，历史本身对我来说已经足够了。他抓抓脑袋，似乎在思考。直到今天，我都很奇怪他是如何知道他接下来要说的那些的，除非希德维克·贝尔通过某种方式已经将我拜访参议员的事告诉了他。"瞧，"他说，"传言说，你的抽屉里藏着一把手枪。"

"胡说八道。"

"可以打开给我看一下吗？"他说，指着抽屉。

"不，我不会打开。我在这里当了二十年的主任。"

"你是说，这间屋子里没有手枪？"

他试着用对视逼退我，可是他的个性没那么强，于是，挑衅失败了。遇到我坚定的眼神时，他的目光屈服了。我明白，校长之职已经是我的了。要知道，无数政治强权乃至无数民族和国家的崛起都无关于智识进步或社会规律，相反，它们很可能源于人与人之间在桌边再简单不过的意志斗争，就像查尔斯·埃勒比和我刚刚经历的那样。这是历史中很大程度上未被发掘的一面，也是无比吸引我的一面。

所以我没有打开桌子抽屉，没有把枪炫耀给他看，而是否定了它的存在。这枪对我来说没有任何意义，却必定可以给埃勒比留下口实。为什么这么做，我自己也不知道；也许因为我是一名历史教师，而不是历史那巨大引擎上的枪炮？另一方面，埃勒比只不过是一只这个时代逝去的道德身上的牛虻。他收拾东西，离开了我的房子。

傍晚，我从抽屉里取出手枪。打磨得十分精致的枪把上出现了一条锈斑。如今我看清了，尽管它有着华丽的装饰，本质上却比例失调，做工生硬，应该是属于某个崇尚暴力、又在历史中微不足道的小人物的粗糙物件。当初，脾气暴躁的煽动家贝尔把他硬塞给我，我并不想要它，我收下它只是出于某种模糊的情绪，感觉某一天它的存在会有决定性的意义。我猜，自己早就想象过在某一戏剧性的时刻我会用它开枪。然而此刻，它麻木地躺在我面前。我将它翻过来，诅咒它。

那天深夜，我又一次将它从抽屉中拿出来，藏在自己的大衣口袋里，走向校园的尽头，来到离我的房子很远的湿地，我脱掉鞋子，踏进帕萨米克河边窸窸窣窣的水影里。"骰子已经掷下。"① 我说，然后把它远远地扔进了水里。通往校长之路的最后障碍已经扫除，我上岸，吹着口哨回到住处，换了新床单，欣喜若狂。

但那晚我睡得不好，早上我起床去参加教务会议，我感到，勇气如斗篷莫名其妙地从我肩上滑落了。多么冷漠的换届！教务室外的大厅里，大多数老师陆续地进进出出，和我一句话也不说。有个想法萦绕在我脑海：我忘记了过去最基本的教训，忘了自己坚定的信念才是树立权威的一切。此刻我意识到，恰恰是我扔掉手枪的那一刹断送了我全部的希望，因为，那正是我失去信念的瞬间。这些年来，希德维克·贝尔的高升仿佛就是为了再次把我拖拽下来。果不其然，会议一开始，曾经支持我的教员退缩了，那些年轻人围攻我，仿佛我是一只瘸腿的野兽。一定有幕后操纵者。下午四点钟不到，查尔斯·埃勒比，一位曾经因为我的帮助而保住工作的同事，如今被任命为校长，而下个月的月底，他让我退休。

当我准备结束在圣本尼迪克特的生涯时，我收到了希德维克·贝尔的回信。信写得文采飞扬，我愉快地读着，没有一丝怨恨，因为每一位老师总是希望看到曾经厌恶的学生变得成熟。临近结尾，他让我打电话到美国东部钢铁公司找他，那天下午我照做了。我把自己的姓名告诉一位秘书，然后对方又转告了另一位秘书，片刻之后，我听到希德维克巧妙又狡猾的问候，我立刻回想起了四十年前拜访他父亲的情形。

---

① "骰子已经掷下"（"The die is cast"）：凯撒的名言，意为"覆水难收"、"事已至此别无选择"或"就此豪赌一场"。公元前49年1月10日，凯撒带着军队渡过位于意大利北部的卢比孔河时说了这句话，罗马法律规定，任何军队渡过此河，即视为背叛罗马。凯撒渡河后，攻占了罗马，成为罗马独裁统治者，从此开始了针对罗马执政官庞培和贵族派的内战。

一阵寒暄，我表达了对他父亲的悼念，他告诉我，他回我信的原因是他常常梦想着再进行一次"尤里乌斯·凯撒先生"竞赛，如果我同意操办这件事情，他愿为圣本尼迪克特捐赠一大笔钱。当然，我猜想，他只是开玩笑，马上就会否定这个念头，然后评论一句：这该多么有趣。然而，希德维克·贝尔重申了他的邀请。他迫切希望和迪帕克·梅塔、克雷·瓦尔特再同台比赛一场。我觉得自己不用大惊小怪，因为持续影响伟人们一生的往往是这些童年间看似微不足道的小事。我告诉他我马上要退休了。他安慰我，然后表示这样也好，因为我毫无疑问有了充裕的准备时间。随后，他说，他的人生已经到了任何物质需求都可以满足的地步——并暗示他要为年度基金会捐款，但他仍不知足，他希望有机会重获智力上的荣誉。这话让他的老师非常高兴。

当然，他也要给我个人一大笔钱。尽管之前一直过着对金钱漠不关心的生活，然而我现在强烈地意识到，自己在学校住所和餐厅里的日子即将结束。一方面，我并没有什么动力把这笔捐款送给查尔斯·埃勒比掌权的地方；另一方面，我又需要钱，而且在年度财政问题上，我感到自己对学校依然忠诚。那天晚上，我开始准备竞赛。

作为校长助理，我已经许多年没有教过自己热爱的古罗马史，所以，我翻阅大量的笔记，就像回到了童年时的老家。我在其间流连忘返。我重读了德瑞克·伯克 [①] 的学期论文《寻找第欧根尼 [②]》，以及詹姆斯·沃特森 [③] 写得很潦草的论文《论阿基米德的方法》。在艺术类项目

[①] 德瑞克·伯克（Derek Bok, 1930—　）：美国律师、教育家，哈佛大学第25任校长（1971—1991）。
[②] 第欧根尼（Diogenes, 公元前404—公元前323）：古希腊哲学家，犬儒学派代表人物。
[③] 詹姆斯·沃特森（James Watson, 1928—　）：美国分子生物学家、基因学家、动物学家。1953年与弗朗西斯·科瑞克（Francis Crick）发现了基因的构造。

中，我发现了约翰·厄普代克①制作的克利奥帕特拉方尖碑②复制品，以及抽象表现主义画家罗伯特·马瑟韦尔③创作的卡拉卡拉④沐浴木炭素描，可惜被撕成了两片，变得一文不值。

我一直勤奋地做着笔记，而且，我相信，我拿出来的题目几乎和当年测试克雷·瓦尔特、迪帕克·梅塔和希德维克·贝尔的那一套分毫不差。我只花了两个晚上就为竞赛收集了足够多的材料，不过为了掩饰我的迫切难耐，我等了几天才给希德维克寄了另一封信。他很快就给我打了电话。

对于一个为生计而辛苦劳作的人，看到我们的工业巨头努力毁掉自己眼前的事业，肯定会感到诧异。第二天上午，我接到几通电话，分别来自他的两个秘书、一位公关助理，还有一位纽约旅行社的女人，确定了七月下旬的安排，距离现在还有两个月。竞赛安排在一个属于美国东部钢铁公司的小岛上，距离卡罗莱纳外滩群岛⑤不远。我之前寄去了一份从圣本尼迪克特档案中找到的名单，所以，他邀请了同班的每一个人。

不过，退休的日子突如其来，我尚未做好准备。这一学年飞快地逝去，我还沉浸其中，却发现，学年只剩下没多少天了，学生们已在议论期末考试。我试着不去思考自己的未来。六月的毕业典礼上，一小部分仪式是为我而设置的，却由查尔斯·埃勒比主持，这令我如鲠在喉。"我们在此告别，"他开始了，"亲爱的亨德特先生。"他站在讲

---

① 约翰·厄普代克（John Updike，1932—2009）：美国当代小说家、诗人，著有《兔子四部曲》等。
② 克利奥帕特拉方尖碑（Obelisk of Cleopatra）：埃及人建造的方尖碑，于约公元前1600年竖立于埃及赫利奥波利斯。1869年，埃及将它作为礼物送给美国，现矗立于纽约中央公园。但它与埃及艳后克利奥帕特拉（Cleopatra，公元前69—公元前30）无关，只是由于形状似针，也被称为"克利奥帕特拉之针"（Cleopatra's Needle）。
③ 罗伯特·马瑟韦尔（Robert Motherwell，1915—1991）：美国抽象表现主义绘画代表人物。
④ 卡拉卡拉（Caracalla，186—217）：罗马皇帝，211年至217年在位。
⑤ 外滩群岛（Outer Banks）：位于美国北卡莱罗纳州的一系列狭长岛屿。

台上抬头望着，伸出手臂指向我，并回顾我在这所学校的生涯，台下是穿着夹克外套的捐赠者们，撑伞的女士们，身穿圣本尼迪克特校服的学生们，穿着教堂礼服的孩子们，和我一样，都出于人类的庸俗而局促不安。

一切就这么迅速地结束了！颁奖，唱《万岁，美丽的圣本尼迪克特》，桦树狭长的影子伸展到湿地边缘，此时，毕业班的学生开始领毕业证。母亲们哭泣，校友们泪眼蒙眬，毕业生们将毕业帽抛向空中。随后，大家散尽，去了校长的酒会。

现在，我后悔当时没出现在那里，我错过了教学生涯的最后一幕，这比查尔斯·埃勒比对我的打击更令我痛苦。而且，一些在校期间被历史刺痛的毕业生肯定期待着我出现，或者至少，会惊讶于我的缺席。当天下午剩下的时间，我都在自己的屋子里，晚上，我沿着湿地走了走，那里可以闻到农民烧篝火的木柴烟味，远处传来聚在一起狂欢的人们的声音，我内心充满了作为教师的淡淡忧伤和巨大骄傲。又一批学生正在进入外面的世界，不再需要我陪伴。

次日，家长们来学校接孩子；小巴士载着学生们去往机场和火车站；校工走来走去，收拾着曲棍球球门和棒球看台，用拖拉机将长长的黑色洒水车拖进场地。那天基本上就这么过去了。后一天，我坐在书房的桌前，望着窗外，整个学校就像一只表簧停息下来，为了我退休后的第二个宁静的下午。所有男生都离开了，在这个静得可怕的夏天，我又一次独自一人。除了文件和书，我几乎一无所有。我将它们打包，第二天，校工载我去了伍德米尔。

到了那里，我住进了一栋华丽的维多利亚风格出租房，纳特·特尔纳[①]的一名后代管理着这栋房子。我告诉她，我是一名刚退休的老

[①] 纳特·特尔纳（Nat Turner，1800—1831）：19世纪美国奴隶，1831年在弗吉尼亚州领导了一场奴隶叛乱。被捕后判处死刑。

师，她开玩笑说，这栋房子经常有出逃的奴隶光顾。我惊讶于自己竟笑得那么开心，立刻拉近了我和这位女房东的距离。商定了月租费用后，我上楼开始为新生活绘制蓝图。我已七十一岁，是的，也许当校长有点太老，但我还能在饭前走上五公里——在这获得自由的第一个下午，我就走了一趟。尽管如此，晚上我开始变得沮丧。

幸运的是，我需要准备竞赛，不然最初那几天真的难以忍受。我一遍遍地翻阅旧笔记，从材料中提炼充满挑战性的问题。但这只够消磨数小时，临近中午，我的眼睛就会感到疲倦。客观而言，那个夏天本应该与往常的夏天一样毫无差别地开始；然而它们不一样。下楼去餐厅时，我在楼梯口的走廊镜子中看见自己的身影就会想：这是你吗？回房间的路上，我又问：现在呢？我给兄弟姐妹写信，还写给几个以前的学生。时间慢慢流逝。我主动认识了市图书馆的图书管理员。我结识了一名退休铁路工人，他和我一样喜欢坐在那所房子高大而荫凉的门廊里。我坐巴士去了几次华盛顿，在各色博物馆中待上一整天。

夏日一天天过去，我的头脑中开始升起一种恐惧，我积极地散步、逛博物馆、阅读，试图忽视那个念头：我害怕希德维克·贝尔忘记了这个竞赛。我在郊区漫长道路的中途，总会想起这个问题；我到达帕萨米克河边，休息了片刻，然后折返回家，我内心正在斗争，不知道是否需要联系他。好几次，我来到在出租房楼下的电话跟前；我还写了两封信，但并未寄出去。他千辛万苦地做了这些，难道只是为了嘲弄我？我想着；回忆他在圣本尼迪克特上学期间的表现，一种更深沉的忧郁笼罩了我。关于半个世纪前的事情，我开始有了另一些想法：那时，我是否应该当场揭穿他？我是否不该让他跳过另一个男孩？我是否应该把真相告诉参议员？

我发现，自己像是在经历缓期徒刑。七月初，希德维克·贝尔的秘书才打电话给我。她为耽搁了这么久而向我道歉，询问了我饮食、住宿等问题，并告知了日期，三周后，会有一辆车来接我去位于威廉斯堡的机场。一架美国东部钢铁公司的喷气式飞机将把我带到夏洛特，随后会有直升机接我。

直升机！过了不到一个月，我就站在直升机面前，它从头到尾都涂上了美国东部钢铁的黄绿双色标志，机身闪亮，拥有六人座舱，轮子之上是红白蓝相间的浮筒。一个在圣本尼迪克特待了五十年的人不会对特权的荣耀感到陌生，可是这次不一样。直升机把我带离夏洛特的地面，提升到空中，盘旋了一会儿，随后脑袋下沉，转向东面，越过低矮的丘陵，然后越过波涛汹涌的蓝色海峡。我感到有点晕眩，以前从未体验过这些。当两千年前的凯撒将脑袋伸向台伯河，那时的他一定也感受到了同样的荣耀。我将材料紧紧攥住，贴在胸口。我在想，如果年轻时我就体验到了这些，我的生活会变成什么样。螺旋桨如蜂巢般轰响。上岛后，我被领进宾馆里的高层套房，窗子和阳台可以远眺海景。

如果召开一个关于儿童教育的未来或美国老年人处境的会议，你肯定请不到这些人的十分之一，但如果到一个私有的岛上，让他们全部出席则是轻而易举的事情。我站在房间的窗前，看着直升机来来回回穿越海峡运输客人，卸下美国最大的那些公司、大学、政府组织的名人。

哦，看到这些男孩，这是怎样的心情！过了一会儿，我回到停机坪，每一次直升机着陆，就下来一两个曾经的学生。看着他们抓住外套翻领从螺旋桨猛烈的风中走出，我就又一次感到我的职业是多么荣耀。

那天晚上，我们一起在宾馆吃饭，男孩们轮番来到我的桌前敬酒，还有几次，他们中的一些人提醒我别忘了继续吃东西。希德维克·贝尔带着迷人的稳重走来，谦虚地向我展示了他在美国东部钢铁办公室桌子上保存着的罗马史知识卡片。随后，他依旧带着谦逊的神情，走上主席台，沙哑地讲了一长段祝酒词，讲到一些我从未听过的他在圣本尼迪克特的恶作剧或劣迹，男孩们则不约而同地报以热烈的跺脚和嘘声。九点差一刻，杯盘狼藉，我感到眼中充盈着泪水。

最令人感伤的是，他们的面容如此坦诚，表现得十分热切，像是四十年前的新生一般。马丁·布里特在朝鲜战场上失去了半条腿，在他的同学中，他努力掩藏起蹒跚的步履，不过，他紧蹙的眉头依然是当初在教室里的样子；迪帕克·梅塔，成为了亚洲史教授，走路时稍显驼背；克雷·瓦尔特的身体似乎比他的同学们更健康，穿着广告业界流行的意大利西服和鳄鱼皮鞋，不过立刻就和班上其他游手好闲的同学打成了一片。

当然，希德维克·贝尔是最受瞩目的人。他的腰变得肥硕，谢顶，而且，尽管隐藏得十分巧妙，我还是发现了他耳朵里戴着的空气传导助听器。他走在人群中，像个先知。当他走近时，其他人立刻喜形于色，争着引起他注意。他拍拍这人的背，与那人窃窃私语，抓住某人的手，勾住另一个人的肩膀，吻他们妻子的嘴唇。他走路稳健，在我看来没有多少威严，而是透着平易。他辗转于各张桌子，谈笑风生。他是今晚的主人，而且显然对这一切驾轻就熟。他笑得十分爽朗。

当晚，我睡得很早，让男孩们在楼下大厅尽情享受他们的时光，我躺在床上，听着他们的歌唱与狂欢。我当然明白，有时他们在嘲弄我，不过，以我的身份而言这毫不意外，这也是为什么我要暂时离开他们的原因。尽管，我很想下楼站在大厅门口听他们说什么，但我没去。

次日，我沿着岛屿蜿蜒的港湾和沙滩漫步，在草坪上打网球，在宾馆后面一个很小的内湖上划船。习惯奢侈是多么容易啊！男男女女闲散地躺在甲板、沙滩和露台上，像海豹一样沐浴着阳光，贪婪地享受着主人赠予他们的这一切。

对我而言，我很少拥有属于自己的时间，男孩们轮流找我消磨时光。我与迪帕克·梅塔在沙滩上散步，他告诉了我他的学术生涯是如何发展直到进入哥伦比亚大学的。但人生境遇的改善让他付出了代价，尽管看上去十分健康，他却告诉我，他犯过一次心脏病。与学生探讨这问题有些不妥，所以我没有接话。过了一会，克雷·瓦尔特把我带到网球场，试着教我击球，引得很多闹哄哄的客人来围观。他们对着克雷夸张而滑稽的动作起哄，我将一个球打回到网的另一侧，他们欢呼跺脚。下午，马丁·布里特将我带到一艘划艇里。

比起其他学校，圣本尼迪克特对学生的生活具有更为深远的影响，不过那一瞬间，在湖中央，我还是感到很诧异。当时，马丁·布里特身子倾斜着为我俩划船，他把船桨扣在桦架上，对我说，他有些事情想问我。

"问吧。"我说。

他把头发捋到后面："本来，应当是我与迪帕克和克雷同台竞争，是不是，先生？"

"你可别告诉我，你还在想着那件事。"

"我只是偶尔会好奇当时到底发生了什么。"

"是的，本该是你上台。"

哦，如果我们认为人在童年时经历的那些小事可以被轻易忘却，那实在是太不理解人类了！他笑了。他没有继续深入话题。我还在想着如何辩解四十年前的所作所为，他已调转船头，把我们载到了岸边。证实自己的怀疑仿佛足以令他满意了，所以我不再多说什么。他曾是空军少校，在朝鲜半岛上为国效忠。在他划向岸时，我清楚地感到，他从一个困扰他很久的谜团里解脱了。

的确，晚上我注意到马丁·布里特的表情很放松，我相信之前从未见过他这样的表情。当时客人们聚集在宾馆的小剧场中，迪帕克·梅塔、克雷·瓦尔特和希德维克·贝尔已经入座，准备重演"尤里乌斯·凯撒先生"竞赛。他的眉头舒展了，跷着腿，可以清晰地在短裤上端看到绘有图案的木质假肢。

那时我还发现，这一天最关注我的学生是舞台上坐着的这三位。他们在故意吸引我的注意力从而占得先机？这想法太糟糕了，我立刻将它抛诸脑后，走到麦克风前。下午，我复习了笔记，只凭记忆就完成了最初几轮的提问。

观众们专注地看着表演。我说出十六位皇帝中的十五个名字，让克雷·瓦尔特回答我跳过的那个，下面传来了口哨和跺脚声。我刚念出凯撒的词句——"骰子已经掷下"[①]——就响起了掌声，然后，我继续谨慎地说出标准的拉丁语，请希德维克·贝尔解释这句话的典故。那天下午，他告诉我那几个月里他都在准备，当我提问时，他微笑了一下。男孩们没有穿托加袍——虽然我以为他们应该穿，除此之外的场面和当年十分相似。当年的希德维克·贝尔微笑收敛了笑容，在回答前总要先犹豫一会儿，令我一阵不安。然而这次，这么多年之后，他直视观众，带着学者般的气质说出了答案。

不久，克雷·瓦尔特被淘汰出局，就像当年的情形一样，变成了希德维克·贝尔与迪帕克·梅塔之间面对面的竞争。我问了希德维克·贝尔关于以下事件的问题：凯撒的法萨卢斯战役和塔普苏斯战役[②]、君士坦丁堡势力的变迁、贵族派与平民派之间的战争；我问了迪帕克·梅塔关于布匿战争、攻克意大利以及罗马共和国衰落的问题。迪帕克有一个优势，他肯定在大学里研究过这方面的内容，但是，我必须说，希德维克·贝尔的坦率果敢已经打动了我。我回想起前一天晚上吃饭时他给我看那些学习卡片时的害羞神情，此刻我站在麦克风前，忽然意识到自己许久以来一直压抑了对他的喜爱。这让我感到一阵难过。

---

① 此处为拉丁语：*Iacta alea est*。参见第 237 页注释。
② 法萨卢斯（Pharsalus）战役：公元前 48 年 8 月，凯撒在希腊中部的法萨卢斯击败庞培。塔普苏斯（Thapsus）战役：公元前 46 年 6 月，凯撒在北非城市塔普苏斯附近击败庞培余部。

"特拉西美诺湖战役 ① 发生于哪一年?"我问他。

他停了一会。"我相信是公元前 217 年。"

"哪一位行政官后来成为了非洲的执政官大西庇阿?"

"普布里乌斯·科涅利乌斯·西庇阿 ②,先生。"迪帕克轻声说。

人们认为,一个人孩童时如果不怎么聪明,长大后一般不会太聪明。就我经验而言,一个人对思想的热爱养成于幼年而非成年时期,但是,希德维克·贝尔似乎是一个反例。他以稳重的学者风度回答着问题。我最喜欢那些为单纯的史实所感动的人。当我思考下一个问题时,我在想我以前是否夸大了他年轻时的好逸恶劳。也许,真实的情形是,他在圣本尼迪克特时尚未找到自我?在台上,他专注地凝视我,双肘支在膝盖上。我决定问他一个难点的问题。"贝尔董事长,"我说,"哪个部族在公元前 102 年入侵了罗马?"

他的眼神变得空洞,收拢肩膀。尽管他是美国最有权力的人物之一,尽管刚才我还为他的成熟欣喜,突然,我看到台上的他像个受到惊吓的小孩。记忆是多么强大!我担心自己又背叛了他。他开始手撑着脑袋思考。

"慢慢想,先生。"我说。

观众中有人在窃窃私语。他有点走神地挠着头。性格即命运,赫拉克利特 ③ 如是说,那一刻,他的手从鬓角捋过,我意识到,他耳中的肉色装置并不是助听器,而是能从别人那里听到答案的接收器。我猛地感到恶心。当然,我没有证据,不过这难道不是我早该预料到的吗?他再次摸着头,装出沉思的样子,他在表演给我看,我确信无疑。

---

① 特拉西美诺湖战役(Battle of Lake Trasimene):罗马共和国与迦太基之间第二次布匿战争中的一次战役,公元前 217 年,迦太基将领汉尼拔在意大利的特拉西美诺湖附近埋伏击溃罗马三万军队,并击毙其主帅。
② 普布里乌斯·科涅利乌斯·西庇阿(Publius Cornelius Scipio):即古罗马将领大西庇阿,以区别于其弟小西庇阿。
③ 赫拉克利特(Heraclitus,前 544—前 483):古希腊哲学家,认为"万物皆流"。

"条顿人①，"他犹豫地说，"或者是——让我猜一下——辛布里人②？"

我看了他很久。那一刻，他能否明白我在想什么？我不清楚。在观众的注目中，我停歇了很久才清了清嗓子，示意他答对了。台下爆发出掌声。他挥手让掌声停下。我知道我有责任毫无保留地说出事实。我知道作为教师我有职责让他明白，他的道德已经败坏，而我是同谋，同时，我又感到自己正在优柔寡断与失职的浪潮中随波逐流。这个男孩又一次控制了我。他试图挥手让掌声停下，然而这个动作激发了更多掌声。我不得不说，就是这一群胡乱起哄的人发出的声音最终让我放弃了立场。突然我意识到，这是我在圣本尼迪克特从未遇到过的情形。现在的我们只是一个拥有庞大财富的大人物的座上宾，揭露他的面目其实是一个很危险的举动。我转身，让大家安静。

坐在希德维克·贝尔旁边的迪帕克·梅塔只是看着我，眼神黯淡，感觉已经放弃了。也许，他也意识到了，或者他早已知道事情会变成这样。无论如何，我还是问了他一个问题；他答对了，我必须再问希德维克·贝尔另一个问题。然后又是迪帕克，接着是希德维克，又到了迪帕克。三轮之后，我突然有了主意。我转向希德维克，问道："谁是舒特鲁克-纳洪特？"

人群中有几个男孩笑了，希德维克·贝尔开始花时间思考答案，更多的观众笑了。无论他雇用了哪一位教授来给他传送答案，我很清楚他不会知道这个问题的答案，因为只要他没有上过圣本尼迪克特，他就不可能听过舒特鲁克-纳洪特；过了一会儿，我看到希德维克·贝尔变得不安。他捋起裤管，挠着短袜。笑声更大了，我听见他们的妻

---

① 条顿人（Teuton）：古日耳曼人的一个分支，公元前四世纪时大致分布在易北河下游沿海地带，后逐渐与日耳曼其他部落融合。公元前102年，入侵罗马，被马略击败。
② 辛布里人（Cimbri）：古代日耳曼部落，可能起源于日德兰半岛北部，公元前120年，与条顿人、阿姆布昂人（Ambronen）向南迁徙。公元前105年，入侵罗马，重创罗马军团。公元前101年，被马略与卡图卢斯（Catulus）联军击败。

子在使劲让丈夫们别笑，显然，她们从未在弱肉强食的集体中生活过。"贝尔，加油！"有人喊道，"想一想那该死的教室门！"笑声又一次爆发出来。

不可思议的是，有那么一瞬，我竟然为他伤心？他试着笑出来，却并不由衷。他转动座椅，晃动西服中松弛的手臂，满脸疑惑地望着窃笑的人们，随后撑着下巴说："好吧，我想如果迪帕克知道答案，那么他赢了。"

迪帕克的回答淹没在迅速响起的跺脚和口哨声中，我敢肯定，除了希德维克，每个男孩都想起了亨利·史汀生挂在教室门口的碑铭。很奇怪，我竟然感到失望。当迪帕克·梅塔微笑着说出答案，从椅子上站起来，我看到希德维克·贝尔的脸上先是困惑，随后掠过一阵慌张。他迟疑不决地站着。那时我清楚地看到，他人格的堕落一直源于恐惧。我不禁想起来，作为教师的我曾经试图使他相信他是愚蠢的。我诅咒那一天。但是很快，他的脸上出现了笑容，将我请到台上，戏剧性地走过去祝贺胜利者。

我该如何描述出接下来的场景？我想，我太天真了，居然以为那个夜晚就将如此结束。希德维克·贝尔给迪帕克·梅塔颁发了奖品，还有给我的一份，接着他突然像变了一个人似的。他又一次阔步走向讲台，拉回客人们的注意力。他猛烈地拍击麦克风，然后脑袋前倾，用我很久以前就在电台里熟识的嗓音说话，敏捷地在高声与低语间跳跃转换，那漫长而略显浑浊的语调同他的父亲一模一样。他开始演讲，批判我国的各种问题。他拥有一名演说家的天赋，在平庸的演讲者提高嗓门的地方，他可以瞬间降低语调。"我们已向世界敞开了所有的大门，"他说，刚开始嗓音如雷，停歇了一会儿，又变得几近嘶哑，"如今，世界把我们剥夺得一无所有。"他做着手势。观众们起初大笑着，此刻却变得严肃起来。"这么久以来，我们已放弃太多，"他说，"我们把经济领导权拱手让给了那些毫不关心纳税人的人，我们把道德教育让给了那些从来不能理解我们在历史中的角色的人。"尽管,他用手指着我,我却无法回视他。"我们已经放弃了家庭的道德教育。"他的同学中飘出一些零散的掌声,我差点忍不住插嘴。"我们让自己的国家漂浮在危险的海域上。"掌声变得更加真诚。他又降低嗓音,低下头,像在祈祷,然后宣布他竞选参议员。

我为何会惊讶?我不应如此惊讶,因为,从孩童时候起,这个男孩就紧挨着权力的帷帐,他熟悉其阴影如同熟悉自己童年时代的家。在他的世界里,德性无处容身。意识到他组织"尤里乌斯·凯撒先生"复赛只是为了将同学们召集起来拉选票和赞助,这让我感到羞愧,而更令我报颜的是自己过去居然从未意识到他的野心。在他的演讲中,在他的身体仪态中,在他的信念中,他总是拥有领导者的天赋,此刻,他就在利用它。他当年穿着短裤西装出现在教室门口让其他同学哑口无言时,我应该就能够预料得到。他已经在我们国家扮演了一个极有权势的角色;他享受着家族姓氏带来的傲慢;因为他盲目地无视历史,所以他不害怕自己将在历史中扮演的角色。我多年前就应该预见到这样的高潮。人群站起来欢呼。

掌声渐弱,帷幕升起,乐队开始演奏迪克西①。服务员出现在边门,舞台从乐池中升起,希德维克·贝尔跳到台下的朋友们中间。他们围着他喧嚷。他拍着他们的肩膀,吻他们的妻子,低语,大笑,点头。我看见有人拿出了支票簿。服务员们用托盘送上香槟酒。在舞台边缘,女人们放下提包,拥入丈夫们的臂弯。看着这些,我从边门闪出,回到了房间,因为客人们跳舞时的狂热是对我信奉的真理令人难以忍受的亵渎。我的感受可想而知。我听到喧闹声持续到深夜。

不用说,剩下的时日我坚决避开希德维克·贝尔。那一夜,我的

---

① 迪克西(Dixie):一般被称为"迪克西兰爵士乐"(Dixieland),早期爵士乐,19世纪早期兴起于美国。

思想艰难地穿行于人性无穷无尽的不义历史，这历史如此邪恶，充满背信弃义！我无法入睡，许多次我起床，走到窗边倾听他们的狂欢。我站在窗玻璃前，像是站在城堡塔楼上的君主，俯瞰着游行的队伍，才明白自己的权威早已被人唾弃。

然而，十分肯定的是，我的信念又开始动摇了。我刚决定避开他，就开始怀疑自己私下里对他的看法是否准确。事实上，我凭什么如此确信他所做的一切？我又有什么证据？在当夜遥远的狂欢声中，我的结论显得牵强，等到寂静的清晨来临，我已经彻底迷失了。我没有去吃早餐。男孩们一个又一个到门口来问安，我极力避免评论希德维克·贝尔的表演或者他竞选参议员的声明。那天在沙滩上，我尽量单独行走，既不相信自己对这个事件的推测，也不相信自己对男孩们的判断。下午，我独自一人待在伸入小岛的海湾边。

一整天，我都没有与希德维克·贝尔说话。事实上，我躲开了他，直到第二天早晨，大部分访客都离开了，我站在飞机跑道上等候飞往大陆的直升机，他来告别。他走出来，挥手示意我从停机坪往后退，而我装作没听见，仍望着天空。突然，那只闪亮的直升机乘风而来，将海峡搅动得犹如沸腾一般，在半空盘旋，随后它国旗色的浮筒在我们眼前缓缓落下。这风与噪声足以把人弄倒，希德维克·贝尔试图像磁石一般冲向我，但我并不后退。最终，他跑到我身边，攥紧自己的西服翻领，遮住脑袋，向我伸过手来。我小心地伸出手，旋翼的风抽打着我们的衣袖。我期待着这一刻，而且前一天晚上就准备好了要说什么。我凑向他。"你听力有问题已经多久了？"我问。

他的笑容消失了。我不知道我在他头脑中已经变成了什么样的人。"非常棒，亨德特，"他说，"非常棒，我想你已经知道了。"

证实我的猜测让我喜悦，尽管此刻这毫无意义。当我登上直升机的爬梯，他拉住我，阴郁地看着我的双眼。"我发现你也丝毫未变。"他说。

我也丝毫未变？直升机开始上升，转身向西飞去，那里，遥远的海岸隐藏在云层后面，而我在细想刚才的情形。宾馆的木质角楼变得越来越小，最终消失在森林里，我发现此时可以更好地思考了，而在岛上，所有的事情都被那个人可怕的力量左右着。在座位上，我放松了许多。有人会说，在这个事件中，我表现得恰到好处，因为，在我们伟大的法律体系中，为一个有罪之人开脱比证明无辜者有罪要少一点邪恶。对于希德维克·贝尔在竞赛中的行为，我的确没有任何证据。

回到熟悉的伍德米尔，我发现手中有了大把的时间，不久，这个事件又在我脑海中翻腾。沿着河边的林中小径，或在黄昏的微风中坐在门廊下，我开始发现，另一种结局也许会对我们更有好处。信念又一次动摇了。我非常明白自己思想中的愚蠢和自我安慰，然而我还是生动地想象着我可能采取的其他行动。我听见自己大声揭发他；我看见自己果断地上台走到他的椅子旁，我把那个阴险的、肉色的接收器拿在手里，展示给大家看；我听见他结结巴巴地说着什么。

似乎是为了嘲弄毫无行动的我，关于他竞选的报道很快就见诸报纸。这一年，我们国家的政治充满了愤怒与敌意，西弗吉尼亚州的竞争不是选举，而是一场乱哄哄的争吵。现任议员与希德维克·贝尔一样熟悉弄虚作假，整个早茶时间我都在观看他们的战斗。希德维克·贝尔称对方为"言辞上的说谎者，行动上的欺骗者"，而他对希德维克·贝尔的称呼更恶劣。一次，在机场拉票时，双方的支持者爆发了肢体冲突。

这幅场景令我厌恶，当然，它也激起了我的兴趣。无可否认，尽管我支持现任议员，然而，看到那些报道希德维克·贝尔攻击现任议员的新闻时，我内心的某一部分却为之喜悦。哦，怎么会这样？本质而言，我们都是缺失德性的造物？狂热是我们唯一追随的事物？

　　无疑，这个秋天对我而言比较艰难，特别是圣本尼迪克特校车轰响着经过伍德米尔的出租房、载着孩子们去田径运动会的那些午后，参议员的竞选对我而言正好是有益健康的排遣。事实上，我需要排遣。毕竟，看着树叶飘落，闻着苹果的味道，却听不见运动场上百来个男孩的喧闹，这让我难以承受。我散步的路程越来越远，有一次我越过河流，来到了湿地的遥远尽头，在那里，我可以远距离地辨认出圣本尼迪克特那模糊的影子。但这对我并无好处，所以这就是为什么，在那一年十月下旬，我在报上读到希德维克·贝尔将在弗吉尼亚边界一个煤矿工会大厅作竞选演说，立刻我就决定去听听。

　　也许那时，我已经痴迷于这个男孩——我应该承认这点，因为，我像任何人一样意识到，时间仅仅是一条极薄的绷带，只能勉强包扎我们的伤口——而另一方面，竞选即将结束，每个人当然都对它感兴趣。曾处于劣势地位的希德维克·贝尔已经将自己转变成一名挑战者。如今，劳工的选票显然已是关键，希德维克·贝尔，尽管是贵族子弟，是一家令人望而生畏的大公司的董事长，却变成了工人的卫士。我从新闻报道中获悉，他的噪音与举止为他加分不少，我能轻易地想象那些工人们转而支持他。我知道这孩子的魅力。

　　到了那一天，我打包了午饭，踏上旅程。巴士沿着河谷往西驶去，我开始预想接下来的场景，想知道这种时候希德维克·贝尔是否在意见到我。当然，我代表某种关于他的真相，然而同时，我似乎也成为了他拿来欺骗别人的工具。我教过的男孩们已经在世界的舞台上走得如此之远，然而我还是如此深切地希望改变他们！巴士提前到达，我进入工会大厅，等待。

　　快到正午时，矿工们陆续来到大厅。我不知道自己希望看到什么，但他们看起来似乎刚从矿下上来，这让我惊讶。他们戴着硬头盔，脸上沾满灰尘，手套和工具腰带挂在腰间。不知为何，我是穿着圣本尼迪克特的校服来的，此刻我脱下了它。像往常一样，记者们开始往里挤，正午的哨子吹响，人群涌向大厅。

当哨子声停息，我听见直升机的轰鸣声，一瞬间，透过大门，我看到飞扬的尘土，从上空盘旋着进入我的视野。这个我从他小时候就熟悉的男人是多么聪明！机身重新刷成了迷彩军服颜色，然而，浮筒仍然保留之前的红白蓝色。直升机离地面还有三十厘米，他就从侧门跳下，小跑着进入大厅，人群中爆发出欢迎的掌声。他的助手列队站在通往舞台的阶梯两侧，麦克风立在横幅和旗帜之下，当他穿过人群走向演讲台时，矿工们争先恐后地接近他，用手指关节敲敲他的安全帽，碰触他的手和肩膀，像罗马人在战车竞赛时那样欢呼。

无须描述他的口才，我已说得太多。他抵达阶梯，走上讲台，先停下来向人群挥手，随后在台上向头顶的国旗致敬，欢呼声在人群中迅速蔓延开来。我知道，他的努力已经成功，这些矿工已经将他认作自己人了。于是，他开始演讲，大家一再以欢呼声回应他，他不负众望地向众人承诺，要在参议院里代表大家的利益。他对这一切驾轻就熟。我发现自己举起了手臂。

当然，大厅里有五百人，只有一人肩膀上搭着圣本尼迪克特的校服，头上没有戴安全帽，于是，当他的一个助手出现在我身边，告诉我竞选人请我上台时，我一点也不惊讶。那一刻，我看见希德维克·贝尔的目光在我脸上停留了一下。他的嘴唇上掠过一丝微笑，又立刻转移了视线。

这仅仅是一场个人间的战斗？在那一刻，希德维克·贝尔真的愿意为了我——不管我在他的幼年扮演了怎样一个恶魔的角色——而拿他的政治理想冒险？他又一次转向我，指向台下，很快，那助手拽着我的手臂，护送我走向平台。我们经过时，人群让出了通道，不明就里却兴奋依然的矿工们开始和我握手。这的确是一种令人陶醉的感觉。我登上阶梯，站在希德维克·贝尔旁边的一只小一点麦克风前。站在这么多人面前是怎样的感觉啊！他举起手，他们立刻欢呼；他垂下手，他们就变得安静。

"今天，有一位在我生命中无比重要的来宾。"他对着麦克风低语。

大家开始鼓掌，有几个在吹口哨。"谢谢你。"我自言自语。我看见那五百人向我抬起了安全帽的边缘。我的心快要跳出来了。

"这是我的历史老师。"他说，人群再次欢呼。闪光灯泡突然亮了，我本能地走向前台。"亨德特先生，"他嗓音洪亮地说，"四十五年前，他在里士满中区高级中学任教。"

过了一阵，我才意识到他说的是什么。他也鼓起掌来，同时低下头，肯定是在向台下的人们展示他对我的敬意。热血和怒气一同涌上大脑。"等一下，"我说着走回自己的麦克风，"我是在圣本尼迪克特学校教书，位于弗吉尼亚州的泰利伍德。这是我们的校服。"

当然，在历史的进程中，这一切无济于事，我试图举起外套，希德维克迅速穿过平台，紧紧拽住我，将我的手臂举起，让矿工们欢呼，这是他最关心的事。我说的话没有任何作用，当我发言时，他早已作了手势，让他的助手关掉了我的麦克风。缺少了信念，一个人就无从改变历史。但毕竟我站出来发声了，我终于让希德维克·贝尔明白，我会努力站出来阻止他。这足以令我宽慰。

他以相当的优势赢得了竞选。因为，他让这些旷工确信他就是他们中的一员。他们是无知的，我不能因为他们被他民粹主义的花言巧语所征服而谴责他们。我收藏了第二天报纸上刊登的图片：参议员贝尔，和他父亲一样散发着民粹主义的魅力，举起一位老人的手臂，那老人的脸上残留着骄傲而愚蠢的笑容。

我仍然住在伍德米尔，我发现了一条通往附近高山的小路，我时不时会爬上去，从那里越过帕萨米克河可以望见圣本尼迪克特教学楼的尖顶。我每天散步两次，已习惯于这样的生活。我甚至喜欢上了它。现在，我正在阅读关于古代日本文化的书，以前我不知为何漠视这些。此外经常有学生来拜访我。

有一个下午，迪帕克·梅塔来到我这里，我们喝了点白兰地。那是去年秋天的事了。他一直是一个安静的男孩，坐在沙发上不久，我打开了电视机，让我们免于寻找话题的烦恼。此时，司法部参议员委员会正在开那人尽皆知的听证会，我们俩坐着看电视，不时地点头，看到希德维克·贝尔坐在主席身边时，我们轻轻地笑了。我大杯大杯地倒着白兰地。希德维克·贝尔凑向麦克风，向证人问了一个问题，迪帕克试着模仿他那漫长而略带浑浊的南方口音。我不会鼓励他这么做，但也没去阻止。他喝完一杯，我又给他满上了。与一个人喝酒，而又熟悉这个人的童年，这也许是教师生命中最大的快乐。

尽管如此，我还是希望我们能谈得再多些。我担心师生之间总会有相对无言的时候。迪帕克告诉我，他经历了另一次小的心脏病发作，但我感觉我不应该再询问更多细节。我试着将话题转移到希德维克·贝尔身上，但我又意识到，一名教师不应该在学生面前议论别的学生。当然，迪帕克对希德维克·贝尔的事也很熟悉，也许出于对圣本尼迪克特学校精神的坚持，他并不想与我谈论这个问题。我们看着希德维克·贝尔质疑证人，随后又和主席耳语。我们对希德维克的权势并不大惊小怪，我相信，这是因为我们两个都是历史的学徒。所以我们也没聊这个。然而，我还是强烈地渴望他能问我更多的事情，也许这就是为什么我只能不断地给他满上酒。我想让他问我："先生，在您这个年纪，是不是很孤独？"或者这样说："你改变了我的人生，亨德特先生。"但是，对于迪帕克·梅塔而言，这些是很难说出口的。性格是天生的。尽管如此，我带着一丝惊讶发现，夕阳照在迪帕克·梅塔低垂的脑袋上，这个我教过的最沉静的孩子，如今已是一位老人。

（原载《巴黎评论》第一百二十八期，一九九三年）

洛丽·摩尔评《窃国贼》

这篇较长的短篇小说有关命运的缠绕，使伊森·卡宁跻身于大师的行列。有时，人们似乎需要花费一生去领受时间的全部意义，去激发它，随后略微无序地编织它，以便更好地揭示经验的真实意义，而卡宁对时间的精湛处理赋予这篇小说无与伦比的深度、智慧和复杂的结构。

在《窃国贼》中，整个叙述时间由一个男人的沉痛声音编织起来，追忆了他自己充满拘限的孱弱一生。他犹如一名穿着道德苦行衣的修道士，坐在极为狭窄的（普洛克路斯忒斯①的？）床边。单人宿舍、囚室、奴隶的意象出现于小说之中，旨在强调对富人和权势者的屈从。这不仅构成了主人公的生活，更占据了他的整个精神世界。他缺少自我怜悯，却对此一无所知，他偶然而诡秘的古罗马专业知识也无从感动读者。卡宁并不为自己的主人公感伤，也并未刻意将他塑造得更受尊敬、更受崇拜或更有力量。小说让统治阶级待在金碧辉煌的宫殿中，却并未落入抚慰人心的温情俗套，即富人终究不会胜利——或任何迎合我们的想象的东西。（我们时常忘记，在大卫和歌利亚②的故事中，大卫迅速成为了一个掌权者——在这篇小说中情况相反，无论作者是否钟爱这个男人，他总是那么弱小。）我们可能会想起麦尔维尔：文书

---

① 普洛克路斯忒斯（Procrustes）：古希腊神话中的妖怪。普罗克路斯忒斯用他的床杀死过往旅客。他假扮成和善的主人，将路人请到家里让他们休息，但当客人入睡后，他就开始折磨他们。他要求客人与床的大小正合适。如果客人的腿或脚搭在床沿上，他就将其砍掉；如果客人太矮，他就将客人拉长，直至将人折磨而死。"普洛克路斯忒斯之床"意味着强求一致，迫使就范。

② 大卫（David）和歌利亚（Goliath）：《圣经》人物。大卫是以色列国王。歌利亚是非利士人的勇士。在非利士人与以色列人的战斗中，尚未成为国王的年轻大卫杀死了歌利亚，并割下其头颅带回耶路撒冷邀功。

巴特尔比、比利·巴德或贝尼托·塞莱诺①，也许都是模板。卡宁让他的叙述者躲在那些可能激发我们敬畏之心的意象与事件背后观察世界，尤其是那些依附于权力或社会阶级，以及依附于对正义的侍奉、忠诚与施行的意象与事件，作者并未让它们停留于破碎或毁坏的状态中，而是以温和而微弱的信念将它们凝聚起来。小说结尾处，在主人公与叙述者能够告知我们的东西之外，我们可以发现更多的内涵。

关于学校教师与世俗的格格不入，从布罗迪小姐②到契普斯先生③，在文学史上不乏先例——但这在较短的篇幅中是更棘手的任务。至于在二十世纪美国，如何做好特权阶级子女的教师，这个问题又有其自身的特殊意义或困惑。将数人而不是单独一人的生活压缩进短篇小说，这是一种精湛的技艺。而且，它体现了卡宁特殊的技巧，他善于将公共事件与私人经历结合起来，这是我们国家很常见的经验，作家们却经常忽视它。卡宁的小说总是由生动的惊异——文学批评家詹姆斯·伍德④称之为"生动性"——构建而成，并以结构完美的行文表达出来。他感兴趣的是这样一些瞬间，一个人生活的转折，命运受到挑战，性格得以揭示或挖掘出其难以付诸语言的内核。他让时间向前冲刺，如盖茨比⑤的汽车或亚哈⑥的船，而他笔下的人物在老年的躯体中保持着孩童状态。这是一项令人心碎的事业，在这里，他精妙地完成了。

---

① 文书巴特尔比（Bartleby the Scrivener）、比利·巴德（Billy Budd）或贝尼托·塞莱诺（Benito Cereno）分别是美国小说家麦尔维尔（Herman Melville，1819—1891）三部同名作品的主人公，三个不幸的人物。
② 布罗迪小姐：英国当代女作家缪丽尔·斯帕克（Muriel Spark，1918—2006）小说《布罗迪小姐的青春》（*The Prime of Miss Jean Brodie*）的主人公，是一所教会小学的女教师，献身教育，一直单身，却不可避免地遭受流言攻击。
③ 契普斯先生：英国当代作家詹姆斯·希尔顿（James Hilton，1900—1954）小说《再见，契普斯先生》（*Good-Bye Mr. Chips*）中的主人公，是一名耿直的退休乡村教师。
④ 詹姆斯·伍德（James Wood，1965—　　）：活跃在美国的英国文学批评家，著有《毁坏的地位》《不负责任的自我》等。"生动性"（livingness）是他的一个概念。
⑤ 盖茨比（Gatsby）：美国小说家司各特·菲茨杰拉德小说《了不起的盖茨比》中的主人公。
⑥ 亚哈（Ahab）：麦尔维尔小说《白鲸》中的主人公，捕鲸的船长。

飞 毯

斯蒂芬·米尔豪瑟　著

丹尼尔·奥罗斯科　评

林晓筱　译

在我童年漫长的夏日里，有些游戏会乍然惊现，一度光芒四射，忽又从视线中永远消失。夏日漫漫，竟好像过了一整年，时间慢慢伸出我们生活的边界，看似茫茫不可及时，却已临近尾声。夏天总是这样：以它的消隐来嘲弄我们。假期一结束，它就遁入身后拖长的阴影里。夏天终有尽头，又年年相似，令我们对游戏失去了耐心，转身寻找更新奇刺激的玩意儿。到了八月，蟋蟀的叫声渐躁，夏日的绿枝上冒出了第一片红叶，我们似孤注一掷般开始了新的冒险，而长日依旧不变，因无聊和期盼显得愈发烦闷。

我在邻居家后院里第一次瞧见那些毯子。从车库后面瞥去，有一幢两户合一的小房子，一角挂着一根带滑轮的晾衣绳，从楼间露台一直延伸到高处的灰色柱子，毯子就在那上面闪烁着它的颜色。那里还有一个意大利老人，戴着草帽，站在排满西红柿和齐腰高的玉米的田里来回锄着地。我曾在两幢灰房子之间狭小的草地里，远远看见其中一块毯子从地面轻轻掠起，飞得有垃圾桶这么高。尽管我惦记着它，但却更愿意在闲暇之余，到学校操场看别人跳绳，或者看大男孩们拿着大折刀，在糖果店后面玩着更危险的游戏。一天早上，我在邻居的后院里又看到了它，还有其他四个男孩围在一边观看。几天之后，意料之中，我父亲下班回来，腋下夹着长长的包袱卷，上面包着棕色的厚纸，还系着一根麦秆色的麻绳，里面的刺毛向外戳了出来。

毯子的颜色比我想的要暗些，不那么魔幻，上面只染着栗色和绿色：深绿色来回盘绕在近乎棕色的栗色周围。每条边的边缘都缝着粗重的绳穗。我曾想象它应该是深红色的，其间夹杂着祖母绿和异域鸟类身上的黄色。毯子的背面覆着一层类似亚麻的毛糙布料，我注意到，其中一个角上还有一小块黑色标记，周围印了个红圈，样子就像中间带着斜杠的大写字母 H。我拿着它的说明书，薄得能看见我捏着另一面的手指，纸上用模糊的蓝字印着操作方法。在后院里，我按照说明小心地练习，离地面很近。说白了，就是看你如何有技巧地改变重心：你得盘腿坐在毯子中央偏后一点点；身体微向前倾，毯子就往前飞；往左倾，它就往左；往右倾，它就往右；用手指从背面托起毯子两端，它就升起来；轻轻往下一按，它就会降下去；如果在飞毯后部往下一压，它就会慢慢停下来。

到了晚上，我就把它卷起来，放在床脚边的夹缝里，紧挨着书柜下面的旧谜盒①。

几天里我都满足于在院子里驾着它，练习前后滑行，穿梭于海棠树枝间，从发黄的秋千架和秋千索之间挤过，从晾衣绳上挂着的被单下穿过，从花园边的一排排鱼尾菊上飘过，从胡萝卜、小红萝卜和排成四列的玉米地上方掠过。车库后面曾经盖有一个鸡舍，现在只剩下顶棚和遮板了，我驾着飞毯也从那里一溜而过。母亲则透过厨房窗户，紧张地看着我。我以前曾想双手抱胸，骑车从山上一路猛冲下来，但现在这算不了什么，我更想飞到空中去。有时，我喜欢看着飞毯的影子掠过地面，它略低于我，横向一边；我还会在别的院子里，时不时地看见一个比我大点的男孩，骑着他的飞毯，飞在厨房窗户上，还有些时候，他会飞到车库顶部闪耀着阳光的瓦片上。

有时我的朋友乔伊会掠过他家的木篱笆，飞到我家的院子里。随后，我就跟着他，一圈圈地绕着海棠树转悠，然后飞过敞开的鸡舍。他飞得比我快，身体前倾得厉害，左右急转方向。甚至有时他会飞过

---

① 谜盒（puzzle box）：一种按照特定步骤才能打开的玩具盒。

我的头顶，顷刻间，一团黑影会从我身上掠过。有一天，他降落在鸡舍的沥青顶上，我随即也跟了上去。我双手插在屁股兜里站在那儿，阳光洒在我脸上，越过高高的后院篱笆，我看见那片丛生的荒草，前几个夏天里，我曾在那里捕过青蛙和束带蛇。这片区域开外，就在那弯弯曲曲洒满阳光的路边，我看见房屋和电话线沿着山路向上蔓延。有几家的后院里也挂着晾衣绳，有的拉在屋后的白板墙上，有的挂在阳台横杆上，还有的拴在斜着的地窖门上。草坪上拱形的水柱喷射出淡淡的彩虹。我看见孩子们，骑着各自红色、绿色、蓝色的飞毯，驰骋在阳光灿烂的户外。

　　一天下午，我父亲在工作，母亲身患哮喘，躺在阴暗的卧室里，呼吸沉重。我从床脚边拖出飞毯，把它摊开，坐在上面等着。要是我母亲不在厨房窗户里盯着我，我是不允许骑飞毯的。乔伊到别的镇子拜访他的亲戚玛丽莲去了，她就住在装有电梯的百货商场旁。一想到可以搭乘电梯，从一台上去，再从另一台下来，这台上去，那台下来，我就感到气愤厌烦。透过百叶窗，我听见清晰而刺耳的锤击声，就像一台巨型钟表发出的嘀嗒声。我听见篱笆钳发出的咔嚓声，让我想起电影中持剑打斗的场面。蜜蜂飞起，降落，嗡嗡的声音此起彼伏。我拎起飞毯的边缘，开始在屋里飘浮。片刻之后，我飞出门去，来到楼下，穿过狭小的客厅和破旧的厨房，一路接连撞上了罐子和椅子的顶部，过了一会儿，我飘着上了楼，降落在我的床上，望向窗外的后院。草地上落着秋千架拉长的黑影。我的腿脚发麻，有种被扯着的感觉。我下意识地打开窗户，升起了百叶窗。

　　我先是在屋子里滑行，快要碰到打开的窗户时，我一猫腰，想驾着飞毯从那儿挤出去。木窗框擦到了我的背，把我卡住了。我仿佛置身梦境之中。我曾梦见自己挣扎着，想要从一个狭窄的门里挤出去，我试了一次又一次，骨头挤伤了，皮肤擦坏了，但突然地，我自由了。有好一会儿我像是悬坐在空中，向下望去，看到绿色的水管缠绕在挂钩上，看到扶手和它的影子落在金属垃圾桶顶，看到地下室窗前簇拥着山月桂丛。随后，我越过秋千和海棠树顶，可以在身下看到飞毯的影子荡漾在草地上。我高高越过篱笆，在空地上方飞翔，下方长满高杆草、豆荚苗和粉红蓟花的草地上铺满了阳光，一只可乐罐在阳光下闪着光亮。空地外面是一排排房屋，沿着山坡逐级而上，蓝天背景前的红色烟囱十分清晰。一切都那么温馨，一切都那么安宁。昆虫发出嗡嗡的振翅声，远处的手推除草机传来隐约像是剪刀发出的声音，慵懒温润的空气里传来孩子们轻柔的喊叫声。我的眼皮重得快要垂下来了，但还是看见下方有个穿着褐色短裤的男孩正用手挡着额头，抬眼看着我。一看到他，我突然意识到自己已飞临危险的高空。于是，我害怕得把身子倾向一边，驾着飞毯向院子飞去。飞毯向下穿过秋千，最终降落在后门台阶旁的草地上。我安全了，坐在院子里，抬头瞥了一眼高处打开的窗户，窗户再往上就是屋顶，红色的瓦片在阳光下熠熠闪光。

我把沉重的飞毯拖回房间，但到了第二天，当乔伊飞过秋千顶时，我已飞在了他头上。我看见远处的院子里，有人飞到了车库顶上，但又掉了下去，不见了。到了晚上，我无法入睡，满脑子盘算着出门漫游。我把双手压在胸口，试着缓解心脏剧烈的跳动。

又一天晚上，我被蟋蟀的噪鸣声吵醒。我往窗外望去，看着秋千架在月光下的影子。面包房边的街灯沿着田野一路排开，随着地势不断升高，最后三盏路灯消失在蜿蜒的山顶。夜晚的天空镀着一层深蓝色，就和我把大理石举到桌灯灯泡前看到的颜色一样。我迅速穿上衣服，把毯子轻轻拖出来，不让它发出窸窸窣窣的摩擦声，随后抬起窗户，拉开百叶窗。我从床脚边拎起地上卷着的毯子。它就像一股从瓶子里喷出来的黑色液体，突然漫开了。我弯下腰，飞出窗外，木窗框压了我一下。

我在蓝色的夜幕里穿行，飘过后院，高高地越过篱笆。来到空地上，我看到，月光下飞毯的影子在草地上波动。我掉头回到院子里，俯冲到车库顶，沿着上层窗户的高度一圈圈绕着房子盘旋，在漆黑发亮的玻璃上看着自己飞行。随后我略微提升了一点高度，驶入了带着梦境之蓝的暗沉夜空，我往下，看见自己正经过乔伊的院子，朝着切卡莱丽家飞去，他家院子里长着茂密的杂草和荆棘，年纪大点的孩子们常在植物间的小路上打石子仗。忽然，我感到腰部以下都湿了，就稍微弯了一下腿，感到冰冷的湿气覆盖在我的双肩。我就这样跃入了深蓝色的夜空。穿过切卡莱丽家，越过街道，掠过一个又一个车库顶，我越飞越高。我看见下面的电话线仿佛已被月光浸透，泛着湿漉漉的银色；月光笼罩的绿色树顶周围一片漆黑；建了一半的房子里，倾斜的房椽在空地上投下纵横交错的影子；远处，我还看见一条亮闪闪的溪流从下面穿过公路；星星点点的灯火组成了远处的街道。我紧挨着烟囱飞过一家屋顶，看见月光的照耀下的每一块红砖都那样明亮清晰，甚至能数出那红赭色块上的每一个凸起和小洞。伴随着头发间吹过的风，我仿佛已飞过一个个遍布月光、印着烟囱影子的屋顶，直至我望见下方教堂白色的尖顶、消防局的屋顶、廉价便利店又大又红的字母。电影帐篷就像一个拉出来的抽屉，路边商铺那些黑黢黢的窗户映出点点街灯，街道闪烁着交通灯的红色光影。随后，我飞过城镇远处一连串的屋顶，看见黑色的工厂里还有窗户亮着灯，白色的烟雾明亮得像光束。田地向外延伸，河水晶莹发光。我一路飞去，感觉已经飞到了尽头，于是掉转头去，飞翔在月光如水的小镇上。我突然望见了那有着三盏路灯的小山、面包房、秋千架和鸡舍——我在车库的顶部稍微停了一会儿，把腿跨在屋脊上，满心欢喜，毫无畏惧。就在那时，我看见蓝色的夜空里，另一个人也骑着飞毯在皎洁的月光下穿行。

我带着兴奋而又疲倦的感觉——疲倦感就和悲伤感一样——慢慢地飞向我的窗户，弯下身子钻了进去，随后倒头就睡。

第二天早晨，我奋着沉重的脑袋，缓慢地起了床。屋外，乔伊已经骑着飞毯在等我了。他想和我绕着房屋比一比。但是那天我不想骑毯，由着自己的性子荡着老旧的秋千，把网球丢到车库顶上，它沿着屋檐急速滚落，我再把它接住。我穿过篱笆，来到空地上，我曾在这里用罐子抓到过一只青蛙。到了晚上，我躺在床上，一边巨细无遗地回味着飞行的旅途——月色浸透的电话线投下条状的影子，还有那烟囱上明晰的砖块——一边听见窗外传来蟋蟀唧唧的叫声。我在床上坐了起来，关上窗，扣上了顶部的金属闩。

　　我听说过别人驾毯飞行的事儿，他们飞出镇子，直入云霄。乔伊认识一个男孩，他飞到你再也看不到他的高度，就像一只气球，越飞越高，直到遁入目光不可企及的蓝色世界，仿佛只有一瞬间。他们说，那里也有城镇，我不清楚，白云城，还有塔楼。那上面的蓝色一眼望不到边际。你可以像穿过桥下一样走过那里的河流，那里的鸟有着彩虹般的七彩尾羽；冰封的山，雪盖的城；平整发亮的光块就像飞速运转的光碟；庭院是蓝色的；缓慢移动的生物长着革制的翅膀；满城居住的都是亡灵。我父亲告诫我别信有关火星人和宇宙飞船的故事，这些传言就和那些故事一样，即便你不信，它们还是挥之不去，仿佛你越是花力气排斥它们，它们就越会在你的头脑中扎根。和传言相比，我那晚飞跃房顶的禁忌之旅平淡得就像闲逛一样。我感到体内有一种不明的欲望正在膨胀。当飞毯在后院里来回移动，在白色的砖瓦上画着红绿相间的横条时，我又固执地重新拾起过去的游戏。

　　后来有一天，母亲让我待在家里，她要去山顶的集市买东西。我想在她身后叫住她，对她说：等一下！我想和你一起去。我看着她走过草坪，向敞开的车库走去。父亲坐公交车上班去了。我待在房间里，撩起百叶窗，望着外面蓝得发亮的天空。我久久地望着天空，随后拉开了窗闩，推开玻璃，升起百叶窗。

　　我从后院出发，稳稳地升入蓝色的天空。我尽量保持着双眼注视前上方，虽然不时地也会让视线越过飞毯下沿。我望着下面红黑相间的小屋顶，房子的阴影偏向一边，又弯又尖的树影横在铺满阳光的路上，仿佛是风把它们吹向了同侧——分布规则的方草坪上，零星可见几块飞毯飘浮在它们的影子上方。天空是蓝色的，纯净的蓝色。我再次往下看，瞧见白色的粉团悠然地挂在工厂的烟囱上，油罐就像一枚枚白色的硬币，散在亮褐色的河流边。上方是一片蓝，只有几朵白色的小云，云底有一小条裂缝，仿佛有人稍稍把它向两边撕开。空空荡荡的天，蓝得浓烈而丰腴，像湖水或者是雪，像是我不能不感受到的事物。我曾读过一个故事，说的是一个男孩走进湖里，抵达了一个湖底小镇。而我现在尽管在向上攀升，但也好像一头扎进了湖中。在我身下，我看见混浊的云块，长方形的，混合着墨绿色、奶糖色和褐色。蓝色在上空蔓延，就像一片雪原，就像一场大火。我想象自己站在院子里，抬头看着自己的飞毯越升越高，越变越小，直到消失在一片湛蓝之中。我感到自己消失在了蓝色里。他消失在了蓝色里。我的毯子底下只能看见蓝色。除去这片邈远的蓝色，再也没有别的东西。我还是我吗？我跃出了视线之外，我与大地的纽带断裂了，在这片蓝色的国度里，没有河流和白色的城镇，也没有奇异的鸟禽，只有天际的蓝色，天堂般的蓝色在远处闪光。在蓝色的光辉中，我试图回想那个待在湖里的男孩最后是否回到了岸上。我在这片晦涩的蓝色里往下望，蓝色的光晕向两边散去。我想念绿草底下的坚实，树皮刮擦我背部的感觉，人行道，还有黑色的石头。我也许是在担心回不去了，也可能是身边的蓝色接连进入了我的体内，让我沉溺其中。倦意向我袭来，我闭起了眼睛——我仿佛感到自己从天上跌落下来，我的毯子给吹走了，飞速坠落的我好像窒息了，我感觉死了一般，快要死了。感到自己快要摔到坚硬的岩石上时，我感觉仿佛置身梦境中，拼命地奔跑着，颤抖着，匍匐着，蓝色紧追不舍，我睁开眼睛，发现已经下坠到可以看到屋顶的高度，紧紧抓住飞毯的双手就像一对爪子。我向下俯冲，不久就认出了邻居的屋顶。那儿是乔伊家的院子，那儿是我家的院子，那儿是我的鸡舍，我的秋千架。我降落在院子里，再度感到了土地的重量，仿佛突如其来的欣喜。

吃晚饭时，我的眼睛快要睁不开了，到了睡觉时间，我就发烧了。没有咳嗽的症状，眼睛也不痒，鼻孔底下也没有因鼻涕留下刺痛的红道子——只是持续高烧，身子没有一丝力气，就这样持续了三天。我躺在床边，靠在床罩和拉上的百叶窗后面看书，书却总是滑落在我胸口。到了第四天，我退了烧，感觉清醒了。我母亲连续三天温柔地把手放在我的额头上，用悲伤的眼神深情凝望着我。现在，她在我的房间里迈着轻快的步子，旋开百叶窗，叶片发出了一阵轻快刺耳的声音，继而她把它升起来，它又发出了咔嚓咔嚓的声音。到了早上，我可以在庭院里轻微地活动儿下了。午后，我跟着母亲站在商场的电梯上，缓缓升向童装那一层。再过两个星期，学校就要开学了，我的衣服都穿不下了；祖母过来看望我；乔伊的叔叔给他买了一双真正的马靴；时间不够了，一切都为时已晚。当我沿着槭树成荫却依旧炎热的人行道上学时，当我沿着沙土覆盖的路边、路过切卡莱丽家的空地、翻过富兰克林大街、沿着柯林斯街行走时，在温暖而充满暑气的九月空气中，我看到绿叶中有一丛发亮的红叶，就像一块巨大的胎记。

一个雨天，我在房间里找拖鞋，又看到床下那捆卷起的毯子。一团团灰絮像蜜蜂一样粘在它上面。我愤愤地把它一路拖到地下室里，放倒在椅子底下，紧挨着一个旧箱子。一月，一个下雪的午后，我追赶着一只乒乓球，来到了光影斑驳的地下室阶梯底下。长长的蛛网就像纤细的船索，结在黑暗的角落，一头连着水桶的边缘，另一头连着台阶下沿。那捆旧毯子就躺在箱子和水桶之间易碎的地板上。"我可找到它了！"我喊着，一把抓起白色的乒乓球，那上面留着一小簇黏黏的蛛网，我用手指把它清理干净，随后猫下腰，俯着身子重新返回了地下室昏黄的灯光里。光晕留在暗绿色的桌面上，看起来非常柔软。透过上面高高的窗户，我看见天上斜着飘起了雪，轻轻地落下，在窗外的草地上渐渐成堆。

（原载《巴黎评论》第一百四十五期，一九九七年）

丹尼尔·奥罗斯科评《飞毯》

　　我作孩子的时候，话语像孩子，心思像孩子，意念像孩子；既成了人，就把孩子的事丢弃了。

——《圣经·新约·哥林多前书》13：11

　　圣保罗的这句格言是一粒种子，由它萌发出我们那如同一幕幕戏剧般的怀旧记忆。我认为，讲述似水流年的故事很难写好，因为它们很容易陷入多愁善感的境地——那是一种过渡抒发的情感，也就是说，让人觉得造作而虚假。其中的悖论在于，怀旧的故事本身就是一类过度抒发感情的故事，这样一来，作者会受到"模仿谬误"的牵绊：该如何讲述一则多情善感的故事，同时避免写出矫揉造作的句子呢？

　　《飞毯》读起来就像一则回忆录。主人公的叙述包含了他对孩提时期的记忆，用带有感官色彩的细节召唤出童年的一个夏天。这些细节真实得既普遍，又朴实——晾衣绳上飘动的床单，昆虫的振翅声，草地上一只闪光的瓶子。这些带有感官色彩的记忆唤起了我们心中强烈的情感，我们就是这样去记忆的。我们通过感官感知这个世界，每当我们回忆往事，我们总会借助感官的记忆，以此来感受那些曾经存在、而今却消逝了的事物。仅仅想到"我曾爱过阿曼达"不足以让我感受到失去的爱情，我通过回顾她的笑容、头发上的气味，以及她皮肤上那道细小的疤痕，才能体会到逝去之爱。只有具体感官细节的积累，才能准确地唤起怀旧的思绪——换言之，我们该听从写作艺术的古老训诫：切勿多说，展示即可。

　　尽管记忆中的事物非常普通，但恰恰是它们的准确性和经年累月的积累使得一件事——以及与之相联的情感——永久地印在了脑海之中，从而真实可感。床单和可乐罐就是如此。当然，还包括飞毯。正是它，使得这出怀旧的戏剧从精湛提升到了崇高的境界。飞毯曾一度是夏日里的消遣——邻家的男孩子骑着它掠过屋顶，飞跃篱笆，从这家的后院到另一家的后院——直到有一天，它不再新鲜可玩。夏日褪去，光阴荏苒，玩具入库封存。那些离奇的事情显得那样平常，而男孩童年的魔法，现在只能由一位永不能再次体验的男人忧郁地唤起。

英格兰银行里的晚餐

居伊·达文波特　著

诺曼·拉什　评

朱桂林　译

——去英格兰银行，老板？这个点儿英格兰银行早关门了。

一九〇一年的杰明街，煤气灯点亮了雾蒙蒙的雨夜，像是约翰·阿特金森·格里姆肖的作品，标致又顺眼的英格兰风格，让桑塔亚那先生颇觉愉快。红砖教堂宁静地矗立在他的 87 号公寓对面，像圣詹姆斯区的其他教堂那样，稳稳地坐落在文明最坚固的基石之上。

——你别管，就英格兰银行。

——成吧。车夫说道。他解开缰绳，对马说，针线街，老伙计，知道怎么走吧？

啼嗒啼嗒①，马车在雨中奔跑前行，直到一声熟悉的哨响，车夫在英格兰银行前勒住马。桑塔亚那先生的伞先探出车子，砰地一声撑开，然后付钱，又非常慷慨地加了小费。

——我等你，老板。你进不去，你知道的。

但一个警察已经出来迎接。

——这边请，先生。

——真是晦气！车夫说道。

内庭的灯光从门里透出，反射在水洼上，擦亮了军号与马刀，庭里站满卫兵，猩红外套白色腰带，那画面像是出自希腊化的伦勃朗，一幅更鲜艳的《夜巡》。

---

① 原文为拉丁文：*Quadrupedante sonitu*，出自维吉尔的《埃涅阿斯纪》，指马匹奔跑时四足的啼嗒声。

杰弗里·斯图尔特上尉邀请他在一间狄更斯风格的房间里共进晚餐。胡桃木制壁炉台下，木炭在格栅里整齐地燃烧着。

斯图尔特上尉依然像一年前在波士顿看到的那样充满青春活力，那件猩红色外套已经脱下，挂在椅子的靠背上，椅子上还放着他的熊皮头盔。一位气宇轩昂的英国男管家替桑塔亚那拿过伞、圆顶礼帽、外套，带着一丝纵容而满意的微笑。不管他是否知道客人是一位哈佛的教授，也不论他是否从衣服、鞋子、脸上读出他来自某地的上流社会，无疑，他把他当作一位有足够资格与上尉一起用餐的绅士对待。

——你说的狄更斯风格是维多利亚式小屋里烟雾缭绕的污浊空气吧。上尉笑道。我得在十一点左右去巡逻，但我相信我说过，在此之前，你都是合法的客人。英格兰银行的规章允许护卫队上尉有一名客人，男性。食物是士兵的配餐，这是霍罗克斯带来的牛杂碎汤、煮大比目鱼配鸡蛋沙司、羊肉、奶油醋栗果馅饼、配面包片的凤尾鱼，另外为了你能吃下这些菜，我恐怕得开瓶酒。我不知道你喜欢吃什么。霍罗克斯知道这些菜最适合他年轻的红衫绅士们。

——哲人们。桑塔亚那一边说，一边吃着面前的菜肴。

——哈佛的贵宾一定会非常开心的。我非常感谢你能来。

这位上尉像是吉卜林笔下年轻英俊的野蛮人，他的礼仪源自保姆和公立学校的教育，又在军官宿舍里接受改造。英格兰人在上司们或者同级别的人面前都很有魅力，对下级也比较公正，并且对几乎所有人都虚情假意又令人愉快——除了对家人和密友。

——但你做不到，你知道的，你当自己是外国人，我猜你家是西班牙裔，不过你是殖民地居民，在波士顿长大。大多数殖民地居民都比英格兰人还要像英格兰人。你看看加拿大人。你们的华盛顿·埃文，我们在学校的时候就听说过，他跟我们所有的作家一样，纯正的不列颠式。朗费罗也是。我是说，语言都一样。

——我的母语是西班牙语。

——一点口音都没有。当然你看起来不像英格兰人——我是说美国人，但不能凭样子判断，对吗？我见过的大多数丹麦人，都长得比英格兰人还像英格兰人，不然就像苏格兰人。你看南美人。长着小胡子，小骨骼，是吗？我知道一个西班牙海军军官完全长着一副女孩子的骨架。也许我这么说可能会被割喉，但是真的，你们西班牙人，小心眼得跟魔鬼似的。莎士比亚不是在什么地方这么说过吗？

——我是个非常复杂的混血儿。在美国，波士顿人是独立的一支。我可以成为贵族，但只有通过联姻。作为天主教徒我被驱逐；作为信仰天主教的无神论者，我是奇特的贱民。

——真好玩！

——我想，我是唯一活着的唯物论者。但是一个柏拉图式的唯物论者。

——我完全听不懂。听起来有点疯狂。

——毫无疑问。酒很香。

——我没有恶意，亲爱的朋友，你明白的对吧？我们的火需要再加一两块煤。霍罗克斯！

——未经审视的生活最值得一过①，如果有人能够有幸一试。那大概是动物的生活，勇敢、机敏，凭直觉而非想法或决策行事，忠于伴侣、幼崽和种群。可能正如我们都知道的那样，过着十分有趣和幸福的一生。狗们在做梦。在清冷高空盘旋的老鹰，它心灵的敏锐超出我们的想象。牲畜的平静使斯多葛学派哲学家蒙羞，什么样的批评家能拥有猫的机敏？我们一直用狮子的威严作为王权的象征，用一动不动睁大双眼的猫头鹰作为智慧的象征，用鸽子温和的美貌作为神之精神的象征。

——你说得文绉绉的，什么？等一下，有人进来了。抱歉打断一下。

霍罗克斯打开门，一位身高两米多的下士站在门口，立正、敬礼。

——长官，柯林斯生病了，长官。好像吐得满身都是，长官，全身抖

---

① 此处故意颠倒了苏格拉底的名言："未经审视的生活不值得一过。"

得可怜，长官。

斯图尔特上尉站起来，从挂在椅背后的短上衣里拿出一个钱包，吩咐下士带柯林斯坐马车去防治站。

——这里是一英镑。多余的拿回来。沃特金斯会替你轮岗。

——长官，好的，长官。

——谢谢你，下士。

他转向桑塔亚那，从碗里拿起一个胡桃，熟练地掰开：

——讨厌填收据。自己掏钱都比填那东西好。我一直觉得自己受过良好教育。拉丁文、希腊语都是小玩意儿，如果用点脑子学，大多数男孩都会。修昔底德写的那些疯狂的将军，凯撒在高卢筑栏挖沟。永远理解不了贺拉斯。

——大英博物馆里贺拉斯的著作比谁的都多。

——天呐！

——文化是多元的。忽略贺拉斯会严重影响文化多样性。我觉得，我们创造的这世界已经足够宜人，有时甚至还引人入胜。如果你能选的话，你想住在什么时代、什么地方？

——天知道。干杯。霍罗克斯会以为你不喜欢英格兰银行的波特酒。十八世纪？在亚伯拉罕平原。晨光中的鼓和风笛手，升起的米字旗。战前的沃尔夫背诵着格雷的挽歌，平复心情。他从没想过身体里有这样一股勇气。对法国人来说绝对是意外，如同神兵天降。我想在那里。

——那个凄凉的名字出自圣经，也出现在莎士比亚的作品中，亚伯拉罕大平原。它只是农夫亚伯拉罕放牛的草地。

——现在是吗？那么，班诺克本是盛产鲑鱼的小溪，黑斯廷斯是一片宁静的乡村。

——勒班陀是一片空旷的大海。

霍罗克斯一只眼睛里露出快活的神色，笑容很狡猾。毕竟，他服务得很周到。

——在你们这可爱的国家里，英格兰芥末酱可是一件让人开心的东西。我在英国最早的惊喜之一就是冷肉派配上芥末酱和啤酒，要是我的朋友罗素一家听说这些，他们准会吓坏的。我相信乔叟和本·琼森会一边用胳膊肘夹着它们一边写作。

——我记得在马德拉斯有个古怪的陆军上校赫伯特-肯尼，用"翼龙"这个笔名发表各种食谱，致力于推广一道用当地的蔬菜、调料和肉煮成的羹。简单是他的口号。世界上所有的问题都是由于不够简单造成的，你能想到的任何事都是，食物、衣服、礼仪。他有一套奇特的见解，认为饮食即性格，所以吃印度菜就是在追随异教神。那太教条了，不是吗？

——他说得没错。斯宾诺莎和伊壁鸠鲁都吃得很简朴。

——我一直以为伊壁鸠鲁是一位美食家，或者饕餮客，大吃大喝直到呕吐？

——那些评价是人们一直以来对他的误解。他吃得很简单。他确实要求口味精致，但都是基本的、加工简单的食物。

——赫伯特-肯尼一定读过他的著作。

——奶酪和面包，橄榄油和凉水。他和梭罗是一样的。

——不太了解这个梭罗，法国人？

——新英格兰人，隐士和神秘主义者。美国人总能捣鼓出这些新奇玩意儿。

——他审视自己的灵魂，是吗？我听说美国有很多人像这样。

霍罗克斯用火棍把火拨旺，撤走盘子，给桑塔亚那的杯子斟满酒，几乎悄无声息。

集体宿舍和军营塑造了他的世界。他的感官可能比一个十岁的意大利孩子更愚钝，一个在乡下的妻子面前还感到扭捏的处子，他会成为家中粗野的暴君，但也是个好父亲，对女儿们慈爱温情，对儿子们严肃公正。

他们的友谊带着甜蜜的神秘感。英国人从不解释，也不喜欢解释。无疑，上尉告诉过他的朋友们，他在波士顿的时候遇到了这位极其友好的美国人，对方甚至还送了他一本关于哈佛学院的书，因为他是那儿的教授。他关注运动，喜欢那种在美国叫"足球"的英式橄榄球。热衷摔跤和跑步。跟服务员说纯正的法文和德文，还曾提到过自己的一个怪癖——经常梦见自己在西班牙。说我们英格兰人就是这个时代的罗马人，不过是罗马人跟清教徒的杂交，只差一点就会变成狂热分子，好在我们从经典著作里学到了罗马人的慎重、体面和对动物的爱心，这些让我们不至于变成德国人。说话引经据典，但绝不谈及自己。

——我喜欢这间屋子。桑塔亚那说。这里是英格兰。男管家，克鲁克香克画中的壁炉，胡桃木椅子，体育报刊，擦得光亮的黄铜烛台。一位熟读文学的外国人可能会感到，此时你自己就像萨克雷或者吉卜林笔下的人物，等待着一场奇遇。

——啊，我就说！那完全是凭空乱想。美国没有男管家吗?

——只有会把汤弄洒的爱尔兰女孩。

——话说回来，你是一个唯物论者。斯图尔特上尉说。我很感兴趣。

——你们的塞缪尔·巴特勒①是一个唯物论者，是我们时代最英格兰的英格兰人。他是个理智的伏尔泰，智识上完全摆脱了一切幻想，然而受困于自己的心灵和舒适的生活。如果狄更斯不考虑自己的读者，他写出来的角色可能就跟他差不多。他有着典型的英式风格，漠视英国国教和陈规旧习，然而矛盾的是英格兰人自己并不能欣赏这种风格。一个美国巴特勒，即使他看起来像爱默生，也总能意识到自己身处困境。

——没听过这个巴特勒。唯物论者是 个术语吗?

---

① 英文的"男管家"（butler）与姓氏"巴特勒"（Butler）是同一个单词。

——世界就是证明。从这里开始。

上尉大声笑了出来。

——实体，甚至世界的存在，都被很多思想质疑，印度教徒，中国诗人，贝克莱主教，德国的观念论者。

——说得对极了！印度教徒！准没错。你坚信唯物论是因为——如你所说——这个世界就是明证？这一切都跟别的一切有关系吗？

桑塔亚那大声笑了出来。

——不。让我感兴趣的是，所有想法，进而所有的行为，都极不稳定地建立在心照不宣的假设之上。我们能相信的只有我们自己是谁，我们对他人和对命运的期待。

——我的下士又来了。

——长官，柯林斯安顿好了，长官。

——去吧，下士。

——长官！是，长官！

——精神源于物质也存于物质。我们都属于物质。我们进食，我们呼吸，我们繁衍，我们疼痛。生存是痛苦的。

——试试胡桃。它们好极了。你觉得我们生活在一个好时代，还是一个坏时代？我是说，你想我们都成为唯物论者吗？

——我愿意让每一个男人和女人都做他们自己。我不是他们。如果人类最终被打败，心灵被悭吝绑架，那么这一定是通过科学以及如今自由主义吸纳的那些东西完成的。也就是说，它们会改变人类的智力和对善、对正直以及人生意义的理解。当然，这是一个让人痛苦的悖论，但这是事实，也是必然。科学只对原因与结果感兴趣，对赤裸裸的、可以论证的事实感兴趣。它最终将会告诉我们，意识是一种化学反应，自我是一系列对刺激的反馈。自由主义正把文化分解成一个个可以通过科学来解释的政治立场，通过处罚来控制，而这一切还都带着似乎是最真诚善良的初衷。生活所有的惊喜都被压抑，所有的自发性都被扼杀，所有的多样性都被毁灭。白光包含的所有色彩只有通过折射才显现出来，换言之，是通过不规则性和无处不在的差异。自由主义到达其成熟的巅峰时，就会走向多样性与差异的反面，借口仁慈施行不透明的暴政和压迫，比过去任何暴君的手段都更有效。

——嘿嘿！你现在真像是美国人，为了唬人而聊天。

——动人的道理带来的都是最特殊的狂热。你至今仍是自由的，年轻得令人艳羡，身在军队中，让你变得更自由。

——你说，自由？

——偶尔换个角度看，一个人能享受的最大自由，是在受约束的时候。你从童年时期和学生时代就知道这点。

——现在军队就是学校啊。一个渴望也不渴望出去的学校。在印度我没法把自己当成一个陆军少校，我被那里的气候蒸透了，越来越守旧和易怒。

——青年人的身上还有很多童稚，而成年人身上已没有多少青春。孩子和成年人之间有一条明显的界线，一场变形。

——差不多，是的。

——英式壁炉大概是你们文化中最让我们感到亲近的东西了。我们美国人觉得你们的卧室很冷，你们的雨太折磨人，但是，在牛津大学图书馆被冻坏了之后，或者在草地上散步之后，如果能去国王怀抱酒吧的沙龙里坐一会，对我来说那就叫舒服。这个房间也一样。作为一名坦率说出自己想法的哲学家，我真的非常高兴，特别是看你用这样的大餐款待我，还穿着这么漂亮的军装——你们管它叫吊带裤是吗，就是挎在你斯巴达式白衬衫上的那件？看上去好像特别不舒服。我好像是在维京海盗家里做客似的，主人很年轻，穿着家居服。

——你应该听过陆军少校总要捎点什么的典故。你不让我相信唯物论。那该相信什么？我和霍罗克斯与一位哈佛教授共进晚餐，我们总该学到点东西吧。

——我们看上去需要信仰，不是吗？怀疑论更像是无知。这必定会让人不安和孤独。好吧，我们看看。相信万物，包括精神和心灵，都是由水、火、土、气组成。

——可能我一直都相信这些。但，瞧瞧，我亲爱的朋友，快十一点了，我该带着鼓和横笛在深夜里巡逻了。所有市民都该躺在自家床上了。听我说，霍罗克斯会带你去找那名下士，下士会带你去找外面的警察，然后你就能自己回去了。真是愉快的晚餐。

——是的，没错。桑塔亚那说着，握握手。

——晚安，先生。霍罗克斯说。

——晚安，谢谢你。桑塔亚那说道，留给霍罗克斯一先令。

雨已经停了。他可以走到杰明街，斯图尔特上尉穿军装的样子依然鲜活地印在他的脑海里，好像苏格拉底冥想着吕西斯完美的身体，或是阿尔西比德斯的脸——普鲁塔克曾写道，那是全希腊最英俊的面庞。这世界是一出精彩的表演，一个礼物。

完美的身体本身就是灵魂。

如果他是英格兰银行的客人，同样的，他也是杰明街公寓的客人，世界是他的主人。爱默生说过，一个场景中的愉悦体验来自观看者而非经历者。他错了。杰弗里·斯图尔特是真实存在的，他的美是真实的，他的精神是真实的。我没有想象过他，没有想象过他的壁炉、他的管家、他宽阔的双肩，或是从他干净的斯巴达衬衫没有扣上的领口那儿露出的姜黄色毛发。

假设在一个西班牙小镇上，我偶然遇见一个目不能视的老乞丐，坐在墙角，拨弄着他无力的吉他，歌唱中偶尔夹杂着嘶哑的哭嚎。我上百次走过这样的场景，却从未留意，但现在，我突然被一种浓烈且无法解释的感情攫取。我只能称之为怜悯，没有更好的形容。分析心理学家（也许我自己就有那种能力）可能会认为我荒谬的感觉混同了乞丐肮脏的外表和我体内某些模糊的知觉。而这误会源于我的疲乏或愤怒，源于我早晨收到的一封烦人的信，或者源于我们的习惯——期待得太少，却记住了太多。

（原载《巴黎评论》第一百三十九期，一九九六年）

诺曼·拉什评《英格兰银行里的晚餐》

前几天，我意识到，我死前最想读到其私人日记的美国当代作家，是居伊·达文波特。我考虑的范围囊括了各个领域的大师——诗歌、散文、戏剧、短篇和长篇小说。最后想到的还是达文波特。

想到达文波特是因为他在小说上的成就。我是说他后期的小说。他早期尝试过传统的由叙事推动意识改变的短篇故事，之后就没再写过，反而是在诗歌、翻译、评论上的建树让他声名鹊起。二十年后，他重新崭露头角，彻底转向了实验性写作。他的故事结构奇特，展现出娴熟的技巧和高超的文字驾驭能力，并且难以归类。实际上，喜欢深究的读者可能不止一次在想他们读的究竟是什么：这些文章本质上是达文波特的箴言和哲学思考吗？它们主要是在展示诗歌与散文形式（还有视觉形式——有时他会给自己的文字画插图）之间互相穿插的可能性吗？它们只是互不相干的装饰物？在他写作——或者"栖居于"——西方艺术史或者思想史中标志性的人物时，他是不是在隐晦地说教？他在悄然解构诸如毕加索和第欧根尼这些文化偶像的内心世界吗？——还是什么？

专业批评家将会持续争论这个问题：达文波特风格多样的著作是否由一个更宏大的潜意识结构所连接——某种像乔伊斯《尤利西斯》里的神话结构，但更微妙的东西。（有趣的是，牛津大学第一个研究詹姆斯·乔伊斯的博士学位就是授予了居伊·达文波特。）当然，他的这些故事经常把性作为次级主题（虽然《英格兰银行里的晚餐》里没有），最直白的是在《苹果与珍珠》中，那是他的一部长篇小说，或者说是一部由一系列短篇构成的组曲。他笔下抒情的同性恋和阴阳人描写让部分读者难以接受，毫无疑问，这也让他错失了各种主流文学奖项。

　　阅读达文波特的作品就是个不断思考、不断解谜的过程，我想这一点怎么强调都不为过。这一点具有反身性，在阅读其著作的过程中，它变成最重要的、压倒性的体验，那是文学带来的最纯粹的愉悦，享受雕琢、惊奇、难忘的比喻，等等……所以，是的，达文波特很难读，但是读他越多，回报越多。

谎言堆砌的存在

诺曼·拉什　著

莫娜·辛普森　评

王莎惠　译

杰克喜欢自己的办公室。喜欢自己的办公室很正常。他认为他的办公室基本还算合用。它带着一种恰如其分的神秘感。所有他职业所需的工具，以及他的文件和公文包，都被放在视线之外，藏进了带抽屉的镀铬文件柜里。他喜欢每次只往桌上放一样东西。不怎么熟悉他的人只能从一处猜到他是位童书插画经纪人，那就是他身后的墙上挂着的一幅画：一头身着盔甲的猪。

　　墙壁是天真的黄色。位于八楼的办公室让他避开了街道的喧闹嘈杂。窗户望向远处的电话交换中心，那里有堵凹陷的白色水泥墙。这景象在他看来，似乎是在传达一种微妙的罗马式情调。这正符合他的口味。他或许会对定制办公桌的设计感到失望，它本该隐隐地透着黑曜石立方体的高贵气质，但结果是，接口处的黑色塑料板依旧明显可见。地板有着绝妙的设计，黑色橡胶砖上有凸起的圆点图案，底部垫得很厚实。享用完午餐之前的时刻，他用鞋跟轻轻敲击地板。

　　他很想知道，为什么连剥开铝箔纸包装的格吕耶尔奶酪[①]切片这样的事，都需要你成为专家，才能不把乳酪弄到指甲缝里。给蒜头剥皮的时候也是这样。

　　这个办公室里的生意曾经很好。后来也许是因为它和游戏室的某些相似之处，让顾客渐渐退却了。这的确是可能性之一。他听见办公

---

① 格吕耶尔奶酪（Gruyère）：一种产自瑞士的乳黄色奶酪。

室外传来的响声，当时他正用一张索引卡将蜡斯克 [①] 面包屑刮到手掌上。外面办公室有响声，他惊恐地竖起耳朵。

来者是他的哥哥罗伊。

很好。这正是他此刻需要的。杰克忽然有种说不出的感觉。这太不公平了。事先不打个招呼就突然出现。这家伙不应该是在国家的另一端，幸福快乐地生活着吗？杰克满心想着究竟该怨谁。海伦首当其冲，因为她离开办公室去吃午饭，却没有把门关上。他会找她算账的。杰克对罗伊露出令人信服的微笑，至少他自己这样觉得。他站起来，举着手掌，展现出一种向命运投降的善意姿态。罗伊走过来，他们握了握手，叫出彼此的名字。

罗伊还是三年前的模样，没什么变化。一如往常，他像父亲那样在心里装了事情，其面部表情也清楚地说明了这一点。罗伊看上去伤痕累累，却依旧不卑不亢。不过这其实是罗伊的日常表情，除了当他感到害怕的时候。不过"他会害怕"这件事本身倒是挺有趣的。他减轻了一些体重，但依旧是个面容冷峻的无产阶级，穿着海岸警卫队过剩的廉价雨衣，短发，工头服，没有领带，衬衫扣在喉咙上，一直如此。罗伊脱掉了雨衣，杰克考虑给这位无产阶级一笔小费。四支圆珠笔的顶部从罗伊衬衫的口袋里探出头来，四支，要知道，口袋里超过一支钢笔就会像报纸的一整版宣传广告那样，让人感到不安。但杰克何必告诉他这一点呢？

罗伊去办公室外面找椅子。关于他们阴沉父亲的回忆如潮水般涌来。他总说，你们可以喝点汤姆利乔酒，因为本笃会应该没问题，但再也不能喝荨麻酒了，加尔都西会的名声可不太好 [②]。父亲还说，人们应该

[①] 蜡斯克（rusk）：指经过多次烘焙，质地松脆的面包片。

[②] 此处酒的名字和教会的名字是双关。汤姆利乔酒（Benedictine）和荨麻酒（Chartreuse）这两个词分别源自发明这两款酒的两个天主教隐修会：本笃会（The Order of Saint Benedict）和加尔都西会（The Carthusian Order）。

拒绝和购买大众汽车的人来往，因为大众生产厂雇佣了大量的奴隶劳动力。这种理念一直持续到二十世纪六十年代。在卡萨尔斯回来之前，访问西班牙的人都是麻风病人。他们的父亲声称自己是"地下室发明家"，并且发明了一种名为"米特帽"的牙膏分配器，可以粗略测量出每次刷牙时牙膏的平均使用剂量，从而减少浪费。他坚称，购买这项专利的公司雪藏了这项发明，而浪费是全民公敌，因此该公司有罪。"拥有私产即是盗窃。"父亲就这样一直唠叨到深夜。罗伊反对浪费。

罗伊回来了，搬来了外面带着厚重圆底的椅子。这椅子根本就不是让人到处搬的。他把椅子面朝杰克办公桌的右前方放下，非常科学地把雨衣叠成了一个小方块，坐在了上面。是不是坐在上面就能够用体温熨一熨衣服？凡事都有可能。罗伊为什么在这里？杰克试图想出一个合情合理的解释，但却毫无结果。他以为他们之间的问题都已经解决了。三年前，罗伊带着属于自己的那一半遗产去了凤凰城，这笔遗产并不丰厚，但也不是一点分量都没有。罗伊不遗余力地工作，建立起了自己的基业。杰克曾说过，罗伊所做的一切都太疯狂，居然去当一个研究飞碟的古怪基金会的执行秘书。他本该从此衣食无忧，就像获得年金那样，毕竟他花费了两万九千美金，总得有些回报吧。一年里，来自罗伊基金会的信件源源不断，杰克从未拆封，而是直接用黑色大写字母标上"没兴趣"或者"退还寄件人"。他对这整件事情极其蔑视，没有任何回旋余地。现在他的兄弟来了。通常罗伊对办公室里的一切都毫无反应。

由此可知，罗伊想从他那里得到些惊人的东西。

杰克简单重述了自己的观点，努力克制着语气中的嘲讽之意："现在就让我开门见山地说吧。你希望我带你回家，你和我们一起生活两三个月。并且我就得这么做，不问为什么，也不给朱迪丝任何解释。我们只是带你来住，就这样。我就这样告诉朱迪丝，就这样。"

"这正是我请求的。"罗伊说。他从不道歉，这一点或许还挺让人钦佩的。

杰克说："就这样什么都不说？完全不为我着想，告诉我你经历了什么？你究竟是身陷困局，还是正在逃命，或是正经历着其他糟糕的事情？好吧，你瞧，几年前你做了一些我无法接受的事情，当然这还是比较温和的说法。现在好了。我的意思是，罗伊，这些都涉及钱，如果你还记得的话。而且我从你所说的话里能够感觉到，即便我只是'试着猜一猜究竟发生了什么'这样的事情，都会越过你的底线。我猜，钱已经莫名其妙地飞走了吧？"

罗伊有着男中音的嗓子。"杰克，我告诉过你，我不要钱。我需要的，而且唯一需要的，就是与你和朱迪丝住在一起，两个月最多。只是这样而已。我不打算在你们家吃饭。我只希望你能接受这一点：我正在帮助你，虽然我不能透露任何与这有关的细节。而且拜托了，这不涉及任何法律问题！我保证，只要你这样做了，为了我，而且不要问我任何问题，你就不会吃亏。真的。"

"但是罗伊，我怎么有种感觉……怎么说呢……你真是帮了我天大的忙呢！即便事实上是你在给我添麻烦，是你在请求我的帮助。为什么我会有这种感觉呢？"

屋子里一片寂静。

"我想你还不明白，你把我推入了什么样的处境里，"杰克说，"假设我们这么讲。首先，你是我的哥哥。假设现在我允许你和我们住在一起，只需要你解释一下究竟发生了什么。这要求不算过分吧？我说，还得考虑到最后是我去应付朱迪丝，不是吗？顺便说一句，她希望别人叫她朱迪丝，而不是朱迪。这一点很重要，涉及专业素养。"

罗伊依旧是让人看不透的样子。"你的意思是要我编造一些理由。"他说。

"罗伊，嘿，别这样。我只是想把事情简单化。我需要你的一点解释，一些我能拿去应付朱迪丝的东西。但凡你对我们的关系有一丁点的理解，你就会明白，在这个问题上，我不能仅仅要求她出于完全的信任，或者仗着她是我的妻子，就让她做这做那。"

罗伊看上去陷入了思考中。"假如我告诉你一些相当离奇古怪的事情，你会不会随意评判它？"

"我想试着让你了解我现在的处境。你要是再聪明点儿的话，就不要这么局限地评判我。顺便问一句，你的包怎么样了？你肯定不止这么点行李吧。"

"在车站的寄存柜里。"

罗伊起身，脑子还在不停地运转。杰克看了看表。

"好的。"罗伊说。

杰克不太确定那是什么意思。

"我会回来的。"罗伊说。

"那你能不能四点左右来？因为我今天下午要见几个人，四点半更好。"

罗伊点点头，离开了。

杰克成功地把整个下午的时间都花在了思考罗伊前来的原因上。他知道这毫无意义。这种执念般的思考方式继承自他的父亲，同时继承的还有那所谓的羞耻感：假如你不为了某些改革自我牺牲，或者没有做到只消费生存所需的食物，只花必须花费的钱，并且减少任何不必要的日常行为以避免浪费的话，那么你就会被看低。他为了哪怕只是稍稍摆脱一点来自他家庭的影响就经历了各种考验和痛苦，想到这里就觉得实在可悲。当然，没有人提出过这样的问题：人们究竟应该在一份注定自然衰落的革命理想上花多少时间，无论你这一生能否见到它衰落的终点？例如，一千八百万黑人和四百万白人之间的繁殖比例意味着你完全没必要担心种族隔离的问题，因为它会自然而然地解决；再比如，那些试着把说英语的国家统一起来、建立类似"大英语圈"联盟的人也是在浪费生命。曾有人提出过这样的问题：有多少人投身革命，只是为了找机会蔑视那些不得不为钱而工作或者乐于为钱而工作的人？还有，为什么罗伊的飞碟运动——如果这是正确叫法的话——也有资格叫作革命理想？就算太空文明发射来宇宙飞行器又能怎样？无论如何，人们似乎都已接受了飞碟，并把它当作生活中的一种奇怪现象。那么，围绕飞碟发起的一系列活动又有何意义？

罗伊的行李会让人觉得丢脸。这就足够打发海伦尽早回家了。可他怎么才能让朱迪丝不去嘲讽罗伊孤独地抗击各种浪费行为的持久战？这几乎是不可能的。衣服首先就是个问题。如果你在买衣服上花一点点钱，只要有一丁点时髦的成分，你就是堕落的。也就是说，你其实完全可以找到完美的二手衣服，只要你知道去哪里找。你可以买工厂过剩的衣服，或者是工厂翻新后直销的，当然如果能用麻袋自己做衣服就更好了。罗伊大概会带着以某种方式手工制作的行李出现吧。如果有人拒绝购买前一天烘焙的面包，那他就该接受审查。每个人都应该购买凹陷的罐头食品①。当然，上面这些事还得按照正确的方法来做，那就是直截了当地去做，而不要让人以为是在绞尽脑汁避免上当受骗什么的。水是唯一可以喝的东西，而且它免费。罗伊总是随身带着装满坚果和葡萄干的零钱包，以免自己一时兴起给骗到餐厅去浪费钱；要是已经身在餐馆，不得不浪费钱了，那么剥些坚果吃至少可以让你少点些菜。顺便说一句，随机跳过几餐饭是值得鼓励的，理由很简单，你瞧那些远古时代生活在大自然里的祖先们，哪一天固定吃三餐饭的？始终保持饱腹状态可不太健康，它会抑制身体本身的某些生存机制，至少他记得是这样的。罗伊还认为，盐是一种比牙膏更好的洁齿剂。等等，这话好像是他们父亲说的，不对，那他还发明牙膏

---

① 膨胀或者凹陷的罐头食品通常是过期或变质的。

分配器干什么？好吧，这样看来，这个关于盐的假说应该还是罗伊发明的。

杰克做了几次深呼吸练习，试着让自己平静下来。当然，罗伊永远不会提他那套盐的理论，你只不过会看见他在早上拿着牙刷在厨房徘徊，问你能不能给他一些盐。盐其实就放在那里，谁都能看到。

杰克听见外面传来开门、关门和放行李的声音。天色已经很晚了，晚到他一度认为罗伊不会来了。他其实可以在十分钟前就锁门离开的，但是罗伊很敏感，也许会因此消失。罗伊走进来，这回他把转椅旋了过来。如果他们在电梯里遇到了呢？还是现在这样更好。他准备好了。

他是不会被吓到的，也不会被迫去做任何违背他或者朱迪丝利益的事情。这是他的立场。就是这样。做事是要花钱的，他有权利这样提醒自己，做事情需要花钱，就比如没人会花钱让海伦今天下午带薪回家，而罗伊的到来使杰克不得不这么做。

天色渐渐暗下来，天花板上的灯凑合地亮着。这间办公室不是为上夜班而设计的。杰克不是那种会加班到深夜的人。他想起母亲站在地下室的台阶上，呼唤父亲去睡觉的样子。

罗伊先开口了。

罗伊坐了下来，但是坐得并不怎么舒服。他站起来，倚靠在门边的墙上，双手插在口袋里，目光停留在杰克身后的墙壁上方。杰克希望罗伊能够克制他言语中的无产阶级倾向——按照杰克自己的说法就是"普罗"腔调——这种倾向在罗伊讨论他自认为重要的话题时总是显露无遗。

"好吧，我要开始了，我会尽力说清楚些的。

"一些重要的事情，我从未向旁人透露的事情。

"尼尔斯去世时你还太小。他是所有叔叔里面我最喜欢的一个，也是我真正深爱的人。在墓地时我真的非常难过，当他们慢慢降下棺材的时候，我几乎无法控制自己的情绪，只好独自离开。我顺着一条小路向下跑，努力躲开眼前的一切。那时我大约九岁。

"我走得不算太远，不过就是五分钟的路程。我穿过了树丛，低头看见一条小溪，还有两座中间夹着道缝隙的小山丘。那是个明亮的早上，十点左右，也可能是十一点。天空透彻明朗。

"我当时带着混乱的思绪站在那里，突然在天空中我看到了个东西，真的太恐怖了。它飘浮在两座山丘之间，哦老天啊，哪怕是现在说起这件事，我也还是害怕得很。那个飘在空中的物体似乎是涂成黑色的金属，也或者它本就是黑的。总之它看起来就像个扇贝，或者是没有把手的金属雨伞，因为你能看到伞骨上排列着的铆钉。它有一辆车那么大，而我就这么盯着它，大约有整整三分钟。四周寂静无声，我被吓得失了神。那东西是真的。我忽然觉得那东西和尼尔斯的死有种不祥的关联。我看见了所有细节。它没有窗户。我闭上眼，想看看再次睁眼时它还在不在。我睁着一只眼看它，透过指缝看它。它是真实存在的。我感知到它的邪恶，心中的恐惧感无可名状。最后我飞奔着逃离那里。就是这样。我尝试着去忘掉这一切。那是一九四二年。当然，我没有同任何人说起过这件事，你知道我们的家庭氛围是什么样的。当我成年以后，我曾设想过，这是否就是童话故事里说的那种会收走灵魂的盒子或者设备。但我无法将它与任何童话联系起来。它是真的，客观存在的。"

罗伊短暂地合上了眼睛。

"所以，这件事就先暂且不谈了吧。"

"这是幻觉。"杰克说。

"对，我长大以后也觉得这是我自己的问题。就让它留在过去吧。

"至于我，我现在已不是飞碟协会的成员了。我其实是被开除的，也因此失去了所有的钱。

"其实事情很简单，我也就不和你详述被驱逐的各种细节了。总之，我所得出的关于飞碟的结论，在协会里没人能接受。

"一件事导致了另一件事，就像多米诺骨牌那样，我的立场在协会里站不住脚了。"罗伊耸了耸肩。

杰克想知道，什么时候会听到罗伊那种把"是的"和"嗯"合并使用的表达方式。"是的"是让罗伊觉得比较舒服的回答，而"嗯"只有在他觉得应该要回应对方时才说，谁让他要当革命家①呢。他把重音放在"是的"上，然后说"嗯"的时候，语调则明显地削弱了。杰克也很想知道，这种"本性难移"的状况，究竟是鼓舞人心，还是极其可悲。

罗伊准备继续说下去了："首先你必须了解飞碟协会的理念，这也是我曾经坚信的东西，即飞碟是来自太空的、真实存在的东西。我们的术语简称为 ETH，也就是'外星假说②'。我们的协会就像是外星假说主义的梵蒂冈。反正不管怎么说，飞碟是某种来自其他星系的先进技术，你其实可以通过雷达回波验证它们的存在，当然也有一些物理学的证据，诸如此类等等，我们暂且不讨论了。"

罗伊打理了一下衬衫，把衣角整齐地塞进裤子里："但是，周围有些人持怀疑态度。例如，你正在研究一个近距离目击飞碟的案例，目击者声称自己看到了着陆的飞碟，有的乘员待在里面，有的出来了。这些事情一点逻辑都没有。报告者们的描述总是大相径庭，就好像你永远不会遇上来自同一个外星球的生物一样。从巨人到侏儒，没眼睛的、没嘴巴的、像希腊诸神的、机器人、太空服、长袍、猫眼、三角脸、没耳朵的、尖耳朵的、用蹼代替双手的、手指像蹼那样连着的，

---

① 此处原文为"being a man of the people"，指的是为人民利益拼搏的人。
② 英文全称为 extraterrestrial hypothesis。

反正你说什么就是什么吧。现在再来看看人们对飞碟工艺的描述，那活脱脱就是另一个马戏团！大的、小的、透明的、球状的、雪茄形的、子母船并行的、圆柱形的、透镜状的、会分裂成两部分的、会变成云朵的……诸如此类。

"所以外星假说主义者们有个小问题，就是他们必须要筛除掉不合适的目击报告。你必须把其中一些目击者当作骗子，而把其他同等质量的故事称作事实。

"现在我们再来看其他一些有趣的东西：随着时间的推移，人们看到的现象似乎开始变得更加详尽和古怪，而且充满戏剧性。最初，飞碟目击事件是隔着一定距离的。然后，你发现，这些事件开始产生一些无关痛痒的影响，比如树枝折断了呀，地上忽然冒出个洞啦，等等。后来人们发现，飞碟可以让汽车的电气系统失效。大约在二十世纪六十年代，你开始收到关于飞碟绑架案的报告，被绑架者通常会被外星人拿来进行骇人听闻的活体实验。甚至还有人声称，外星人热衷于收集精子和卵子，或者其他有威胁性的东西。他们会让目击者失忆，所以甚至要使用催眠术来唤醒那些遗失的记忆。从七十年代开始，农民发现他们的牲口被肢解，横尸街头，或者抽干了血，身体的不同部位看上去好像被激光切除了。牲畜倒在地上，而周边的土地上没有留下任何痕迹。人们在报告中称，自己曾看到天空中闪烁着奇异的光。这些到底是什么玩意儿？"

"如果我决定要插手这些事情，我首先要做的就是投资一个质量好点的测谎仪。"杰克说，心里明白自己其实不该这么说。

"杰克，让我们把事情简单化一点。现在的问题是，你没读过相关文献。你得相信我说的话，即便你排除掉那些所谓的骗子，还是有很多不可忽视、令人费解的事情。为了让论点更清楚一点，我们可不可以假设，真的有事情发生在那些目击报告者身上，而且他们都是真心实意地想要报告他们看见的真相？就比如我，我就是一个活生生的例子。我亲身经历过这些事，而且我可以对上帝发誓，我看到的东西绝对是真实存在的，那种感觉真实得就像刷牙一样。"

"说来听听。"杰克说。

罗伊开始在房间里来回踱步。

"好吧，关于这一点，有些历史因素我不得不提。有人在旧报纸上发现了一些有趣的报道。十八世纪九十年代有一波关于神秘飞艇的热潮，这些东西奇怪得很，有叶片和螺旋桨，有时甚至还有桨轮。很显然，它们在空气动力学上根本站不住脚。从美国东海岸到西海岸，到处都在报道这种事情。不久之后在英格兰，类似的事情又发生了，只不过这次飞艇的形状像雪茄。另外还提到了它可能具有威胁性，因为有一些小动物失踪了。还有人提出，它们也许会在某个时刻投下炸弹。随后这些事情就不了了之了。通常飞艇做的也不外乎是用奇异光线吓唬人这样毫无意义的事情。

"这里究竟发生了什么？当然，我们的协会必须有坚定的立场，即所有这些陈年报告都是报纸发行公司的骗局，等等。

"我最后推导出的结论，或者说是我被迫得出的结论，和其他一些人的结论很接近：那一连串的飞碟事件，其实就是某种超自然现象的一部分。这些飞碟无论从哪个方面来说，都表现得更像鬼魂，而非机械。它和幽灵、显灵以及会发出噪声的游魂属于同一类，只是程度不同而已。就是这样。

"现在，你必须明白，我刚才所讲的理论并非我的原创。就像是被灵感突然击中那样，我悟出了这其中的真谛。这个真相同时也被其他人领悟，也因此发展成了一个具体学派。但是，我的理论确实已经超越了这个学派。我已经超越它了。我是唯一的一个。"

罗伊重新坐下来。

"你想让我说话的时候告诉我。"杰克说。

"还没，现在还不用。"

"所以？"

"所以在飞碟协会的时候，我保守着自己的秘密。公开我的理论意味着转变其他会员的信仰，因此我不得不去考虑，我会在多大程度上坚守它，什么时候公开这个秘密，那些零零碎碎的小事要怎么处理，以及我什么时候能弄清下一步该怎么走。"

杰克提醒自己要耐心谨慎。

"飞碟协会大量租用 CPU，"罗伊说，"他们不断建立数据库，这项工作规模极其浩大，因为要处理各种数据。

"我观察过夜间飞碟出现的时间分布（它们几乎每次都是夜晚出现的），以及月份和地点分布。我注意到，这些分布模式呈现出明显的波状，然后忽然之间，我好像领悟到了什么。或者更确切地说……我得到了一个关于飞碟究竟是什么的假说。我就这样目不转睛地盯着眼前的模式图，知道自己看着的其实是一种喂食模式图。

"换句话说，我所研究的是一种捕食曲线，而我其实很熟悉这种曲线。想想看。"

"等等，我有点跟不上你的思路了。你的意思是飞碟在试图吃人？罗伊，我完全糊涂了。"

"好吧，我们退回去一点讲。首先，让我们暂时视飞碟等同于其他的超自然现象，好吗？

"从广义层面上来说，你觉得超自然事件最突出的共同特征是什么？

"让我来告诉你吧。超自然现象最重要的一个共同点就是他们的绝对无意义性。对超自然现象的研究就是对无意义事件的研究。我相信你能理解我的意思。鬼屋和幽灵事件都没有意义，尼斯湖水怪也没有，可怖的喜马拉雅雪人和恶灵完完全全地没有。奇怪而可怕的事件，永远不会有什么下文，或是影响到别的事情。当然，不可避免地，总会有些这样那样的专家，特别擅长于编造出各种解释，告诉人们这些奇怪东西存在的意义。飞碟协会就是这样的。也有一些自称有超能力的江湖术士，坐在鬼气森森屋子里，对土地的神灵唱首神歌或者跳个圣舞，就说自己能驱魔降妖。诸如此类的事情数不胜数。

"等等，在你表达反对意见之前，先让我详细阐述一下这整个事件，以便你全盘否定。一件怪事发生了，然后我开始自问，为什么所有这些现象都毫无意义？当然啦，确实有很多事情是你都不会得到解释的，甚至连与之相关的谎言都听不到。在十八世纪的英格兰，有一个名叫弹簧脚杰克①的人，他在胸前挂了个灯笼，敲你的门，对你做个吓人的鬼脸，然后飞向天空，就这么消失了。这个现象发生在伦敦的各个角落，而这有什么意义呢？再比如其他事情：关于动物的报告——有人举报说，看到逃走的狮子和老虎在郊外的某个地方游荡。你每隔一段时间就会在报纸上读到这样的新闻。人们目击了这些游荡的野兽，而当地的马戏团和动物园却说，根本没有动物失踪。人们也从未抓住过这些野兽。当然，如果你愿意，你可以认为每个人都是骗子。可是拿我自己的经历为例，它就是发生了。你会说我是个骗子吗？"

"不，恰恰相反。"杰克说。

"尼斯湖水怪就是个很好的例子。雪怪：你家后院的一些恐怖的叫喊声，你养的那些鸡，头都被撕掉了，那里也许还有些粪便。肯特郡黑狗。恶灵。灯泡爆炸、火灾蔓延、剪刀追着你跑……这些都是为什么？

"所有这些现象的发生，其实都没有最终目的。但还有一些别的东西值得注意。这些闹剧都带来了什么？如果你这样问自己，相信你

---

① 弹簧脚杰克（Springheel Jack）：传说中1837年出现在伦敦街头的怪物。据称，他善于跳跃，能喷火，有一双带魔力的腿，且现身方式总是非常诡异。

会得到答案。是恐惧，它们带来的是人类极端的恐惧，尤其是对死亡、俘虏、变革、伤害、绑架的恐惧，等等。仿佛要被恐惧的海洋吞没。这些奇怪的事件什么时候会发生？几乎永远是当人们形单影只的时候，无人声援的时候，在荒凉冷寂的地方，而且经常或基本都是在晚上。我可以向你展示一张不明飞行物目击记录表，涉及多位目击者的情况极为罕见，这不正常。

"所以你会发现，我之前提到的所有东西都转化成了关于幽灵的一般理论，而飞碟只是其中的一个分支。"

他们的父亲可能会感到狂喜吧。罗伊坚守着一套理论，这本是个人人都该为之惊叹的学说，可实际上让大家接受它却希望渺茫。可你怎能不将毕生的时间奉献给它呢？如果你这样做了，却没有人相信你，你的观点直到你死后才被证实，那就更好了。你将被誉为天才！

"总的来说，有个东西……"罗伊继续说道，"我愿意把它当作一种生命形式，生命群体……第一，它针对脆弱易受伤害的个体……第二，它以某种方式激活了这些个体的一些消极信念…… 第三，它把这些信念转换为某种具体化的表象。接着它会吞噬恐惧。

"我知道那里面涉及很多尚未充分论证的东西，我现在只是给你一个简要的概括。我了解所有牵涉其中的机制。你先别说话。

"我需要补充几件事。这东西是古老的、巨大的、永久的，而且基本上是邪恶的。不仅如此，它能够适应人类社会！它不得不这么做。你甚至会对它产生一些同情，如果你允许自己这样做的话。它最大的两个敌人是科学进步和人类愚蠢的乐观主义。让我来解释给你听。

"它依赖于人类有许多恐惧的东西这一既定事实。你通过鬼魂的传说就能很清楚地了解它。鬼魂的出现总有一个既定前提，即它很可能会出现在某一个地方，或是某一类地方。但是随着科学的不断进步，越来越少的人相信有鬼魂存在。恐惧的门槛变高了。它被排挤得几乎失去了地位，你想想就知道了。世俗化、技术化和城市化让人们成为互相支持的群体，就像黑暗的夜路上有街灯照明。还有另外一件事。作为一个物种，我们似乎注定要对周遭的事情作出最乐观的解释。如果你看到某些灵性主义运动兴起，宣称死人带着丑恶与仇恨复活了，那么你几乎同时也会看到人们把这种运动宗教化，混同于现代灵性主义，视死亡为极乐净土。乐观主义者们已经开始研究这些飞碟了，他们说这只是为了让人类尊重大自然。他们很快就会给我们一些该死的智慧卷轴，或是提供治愈癌症的秘方，叫人们不要害怕。可怜的东西啊。这很难。你难道没有看见《第三类接触》[①]里那些生活在飞碟里的人，住在一个像婚礼蛋糕那样巨大的东西里面，他们温文尔雅……

"你看，整个超自然协会都建立在谎言之上！谎言堆砌的存在主导着它。这些飞碟与太空没有关系，尼斯湖水怪与蛇颈龙毫不相干，幽灵也与死者无关。天呐，我越说越兴奋了。"

罗伊停了下来。杰克感觉到哥哥的恐惧。为此，他能做些什么呢？

罗伊用他的指关节轻轻按摩头顶，以缓解头疼。

在杰克完全准备好之前，罗伊又开始说话了。

"现在我们需要把注意力集中在飞碟上。也许正如我所说，我们应该对这种现象抱有一定同情。它饿了。现在的情况是，人类越来越不容易被恐吓。想想基督教化前的时代吧，那时候外出觅食是多么容易的事情啊。就比如，当每个人都在做活人祭祀的时候，成堆的人知道自己将被处死，一整群人都在恐惧。万物有灵论。每棵树或是每块岩石都有自己的守护神灵，你必须小心翼翼，以免触犯这些神灵。它甚至都不需要显灵。

---

① 《第三类接触》(*Close Encounters*)：斯皮尔伯格拍摄于 1977 年的电影，讲述了外星人到来后，世界各地发生的一系列神秘事件。

"好。然后我们可以谈谈更系统化的宗教，它仍然会包含一些邪恶的敌对元素，人们笃信它们的存在。所以这种宗教体系依旧是可操控的。后来宗教思想变得平和，邪恶力量就渐渐变为一种象征性的东西。整个关于女巫、吸血鬼和鬼魂这些民间传说的文化背景，因为科学以及改良后的宗教而变得站不住脚。你可以想象，事情变得多么令人绝望啊。它需要的是某种产生自技术和科学本身的恐惧，因为恐惧本身并不会消失。

"这很有意思。你有没有听说过瑞典的幽灵火箭？大约是在二十世纪三十年代末，'二战'爆发前不久。关于巨型火箭的报道源源不绝，却从没有哪篇文章能说清重点。这显然是一次失败的尝试。

"好了，我告诉你的细节已经太多了。

"所以说，它需要的是从科学本身衍生出来的东西，一个能够被恐惧利用的时机。当然，这就解释了现在发生在我们周围的事情。它们具体是怎么发生的并不重要，它们总会有自己的方式。总之它们就是发生了。某人在某处目击了飞碟。这件事就这样上了广播电台。拥有先进技术的外星人已经到访。它们有着令人惊叹的科技水平。他们威胁着我们的航空设备（著名的曼特尔事件① 就是最好的例子）。我们猜不透他们来访的意图，同时又无法应对他们坚不可摧的技术。这一切都让人恐慌。

"所有东西都说通了！很快人们就把这种恐惧和曼特尔事件、以及佛罗里达州那失踪的六艘水上飞机扯上了关系，尽管没有人能真的判断出真伪对错。那些飞碟选中了你，然后做了些你记不起来的事情。它们使电气系统失效。对于美国人来说，还有什么比让你的车无法发动更使人害怕的东西呢？没有了。这种恐惧感有时会加倍来袭：荒凉

---

① 曼特尔事件（The Mantell UFO Incident）：美国历史上最著名的 UFO 案例之一，事件中肯塔基州的飞行员托马斯·曼特尔（Thomas Mantell）坠机身亡。但是该事件与 UFO 的关联尚有争议。

孤独的公路，寂静无声的夜，形单影只的人……"

杰克尝试着改变话题。他知道自己现在有点不太理性。墙壁的颜色有点太绿了，至少在非自然光照射时是这样的。现在的情况很糟糕，甚至让人觉得有点太戏剧化了，因为这幢建筑的寂静氛围已经开始让人感到不安。罗伊还在说话。

"……它的结构很有趣。通常情况下，飞碟的第一类接触者①都说事发时自己离得很近，但他们其实可能只是被奇异的光线吓到了，而且可能根本没有靠得那么近。然后还有其他一系列接触，直到升级为你被一群全副武装的人绑架，时间维度被打乱，你的生殖器被当成玩物，并被强行插入针头。整个事情能够以如此简约的方式进行，这倒是挺令人钦佩的。重大事件让恐惧的游戏得以继续下去。那些星星点点的光源在天空游荡，在大事件的间隙延续恐惧，而那些关于我们的'太空兄弟'的商业影片并未起到什么缓和效果。恐惧就是关键。

"它的实际物理效果很有趣。我的意思是，他们当然可以做到这一点，这是毫无疑问的。但你必须记住，伴随着超自然事件出现的物理性后果非常传统。就拿恶灵来说吧：他们可以在你的房子里生火，或者随意移动陶器摆设。什么雪怪啦，或者其他什么沼泽怪物之类的东西伤害其他动物的模式，这个我还不能清楚地解释。也许是它借用了自然界常见的狩猎行为，在附近显灵。后来它渐渐形成了复制这种效果的途径。这种产生恐惧的机制一旦形成循环，它真的就能形成实际的物理效果，而不仅仅是视觉效果。它的局限在哪里？我不知道。

"现在还有另一件很凶险的事情。来自夫妻以及三人以上群体的报告数量正在增加。这表明它日益强大，并且学会了捕食一个群体。这种现象当然还需要更多的研究和论证，虽然我们几乎可以确认它正在

---

① 美国把人类与飞碟的接触分为七个等级，其中"第一类接触"指的是远距离的飞碟目击，没有其他的伴随性物理现象，也没有与外星生物的直接接触。

变强。

"哦老天啊，谈论这整件事的感觉就像是在生孩子。不过我现在觉得好多了。"

杰克可以等。让罗伊等待是至关重要的。毕竟，无论他是否意识到，罗伊所领悟到的理论几乎可以算得上是对世上所有问题的解释了。如果这种力量可以被消灭或者限制就好了，那样的话，太平与和谐将永在人间。天才啊！杰克讨厌在非工作时间待在这栋楼里，更确切地说，是深恶痛绝。是时候结束这场对话了。

杰克必须相信自己。他现在有些茫然，不知道自己该说什么。

"你的意思是说我们差不多都是奴隶。"

这戳到了罗伊的痛处。"不，你没仔细听我讲！不要发散我的理论！"

"还有，请你告诉我这么说对不对，"杰克抓住机会继续说道，"你，只有你，才是世上唯一能解开这些谜团的人。"

"也许我不是的，但至少在我认识的人里面，只有我。你看。这只是一个假说。就好像当葛吉夫①说，我们其实都是月亮的食物时，没人能明白他的意思。也许他知道一些我们不知道的事情，不过这并不重要。"

"恰恰相反。"杰克说。他心中渐渐有了主意。他知道这不重要："还有，罗伊，说说孩子们吧。人们总是很自然地认为，孩子很容易和这些奇特的经历扯上关系，因为他们更容易轻信旁人……"

"确实有孩子经历过，很多的，"罗伊说，"但有趣的是，他们的数量并不比成人多。有一种可能的解释是，与过去相比，成人越来越少地会选择拿故事里的怪物或者吓人的东西来教育孩子了。当然也还有别的猜测，但我认为，孩子们可能尚未发育健全，而它想要的，是从成熟的

---

① 葛吉夫（Gurdjieff）：传说无人知晓来历的神秘人物，曾经在许多古老的密宗圣地游学。

神经系统中产生的恐惧。孩子身上的这点粮食根本满足不了它。"

杰克其实已经可以预见罗伊会开口要钱。他必须专注。

桌上的电话响了起来。他暗示罗伊他可以完全忽视这个电话。这很好。他的注意力很集中。他只要再努把力。

杰克说:"显然,因为这些观点,你被整个协会厌弃。这不难理解。

"我们不妨总结一下。你认为有一种普遍存在的隐形力量,或者也可以说是寄生虫,它以吞食人类的恐惧为生。它的主要捕食对象是孤立的个体,但现在你说夫妻们也开始成为袭击目标。它可以随着文化的变化而变化。它会激发某些涉及信念的心理模式,并将它们根据不同程度具体化为各种现实场景。飞碟只不过是整个现象的其中一部分,其历史可以追溯到关于狼人的传说。现在看来,这个敌人群体的数量正在增加,也许都赶上了人类人口增长的速度。是这么回事儿吧?"

罗伊看起来不高兴。"是的(嗯)。请记住,我给你的只是简化版的理论,每一步推论的具体细节我还没有展开详述……"

"我很好奇,你为什么没有继续挖掘这个理论,为什么选择不再低调行事……"

"我以为我曾经就是这样做的,但是有人泄密了。"

"所以现在你需要和某个人待在一起的原因是……再说一次?"

"我不知道,我就是需要,"他说,模样很疲倦,"时间不会很长,但我真的需要身边有人。我发誓这只是暂时的。"

"我还是觉得你是在逃命,而且觉得自己可能有危险,对吗?所以你不想单独待着?拜托!"

他让罗伊变得非常多疑。他逐渐看到了出路。

"关于它正在慢慢变强,"杰克说,"这一点让我很感兴趣。你不妨多说些。"

"除了它变得越来越强以外，我不能说太多。我的能力还不够。可能的区别是，之前它通常选择利用相对较弱的单个生物磁场，但随着力量的逐渐增强，它渐渐开始利用非常强大的现代人工磁场。当然，这种猜测还未经考证。"

"那我问你，你觉得这东西的宏观层面是什么？你一定思考过这个问题吧，比如战争？我的意思是，整个战场上有成千上万的人正经历着极端的恐惧，他们害怕死亡。那么根据你的理论，这个东西将会在战争期间蓬勃发展。不是吗？所以战争是否也会牵涉到这东西？"

杰克觉得已经安全了。他知道该怎么做。

"我不想妄断。"罗伊说。

"为什么不呢？在战争期间，奇异事件的发生率会飙升吗？"

"我只知道它在两场战争之间的和平时期确实会上升。但导致数据上升的原因可能有很多。我不妄断。"

"而且这东西变得越来越强。"

"我已经说过了。是的（嗯）。"

罗伊忽然变成了男高音。他的脸上汗水涔涔。

现在杰克已经把问题解决了。这就够了。他只需要想想，该使用什么罪名来指控罗伊。罗伊可能就是这东西的一部分，正在传播它，或者正在吸引它。这是杰克的立场。他必须把罗伊赶走，干净利落。他绝不会把朱迪丝卷进来，他有这样的责任。一切都会给卷进来。他已经弄明白了。你努力摆脱父亲那愚蠢的工匠心态，你做到了；现在站在你面前的是你哥哥，一个有趣的乞丐。他不能搬过来和你一起住，绝不能。

他会使用愤怒。

（原载《巴黎评论》第八十四期，一九八二年）

莫娜·辛普森评《谎言堆砌的存在》

"杰克喜欢自己的办公室。喜欢自己的办公室很正常。"

这是《谎言堆砌的存在》的第一行。那时我在《巴黎评论》工作，刚拿到这份创作手稿时（它装在一个很怀旧的黄色马尼拉信封里，通过邮政寄来的），当时的主编只读了故事开头的这一句，就史无前例地立刻决定发表这篇小说。编辑们就像是艺术馆的策展人，已经培养出了敏锐的直觉。

"我确定。"她说，把稿子递给我。

是啊，她的决定是对的。

她察觉到了某种有关角色性格的表达：一种顽固的防卫机制，通过谓语/宾语的重复体现出来，然后由它触发了整个故事的核心冲突。

诺曼·拉什是由社会主义者和业余歌剧演员抚养长大的。他的作品中到处都是狂热的理论、复杂的政治，以及那些专属于男孩子知识圈的、会让女孩们觉得不舒服的东西。他的故事里充斥着怪人、反叛者、理论家、发明家，以及他们被恐吓的、带着讽刺性的子女们，他们都有着非常强烈的个人旨趣。

故事里的每个人都很聪明。

但这对他们没有多大帮助。

你可以把《谎言堆砌的存在》中漫漫无尽的长篇抱怨，视为一个关于两兄弟的故事。

"关于他们阴沉父亲的回忆如潮水般涌来。他总说，你们可以喝点汤姆利乔酒，因为本笃会应该没问题，但再也不能喝荨麻酒了，加尔都西会的名声可不太好。父亲还说，人们应该拒绝和购买大众汽车的人来往，因为大众生产厂雇佣了大量的奴隶劳动力。这种理念一直持续到二十世纪六十年代。在卡萨尔斯回来之前，访问西班牙的人都是麻风病人。他们的父亲声称自己是'地下室发明家'，并且发明了一种名为'米特帽'的牙膏分配器，可以粗略测量出每次刷牙时牙膏的平均使用剂量，从而减少浪费。他坚称，购买这项专利的公司雪藏了这项发明，而浪费是全民公敌，因此该公司有罪。'拥有私产即是盗窃。'父亲就这样一直唠叨到深夜。罗伊反对浪费。"

这最后的一句话将罗伊与他们的阴沉父亲联系起来。

杰克"喜欢每次只往桌上放一样东西"；墙壁的颜色超越了色彩本身的含义，是一种"天真的黄色"；"位于八楼的办公室让他避开了街道的喧闹嘈杂"。

换句话说，作者轻声细语向读者描述的，其实是个不折不扣的控制狂。"他或许会对定制办公桌的设计感到失望[①]。"

精心设计这个办公室能换来什么？

佣金。

杰克是童书插画师经纪人。考虑到他曾与一个坚信"每个人都应该购买凹陷罐头"的哥哥一起成长，这份职业的选择是合乎逻辑的。

因为拉什本质上就是一个漫画作家，所以我们知道这过度讲究、带着想要安排好一切的野心的布局将会被某些突发事件打乱。

他的哥哥就是这个突发事件。

"很好。这正是他现在所需要的。杰克忽然有种说不出的感觉。这太不公平了。"这种不间断的第三人称叙述向读者传递了杰克的极度敏感，不带任何同情色彩。他责备自己的秘书，因为她去吃午饭时把门打开了。"他会找她算账的。"

杰克是一个缩影，象征着那些懂得韬光养晦且相对成功的人。他们知道如何应对挑战。他的哥哥罗伊则完全不同。在继承了父亲

---

① 此处莫娜·辛普森故意改变了字体加以强调。

两万九千美元的遗产之后，他把这笔钱尽数投资给了飞碟协会。他全心全意地加入了他们，最终发现自己被卷入了一场论战。他开始相信，敌对势力派出了以人类恐惧为食的太空飞船。

"就像是被灵感突然击中那样，我悟出了这其中的真谛。这个真相同时也被其他人领悟，也因此发展成了一个具体学派。但是，我的理论确实已经超越了这个学派。我已经超越它了。我是唯一的一个。"他这样向自己弟弟解释道。而杰克回答说："你想让我说话的时候告诉我。"

这两个角色都不怎么引人同情。但是考虑到作者拉什一贯以来光怪陆离的创作风格，我们更倾向于同情那个轻信于人、且笃信飞碟存在的偏执狂罗伊。当然也因为在故事中，他提出的要求其实很简单：仅仅是在弟弟家住一阵子，然后再为将来做打算。

而杰克用理性将我们置于毫无意义的哲学难题之中。他拒绝了罗伊最基本的要求，并相信自己的决定是正确的。

OBJECT LESSONS

福楼拜的十个故事

莉迪亚·戴维斯　著

阿莉·史密斯　评

吴永熹　译

厨子的一课

今天我好好地学了一课，我们的厨子是我的老师。她二十五岁，是法国人。我发现她完全不知道路易-菲利普已经不是法国国王，我们现在已经是共和国。但他都退位五年了呀。她说他不再是国王这件事她一点儿也不感兴趣——这是她的原话。

我还自认为是一个智者！但和她相比我简直就是个傻瓜。

你离开以后

你要我告诉你我们分开后我做的所有事情。

好吧，我很伤心。我们相处的时刻那么美。我看到你的背影消失在火车车厢里。我走到桥上，看着你那辆火车从底下经过。我的眼里只有那辆车：你在里面！我看着它，听着它，很久很久。在另一个方向，向着鲁昂那边，红色的天空里夹着一片片宽阔的紫色。等我抵达鲁昂你抵达巴黎的时候，天早该黑透了。我又点了一根雪茄。我来来回回地走了一阵。然后，我的身体感到又麻又倦，于是走进街对面的咖啡馆，喝了一杯樱桃酒。

我的车进站了，前往和你相反的方向。在车厢里，我碰到了一个从前的校友。我们交谈了好一会儿，几乎一直聊到了鲁昂。

我到站后，按约定，路易已经在那里等我了，但我的母亲没有派马车来接我们回家。我们等了一会儿，然后，借着月光，我们走过桥然后穿过码头。在镇子的那边有两个地方能租到马车。

在第二个地方，那些人住在一个旧教堂里。天很黑。我们的敲门声吵醒了租马车的女人，她戴着睡帽来开门。想像一下这个场景：在大半夜里，她身后老旧教堂的内景；她打哈欠张大的嘴；一支燃烧的蜡烛；她身上披着的垂到屁股下的蕾丝披肩。当然，马需要上鞍。它的臀带坏了，我们在那里等着他用绳子把它修好。

在回家的路上，我和路易谈到我在车上碰到的校友，此人也是路易的朋友。我告诉路易，我和你在一起的时间是怎么度过的。窗外，月光在河面上闪耀。我记起另一次深夜沿着河边回家的旅程。我这样向路易描述它：地上有厚厚的积雪；我坐在雪橇上，戴着我的红色羊毛帽，裹在毛披风里；那天，在去看一个非洲野人展览的路上，我丢了我的皮靴；马车上所有的窗子都开着，我在抽烟斗；河面很黑；树也是黑的；月光反射在雪原上，它们看起来就像绸缎一样光滑；那些被雪覆盖的房子看起来就像睡着了蜷成一团的小白熊；我想象自己是在俄罗斯大草原上；我觉得我可以听见驯鹿在薄雾中打呼，我觉得我能看到背后的群狼追着跳向雪橇；那些狼的眼睛就像路旁的煤一样闪闪发亮。

等我们终于到家时，已经是凌晨一点了。我想在睡觉前整理一下书桌。从我的书房窗户向外望去，月光依然在闪耀——在水面上，在拉纤道上，以及，在家附近，在我窗户旁的郁金香树上。我整理完书桌，路易回到了他的房间，我回到了我自己的房间。

造访牙医

上个礼拜我去了牙医那里，以为他会帮我拔牙。但他说最好还是等等看疼痛是否会消退。

好吧，疼痛并没有消退——我经历着难以忍受的痛苦，并且发了高烧。所以昨天我去把那颗牙拔了。去牙医那里的路上，我得经过一个旧市场，在不久的过去那儿也是刑场。我记得，在我六七岁的时候，有一天从学校放学回家，穿过了刚刚执行过死刑的那个广场。断头台还在那儿。我看见铺路石上流淌着新鲜的血。他们正在把篮子搬走。

昨晚我在想，我是怎么一边恐惧着即将发生在自己身上的事情、一边前往牙医诊所并来到了那个广场的；而同样的，那些注定要死的人又是怎么一边恐惧着即将发生在自己身上的事情、一边来到那个广场的——虽然，发生在他们身上的事情要可怕得多。

我睡着以后梦见了那个断头台；奇怪的是，我那睡在楼下的小侄女也梦见了一个断头台，尽管我从没对她说起这事。我在想，思绪是不是流动的，并且向下流动，在同一所房子里，从一个人流到另一个人。

普歇的太太

明天我会去鲁昂参加一个葬礼。普歇夫人，一名医生的太太，昨天死在了大街上。她当时坐在马背上，和她的先生同骑一匹马；她中了风，然后从马背上摔了下来。曾有人认为我对他人缺乏同情心，但是这一次，我非常伤心。普歇是个好人，尽管他完全聋了，而且天生不是一个欢快的人。他不替病人看病，却花时间钻研动物学。他的太太是一位漂亮的英国女人，举止亲和，而且对他的工作多有助益。她为他画画，帮他看手稿；他们一起出行；她是一位真正的伴侣。他深爱着他，这一损失会对他造成致命打击。路易就住在他们的对门。他碰巧看见了那架拉着她回来的马车，她的儿子把她从车里抬出来；她的脸上盖着一块手帕。她被脚朝前抬进屋里，正在那时，一个跑腿的男孩来了。他送来了那天早上她订购的一大束花。哦，莎士比亚！

葬　礼

　　昨天我去参加了普歇太太的葬礼。我看着可怜的普歇站在那儿，弓着身子，悲伤得像风中的干草一样摇摆，而我身边的几个男人正在谈论他们的果园，比较小果树的粗细。然后我旁边的一个男人向我问起中东的事情。他想知道埃及是否也有博物馆。他问我："他们的公共图书馆条件好吗？"站在墓穴旁边的牧师说的是法语，不是拉丁语，因为葬礼是新教式的。一位站在我侧面的绅士对此表示赞赏，然后说到天主教，轻蔑地评论了几句。与此同时，可怜的普歇先生绝望无助地站在我们面前。

　　也许我们这些作家会认为自己创造了太多——但是现实每一次都要更糟糕！

马车夫和蠕虫

　　我们从前有个仆人，一个可悲的家伙，现在是一名出租马车车夫——你可能还记得他是怎样娶了一个门房的女儿，这个门房曾获得过一个分量很重的大奖，就在同时他的妻子却因偷窃被判劳役，而事实上那个门房才是窃贼。不管怎样，我们从前的仆人，这个不幸的男人托莱，他体内有——或者他认为他体内有——一条绦虫。他谈论这绦虫时就好像在说一个活人，"他"能与他交流，还会告诉他自己想要什么。当托莱和你说话时，"他"这个词往往指的是他体内的那个生物。有时候，托莱一旦感到某种迫切的欲望，就会认为它来自那条绦虫："'他'想要。"他说——然后托莱立即服从。后来，"他"想吃新鲜的面包卷；还有一次"他"执意要喝一点白葡萄酒，但是第二天"他"又会为人们没给他红酒而暴怒。

在他自己的眼中，这个可怜的男人现在已经把自己降到了和绦虫同样的位置：他们是对手，为争取主导权展开激烈的斗争。最近他对我的弟媳说："那畜牲总和我作对。这是一场意志的斗争，你明白吗？他要强迫我做他喜欢的事。但我会报复的。我们两个中只有一个会活下来。"好吧，活下来的是这个男人，或者说，稍微多活了一会儿。因为，就为了杀死并摆脱那蠕虫，他刚吞下了满满一瓶硫酸，此刻也不久于人世。我不知道你能否看出这故事真正的深意。

多么奇怪的东西啊——人类的大脑！

处　决

这是另外一个关于我们同情心的故事。在离我们这儿不远的一个村子里，有个年轻人杀死了一位银行家和他的妻子，然后强奸了他们的女仆并且喝光了酒窖里所有的酒。他被送审，被判有罪，被处极刑，然后被执行。好吧，人们想到这家伙要给送上断头台受死，忽然爆发出了极大的兴趣，前一天晚上就纷纷从各个乡下赶来——人数居然超过了一万！围观的人海甚至把附近的面包店都买断了货。而且，由于旅馆都住满了，人们露宿街头：为了看这个男人受死，他们宁愿睡在雪地里！

而我们却摇着头不愿意相信罗马角斗士的故事。哦，骗子们！

椅　子

路易在芒特的一座教堂里看椅子。他非常仔细地看那些椅子。他说，他想要通过看人们坐的椅子来尽可能多地了解那些人。他从一个女人的椅子开始，他称她为弗里科特夫人。也许她的名字写在椅子背后。他说她一定很胖——座位深深陷了下去，而且祈祷凳有好几处加固。她丈夫也许是一位公证人，因为那祈祷凳是用红色丝绒和黄铜钉装饰的。又或者，他想，那女人可能是寡妇，因为教堂里没有属于弗里科特先生的椅子——除非他是一个无神论者。事实上，如果这位弗里科特夫人是个寡妇的话，也许她正在寻找一位新丈夫，因为椅背的颜色给染发剂弄花了。

展　览

昨天，冒着大雪，我去看了个来自勒阿弗尔的野人展览。他们是非洲黑人。这些可怜的黑鬼，还有他们的经理，看起来都像快饿死了。这展览只需要付几分钱就能进去。它在一间充斥着烟味的肮脏房间里，要爬几层楼高。看展的人很少，七八个穿工作服的人分散着坐在几排椅子上。我们等了一会儿。然后一个类似野兽的东西进来了，背上披着虎皮，嘴里发出刺耳的嚎叫。还有几个跟着他进了房间——一共有四个。他们走上平台，围着一个炖锅蹲伏着。他们看起来既丑陋又闪亮，身上满是护身符和文身，像骷髅一样瘦，皮肤的颜色像是我抽了很久的旧烟斗；他们的脸庞平坦，牙齿雪白，眼睛圆睁，表情极其悲伤而惊恐，像是受过虐待。窗外的暮光和街对面屋顶的白雪在他们身上蒙了一层灰色的薄雾。我感到我好像在看着地球上的第一批人类——好像他们刚刚才出现，还在和蟾蜍鳄鱼一起到处爬行。

然后，他们中的一个，一位老女人，注意到了我并且走进观众席来到我身旁——看起来她好像突然对我产生了某种好感。她对我说了一番话——我估计是什么情话。然后她试图吻我。观众震惊地看着我们。足足有一刻钟的时间，我坐在位子上听着她漫长的爱的宣言。我好几次问他们的经理她在说什么，但是他完全无法翻译。

虽然他号称他们懂一点英语，但他们似乎一个词都听不懂，因为在展演终于结束后——我终于解脱后——我问他们的几个问题他们都无法回答。我很高兴能够离开那个悲惨的地方，再次回到雪地里，虽然我不知道把靴子落在什么地方了。

是什么让我如此吸引白痴、疯子、笨蛋和野人？那些可怜的生物是否从我这里感受到某种同情？他们是否感到我们之间有某种联系？次次都是这样。加莱北部的白痴是这样，开罗的疯人是这样，埃及南部的僧人是这样——他们通通用他们爱的宣言来迫害我！

后来，我听说，他们的经理在这次野人展览之后抛弃了他们。他们那时已经在鲁昂待了两个月，先是在博瓦桑大道，然后是格兰德大街，我就是在那里看到了他们。他离开的时候，他们住在子爵街上一家破旧的小旅馆里。他们唯一的办法是向英国领事馆报案——我不知道他们的话怎么可能让别人听懂。但是领事馆替他们付了账——给了旅馆四百法郎——然后把他们送上了到巴黎的火车。他们在那儿有一场展览——那是他们在巴黎的首演。

我的校友

上周日我去了植物园。那儿，在特里亚农园里，古怪的英国人卡尔弗特曾经居住过。他培植玫瑰然后运到英国去。他收集了一些非常稀有的大丽花。他有一个女儿，过去经常和我的一个叫巴伯莱的校友鬼混。因为她，巴伯莱自杀了。他当时十七岁。他用一把手枪射死了自己。我顶着大风穿过一块沙地，然后看见了卡尔弗特的房子，那是她女儿过去住的地方。她现在在哪里呢？他们在房子附近建了一个温室，里面有棕榈树，旁边还有一所讲堂，给园丁们讲解芽接，嫁接，修剪和整枝——所有养活果树所需的知识！谁还会想到巴伯莱呢——那样爱着那个英国女孩的男孩？谁还会记得我那位激情澎湃的朋友呢？

（原载《巴黎评论》第一百九十四期，二〇一〇年）

阿莉·史密斯评《福楼拜的十个故事》

即便精简、机智与凝练已是短篇小说这种形式的基本要求，莉迪亚·戴维斯的小说仍然能以其精确性而出类拔萃。这些故事起到的效果类似顺势疗法。一个仅有两行或是一段长的故事就能够传递一整个思想的宇宙。

《福楼拜的十个故事》是戴维斯（她同时也是一位翻译家）在翻译新版《包法利夫人》时写的，她当时通读了福楼拜写给他的朋友兼情人路易丝·科莱①的信件。"时不时地，"戴维斯在一个访谈中说，"他会告诉路易丝他最近经历或听到的一个小故事，然后我突然意识到，只要稍加修改，这些精巧、零散的小故事就能变成很好的单篇小说。"

它们是译文吗？它们是福楼拜所作，还是戴维斯所作？在《福楼拜的十个故事》中，我们无法分辨福楼拜在哪里停步、戴维斯从哪里介入，我们也不知道每个故事之间如何相互联系，或作者意欲让它们如何联系。这个循环既亲密又疏离。它探讨对立的东西：冷与热，黑与白，驯顺与狂野。它冷静而不动声色地剖析残暴，以此来展示怜悯。它审视了不同的离别：从我们每天和自己所爱的分别，一直到最终死亡带给我们的永别。

偶然并置的事件和叙述彼此共振：它们好像自动联系在了一起。《福楼拜的十个故事》的开头预告了某种对阶级、历史和预期的反转。到故事末尾，爱与失去在荒凉的故事中心绽放。戴维斯非常自信地安排这些故事的顺序（尤其是倒数第二个故事《展览》的位置），展现出

---

① 路易丝·科莱（Louise Colet, 1810—1876），法国女诗人、音乐家、著名沙龙女主人，与法国文学圈的许多重要人物，如雨果、福楼拜、缪塞等均有密切交往。科莱曾是福楼拜的情妇，两人之间有频密的通信交往，福楼拜在创作《包法利夫人》期间与科莱的大量通信成为重要的研究资料。

她深刻的编辑直觉。

"我在想，思绪是不是流动的，并且向下流动，从一个人流到另一个人。"在这些由别人讲述的故事中，没有任何一段旅程是孤独的，因为讲述本身被揭示为一种公共形式，一种公共的行动。

阔太布里奇的浮华生活

伊凡·S.康奈尔　著

威尔斯·陶尔　评

陶衡之　译

停车记

在她的第四十七个生日之际，布里奇先生送了辆黑色林肯轿车给她。车身太长，她得小心翼翼地驾驶，仿佛是在驱动一台火车头似的。人们驶过时，总是会朝着她摁喇叭，或者转头"行注目礼"。这辆林肯的发动机空挡转速太慢了，因此，她在交叉路口停下时，引擎有时候会熄火。但是，由于她的丈夫从来不用这辆林肯，而她自己则以为，这大概是汽车的正常状况，所以从没调整过怠速。她按下点火按钮的时间要么过长，要么不够。每当此时，她总是会让一长串的车辆排队等候。她知道，自己不是什么行家里手，所以当不幸的事情发生时，她总是相当的歉疚，并且会使出浑身解数，以免挡住每个人的去路。在任何斜坡的起始处，她都会切换到二挡，然后以慢得没必要的速度，让自己靠边缓缓下坡。

平常，她把车停在市中心的一个车库里，布里奇先生在那儿替她租了个车位。她只要对着大门摁喇叭，它就会随之缓缓打开，然后她慢慢地滑行进去。在车库里，一名保安称呼她的名字向她致意，帮她下车，然后停好这辆令人望而生畏的庞然大物。但在乡村俱乐部的区域，她得把车停在大街上。如果有斜线的话，她会停得非常好；但如果是侧方位停靠的话，她总是难以判断车辆到路边的距离。于是乎，她不得不下车，绕上一圈看看，然后回到车上，再作尝试。这辆林肯的座位柔软之至，而布里奇太太又是如此娇小，所以她只好正襟危坐，才能看到前方发生的事情。她开车时手臂使劲向前伸直，戴着手套的双手紧紧握住巨大的方向盘；自始至终，她的双脚都只能勉强地踩到踏板。她从未出过严重的事故，但是经常被人看见在各处受到巡警的盘问。这些巡警从没对她做过什么，一方面是因为他们立刻就明白决不能逮捕她，另一方面则因为他们可以告诉她，她正在尝试正确的方法。

在大街上停车时，人们的围观会使她尴尬不已。但是，每当她和方向盘苦苦缠斗，开始跌跌撞撞地向后倒去，似乎总会有人在公共汽车站待着，或者是在门口晃悠。他们无所事事，就只是目不转睛地盯着她看。不过，有时也会有好心人，看到她身陷困境，就会走上前来，手扶帽檐以示尊敬，询问自己是否能帮上忙。

"你能……帮我吗？"她会如释重负地问道。当他打开车门之后，她会下车站在路边，而他把车停到车位上。要想知道他是否希望得到小费，这可是个问题。她明白，那些站在街头的人需要钱，但是她不愿意冒犯任何人。有时候，她会踌躇不决地询问，有时候则不会。不管这个男人是否接受一份二十五美分的小费，她都会扬起头，报之以灿烂的微笑，说："非常感谢！"然后锁上林肯的车门去逛商店。

牧师之书

如果布里奇太太买了一本书，那不外乎三种情形之一：一种是畅销书，她曾经听说过，或者在林林总总的商店里见到过它的广告；一种是励志书；还有一种是堪萨斯城的作者所撰写的著作，无论其内容如何。后者十分稀少，但不时会有人以南北战争的历史来揭示堪萨斯城的种种秘辛，或者是有关西港登陆的古旧情事。此外，还有些诗歌和散文的袖珍本，通常是由当地的出版社印制的，其中一本，搁置在客厅各处的时间要比其他任何书都来得长。但有一个例外，那是一套极其古老的两卷本《卡拉马佐夫兄弟》。它们有着金灿灿的书皮，是由布里奇先生的哥哥从一个古董商那里买来的，家里从来就没有人读过。这一套书被郑重其事地放置在壁炉台上，位于一对青铜制的印第安酋长头像之间——这是布里奇太太的表姐露露贝丽·沃茨送来的唯一堪用的礼物。黑兹尔会用孔雀羽毛掸子掸去书上的灰尘，每周一次。

排名《卡拉马佐夫兄弟》之后、搁的时间第二长的是一部随想集，作者是当地牧师福斯特博士。这是一个矮小而友善的家伙，整天都乐呵呵的，有着一个漂亮的大脑袋，覆盖着柔和的金白色头发。他任凭头发长得很长，还把头发朝头顶上梳，好让自己再高个几厘米。他花费了好几年的时间写下这些文章，怀着把它们结集成书的念头，还不时笑嘻嘻地暗示，它们是自己的回忆录。然后，人们就会大惊小怪，务请他发表出来与世人共享。就此，福斯特博士会拍着说话者的肩膀，清一清自己的嗓子，开怀大笑着说："让我们再想想，让我们再想想。"

后来，当他在堪萨斯城布道十有七年，当他的声名为人所知，当他总是被《聊家》提及、又不时出现在本市的报纸上，一家小出版社才终于采用了这些文章。此前，他已经向出版社悄悄地投递了好几回书稿。该书以黑色封面出版，配之以高贵的灰紫色护封，上面印着他的肖像：在薄暮中若有所思地微笑着，从书房窗口探出身来，背剪双手，一只脚微微向前。

第一篇文章是这样开头的："此刻，我坐在书桌旁；于我而言，这么多年以来，这张书桌一直是舒适和灵感的源泉。我看着夜幕降临，阴影轻轻地掩过我那小小的但是（在我眼中）美丽的花园，就是在这样的时刻，我再三细思人类的状态。"

布里奇太太拜读了福斯特博士的大作。他为她在书上亲笔签名，并且惊奇地发现，他是一个如此喜欢沉思的人，对于日出又是这么的敏感。她发现，他经常起身去观看日出。她在书中的几个段落下画了线，对她来说，这些段落似乎有着特殊的意义。这么做之后，她就可以和她的朋友们展开相关讨论，他们也都在阅读这本书。她还向格雷丝·巴伦强烈推荐了这本书，最终，她也同意去读上几页。

随着恶俗的、消极的书籍源源不断地涌入坊间，纠缠于战争、各种主义、性变态以及其他的一切，这本书来到了她的身边，不啻一支橄榄枝。这使她确信，生活终究还是值得过的，她从未做过、也不曾在做什么错事，人们依然需要她。于是，在陀思妥耶夫斯基的阴影下，福斯特博士那令人愉悦的沉思录散布在了客厅的各个角落。

来自马德拉斯的女仆

布里奇夫妇举办了一场鸡尾酒会，这倒不是因为他们想和一大帮子人共饮鸡尾酒，而是因为他们早就应该举办一场鸡尾酒会了。总共有八十多人出席，他们在宅院里到处转悠。这栋房屋坐落在一个山坡上，具有卢瓦尔河谷城堡的风格。格雷丝·巴伦和弗吉尔·巴伦来了；面对此情此景，玛奇·阿伦和拉斯·阿伦、海伍德·邓肯夫妇、威廉·范米特和苏珊·范米特显得有点儿格格不入；洛伊丝·蒙哥马利和斯图尔特·蒙哥马利；贝克勒姐妹穿着老式的串珠礼服，似乎她们从来都没忘记当初布里奇太太戴着脚镯招待了他们；诺埃尔·约翰逊身形巨大，独自一人，他太太因疲惫至极而卧床不起；梅布尔·埃厄试图讨论严肃的问题；巴彻勒博士和他太太也出席了，现如今，他们的奥地利难民朋友已在洛杉矶定居；甚至连福斯特博士都现身了，他宽容地微笑着，来上一杯威士忌酸酒和一支香烟，说到周日的高尔夫球赛，轻描淡写地责备起了几名球手。还有一个名叫比奇·马什的汽车推销员，穿着双排扣的细纹西装，而不是燕尾服，也早早地来到了现场。他插科打诨，极尽所能，以为那会令人捧腹，却为其误会而尴尬不已。他并不是什么密友，但是，为了邀请其他一些人，请他赴会很有必要。

布里奇太太在灯火辉煌的屋子里四处走动，衣服窸窣作响。她不断地检查，确保一切正常。每隔几分钟，她就要瞥一眼盥洗室，确定客用毛巾依然一尘不染地层层叠在架子上面，它们与色彩柔和的手帕颇为相似——在晚会结束时，只有三条毛巾被弄乱了。她还进了一次厨房，提醒另外一个女仆，叫她把笔挺的制服前胸那条缝隙紧紧别住。这个女仆是雇来给黑兹尔帮忙的。

布里奇太太穿梭于银烛台和小火鸡三明治之间，她优雅地微笑着，和每个人都聊上一会儿；悄悄地打开窗户，让烟味消散出去；拿走红木桌面上的湿玻璃杯；不时悄然而去，清空她布置在房屋各处的玛瑙烟灰缸。

比奇·马什喝醉了。他拍打着人们的肩膀，讲着笑话，高声大笑，还到处晃悠，把烟灰缸里紫红色的烟蒂倒掉。自始至终，他都在试着摆弄好自己的衬衫领尖，它们因为出汗而发潮，像牛角似的卷到空中。当布里奇太太在铺着地毯的楼梯上走到过半时，他神情亢奋地跟上去说道："有一位来自马德拉斯的年轻女仆，她有一个大屁股[①]，既不是圆鼓鼓的，也不是粉红色的，你可别想歪啦——它是灰色的，有长长的耳朵，吃的是草。"

"哦，哈哈！"布里奇太太回应道，她带着礼貌的微笑，转过头来看了一眼，但还是继续上楼去了。此时，那个汽车推销员痛苦地拽住了自己的衣领。

[①] 英文的"屁股"（ass）一词也有"驴子"之意。

后座的洗衣妇

洗衣妇会在每个礼拜三到来。由于巴士线路距离布里奇家有几个街区之远，所以，几乎总会有人在早晨去巴士车站接她。多年以来，洗衣妇一直都是一个和蔼可亲、年纪老迈的黑人女子。她戴着一条红色的印花大头巾，穿着一件连衣裙，类似于染了色的医院病号服，名字叫做比拉·梅。她完全具备了大道至简的智慧。布里奇太太很喜欢比拉·梅，谈起她时总说她是"一个善良的老人"，时不时地额外多给她一点钱，或者是一件有些过时了的晚礼服，又或者是一些购物彩券，她总是勉为其难地从女童军或各式各样的慈善机构那儿买下这些彩券。但是有一天，比拉·梅受够了洗烫衣服、或有或无的额外礼物，也没有跟任何雇主打上一个招呼，就登上一辆去往加利福尼亚的巴士，在海边过起了自己的日子。一连好几个礼拜，布里奇太太都没有洗衣妇可用，被迫将这项工作委托给了一家店铺。但最终，她还是找了别人，一名体型庞大而又神情阴郁的瑞典女人。在厨房的会面中，她说自己名叫英格丽，曾经当了十八年的女按摩师，并且对那项工作要喜爱得多。

第一次的早晨，布里奇太太抵达巴士站时，英格丽愁眉苦脸地向她致意，然后吃力地钻进了前座。这不合乎规矩，但这样的事情却又难以解释，因为布里奇太太不喜欢以令人感到自卑的方式来伤害任何人的感情。所以，她对此不发一言，希望到了下个礼拜，附近的其他洗衣妇会对英格丽点拨一二。

下一周，她再次坐到了前座上，布里奇太太也再次装作一切都安然无恙。然而，第三次的早晨，正当她们沿着沃德大道上行，朝着家里驶去，布里奇太太说："我老是念着比拉·梅。从前，她坐在后座，又自在又快活。"

英格丽转过黄色的大脑袋，冷冷地看着布里奇太太。她们的车子慢悠悠地驶入私家车道，她开口说："所以，你是想我应该坐在后面。"

"哎呀，老天爷！我没有这个意思。"布里奇太太微笑着扬起头，对着英格丽回答道，"如果你喜欢，你完全可以坐在这儿。"

英格丽没有再多说什么。下个礼拜，她坐在了后座，面带着相同的深怨浓愁。

磨破的袖口

通常，布里奇太太会对洗好的衣服进行检查。但是，当她要去购物或参加聚会时，这件差使就落在了黑兹尔身上。黑兹尔从来就不会多留意扣子丢了或者松紧带没弹性了这类事情。到头来，还是布里奇太太发现，道格拉斯穿着一件袖口明显磨破了的衬衫。

"我的天！"她一把抓住他的袖子，叫道："被狗嚼过了吗？"

他低头看着线脚，仿佛从来就没有见到过它们。

"你肯定不打算再穿这件衬衫了吧？"

"对我来说，这看起来丝毫没有问题。"道格拉斯说。

"那就看看这些袖口！别人都会以为，我们快要进救济院了。"

"所以，贫穷是可耻的？"

"不！"她大喊道，"但是，我们不穷！"

平　等

布里奇太太赞成平等。在某些情况下，当她在报纸上看到，或是从广播里听到工会赢得了又一场胜利，她会想："真棒！"而且，民间团体和联邦政府都在批评各州的各自为政，这让她觉得时候已到，她也会试着去了解，为什么歧视这类恶劣的行径竟能够顽固不化、挥之不去。不过，无论她对此的感受有多么强烈，她都十分当心自己的言语，因为她明白自己拥有的一切之所以属于她，都是通过一个人的努力——她的丈夫。布里奇先生的看法是：人是不平等的。他太太竟会为了这样的事情困惑，他为此而着恼不已。他用果断的语气说："你召集地球上所有的人，然后平分一切，六个月之后，每个人所能拥有的几乎和他们现在所拥有的一样。亚伯拉罕·林肯的意思是权利的平等，而不是能力的平等。"

凡此种种似乎恰好印证很多人并未拥有平等的权利，她想要向丈夫指出来的正是这一点；但是经过几分钟的讨论，她就会被不自信压倒，并渐渐感到困惑不已。每当这时，布里奇就会盯着她看上一阵子，仿佛她是玻璃盒里的某样东西，然后继续他之前在做的事情。

无论是在什么聚会上，只要有机会，她就会试着认识来自少数族裔或弱势群体的人们。

"我是英迪亚·布里奇。"她会友善地说，并且希望邀请人们到她家里来作客。她也已熟稔那些没什么新鲜想法的邻居，他们提到某些阶级不断增长的财富时，她会说："他们能够拥有电视、汽车和一切，这不好吗？"

在北部的一个小镇上，一对黑人夫妇在白人社区里开了家杂货店；那天晚上，窗户被砸碎，商店遭纵火。报纸上刊登了图片，包括被损毁的商铺、两个幸灾乐祸地傻笑着的警察，以及那对失去所有积蓄的黑人夫妇。布里奇太太独自用着早餐，阅读了这篇报道，几个小时之前，她丈夫已经上班去了。她仔细端详了那个年轻黑人和他妻子的悲伤脸庞。上午阳光的暖意透过报纸传来，和暖而又宜人；厨房里，黑兹尔一边削着苹果准备制作馅饼，一边唱着赞美诗。整个世界看起来是那么令人惬意，就像从她的窗口望出去的那样；然而，这样的事情还是发生了。布里奇太太在早餐桌上，手里拿着一片奶油吐司，感受到一种可怕的欲望。她要将这些不幸的人紧紧地抱在胸前，然后告诉他们：她也知道，被伤害意味着什么；但是，一切都会变得好起来的。

手　套

她和朋友们一道做过好一些慈善工作，尤其是在第九街的一个小商店里。那些募集到的二手衣服用车辆运来，在这里被分发出去。这家商店有两个房间。在前面的一间，一排牌桌并放在一起，桌后站着慈善义工，他们会帮助人们寻找可穿的衣服；而在后面的一间，有更多的牌桌和可折叠的木椅。不在前屋当班的时候，布里奇太太和她的工友们在这里吃午饭，或者在此休息。

她经常和玛奇·阿伦一起开车过去。她们这一周乘阿伦的克莱斯勒，下一周乘布里奇太太的林肯。在这种情况下，布里奇太太总会在她租了车位的车库前停下。她摁动喇叭，或者如果有人碰巧出现在视线里面的话就招手示意。很快，一个名叫乔治的保安会扣紧他的外套赶出来，坐上后座，一同前往服装店。到了那儿，他会跳出汽车，为布里奇太太打开车门，之后再将林肯开回车库，因为在这么近的距离之内，她不喜欢把车停在大街上。

"乔治，你能在六点左右，或者六点十五分左右来接我们吗？"她会问道。

他总会用手轻轻扶着自己的帽檐，回答说，乐意效劳，然后驾车离去。

当她们两人走进商店的时候，阿伦太太说："他看上去真不错。"

"哈，他确实很好！"布里奇太太赞同道，"他是我用过的最好的车库保安之一。"

"你在那儿停了多长时间了？"

"相当久了。我们过去停在沃尔纳特，那儿有个糟糕透顶的场子。"

"就是有爆米花机的那个？天哪！那岂不是糟糕得无法忍受？"

"不，不是那个地方。是有意大利人的那个。你知道，我丈夫是怎么看意大利人的。唉，那儿看上去就像是他们的活动基地。他们去那儿吃三明治，收听来自纽约的那些个歌剧广播。实在是令人难以忍受。所以到了最后，沃尔特说：'我要换个车库。'于是，我们就换了。"

她们走过那排牌桌，脏兮兮的、有酸味的未洗衣物在上面堆得很高。她们进入后屋，看到一些提前抵达的同事正在那里享用咖啡和小饼。布里奇太太和阿伦太太挂好她们的大衣，也享用了咖啡，然后准备工作。教养院派了些男孩子来做帮手，他们投入到工作中去，解开最新的装满旧衣物的麻袋，再把它们倾倒出来。

到了下午两点，当天的派发工作已一切准备就绪。大门打开，第一个穷人走了进来，靠近柜台。布里奇太太和另外两个人挂着鼓励的微笑，站在柜台后面。他们三个都戴着手套。

海伍德·邓肯家的抢劫案

布里奇夫妇差点儿在参加海伍德·邓肯家的鸡尾酒会时遭到抢劫。十点钟过后不久，就在她从自助餐桌上取鳀鱼饼干的时候，门口出现了四名男子，拿着左轮手枪，戴着塑料鼻子和牛角眼镜的伪装。其中一人说道："好吧，大家伙儿！这是抢劫！"另一个男人——事后，布里奇太太向警察描述，他没有打领带——站到了钢琴凳上，然后踩上了钢琴。他站在上面用枪指着不同的人。起初，人们都以为这是玩笑，但这不是。因为劫匪们让他们全都排成一列，面壁而立，双手举过头顶。他们中的一个跑上楼去，手臂里兜满了皮大衣和钱包下来。与此同时，另外两个家伙开始满屋乱窜，从男士的口袋里掏出皮夹子，从女士的手指上褪下戒指。在他们窜向不是布里奇先生就是布里奇太太之前——他俩排在福斯特博士和阿伦夫妇之间，有什么东西吓到了他们，站在钢琴上的那个家伙用一种极难听的声音叫起来："谁拿着外面那辆蓝色凯迪拉克的钥匙？"

听到这话，拉尔夫·波特太太尖叫道："拉尔夫，你可别告诉他！"

但匪徒们还是抢走了波特先生的钥匙。他们命令所有人三十分钟之内不许动，然后冲出了门廊。

报纸的头版刊登了这件事，在第八版上还配有图片，包括一张被划伤的钢琴的特写。第二天早晨，在她丈夫去上班之后，布里奇太太在早餐厅里阅读了这篇报道。她惊奇地得知，斯图尔特·蒙哥马利只带了两美元十四美分，而诺埃尔·约翰逊太太的钻石戒指是枚假的锆戒。

跟我回家

没有人知道，恐慌实际上是怎样开始的。尽管有几个女人，其中一个是玛奇·阿伦相当亲密的朋友，她们声称知道那个在距离沃德大道不远处遭受袭击者的名字。有些人认为它发生在广场附近，另一些人则认为是在更往南一点的地方，但是她们普遍认同，事情发生在深夜。传闻是这样的：某位名门贵妇独自一人驾车回家，在一个交叉路口放慢速度时，一名男子从后面的灌木丛中蹿出，猛地拽开了车门。袭击是否得逞，这个传闻没有提及；但至关重要的部分在于，那儿出现了一个男人，他蹿了出来，拽开了车门。报纸上没有关于此事的报道，《聊家》上也没有——它不会刊登任何惹人不快的事件。出于种种原因，袭击的日期也无法确定，只知道它发生在不久之前一个漆黑的夜晚。

这个传闻散播开去，没有哪位太太愿意在日落之后独自驾车去任何地方。所以，她们不得不独自参加鸡尾酒会或是赴宴，因为她们的丈夫要在办公室里工作到很晚。然而，即便是把车门全都锁上，她们也是满怀焦虑而去。对于东道主的丈夫而言，在晚会结束的时候，将他的汽车从车库里开出来，然后跟随着无人护送的太太们回家，这也成了习惯。于是乎，你就能看到那些小心翼翼行驶着的车队，很像是乡村俱乐部住宅区里穿过林荫大道的葬礼。

那些个夜晚，当布里奇太太的丈夫无法及时下班，或者是他累得宁愿躺在床上翻看度假旅行广告的时候，布里奇太太就是这样回家的。在她开进自家院子时，车队会停下来，引擎不熄火，等着她把车停进车库，再回到院子里，然后经由前门进入房间，全程都在其他人的视线之内。开门之后，她会走到里面，打开大厅的灯，然后呼唤她的丈夫："我到家了！"接着，在他弄出某种声响作为答复以后，她会将灯光闪烁几次，向等候在外面的朋友们显示，她是安全的。再之后，他们会继续驶入茫茫的黑夜之中。

从来不跟陌生男人说话

在市中心的一条大街上，就在一家百货公司的外面，一名男子对她说了些什么。她没有理睬他。但就在那一刻，拥挤的人群把他们推搡到一起。

"您好！"他说，微笑着扶了扶他的帽檐。她发现，他是一个五十岁左右的男人，满头银发，长着一对撒旦般的尖耳朵。

他的脸变得通红，笑得也尴尬。"我是格拉迪丝·施密特的丈夫。"

"哦，老天爷！"布里奇太太惊呼道，"我都没认出来是你。"

康拉德

　　一天早晨，正当布里奇太太百无聊赖地拭去书架上的灰尘时，她忽然停下来，研究起了架子上的书刊，发现有一本古老的、红金色的康拉德选集。它一直就搁在那里，经年未动。她已想不起来，它是怎么会在那儿的了。她取下书，打开扉页，赫然发现："托马斯·布里奇之藏书"。

　　随后，她想起来，她丈夫的哥哥过世之后，他们曾经继承了一些书籍和图册。他是一个古怪的男人，和一个夜总会演员结了婚，后来因心脏病发作而死于墨西哥。

　　那个早晨无事可做，她开始翻阅那些易碎的、泛黄的书页，慢慢地沉迷其间。在书架旁边站了大约十分钟之后，她缓缓踱到客厅里，边走边读。她在客厅里坐下来，目光再也没有从书上移开，直到黑兹尔进来通报，午饭的时间到了。在其中的一个故事里，她无意间发现了一个段落，这段话下面曾经被画了线，显然是托马斯所为。这段文字评论道，有些人浮光掠影般地度过生命中的岁月，悄无声息地沉入宁静的坟墓，忽略生活，直至终点，从没有被生活触动，从没有去看一看它可能包罗的万象。甚至她读到后面时，还在对这个段落苦思冥想，最终果然又翻了回来。黑兹尔进来的时候，她正一脸茫然地凝视着地毯。

　　布里奇太太把这本书搁在壁炉台上，因为，她打算多读读这个独具慧眼的男人。但在下午，黑兹尔不假思索地将康拉德放回了书架，而布里奇太太也没有再想起过他。

投票记

有些女人能够以男性化的语调谈论政治事务，例如农产品过剩和国际援助，而布里奇太太从来都不能这样介入政治。午餐时间或圆圈会议上一旦提到这些事情，她总是聚精会神地倾听。她觉得自己缺乏知识，也希望了解更多，并且确实打算静下心来认真做一些研究。但是，这么多的东西不断冒出来，实在是难以上手；此外，她也不知道一个人该如何开始学习。有时，她会问她丈夫，但他不肯对她多说什么，所以她也不会刨根问底，因为她能够独立弄明白的事情毕竟不多。

她也就是这样在梅布尔·埃厄面前为自己辩护的，那一次她无意间透露，她丈夫已经向她交代过该给谁投票。梅布尔·埃厄就像少女一样身材扁平，但是更加强壮有力。她的身子像是从来没能成功打开的花骨朵儿。她身着花呢大衣，一头短发，站着的时候经常把手深深地插进侧边的口袋，仿佛她是一个男人似的。她说的都是简短的肯定句，有时把头往后一仰，发出阵阵笑声，令人想到干枯芦苇撕裂的声响。说起资本主义，她有许多充满敌意的言论，还有一些从她深信不疑的渠道听来的故事，说的是一些妇女因为无力承担住院的高昂费用、甚至是因为无力支付保险而死于分娩。

"如果我曾经有一个小孩……"她喜欢这样子开头，然后会狠狠地抨击医疗费用的问题。

她向布里奇太太要求道："你难道没有自己的主见吗？哎哟！女人啊，你是一个成年人。大胆地说出来！我们已经解放了。"她有些焦躁地摇晃着身体来回走动，背剪着双手，对着妇女辅助会的地毯皱眉蹙额。

"你说得对。"布里奇太太道歉说，小心翼翼地避开梅布尔·埃厄喷在她们之间的阵阵烟雾。"真的很难知道什么才值得思考。有这么多的丑闻和欺诈，我猜，报纸只印了他们想让我们知道的东西。"她犹豫了一下，继续说道："你怎么就能够拿定你自己的主意呢？"

梅布尔·埃厄将烟嘴从她小巧冷酷的嘴唇边移开。她看看天花板，又看看地毯，仿佛是在盘算，该如何回答这样一个幼稚的问题。最终她建议，布里奇太太可以通过有计划的阅读来起步，从而掌握基本的原理。她把书目草草地记在了计数卡片的空白处。布里奇太太从来就没有听说过它们，除了一本，这是因为它的作者正在接受审查；但她决定，无论如何也要读一读这本书。

在公共图书馆，借阅这本书需要排队等待；但是，她在一家收费图书馆得到了它。她按梅布尔·埃厄所建议的深思熟虑，安下心来阅读这本书。作者名叫索科洛夫，毫无疑问，这听起来令人惊恐。果不其然，第一章的内容就和巡回法院里的贿赂相关。当布里奇太太阅读了足够长的篇幅，觉得有能力谈论它时，她相当大胆地把它搁在了客厅的桌子上。然而，布里奇先生甚至都没有注意到它，直到第三天的晚上，他才吸了吸鼻子，读了第一段，嘟哝了一声，又将它放回到客厅的桌子上。这真令人失望。事实上，阅读这本书不再是什么危险的差事，她反而觉得看不下去了。她认为，它出现在文摘杂志中会更好；但好不容易，她还是读完了这本书，然后把它归还给了收费图书馆。她对馆主讲："说实在的，我不能完全赞同，但他肯定博学多识。"

索科洛夫的某些论断依然如影随形。她还发现，思考它们的时间越长，它们就变得越入木三分，越富有逻辑。正如他坚称的那样，现在绝对该换个政府了！她决定，在下次选举中投票给自由主义者。随着投票时间的临近，她变得充满激情与焦虑，极其渴盼同自己的丈夫讨论政府问题。她开始感到信心十足，好像能够说服他把选票投给她支持的人。对她而言，这一切都变得清晰，政治确实没有什么神秘可言。然而，当她向他挑起讨论时，他似乎并不太感兴趣，实际上，他都没有作答。他正看着电视——在大瓶子里，一名杂技演员靠拇指倒立——只是带着不耐烦的表情扫了她一眼。电视结束，她不再多说什么，直到第二天晚上。这一次，他好奇地看着她，相当专注，仿佛是在探究她的想法。随后，突然之间，他哼了一声。

　　选举前夜，她真的打算强行来一次讨论。她想要引用索科洛夫书中的论述。但是，他这么晚才回家，如此的疲惫，她不忍心再去打搅他。她得出结论，最好还是让他一如既往地投票，而她则会按照自己的意愿去做。然而，当她到达投票站后，它位于交通便利的乡村俱乐部购物区，她变得心存疑惑，也有一点点的不安。这一时刻最终到来，她投下了表明自己心迹的一票，衷心希望，今世如昨。

（原载《巴黎评论》第十期，一九五五年）

威尔斯·陶尔评《阔太布里奇的浮华生活》

　　几乎所有针砭二十世纪五十年代之痼疾的小说里都充斥着酗酒、色情和骚乱，而这一篇小故事——它的主人公布里奇太太困在自己彬彬有礼又波澜不惊的小世界里——能否揭开比它们更痛的伤疤？契弗笔下的人物通过砸烂的餐具和破碎的婚姻来肆无忌惮地宣泄一代人的苦痛。在布里奇太太的世界里，并非如此；在她的世界里，艾米莉·博斯特[①]的智慧看上去就像牛顿定律一样运转如常。在乡村俱乐部的喧嚣中，玻璃器皿是不会破碎的。传统的叙事特性，例如戏剧性的要素、冲突、轨迹，在这种氛围下放慢、收缩、草草收场，挤压着布里奇太太的生活环境。在封闭的堪萨斯城中，没有人能够听到你的尖叫。

　　碎片化的结构是这个故事孤独的灵魂。康奈尔那马赛克拼图似的材料是该人物悲剧性力量的燃料电池，这些素材之后又扩充延展成了两部杰出的小说《布里奇太太》和《布里奇先生》。在布里奇太太怯懦的星球上，变革性的事件、改变人生的顿悟是不可能发生的；在这个星球上，生活局限于微小的时刻。总体而言，这些微型人物画像引起了读者独特的同情。它让我们为这女人感到了一种完全新颖而特殊的悲哀：当持枪歹徒袭击鸡尾酒会时，她所考虑的根本就不是自己和死神擦肩而过；她关注的竟然只是有个匪徒没打领带，还有从诺埃尔·约翰逊太太那里抢走的钻戒是令人颜面尽失的假货。

[①]　艾米莉·博斯特（Emily Post, 1872—1960）：美国作家，以其礼仪规范方面的著作闻名。

飞向斯德哥尔摩的夜航

达拉斯·韦伯　著

乔伊·威廉姆斯　评

索马里　译

我拥有的这一切都要归功于加百利·莱切特①。是他安排了往返机票，让我在斯堪的纳维亚航班上拥有两个并排的座位；为我在皇家古斯塔夫假日酒店订好了房间；为我的篮子除臭、换上新的床单，帮我穿上崭新正式的、顶端饰有白色绶带的黑色大布袋；为这次旅程将我化着脓的残肢清洗了一遍。在我登机时，他甚至还拎起我的柳条洗衣篮的一角。在黑暗中，我能听到他在指导空姐如何为我清洗、喂食，帮我喝水，以及何时为我翻身。我听到了双手传递小费的声音。我也听到加百利被惹恼的笑声，还有那位女士迟钝的嘟哝。我想我听到空姐轻拍了下他光秃而小巧的头部。然后，就是我的第一次起飞。这架老旧的波音 747 急剧上升，让我的臀部和残缺的肢体迅速滑向洗衣篮的一边，接着飞机进入了悬浮状态，我的耳朵开始发胀。在降落伞一样的黑色布袋子里，我坠入了那伟大、金色的梦。我的眼前一刻不停地滑过那些已经出版的书的封面、那些细致的修订、绿色的外科手术外罩，还有窸窣摩擦的纸钞。我想到那些奖杯发出的叮当声，还有不朽的味道。飞机在一万五千米高的黑暗中飞过冰岛、北大西洋、爱尔兰、英格兰、北海和挪威，而正是加百利·莱切特给予了我这一切缓慢流淌着的场景。当我听到飞行员的指示，我们将降落在斯德哥尔摩，我即将见到瑞典国王（我猜还有王后以及小王储们）。我在思忖他们的

---

① 加百利·莱切特（Gabriel Ratchet）：这个名字暗指英国民间传说中的恶魔猎犬，据说它们会发出铃铛般的嚎叫，听到的人都会遭遇死亡或厄运。

声音听起来如何。他们的气味又是怎样?

我拥有的这一切都要归功于加百利·莱切特,他是一名经纪人。他为音乐家、画家、雕塑家、美式足球的四分卫、撑竿跳运动员、杂耍演员、转世的基督徒、还有总统们处理合同。他也为农民、教授、诗人、牧师、棒球投手、恐怖分子们甚至还有飞行员们的事业进行斡旋。在过去的三十年里,他经手了数量巨大的承包合同,他所塑造的成功比你所能想到的要多得多。他说这是他从娘胎里带出来的本领。我相信。

加百利——他的客户们都叫他盖布或者盖比,一九三五年出生于爱尔兰多尼戈尔郡马基什山脉西边的一个山坡上,具体的日期他说不记得了。他说,那一天他母亲看到吊着银色铃铛的白马。他说,一九五一年布拉迪角[①]的土豆收成很不好,于是他来到伊利诺伊州的芝加哥。我不记得自十九世纪以后爱尔兰发生过任何的土豆饥荒,但我总愿意倾听他的故事。他说他来到芝加哥,因为他和我们有一样的血肉,也因为他喜欢这样一个城市——在这里,"人各有其价[②]"。他说,一开始他的代理生意进行得并不是很好。实际上,当他一九五六年十月在芝加哥艺术学院遇到伊泽贝尔·高迪[③]时,他正在穷途末路上挣扎。当时他和她正站着凝视莫奈画的某几幅睡莲。据加百利自己的说法,他叹息了一声,说道:"见鬼,佩格·波勒[④]画得比他好多了。"而伊泽贝尔总能看到把利益最大化的机会,也迅速回答道:"理查德·塔尔顿[⑤]已经一只脚跨进坟墓了,你能帮他下吗?"盖布作为"公务员"

[①] 布拉迪角(Bloody Foreland):爱尔兰地名,位于多尼戈尔郡(County Donegal)西北沿海。

[②] 人各有其价(Every man has his price):英文谚语,也指每个人都可以被收买。

[③] 伊泽贝尔·高迪(Isobel Gowdie):生活在17世纪的一名苏格兰妇女,1662年她在未受刑的情况下即供出自己的女巫身份,因此闻名于世。她的证言相当详尽,对欧洲女巫传说有着广泛的影响。她的形象后来也频繁出现在西欧文学和音乐中。

[④] 佩格·波勒(Peg Powler):英国民间传说中住在英格兰北部蒂斯河中的女性水妖,喜欢将离河岸太近的小孩拖入水中。

[⑤] 理查德·塔尔顿(Richard Tarlton, ?—1588):英国伊丽莎白时代演员,以其小丑的形象著称。

和一名成功商人的生活便自那时开始，就好像安布鲁瓦兹·巴累① 借着一些私下的协议和回扣，成为了缅因州海尔维恩② 的第一位富有的独臂经纪人③。

我第一次见到盖布，是一九七七年，在帕尔默家园希尔顿酒店的门厅，我在那边参加美国现代语言协会的会议。他在门厅闲荡、张望，我后来才发现，他没有找到可以与之做笔生意的人。他悄无声息地走动着，不声不响又偷偷摸摸地递出自己的名片，绿色的卡片印着红色的字体：他的名字是加百利·巴利博菲④ ·莱切特；他的办公室在芝加哥的斯泼那大道⑤ 的 1313 号；他的电话号码是 393—6996；他的办公时间是"悉听尊便"；他的职业是"经纪人"；还有他的信条是"不要陷入无名，在这个世界脱颖而出。"他给了我一张他的名片，说他从没有看到过这么多潜在的客户。他说他已经观察我很久了，而我也被戳到了痛处。我们在人群中交谈了一会儿，我问起他自己的一些情况。他说自己身材矮小，是因为年轻的时候遭遇了土豆饥荒。他的鼻子和耳朵上的节瘤，是因为他母亲，哦，他亲爱的母亲在为他哺乳的时候被佩格·奥尼尔⑥ 吓了一大跳，她的乳头在他的嘴中迅速地干涸。他的烂牙和秃顶是因为他曾结发两年的妻子——来自蒙大拿州克里克教堂一带的琼·泰瑞⑦，想用蝙蝠的唾液来毒死他。他

---

① 安布鲁瓦兹·巴累（Ambroise Paré，1510—1590）：法国 16 世纪著名的皇家理发师，被称为现代外科之父（当时的理发师也负责外科小手术）。

② 海尔维恩（Hellwaine）：暗指英国民间传说中的运送死者进入地狱的白色马车（Hell-wain）。美国缅因州内没有名叫海尔维恩的地点。

③ 此处的原文是 undertaker，既可指普通的经纪人、生意承办人、风险管理者，也可以特指殡葬仪式的承办人。

④ 巴利博菲（Ballybofey）：爱尔兰地名，位于多尼戈尔郡东部。

⑤ 斯泼那大道（Spoorne Avenue）：戏仿芝加哥的斯泼纳大道（Spooner Avenue）。

⑥ 佩格·奥尼尔（Peg O'Nell）：英国民间传说中游荡在西北英格兰里布尔河中的女妖，她要求每隔七年的"佩格之夜"中，河里必须有一只淹死的鸟、一只猫和一只狗，否则就会有人受害。

⑦ 琼·泰瑞（Joan Tyrrie）：暗指琼·泰利（Joan Tyrry），据说她是生活在 16 世纪的一名英格兰妇女，自称受到仙女的指点而学会了使用草药治病，曾于 1555 年在宗教法庭被控为女巫，但是设法为自己开脱了罪责。

说他试着吃下肚里塞满馅料的蚂蚱、烤蚂蚁还有整只的烤老鼠来解毒，后来他把她丢进了芝加哥河。他说她从一开始就心地歹毒，所以他很惊讶地发现自己一九五五年缔结的那场婚姻竟然维持了两年。盖布说他妻子的继母只给了她一瓶走气的啤酒，还有一些发酸的面包作为陪嫁。婚后他们住在考科特庄园①，她唯一想做的事情就是和山羊们亲近，梳理它们的胡须。他说她的天堂里有硝石，而她的地狱里却有黄金；她的天使们真实而具体，会被盔甲挡开，也会被火药杀伤。我告诉他我的问题，他说我年纪已经很大，不能再游手好闲了，我应该努力打拼，实现成功。我告诉他，如果我需要他的帮助会打电话给他。

　　出乎意料的是，我很快就需要盖布的帮助了，因为我在美国现代语言协会上的发言被嘲笑了。当我念开场白时，我听到了台下的窃笑。我要求他们安静，他们开始狂笑。当我介绍我的论文——《隐喻式思考：英美文学衰落的原因》，作者：麦瑞克·卡索邦②教授，来自俄勒冈州威尔士市③的泰维斯·蒂格④大学英语系——时，他们都嗤笑我，撇嘴摇头⑤。他们抖动胡须，叼着烟斗，咬牙切齿。甚至连我的老朋友鲍克·尤瑞斯克⑥也在耳边扇动手掌，用手指夹住鼻子。他曾宣称自己能听到青草生长的声音；他还说自己跑步的速度太快，以

----

① 考科特庄园（Calkett Hall）：传说中亨利八世时期莱昂纳德·马奎斯公爵（Lord Leonard Macquees）的住所，位于英格兰东部诺福克郡。据说当时有一名牧师威廉·斯台普顿（William Stapleton）为了洗脱他巫师的罪名，找到了马奎斯公爵，并发现考科特庄园下埋藏有大量财宝，但是后来这些财宝又不翼而飞。
② 麦瑞克·卡索邦（Meyric Casaubon，生卒年不详）：大约生活在17世纪的英格兰学者，他认为英语的"仙女"（fairy，之前也拼作 fée）一词由希腊文"女神"（nympha）的后一个音节演化而来。
③ 美国俄勒冈州境内没有叫做威尔士的地方。
④ 泰维斯·蒂格（Tylwyth Teg）：威尔士语中是"金发族"的意思，泛指威尔士地区住在地底或者水中的妖精。
⑤ 嗤笑我，撇嘴摇头（shot out their lips）：语出《圣经·旧约·诗篇》22：7。
⑥ 尤瑞斯克（Urisk）：又作 Ùruisg，盖尔语，指在英格兰和苏格兰民间传说中住在民居里的棕精灵。

至于必须要把一只腿抬到肩膀高度，这样才能看得清楚前方的路；他的大腿是如此强壮，据说都可以砸碎一块石头；他用一只鼻孔喷气都可以让一台风车旋转。会议的主席是来自特拉华州戈尔斯顿①的理查德·泰尼②，主持人是来自艾奥瓦州万斯侨福③的约翰·细普爵士④，当我看到他们俩站起来，脱下裤子，对我露出他们的光屁股时，我明白了一切。我的隐喻研究搞砸了，一切都结束了，我想。我走下讲台，即使我没有穿袜子，我的大肚腩也在咕咕地抖动，我的绿色西装还是击败了那些高领套头衫，我浓密的黑发甩过那些坐着的蠢蛋，我的鹰钩鼻和鼓起的双颊，我绿色的眼睛带着蔑视注视着高处。我走出房间，白色的匡威鞋在打了蜡的地板上咯吱作响。然后我决定继续回到我一直在做的事情——写小说。我掏出印有红字的绿色卡片。

那是个星期四。给盖布打电话时，我说："盖布，明天，星期五，一九七八年的一月十三号，我就六十六岁了，我这辈子都在写小说，但是没有人刊登过我写的一个字。如果能登上《巴黎评论》，我就给出左手的小指。"我这么做是因为加百利很快表示出了兴趣，他告诉我第二天他就会和我联系，他想他能找到一个卖家。第二天，盖布来了，说他有一个朋友汤姆·里德⑤，那人的祖上在一五四七年的平基战役⑥中被杀害，汤姆需要夺回自尊。据加百利说，汤姆说会对此负责：

---

① 戈尔斯顿（Gorleston）：位于英格兰东部诺福克郡的一个港口小镇，不在美国特拉华州境内。
② 理查德·泰尼（Richard Tynney）：据说他非常擅长挖掘，并且和考科特庄园的主人莱昂纳德·马奎斯公爵见过面，后者希望得到他的帮助。
③ 万斯侨福（Wanstrowe）：位于英格兰西南萨默塞特郡的一个村庄，不在美国艾奥瓦州境内。
④ 约翰·细普爵士（Sir John Shepe）：据说他和威廉·斯台普顿互相串通，准备将考科特庄园的财宝发掘出来后转移到一个教堂旁，然而财宝在发掘之前就失踪了。
⑤ 汤姆·里德（Tom Reid）：全名托马斯·里德（Thomas Reid），据说历史上确有其人，阵亡于1547年的平基克鲁之战。然而在1576年，一位被控为女巫的农妇蓓西·邓禄普（Bessie Dunlop）自称曾在1572年见过汤姆·里德，后者蓄着灰色的长胡子，持白色魔杖。
⑥ 平基战役（Battle of Pinkie）：双关语，字面意义可以指"关于小拇指的战争"，也可以指1547年发生的平基克鲁之战（Battle of Pinkie Cleugh），为苏格兰和英格兰最后的主要战役，以爱德华六世的胜利告终。

作为对我的小手指的报答，我的小说《岁月的狂怒》将会刊登在《巴黎评论》上。他确实这么做了。他告诉我用打字机将文章隔行打印在整洁的白色稿纸上。不要用可擦写的纸张。他说我应该明确设置好故事的时间和地点，结尾处不要进行道德化处理，也要摆脱比如"确实地"、"真正地"、"最终地"、"仅仅"、"名副其实的"、"完全地"、"非常"以及"基本上"这些虚假的强化词。"用句法结构来完成强调"，他说。他也告诉我把纸上的汗渍擦去。我都照办了。当我的故事被刊登之后，我去了刀迪坡①先生的诊所，在麻醉剂的帮助下做了手术，切除了小指头。他的首席护士凯特·克拉克纳茨②将小指头用绷带捆好，塞进红色的面巾纸，用黄色的带子系好。当我走出诊所时，就成为一名有作品出版的作者了，比我走进诊所前体重减了三盎司。当然，我也从中挣到了钱——手术费花了我五十美元，而我的小说稿费是六十美元。

《岁月的狂怒》出版一个月后，我将我的另一篇小说《住在爱之大陆的莱姆·赛克斯欧伯》寄给《三季刊》。似乎当天小说就退回来了，当然，没有出版。我知道我又需要加百利·莱切特和他的影响力了。我在特莱乌顿·特拉顿③酒吧看到他，他正喝着哈比屈特酒④，奉承着珍妮·格伦蒂斯⑤。"好吧，盖布，"我说，"我需要你的帮助。如果能登上《三季刊》，我就给出我左边的睾丸。"盖布都没有看我一眼，说："要两只，我就给你搞定。"我接受了他的建议，他说他会和马默

---

① 刀迪坡（Dodypol）：暗指刀迪坡医生（Doctor Dodypoll），伊丽莎白时代晚期一部话剧的主人公。此外，Dodypoll 在古代英语口语中也泛指各种愚蠢或头脑简单的人。
② 凯特·克拉克纳茨（Kate Crackernuts）：苏格兰童话中的主人公。
③ 特莱乌顿·特拉顿（Trywtyn Tratyn）：暗指特鲁顿·特拉顿（Trwtyn Tratyn），威尔士童话中的妖精，他曾经帮助一位年轻姑娘旋转纺织机，把稻草转成了金子。类似的故事在英格兰民谣和格林童话中分别以 *Tom Tit Tot* 和 *Rumpelstiltskin* 为题出现过。
④ 哈比屈特（Habitrot）：低地苏格兰和北英格兰民间传说中的人物，以擅长飞速旋转纺织机的机轮命名。
⑤ 珍妮·格伦蒂斯（Jenny Greenteeth）：英格兰民间传说中的女水妖，和佩格·波勒类似，喜欢把离河岸太近的小孩和老人拖进水中。

杜克·朗戴尔 ① 谈一下，后者在圣降临节的庆祝活动上可能需要我的睾丸。盖布搞定了这笔交易，我也是。来自贝尔克公社利得福德村 ② 的奈皮尔医生 ③，和他的首席护士萨拉·斯克尔本 ④ 在一九七八年十二月的一个寒冷的星期五，将我的睾丸移除了。萨拉将它们用白色的绷带捆好，放进绿色的面巾纸，再用红色的带子系好。我把它们带给了加百利，他对这桩买卖很满意，告诉我马默杜克·朗戴尔要求我把小说标题改成《塞纳河左岸的沉寂》，以及将主角莱姆·赛克斯欧伯的名字换成伯德·伊索贝尔 ⑤，删掉双关语，改掉学术报告的腔调，擦掉第 4 页、第 14 页和 22 页的泪痕；并且别再使用感叹号、破折号、下划线表示强调，也不要用一串句号代表省略号。我全都照做了，将文章重新打印在二十磅重的亚麻布上，然后寄给了《三季刊》。他们在一周内就接受了它。我的第二篇小说很快就要出版了。

当《塞纳河左岸的沉寂》出版后，我让加百利·莱切特担任我永久的经纪人。他同意了。于是一九七九年七月，路易斯·玛丽·斯尼斯塔瑞 ⑥ 医生和他的同事艾希多·里修 ⑦ 摘除了我的左手，我想我不需要它了，因为我只用右手和右臂就能打字。他们把它包在红蓝条纹的礼物包装纸里，用黑色的带子系好，然后寄给了爱尔兰的安抚者格雷

---

① 马默杜克·朗戴尔（Sir Marmaduke Langdale, 1598—1661）：英国内战时期的保皇派军事领袖之一。

② 贝尔克公社（Berck）在法国加莱海峡沿岸，而利得福德村（Lydford）在英国德文郡。

③ 奈皮尔医生（Dr. Nepier）：据说是英国内战后的魔术师，通过天使来施放和显现魔法，他的膝盖因为长期跪拜而角质化。

④ 萨拉·斯克尔本（Sarah Skelbourn）：据说是和奈皮尔同一时代的女巫，连续几年身后都有天使跟随。

⑤ 伯德·伊索贝尔（Burd Isobel）：英格兰叙事歌《年轻的白基》（*Ballad of Young Bekie*）的角色之一，得到了主人公比利·布莱恩德的帮助。

⑥ 路易斯·玛丽·斯尼斯塔瑞（Louis Marie Sinistari）：暗指意大利圣方济各会修士和作家卢多维柯·玛利亚·斯尼斯塔瑞（Ludovico Maria Sinistari, 1622—1701），他创作了大量关于魔鬼的著作。后来的宗教裁判所在抓捕、起诉巫师和女巫时常以他的著作为依据。

⑦ 艾希多·里修（Isidore Liseaux）：暗指艾希多·里修（Isidore Liseux, 1835—1894），曾于 1872 年将斯尼斯塔瑞的代表作《魔鬼学，梦淫妖和娼妇》（*De Daemonialitate et Incubis et Succubis*）翻译成英文。

托雷斯先生^①。那人从布雷斯岛^②给我写信，让我不要再用短语，也不要使用过于委婉、累赘的文学语言。停止使用诸如"不必说"、"让我惊讶的是"、"不言自明的是"这样表示感叹的句子。他还建议我寄出的稿纸上不要有血渍。我都按照他说的做了，于是《君子》杂志接受了我的小说《莫尔^③的大脑和生命权》。

虽然上一篇小说的出版导致我还在贫血，但一九八〇年一月份，我还是决定要试试《纽约客》。盖布替我发出了消息之后，杜兰特·霍瑟姆^④从缅因州的雅顿·科奈尔^⑤写信来说他愿意刊登我的文章，如果我肯给出两只耳朵，并且不再反常地颠倒词序、不再故作天真地叙述，删掉所有叙述中的陈词滥调，以及将观点限制在一个角色或者叙述者身上，同时擦干净稿纸上的鼻涕。我在寄给他的《穆克拉维^⑥》草稿中都按照他的建议做了。杜兰特回信说很感谢这次合作，让我去克尔皮大街 1369 号拜访佩格·波勒，她会给我指引。我去了，她让我去拉伯斯修道院^⑦诊所找阿尔维拉古斯^⑧医生。我去了。当我走出诊所，我将两只耳朵放在红金色的袋子里，顶部用绿带子束好。我获得了新的声

---

① 格雷托雷斯（Greatorex）：爱尔兰人瓦伦丁·格雷特雷克斯（Valentine Greatrakes，1628—1682）的另一个名字。他宣称将他的手按在别人头上即可治愈疾病，因此又被人称为"爱尔兰的安抚者"（the Irish Stroker）。

② 布雷斯岛（Island of Hy Brasil）：爱尔兰神话中的岛，终年迷雾缭绕，每七年只有一天可以望见，但仍无法到达。

③ 此处"莫尔"的原文为 Mole，其字面意义是"鼹鼠"或"黑痣"，但这里也暗指杜兰特·霍瑟姆在《雅各布·伯姆传》（The Life of Jacob Böhme）中提到的矮小精灵，它们住在山区，喜欢钻洞，而且有寿命。

④ 杜兰特·霍瑟姆（Durant Hotham，1617—1691）：英国传记作家，曾为德国神学家、神秘学家雅各布·伯姆（Jacob Böhme，1575—1624）作传。伯姆的学说对后世的炼金术、魔法学和基督教神秘主义有重要影响。

⑤ 雅顿·科奈尔（Yatton Keynel）：对英格兰西南维尔特郡内雅顿·科奈尔村（Yatton Keynell）的戏仿。美国缅因州境内没有叫雅顿·科奈尔的地点。

⑥ 穆克拉维（Muckelawee）：暗指纳克拉维（Nuckelavee），苏格兰北部奥克尼岛神话中的怪物，在马的背上还长有人的上半身。

⑦ 拉伯斯修道院（Abbey Lubbers）：双关语。古英文中的 abbey-lubbers 指那些依靠修道院救济过胖肥滋润的懒汉。这个词在现代英语中已经极少出现。

⑧ 阿尔维拉古斯（Arviragus）：传说中英国公元一世纪时的国王。

誉，成为了美国最好的短篇小说作家之一，而我头部两侧的残余在寒冷的空气中感到阵阵刺痛。

我向加百利建议出版一本短篇小说集，他有点哆嗦。他建议我休息一段时间，在达成新的交易前让自己休整好。我告诉他，虽然他已经从我的作品出版中挣了很多钱，但是接下来他还会挣得更多，所以只管做好我的代理人就行，其他的事情我来操心。于是，他承认他有一笔生意——他需要一只左臂，没有手掌也行。亚利桑那州希钦镇①的一位威廉·德雷奇②医生需要为玛格丽特·巴伦斯③女士安装一只左臂，这样当她去一个舞会跳舞时，她不会因为没有左臂而无法抱住她舞伴的肩膀。加百利告诉我必须去希钦完成移植。我同意了，并在一九八一年的三月完成了手术。在摘除我的左臂之前，他告诉我，交易成功与否取决于我能否努力地修改草稿——我要控制好小说的次级结构、提高配角在所有故事中的重要性，研究所有故事的素材，让它们更诡异、奇怪，更能让读者不舒服。还要把稿纸上的耳屎擦掉。我允诺将会按照他说的去做，然后他取走了我的左臂，把它缝到玛格丽特身上。六个月后，玛格丽特在三十三岁的年纪第一次在自己的舞会上穿着一条蓝金色的、腰上缀着红腰带的裙子跳舞，与此同时，双日出版社也在一九八一年九月出版了我的短篇小说集《上马的号子④》。

因为我恢复的时间越来越长，我决定接下来就只完成一本长篇小说。当我跟加百利·莱切特提到这个计划时，他捧腹大笑，倒在地上。我叫他拾起他短小的身板，给我去工作。他照办了。他拍卖了我

---

① 希钦镇（Hitchin）：位于英国伦敦以北的赫特福德郡内，不在美国亚利桑那州。
② 威廉·德雷奇（William Drage，1637—1669）：英国药剂师、医学著作作家，曾生活于赫特福德郡的希钦镇。据说他是名狂热的天文学和巫术爱好者。
③ 玛格丽特·巴伦斯（Margaret Barrance）：英格兰传说中一位仙女的名字。
④ 上马的号子（Horse and Hattock）：苏格兰民间传说中精灵们出征之前上马的号子，并无实义："Horse and hattock! Horse and go! Horse and pellatis, ho, ho!"

的鼻子、双脚、双腿、眼睛、阴茎还有两只肾。我同意给出一只左脚。摩戈、阿塞尔和马格劳①律师事务所主持了谈判，一九八二年的二月，莱切特最终和堪萨斯州萨默索特郡②的卢斯·彤格③小姐签订了协约。根据合同，我为她提供一只左脚，而作为回报，克诺夫出版社将会出版我的小说《弗利波蒂·吉伯特④》。我的合同义务是我不能再错误使用诸如"公开透露"、"不确定的"、"暴怒的"、"短促地"、"此刻"和"腰部"这样的词。我应该让句子更简洁，在描述行动时更多地把主动式动词和施动者联系起来，要摆脱情节剧的模式。我也同意不再使用人格化的隐喻，不再将一切非人的东西都人格化，直接描写人物、对象和行为。另外，我也不会将尿液漏在稿纸上。加百利还为这合同增补一个非常有趣的条款：如果我的书能获得国家大奖，那么我要付出的部分除了左脚之外，还有一整条左腿。你也许知道我要说什么了：一九八二年，封面红黑橘三色的《弗利波蒂·吉伯特》获得了国家图书奖，而彤格小姐也得到了整只左腿。他们将我放在一只摇椅里，抬上了领奖台，当我领奖时我最后一次和别人握了手。

在我离开奥海尔国际机场⑤时，莱切特在我面前读了他的账本，内容如下：

一九八三年四月四日：右脚。给北达科他州阿司莫代⑥的汤米·劳

---

① 摩戈、阿塞尔和马格劳（Morgue, Arsile and Maglore）：法国游吟诗人、歌手亚当·德·拉·阿雷（Adam de la Halle，生卒年不详）大约在 13 世纪末所作的童话题材舞台剧《傅叶的游戏》（Jeu de la Feuillée）中的三个角色。
② 萨默索特（Somorset）：对 Somerset 的戏仿。后者既指英格兰西南部的萨默塞特郡，也可以指独腿者乘坐的有衬垫的马鞍。美国堪萨斯州境内没有名为萨默索特的地点。
③ 卢斯·彤格（Ruth Tongue，1898—1981）：英国演员、民间学者，曾广泛搜集英国民间传说、童话、歌谣等，于 1970 年发表了《被遗忘的英国民间传说》。她还曾和凯瑟琳·玛丽·布里格斯（Katherine Mary Briggs）一同编辑了 1965 年出版的《英格兰民间传说》。
④ 弗利波蒂·吉伯特（Flibberty Gibbet）：中古英语单词 flibbertigibbet 的谐音，指"轻佻的、异想天开的人"，后作俚语指喜欢传流言、过于多话的人。
⑤ 奥海尔国际机场（O'Hare International Airport）：毗邻芝加哥的主要航空港。
⑥ 阿司莫代（Asmoday）：并非地名，而是恶魔之王的名字，又名阿斯摩太（Asmodeus）。

亥德①。将角色行为的情感和心理层面复杂化。仔细选择人物名字。句子的节奏要多样化。音调的多样性。稿纸上不要有粪便的痕迹。小说：《布拉齐亚诺的鬼魂②》。麦克米伦出版社。黑色和灰色封面。章节标题是红色字体。以下情况额外加一只右腿：普利策奖。搞定。

一九八四年七月十六日：右手。给密歇根州哈克朋③的伊拉贝·加森④。改正"存在"、"分离"、"目的"的拼写。不要过多使用修饰词。和读者玩游戏。稿纸上不要有口水。短篇小说集：《冬日的布鲁哈格⑤》。兰登书屋。黑底烫金封面。扉页用红色字体。以下情况也可给出右臂：欧·亨利小说奖、圣劳伦斯小说奖以及哥伦比亚大学的教席。搞定。

一九八五年二月十日：两只眼睛。给特拉华州希斯顿⑥的比利·布莱恩德⑦。不要用"……等等"、"……之类"这样的后缀，改正"好像"的用法。不要在叙述中使用夸张的问句。不要以对话开头。不要倒叙。在描述时调动所有的感觉。稿纸上不要留下脓水。两卷本小说《萨穆尔⑧》小开本，封面用棕红绿蓝色。诺贝尔奖。搞定。

当我漂浮在覆盖着阴影的北半球上空时，我想到我们都将一点点、

---

① 汤米·劳亥德（Tommy Rawhead）：又名血腥骨头（Bloody Bones），英国传说中的水怪，游荡在深水潭中，喜欢将水边的孩子拖下深处。除了性别，他的形象与珍妮·格伦蒂斯类似。还有的传说中汤米·劳亥德是专门在睡梦中吓唬小孩的怪物。
② 布拉齐亚诺（Brachiano）是英国剧作家约翰·韦伯斯特（John Webster，1580—1634）的剧作《白色恶魔》（The White Devil）中的人物，在被谋杀后以鬼魂的形式重新出现。
③ 哈克朋（Hackpen）：山名，位于英格兰西南维尔特郡内，不在密歇根州。
④ 伊拉贝·加森（Elaby Gathen）：英格兰传说中的仙女名。
⑤ 冬日的布鲁哈格（The Blue Hag of Winter）：布鲁哈格指盖尔神话中的冬季女王，又名凯立克·贝阿拉（Cailleach Bhéara）或凯立克·布拉克（Cailleach Bheurach）。
⑥ 特拉华州没有叫希斯顿（Systern）的地点。
⑦ 比利·布莱恩德（Billy Blind）：英格兰和低地苏格兰地区民间传说中住在民居里的小精灵，和尤瑞斯克类似。他还是英格兰叙事歌《年轻的白基》和《女巫妈妈》（Witch Mother）的主人公，在前一部作品中帮助了伯德·伊索贝尔。
⑧ 萨穆尔（Sammeael）：《塔木德经》中的大天使长，英文亦作 Samael，是亦正亦邪的控诉者、引诱者和破坏者。在犹太文化中，尤指死亡天使。

一片片、一块块地遁入黑暗。我们都消散于我们的词汇、语句、段落和叙述中。我们的生命被耗散在照片、信笺、证件、书籍、奖状和谎言中。我们暴露在镁光灯下，直到一个又一个纪录被打破。我们静静等待白天过去，直到阳光越来越微弱。我们在聚拢的阴影下无所事事，直到北美洲、南美洲、澳大利亚、南极洲、非洲和欧洲都散落在这个星球的深色水域上。此时世界的血肉裂开了缝。此时世界的肢体被四散扯开。此时世界的骨骼碎落各处。这是语言最后的碎片。我已经体验过双重背叛。我尝到过欺瞒的味道。我听到过隐微的叹息。我也体验过冰冷的神秘。除了人们的墓碑没有什么能永远存在。除了人们的脸皮没有什么能发笑。除了人们的衰老没有什么能呼吸。除了人们的沉默没有什么能说话。躺在柳条筐里并不是一人独眠。在柔软的、浸渍着脓液的床单上被翻身不只是一人独处。通过管子被喂食也不是一人独食。喝水呛住等于是为了所有人呕吐。在黑夜里漂浮也是我们所有人或早或晚都要经历的旅程，然后明亮闪烁的晨星升起，别无他物。

　　我能感觉到庞大的飞机在下降。我七十四岁的耳朵在发胀。那个闻起来像条死狗的空姐已经帮我翻身了，这样如果我呕吐也不至于窒息。她把我紧紧捆在我的两只座位上。我能感觉到安全带缚住我的臀部和肋骨。我感觉到飞机沉入黑暗，也知道自己并没有放弃任何不能失去的东西。我知道人可以用比出生时少很多的身体生活。我知道完整并不是全部，如果你用一只眼睛换到一个奖项你就会是一个毫无疑问的赢家。我感觉，在飞机落地时的颠簸和倾斜中，我白色的长发在耳朵的残根上拂摆。我能想象到穿着黑色衬裤的侍应生将会微微鞠躬，把我送到掌声响彻的讲台上。我能想象到年迈的黑色的国王眯着眼睛透过厚厚的镜片看着这只有两个提手、铺着白色床单的柳条筐。我的鼻涕正流到我的上唇，我能听到自己让他把我的耳屎从浅浅的耳洞里掏干净，让我能清楚地听到他如何颂扬长久忍耐的美德、絮叨人们是如何克服严重的残疾抵达卓越、人类的精神是多么伟大而不可战胜，而年迈的皇后正看着这一团兴奋的、获胜的东西吱吱窃笑。我也希望一位王储、公主或者一位小王子能将麦克风递到篮筐里，这样当我的眼窝渗出脓液时，我还能低声说完自己的获奖感言。我希望能控制住自己的口水，也希望自己不会流泪。我想知道在现场的噪声、味道和温度之外，能否有鲜花增加些香味。我在想能否有谁让我抿一小口香槟。最后那颠簸、撞击和弹跳，一定是落地的跑道了。

（原载《巴黎评论》第七十三期，一九七八年）

乔伊·威廉姆斯评《飞向斯德哥尔摩的夜航》

《飞向斯德哥尔摩的夜航》刊于一九七八年春季第七十三期的《巴黎评论》。真是一件欢快的作品！它是迄今为止最有趣、最诡异的文学作品之一，即使是在当下也一样，各种形式的疯狂都在进行。三十多年后，我还能记得那位无名的作者所获得的每一次出版机会和奖项。当他在美国现代语言协会的讲台上试图发表自己名为《隐喻式思考：英美文学衰落的原因》的演讲、却得到来自台下的嘲笑时，他给加百利·莱切特———一个经纪人，拨通了那个命运攸关的电话。

"盖布，"他说，"我明天就六十六岁了……我一辈子都在写小说，但是没有人出版我的任何一个字。如果我的作品能登上《巴黎评论》，我将付出我左手的小指。"

好吧。他成功了。作为经纪人，莱切特有很多联络人，他们中的很多人出于很多无聊的原因需要肢体的不同部分，而他们在文学界也拥有异常的影响力。确实，都是你知道的那些出版物。所以他为登上《巴黎评论》付出了一只小手指，为《三季刊》付出了两只睾丸，为《君子》失去了一只左手，还有两只耳朵是为了《纽约客》。经历了这些，成功就有了保证。

"我获得了新的声誉，成为了美国最好的短篇小说作家之一，而我头部两侧的残余在寒冷的空气中感到阵阵刺痛。"

为了让双日出版社发表自己的作品，一条左臂被索走；当克诺夫出版社接受他的小说时，他给出了自己的左腿；当我们的作者获得国家图书奖和普利策奖时，他的身体已经所剩无几，尽管如此，精明的超级经纪人莱切特还是成功地利用作者的两只眼睛，为他赢得了诺贝尔文学奖。因此，这一团化着脓、被捆在篮子里的不朽作家，被飞机送往斯德哥尔摩去接受最顶级的文学荣誉。

这团东西思忖着："我能想象到穿着黑色衬裤的侍应生将会微微鞠躬，把我送到掌声响彻的讲台上。我能想象到年迈的黑色的国王眯着眼睛透过厚厚的镜片看着这只有两个提手、铺着白色床单的柳条筐。我的鼻涕正流到我的上唇，我能听到自己让他把我的耳屎从浅浅的耳洞里掏干净，让我能清楚地听到他如何颂扬长久忍耐的美德、絮叨人们是如何克服严重的残疾抵达卓越、人类的精神是多么伟大而不可战胜，而年迈的皇后正看着这一团兴奋的、获胜的东西吱吱窃笑。"

但是，韦伯显然不满足于这种浮士德式的老套交易。在通向每次成功时，作家都要听命于一些编辑的建议，这些都是合同的一部分。"擦掉空白部分的泪渍……不要以对话开场……在叙述时不要使用夸张的提问……不要倒叙……用句法结构来完成强调"，等等，而这些正是所有大学写作课程为那些有才华的人提供的技巧。"将行为的情感和心理层面复杂化……丰富句子的节奏……不要再错误地使用'短促地'这样的词……"

另一个关于这篇出色的小短篇有趣的地方是那些荒谬的名字（每个人的，除了那团兴奋地赢得成功的肿块）。韦伯承认自己这些名字参考了凯瑟琳·玛丽·布里格斯①所著的《对帕克的剖析》。对于我而言，它太像一块滑稽的蛋糕上结着的天蓝色糖衣。但是因为有达拉斯·韦伯这个名字，可以说，读者会倾向于接受这样的戏谑，而理查德·福特的名字则不能。

《飞向斯德哥尔摩的夜航》是我最喜欢的《巴黎评论》的故事之

---

① 凯瑟琳·玛丽·布里格斯（Katharine Mary Briggs，1898—1980）：英国著名民俗文化学者，著有《对帕克的剖析》（*The Anatomy of Puck*）等一系列有关英国民间神话传说的作品。在《对帕克的剖析》一书中，Puck 是指莎士比亚《仲夏夜之梦》中的小精灵，又名"好人罗宾"（Robin Goodfellow）。

一。韦伯也写了一篇关于鼻涕的故事，确切地说是关于缪克斯先生和缪克斯太太的故事 ①。但我想《巴黎评论》没有刊出那篇。

---

① 鼻涕和缪克斯在英文中是同一个单词 Mucus。